REDENÇÃO
E SUBMISSÃO

Nana Pauvolih

REDENÇÃO
E SUBMISSÃO

FÁBRICA 231

Copyright do texto © 2015 *by* Nana Pauvolih

FÁBRICA231
O selo de entretenimento da Editora Rocco Ltda.

Direitos desta edição reservados à
EDITORA ROCCO LTDA.
Av. Presidente Wilson, 231 – 8º andar
20030-021 – Rio de Janeiro, RJ
Tel.: (21) 3525-2000 – Fax: (21) 3525-2001
rocco@rocco.com.br
www.rocco.com.br

Printed in Brazil/Impresso no Brasil

Preparação de originais
ELISABETH LISSOVSKY

CIP-Brasil. Catalogação na fonte.
Sindicato Nacional dos Editores de Livros, RJ.

P361r   Pauvolih, Nana
            Redenção e submissão / Nana Pauvolih. – 1ª ed.
         – Rio de Janeiro: Fábrica231, 2015.
         (Violeta)

         ISBN 978-85-68432-24-2

         1. Romance brasileiro. I. Título. II. Série.

15-21566   CDD-869.93
                            CDU-821.134.3(81)-3

PRÓLOGO

1 ano antes

Era a despedida de solteiro do meu amigo Antônio, e toda uma ala do Clube Catana havia sido separada para o evento. Por ser voltada para o sexo, de vários tipos e formas que se pode imaginar, somente homens foram convidados e se espalhavam felizes com comidas, bebidas e mulheres à vontade.

Para mim aquele local era como uma segunda casa. Desde os 18 anos de idade eu frequentava o Catana. Fui lá pela primeira vez com Arthur e Antônio e descobrimos ali um mundo de prazeres inesgotáveis e viciantes, até nos tornarmos sócios. E, embora no decorrer daqueles 13 anos visitássemos o clube em várias ocasiões, com certeza eu era o mais assíduo.

Sentado em um pequeno sofá negro, eu observava o movimento e a surpresa de muitos dos homens presentes, que pisavam ali pela primeira vez. Chegava a ser engraçado ver como tentavam parecer sofisticados e acostumados com prazeres tão perversos e cenas tão absurdamente obscenas, quando na verdade tudo era motivo de surpresa. Desde as escravas seminuas da casa, dispostas a realizar os desejos inimagináveis de cada um, até os diversos locais e nichos para prática sexual pública ou privada.

Eu poderia escolher qualquer escrava. Todas eram conhecidas. Algumas, que já tinham sido minhas naquele local, sempre me olhavam de modo esperançoso, querendo repetir a dose. As outras demonstravam a vontade de experimentar. O que, em geral, acabava acontecendo. Mas naquela noite, em especial, conheci uma morena linda de São Paulo que estava no Rio de visita e era uma submissa assumida.

Joana não era escrava do Catana e nem era convidada de Antônio, mas, quando fui em outra ala do clube cumprimentar uns amigos, nós nos olhamos e um fluxo silencioso de sensações se estabeleceu. Em uma intensa e imediata troca de olhares, nossos papéis ficaram bem definidos. Ela baixou as pálpebras em sinal de respeito e assumiu uma pose que era toda submissão, fragilidade, feminilidade. E respeito. Era uma serva em sua essência. E aquilo, aliado à sua beleza, me conquistou.

Eu me aproximei dela devagar. Somente então, quando me viu bem perto, ela ergueu de novo os olhos e me encarou, como se esperasse uma ordem minha. Seus lábios tremeram. Seu corpo respondeu ao meu com desejo primitivo e entendi que ainda era aprendiz naquele jogo e ansiava por ser ensinada.

Conversamos, tomamos um drinque no bar. Não exigi regras ou condutas que em geral eu fazia quando estava em uma relação de Dominação/Submissão longa ou temporária. Éramos somente um homem e uma mulher que acabavam de se conhecer, não importava se isso ocorria em um clube de sexo explícito.

A atração entre nós cresceu e a convidei para a ala em que ocorria a despedida de solteiro. Acabamos sentando no sofá, bebendo, conversando, até que parecia que nos conhecíamos há bem mais tempo. Fiquei sabendo que era advogada recém-formada de 26 anos e estava visitando amigos no Rio. Em São Paulo frequentava um clube parecido com o Catana e estava cada vez mais se especializando em submissão, embora não tivesse um "dono" específico. Como imaginei, estava aprendendo.

– De imediato, eu achei que você era um dominador, Matt. O modo de andar determinado e como me olhou duro. Mas o seu olhar agora... – Joana se calou, surpresa, curiosa e encantada, fitando-me. – Você não se parece com nenhum Dom que eu tenha conhecido.

Era uma conversa que eu ouvia muito. Poucas pessoas do meu convívio sabiam de minhas preferências sexuais. Quase todo mundo me achava um bom rapaz, educado, praticamente um anjo. Se anjos gostassem de usar chicotes e de pendurar mulheres em cordas e as foderem duro. Era difícil acreditar que minha aparência e meu caráter nada tivessem a ver com meus desejos perversos de dominação e violação.

E como naquela noite eu não gostaria nada de me justificar sobre aquele assunto, resolvi fazer como sempre: agir naturalmente. A prática seria muito mais eficaz do que as palavras.

Tive paciência com Joana. Era nova, inexperiente e estava inegavelmente atraída por mim. Eu a testei com alguns comandos, simples a princípio, como me servir uma bebida ou exigir com um olhar duro que baixasse o dela. Foi ficando cada vez mais excitada, obediente e solta. Mas, então, meu amigo Antônio se aproximou de nós com aquele seu cenho franzido que lhe dava um ar de austeridade:

– Arthur não vem, Matheus?

– Claro que vem. Deve estar chegando por aí.

Ele acenou com a cabeça, deu um olhar a Joana e se afastou. Eu o observei um momento, indagando a mim mesmo por que alguém se casava só por questões familiares. Era o que Antônio estava fazendo; por isso a falta de sorriso em seu rosto e o ar soturno.

Entre mim, Arthur e Antônio, acho que eu era o único que esperava um dia conhecer o amor, me apaixonar, ter a mulher da minha vida junto a mim. Por isso os dois caíam na minha pele.

Sorri comigo mesmo com o pensamento e peguei meu celular, ligando para Arthur, que atendeu logo em seguida:

– Fala aí, Matheus.

– Qual é, cara. Tá sumido. Pensei que viesse hoje na despedida do Antônio, no clube.

– Porra! Esqueci completamente. – Ele disse na hora, parecendo meio nervoso.

– Ainda dá tempo.

– Estou indo pra aí.

– Certo.

Desliguei, sabendo que Antônio não o perdoaria se não viesse.

Na mesma hora, Joana chamou minha atenção e começou a querer me seduzir entre sensual e tímida. E o jogo começou.

Naquela noite eu queria me distrair e me divertir um pouco e comecei com pequenas exigências. Recostado tranquilamente no sofá, eu tomei um gole da minha tequila, fitei-a detidamente e ordenei em um tom seco, baixo:

– Levante a saia do seu vestido.

Ela arregalou os olhos, pega de surpresa. Por um momento ficou estarrecida, como se no fundo ainda não acreditasse que eu fosse um dominador de verdade. Semicerrei os olhos, sem piscar. Vi quando estremeceu e, mordendo o lábio nervosamente, começou a obedecer.

Usava um vestido preto com corpete justo e saia rodada, curta, engrossada por uma renda por baixo que lhe dava uma aparência de roupa de boneca, com meia 7/8 negra e sapatos de salto altíssimo. Os cabelos castanhos caíam ondulados e longos, e os olhos eram expressivos, de um tom mel. Muito bonita.

Ela ergueu a saia do vestido até a cintura e ficou quieta, esperando obedientemente. Por um momento, não tirei os olhos dos dela. Então os deslizei lentamente para baixo, passando pelos seios fartos marcados pelo decote até onde se expunha para mim.

A calcinha era pequena, preta, transparente. As coxas firmes apareciam modeladas pela meia calça que terminava com renda no meio delas, bem sexy. Não me alterei exteriormente, embora me excitasse com sua visão e seu modo de me olhar, cheia de expectativa e vontade de ser servil. O que eu mais apreciava em uma submissa era isso: a honestidade. Ela não fingia ser uma. Simplesmente era. Sem joguinhos.

Admirei-a pelo tempo que quis. Tomei minha bebida até acabar e estender o copo vazio a ela.

– Traga-me outra.

Joana não vacilou. Na mesma hora se pôs de pé, deixando a saia cair no lugar, afastando-se apressada com meu copo.

O tempo todo me mantive quieto, só olhando-a. Voltou nervosamente, em dúvida se baixava os olhos ou me fitava, visivelmente encantada por mim, seu desejo e sua ansiedade bem claros.

Peguei o copo e Joana parou à minha frente, sem saber se voltava a seu lugar ou esperava novas ordens. Gostei ainda mais disso. E enquanto a festa continuava em volta com música, conversa e algumas escravas agradando os convidados, ela me olhava como se só eu estivesse no mundo. Usei o mesmo tom baixo de comando que o anterior:

– Tire sua calcinha. E dê pra mim.

Ela respirou forte e então conteve o ar. Sem pestanejar, baixou os olhos para o chão, meteu as mãos sob a saia e tirou devagar a calcinha, descendo-a pelas pernas, até segurá-la levemente trêmula e dar um passo à frente, estendendo-me.

Eu ergui a mão com a palma voltada para cima, e Joana a deixou ali. Ficou surpresa com meu sorriso lento. Devia achar que um dominador deveria ser mal-humorado para impor medo. Mas eu tinha minhas próprias ideias sobre aquilo.

Segurei o tecido minúsculo e percebi que estava úmido. Meu sorriso se ampliou e eu a cheirei. Tinha cheiro de sabonete e boceta limpa e lubrificada. Aquele cheirinho único que só as mulheres possuíam e que, mesmo assim, nunca era igual um ao outro. Meus sentidos reagiram e a observei pensando até onde ela aguentaria ir. Isso eu teria que descobrir.

Enfiei a calcinha dentro do bolso interno do paletó e apontei para meus joelhos.

– Monte aqui, Joana. De frente para mim.

– Sim, senhor.

Veio como um bichinho assustado e louco por carinho. Abriu as pernas para fora das minhas e, quase que de maneira recatada, sentou nos meus joelhos, seus olhos nos meus.

Tomei minha bebida, excitado pelo fato dela estar nua sob aquela saia redonda e espalhada. Meus olhos se chocaram com os dela e, antes que os abaixasse, dei mais ordens:

– Fique olhando para mim enquanto segura a saia e me mostra a sua boceta.

– Ah... – Deixou escapar, nervosa, trêmula.

Na mesma hora agarrou a bainha da saia na frente e a levantou até encostá-la na barriga. Admirei a boceta carnuda, gordinha, completamente depilada. Era morena como ela, mas o centro dos lábios de um vermelho chamativo e brilhando da sua excitação.

– Boa menina – murmurei e, enquanto tomava minha bebida segurando o copo com a mão esquerda, subi a outra mão por sua coxa, deixando-a agitada, tremendo, ansiosa.

Senti a maciez da meia-calça que a cobria até uma parte e depois então a sua pele nua e lisa, quente, fervendo. Vi que arfou e deixou de respirar quando meus dedos longos chegaram perto de sua virilha. Naquele momento, alguns amigos meus e de Antônio que eu não via há um bom tempo passaram por ali e pararam para falar comigo.

– Matheus! Bom te ver, cara! Como andam as coisas?

– E aí, Cláudio. Juan, Reinaldo. – Eu os cumprimentei com um sorriso e começamos a conversar.

Eles olharam excitados para Joana ali exposta e aberta em meu colo e eu continuei com a mão espalmada no interior de sua coxa, as pontas dos meus dedos bem perto dos lábios vaginais. Eu a sentia tremer, mas sem se cobrir. Isso me excitou ainda mais.

Falei com eles como se ela não estivesse ali, mas estava atento. A minha dominação masculina sobre ela, fêmea e servil, disposta a tudo que eu mandasse fazer, era o maior afrodisíaco que eu podia sentir. Gostava muito de saber que tinha poder sobre uma mulher e que eu poderia fazer o que eu quisesse com ela, até mesmo uma violação. E, desde que fosse consensual, a palavra perdia aquele significado. Ela me dava direitos sobre seu corpo. Permissão. E sentia prazer com isso. Tornava-se um jogo.

Eles perguntaram sobre Arthur. Cláudio olhava de relance para Joana, mas tentava disfarçar. Os outros dois só faltavam salivar, bem mais descarados. Foi quando movi a mão e então meu polegar resvalou entre seus lábios vaginais melados, sentindo a maciez de seda, subindo com a lubrificação até rodear bem devagar seu clitóris e masturbá-la ali, na frente deles enquanto batíamos papo e eu parecia ignorá-la.

Joana estremeceu, engoliu gemidos, lutou para se conter. E eu a acariciei bem devagar, sem pressionar muito, só esquentando-a. Podia sentir como seu corpo reagia, como ondas de excitação pareciam engolfá-la, como se entregava a mim.

Quando por fim meus amigos se afastaram, prometendo manter contato, eu a olhei de modo penetrante e ela entreabriu os lábios, ainda me fitando, como tinha feito o tempo todo. Seu olhar era entregue e suplicante e, por um breve momento, me fixei nele.

Desejos antigos me dominaram. Eu gostava daqueles jogos, usar meu chicote, pôr em prática minhas taras mais obscenas. Era uma parte minha já aceita e conhecida, uma metade do meu ser, o que eu faria pelo resto da vida, pois não dava para negar quem eu era. Mas o meu outro lado, o romântico, por vezes me sabotava. Ele vinha à tona e trazia junto um desejo intrínseco de encontrar minha alma gêmea, minha submissa perfeita, a mulher que se doaria a mim de corpo e alma e também me teria inteiro para o resto da vida.

E ali, fitando os olhos doces e obedientes de Joana, eu me indaguei se poderia ser ela. Não havia mexido comigo de forma especial. Mas talvez...

Irritado, afastei aqueles pensamentos. Não gostava quando começava a sonhar daquele jeito. Eu não era carente, pelo contrário. E, embora me aceitasse como eu era, não queria confundir as coisas. Quando eu encontrasse a mulher da minha vida, eu saberia que era ela.

Para me descontrair, resolvi apenas conhecer melhor Joana, beber, conversar, relaxar. Teria a noite toda para minhas outras necessidades.

Passei uma última vez o polegar em seu clitóris e, calmo, ordenei:

– Abaixe a saia e sente-se no meu colo de lado, Joana. Fale-me um pouco de você. – Tirei a mão, e ela pareceu um tanto desnorteada. Ficando corada, baixou rapidamente a saia e se acomodou de lado sobre as minhas coxas, sem saber ao certo como se portar.

– Já pegou algum processo grande?

– Matheus... Senhor...

– Pode me chamar de Matt. – Sorri charmoso e foi um novo susto. Geralmente os dominadores não davam tanta liberdade assim para suas servas.

Era interessante como em todo lugar as regras existiam e as pessoas esperavam que elas fossem obedecidas. A dominação pressupunha que a vontade do dominador deveria ser suprema e ele fazer as suas próprias regras, que, claro, seriam passadas para a submissa, que decidiria aceitar ou não. Consensual. Por isso, eu não seguia o que as pessoas queriam ou esperavam de mim, mas a minha vontade. Se eu estava com vontade de sorrir, eu sorria. Mas acabava me divertindo com a surpresa das pessoas.

Puxei conversa com ela, que por fim foi se acalmando e conseguindo participar.

Foi naquele momento que vi meu amigo Arthur se aproximar de onde estávamos com um copo de uísque na mão.

– Ah, o rei chegou! – Debochei, pois o apelido dele dado pela avó era Reizinho e era assim que ele se sentia. – Antônio ia te matar se você não viesse.

– Não sei como fui esquecer.

– Na certa estava com alguma mulher. – Provoquei só para desanuviá-lo, enquanto acariciava a perna de Joana, quietinha em meu colo.

– É, de certa forma você está certo. – Ele se sentou em um sofá ali perto, parecendo um pouco nervoso ou irritado, impaciente.

Olhou na direção de algumas escravas da casa de modo arrogante, e logo uma delas, loira e linda, usando short curto e bustiê de couro preto, se aproximou com suas botas altas.

– Olá, campeão. Quer companhia?

– Companhia, não. – Arthur falou com frieza. Indicou o chão entre seus pés. – Prefiro que fique quietinha. E use a sua boca para me agradar.

– Como quiser, senhor. – Sorriu, seus lábios bem pintados de vermelho.

– Você é uma escrava? – indagou.

– Sim.

– Então, faça seu trabalho.

Arthur tinha a mania de tratar as mulheres como objeto. Seu jeito arrogante e vaidoso muitas vezes me irritava. Se não fossem as qualidades dele e sua amizade, eu já teria me afastado. Mas o conhecia bem e sabia que, no fundo, era um cara legal.

Enquanto a loira se ajoelhava entre as suas pernas, eu disse divertido para Joana:

– Sorte sua que está comigo. Esse meu amigo aí é um nojo.

Ela sorriu sem graça, mas olhou para Arthur com certo interesse, enquanto a loira abria sua calça e segurava seu membro já semiereto. Meu amigo percebeu seu olhar meio surpreso e falou cínico para mim:

– Aposto que ela preferia estar aqui do que aí com você.

Eu apenas ri, enquanto a loira começava a pagar um boquete para ele. Na mesma hora Joana desviou o olhar, corada, levemente culpada. Foi então que me toquei que ela havia se ligado mesmo no pau dele.

Parei de sorrir e a encarei de modo penetrante. Eu sabia que Arthur era um homem atraente e que aquele seu jeito cafajeste atraía as mulheres, mas eu e Antônio nunca ficamos atrás. Só não éramos descarados como ele nem tão mulherengos.

Naquele momento, tive vontade de dar um castigo em Joana por aquele olhar. Como se soubesse, fitou-me nervosa, excitada e me dei conta de que estava assim por minha culpa, por tê-la provocado, masturbado e a deixado pronta, cheia de expectativa.

Parecia suplicar por algo, mas ali as coisas só aconteciam quando eu achasse que era a hora. Aquilo também fazia parte do jogo e ela entendeu, enquanto baixava obedientemente o olhar.

Puxei qualquer assunto, nem sei qual foi. Joana respondeu e nem mais uma vez olhou na direção de Arthur, que tinha atendido o celular e parecia falar com alguém ao telefone, irritado, enquanto era chupado pela escrava. Eu o ignorei também.

Terminei minha bebida e Joana lambeu os lábios, seus olhos passando por mim, pidões. Eu subi a mão na coxa, sob sua saia, deixando-a agitada. Rocei os dedos pelos lábios vaginais, bem de leve, enquanto dizia baixo perto do seu ouvido:

— Por que está tremendo? Quer um pau na sua boceta?

— O seu pau, senhor... — murmurou.

— Não pense que vai escapar do seu castigo, Joana. — Não precisei dizer por que e ela abriu a boca para se justificar, mas eu completei: — Não quero ouvir mais nada.

Calou-se na hora. A voz de Arthur saiu mais alta do que o esperado e chamou minha atenção:

— Com aquela aparência? Duvido muito. — Ele dispensou a loira, fechando a calça, como se ela não fosse boa o bastante para pagar um boquete para ele.

Para provocar Joana, para saber se olharia de novo para meu amigo, eu disse com ar de riso:

— Não disse que ele era um nojo?

Ela nem se mexeu nem ergueu os olhos.

Arthur parecia concentrado no que a pessoa do outro lado do telefone lhe dizia.

Dei um ponto para Joana, mas segurei seu braço, a fiz levantar e levantei também, ficando bem mais alto do que ela. Olhou-me ansiosamente e sorri devagar, dizendo baixo e rouco:

— Está na hora de conhecer mais do Clube Catana. E me dizer se é o meu pau mesmo que você quer.

Pelo seu olhar esfomeado para mim, era o que ela mais queria. Mas não lhe dei opção de resposta. Só a levei comigo.

Eu tinha um amplo e vasto território a escolher ali. Enquanto era seguido por Joana nos corredores do Catana, que muito lembravam um local da Idade Média, com paredes revestidas de pedras, iluminação fraca, velas em candelabros pelos cantos, meus dedos coçavam para levá-la à Masmorra, pendurá-la em uma corda e usar meu chicote longo de três metros.

Mesmo sabendo que ali tinha Cruz de Saint Andrews, onde a poderia prender em forma de X, além do cavalo de madeira e mais uma infinidade de coisas, eu já tinha na minha cabeça o que faria com ela. Joana nunca esqueceria aquela noite. Porque eu estava a fim de pegar pesado.

Como era um sócio antigo, possuía um armário com minhas coisas e mandei uma das submissas da casa ir buscar e me entregar na sala de torturas. E foi para lá que me dirigi com andar firme, mas sem pressa, sabendo que a bela morena vinha ansiosamente atrás de mim.

O prazer, a sensação única de poder, já percorria meu corpo e me preparava. Quando chegamos à ampla sala de torturas, cheias de apetrechos medievais e de escravidão, uma música baixa e gótica tocava e só era cortada pelo belo som do chicote estalando no ar. Isso me atraiu e vi que alguns dominadores praticavam apagar velas com um chicote sem derrubá-las. Era uma das táticas utilizadas para treinar a pontaria antes de utilizar o chicote em uma submissa.

Todo mundo sabia os estragos que um dominador inexperiente e inseguro poderia fazer a uma pessoa. Ali no Catana havia os seguidores de um jogo mais hard, tanto dominantes quanto servos, que realmente ultrapassavam um limite e usavam a dor como forma de prazer. Muitos nem precisavam do contato sexual para isso, bastava ver uma pele cortada ou lanhada e sangue.

Apesar de gostar de jogar pesado, minha violência tinha limites. Eu não passava nunca de um certo ponto. As marcas que eu deixava sumiam logo, assim como a dor. Minha dominação era muito mais emocional e prazerosa do que de tortura física. Podia-se chamar de uma tortura sensual, de sentir que a mulher que me servia se doava tanto, que tinha prazeres inimagináveis sob meu jugo. Na verdade, eu gostava mais de dar do que receber prazer. Até naquilo eu gostava de ser o dominante, o provedor.

Parei na sala relativamente cheia, com visitantes observando o apagar das velas e as tentativas fracassadas de diversos dominadores, muitos que ainda aprendiam a lidar com aquilo. Joana parou ao meu lado, de cabeça baixa, muito quieta e à espera. Mas eu sabia que, com o canto dos olhos, ela já tinha olhado tudo e devia imaginar o que eu faria com ela.

– Senhor... – Uma escrava se aproximou respeitosamente de mim e me entregou uma longa e relativamente fina caixa de madeira trabalhada, onde eu guardava parte das minhas coisas.

Depois que ela se afastou, caminhei até uma mesa pesada ali perto e depositei a caixa, abrindo-a. De lá tirei meu chicote longo e, quando o estalei no ar, em minha lateral, Joana deu um pulo assustado para trás e várias das pessoas olharam em minha direção. Um dos dominadores mais antigos sorriu e me convidou:

– Matheus, venha apagar umas velas. Senhoras e Senhores, não há Dom hoje no Catana com tanta perícia quanto ele. Mostre-nos sua técnica.

Olhei para Joana, e ela tinha os olhos arregalados. Avisei baixo:

– Pense na sua palavra segura. Vou amaciar o chicote e logo volto para acertá-lo na sua bunda.

– Sim, Senhor. – Estava obviamente nervosa e muito excitada.

Eu me aproximei devagar do grupo, que acabou se abrindo para que eu passasse. Observei as velas dispostas em candelabros de pratas sobre a mesa longa, firmes, fazendo sombras tremularem na parede atrás delas. Já tinha feito aquilo inúmeras vezes até chegar à perfeição. Mas sempre gostava de repetir o processo, de provar que o ditado era certo: Quanto mais praticasse, mais experiente e melhor no assunto você se tornava. E eu não aceitava nada menos do que a perfeição.

Com total controle do chicote de couro, como se ele fosse uma continuação de mim, eu movi a mão em um gesto rápido e certeiro e apaguei duas velas de uma vez com uma só chicotada. Um murmúrio escapou da multidão e tive vontade de sorrir, mais de contentamento do que por arrogância. Para provar que não tinha sido questão de sorte, repeti o feito. Apaguei de novo duas velas com uma só chicotada e de novo.

Quando me virei, os outros dominadores me fitavam em um misto de irritação, admiração e inveja, mas ignorei-os. Os espectadores estavam admirados e faziam pequenos comentários. Senti vários olhares de mulheres sobre mim, oferecidos, quentes, pouco dissimulados. Mas caminhei com calma até Joana, que me encarava maravilhada, enquanto o amigo que me convidara para o treino dizia com um sorriso:

– Como sempre, um exemplo de força, tranquilidade e sobriedade, Matheus.

– Apenas dedicação, companheiro. – Retruquei agradado e segui até Joana. Ao parar a sua frente, indaguei: – Sua palavra segura?

– Lindo. – Murmurou, sem tirar os olhos admirados de mim.

– Lindo? – Sorri e segurei seu braço, puxando-a até que sua boca quase tocasse a minha: – Não vai me fazer ser mais caridoso me elogiando. Sabe o que a espera?

– Aceito o que quiser fazer comigo, Senhor. Qualquer coisa. – Seus olhos foram sôfregos para o chicote ainda em minhas mãos e lambeu os lábios, nervosa.

– Não seja tão ingênua. E lembre-se de sua palavra segura. É o seu limite. Diga se não suportar algo.

– Sim, Senhor.

– Repita sua palavra para mim.

– Lindo.

– Não esqueça. – E então senti a sensação única de estar em outro nível, onde eu podia ter o controle total de tudo. Isso era algo que fazia parte de mim desde que me entendia por gente, essa necessidade de dominar, de ter o poder. E toda vez antes de começar uma cena, eu o sentia me inundar e sabia que estava pronto. Como naquele momento.

Sem soltar seu braço, caminhei com ela até uma parte da sala que imitava objetos de escravidão e que relembravam sofrimento, mas ali seriam usados para o prazer. Deixei-a ao lado de uma meia-parede de madeira de mais ou menos dois metros de altura por dois de largura. Ordenei secamente:

– Tire toda a sua roupa e ponha na mesa ali. Depois me espere.

Não esperei sua resposta. Voltei para buscar minha caixa e outras coisas de que precisaria. Quando retornei, Joana estava completamente nua. E meus olhos a consumiram de cima a baixo.

Era linda. Não muito alta, curvilínea, seios bem-feitos com mamilos escuros, coxas roliças, cabelos longos espalhados, a boceta raspada e gordinha. Baixou os olhos quando me viu aproximar, nervosa, tremendo. Eu andei devagar em torno dela, como um macho prestes a atacar, encurralando, mostrando quem era o imperante ali.

Meu corpo já estava pronto, ligado, conectado ao dela. Minha mente já se concentrava, analisando seus sinais, preparando as ações. Joana não sabia, mas meu controle e minha calma escondiam um ser altamente sexual. Eu dominava e desfrutava, ainda mais se a fizesse delirar de um prazer mais forte do que tudo, arrasador. Então, eu ficaria completamente satisfeito. Meu objetivo não era essencialmente a dor, mas o prazer. E, mesmo quando a marcasse, isso seria apenas um acréscimo ao gozo que ela sentiria.

Eu não sabia de onde vinha essa certeza, mas era minha. E, eu a tinha.

Não a toquei. Fui até a mesa, depositei a caixa e os objetos. Senti seu olhar camuflado. Era isso que eu queria, sua atenção. Sua expectativa. Sua espera, que a deixaria a ponto de mendigar por mais. Enquanto isso, eu continuava seguro, concentrado e excitado, mas sem me abalar.

Com calma, tirei meu paletó preto. Deixei-o junto com as outras coisas. Usava uma calça preta sob medida, sapatos italianos costurados à mão e uma camisa de puro algodão branco. Desabotoei cada botão sem pressa, abrindo os punhos. Os olhos de Joana queimavam minha pele bronzeada, passavam por meus músculos, conheciam meu corpo. Mas parei por ali, afastei uma mecha do cabelo loiro escuro da testa e, apenas usando a calça e os sapatos, eu a encarei.

Imediatamente baixou os olhos, mas estava mais nervosa, mais corada. Mordia os lábios. Uma parte minha queria apenas jogar, ser logo seu dono, mostrar tudo que meu lado mais negro exigia. Mas controle era tudo. E, praticando há treze anos, eu sabia que a expectativa era um afrodisíaco a mais. E eu teria o que quisesse. Então, para que a pressa?

Caminhei para ela. Joana se assustou no momento em que segurei seus braços e a encostei na parede de madeira crua, seus olhos vindo enormes para mim quando a pressionei com meu corpo bem mais alto e musculoso e enfiei uma das mãos em seu cabelo, imobilizando-a.

– Senhor... – murmurou. – Posso falar?

– Sim. Diga. – Meus olhos estavam firmes nos dela, meu pau ereto, meus lábios prontos para tomá-la. Seu jeitinho manso e submisso me agradava e excitava.

Como se criasse coragem, ergueu as mãos e alisou meu peito, respirando fundo, seus olhos escurecidos de paixão, de ânsia. Murmurou:

– Nunca vi homem mais lindo que o senhor. Seus olhos... sua boca... seu corpo... E seu jeito. Não imaginei que existisse um homem assim.

– Hoje vou te dar provas mais do que evidentes de que existo. – Quase sorri por sua admiração tão verdadeira, pelo modo com que me fitava e passava as mãos em meu peito. – A começar por agora.

E a beijei. Colei meus lábios aos dela e os mordi de leve antes de mergulhar a língua em sua boca e tomar o que eu queria, em um beijo quente, profundo, gostoso.

Joana tremeu, soltou pequenos gemidinhos, se deu toda em minha boca, retribuindo, deixando que eu rodeasse e chupasse sua língua, toda entregue e feminina. Bem como eu gostava.

Não a impedi de me tocar. Enquanto seus dedos roçavam meus mamilos, eu conheci seu corpo com o tato. Senti a maciez de sua pele, o calor do seu corpo, as suas formas levemente arredondadas. Acariciei seus braços dos ombros até as mãos, onde cruzei meus dedos com os dela, passei as pontas por suas palmas, sondei seu formato. Subi de novo, sem parar de saborear sua boca com paixão e volúpia, até chegar com as mãos em seu pescoço e descer pelo colo, afastando-me só o suficiente para acomodar seus seios entre elas e massageá-los sensualmente.

Mais gemidos escaparam. Senti seus tremores, sua respiração agitada, sua ânsia. Meu toque era firme, mas gentil, ainda terno. Eu a preparava, a moldava, fazia com que se desse a mim. Era minha forma de possuí-la, lentamente, seduzindo-a, até ficar no ponto que eu queria. E, no processo, eu me preparava também, o desejo se espalhava dentro de mim devagar.

Fiz o contorno de sua cintura e de seus quadris com as mãos. Desci-as pela bunda bonita e redonda, ali cravei meus dedos e a ergui um pouco, acomodando sua boceta nua contra meu pau, para que o sentisse em seu tamanho e grossura absolutos. E a beijei mais forte, mais ríspido, enquanto se segurava em mim fora de si, já arquejando, precisando de mais. Foi então que a soltei.

Cambaleou e se encostou na madeira, mal podendo conter a respiração, os olhos pesados e suplicantes para mim. Segurei sua cintura, fitando-a duramente, indo perto e dizendo ao seu ouvido:

– Vou fazer tudo que eu quiser com você, serva. E só vou parar quando disser a palavra segura ou quando eu quiser. Vire-se e espalme as mãos na madeira.

Virei-a brutalmente e seus cabelos passaram em meus braços. Soltei-a e dei um passo para trás, vendo como me obedecia rápido. Mas eu já estava agitado. Ligado, querendo começar logo. Por isso, contornei a meia-parede e fui para o outro lado. Havia uma espécie de buraco nela e logo em cima uma janelinha. Eu a abri e encontrei os olhos nervosos e langorosos de Joana.

– Enfie a cabeça aqui.

Era simples. Joana acomodou o pescoço no buraco e fechei a janela com o trinco. Com isso, sua cabeça ficou de um lado da parede e seu corpo de outro. Ela nunca conseguiria sair dali se eu não abrisse o trinco de volta. Também não veria tudo que eu faria com seu corpo do lado de lá. Além de tudo, o buraco era baixo, e isso a deixava inclinada para frente, com a cabeça na altura da minha cintura. Perfeita para pagar um boquete quando eu quisesse.

Seus olhos eram enormes no rosto, mas havia mais desejo do que pânico. Acariciei sua face, observei como o cabelo caía pendurado dos dois lados do seu pescoço, mas não me demorei ali. Contornei a parede vendo seu corpo nu. E então me encarreguei de suas mãos. Espalmei uma contra a madeira e logo acima havia um gancho com uma tira de couro. Prendi em volta de seu pulso e fiz o mesmo com a outra mão. Então voltei à mesa, onde já tinha tudo que eu queria.

Segurei uma barra comprida com prendedores nas pontas que servia como separador. Já perto de Joana, corri a mão do meio de suas costas para baixo, fazendo o contorno de sua espinha, chegando até a bunda. Ali dei um tapa firme de um lado e ouvi seu grito. Ela tentou se mover, mas com o pescoço e as mãos presas não tinha muito para onde ir. E teria menos ainda.

Abaixei-me e ordenei alto o suficiente para que ouvisse:
– Abra as pernas.

Sua pele estava arrepiada, o tapa que dei foi forte e marcava sua nádega. Mas obedeceu-me na hora e estiquei o cano entre seus tornozelos, prendendo um dos couros em volta do tornozelo esquerdo e o outro do lado oposto, de modo que ele podia até andar para frente, para trás e para os lados, mas com as pernas separadas e presas na barra entre elas.

Ajoelhado atrás de seu corpo inclinado, tive uma visão privilegiada da sua bunda e da boceta carnuda, apreciando vê-la molhadinha. Talvez Joana esperasse agora a surra, pois tremia. Mas segurei suas nádegas e as abri, antes de abocanhar por trás as polpas macias da sua bocetinha, chupando firme. Ela se sacudiu, seu gemido foi longo e surpreso. Tinha uma vulva grande, gostosa, onde meu pau caberia todo perfeitamente. Soube assim que a conheci com a língua passando nas partes internas e meladas mais lisas e escorregadias. Despejou mais de sua lubrificação em minha boca e suguei com vontade, duramente.

Minhas mãos grandes abarcavam sua bunda e quadris, os polegares mantendo as duas bandas bem arreganhadas, meus olhos abertos em seu ânus e mais para baixo. Estiquei a língua e a passei em seu clitóris, sentindo-o endurecer, crescer como se pedisse por mais. E a lambi assim ininterruptamente, desde o brotinho até dentro da bocetinha encharcada, até que ela era uma massa moldável em minhas mãos.

Então foi a vez do seu ânus receber minha atenção. Eu o rodeei, chupei, lambi, forcei a língua. Joana se estremecia toda, forçava a bunda contra minha boca, parecia pedir desesperadamente por mais. E eu daria.

Levantei e lambi os lábios cheios do mel dela, do seu cheiro e gosto picante. Percebi que várias pessoas que tinham assistido ao lance com as velas estavam ali em volta, observando-nos. Não me incomodei com elas, continuei concentrado, meus olhos passeando pelo corpo feminino que ali era meu, todo meu. Uma sensação gostosa e galopante espalhou lascívia em meu sangue e fui até a mesa pegar meu chicote.

Não o usei naquela bunda que parecia chamar pelo estalar do couro. Contornei a parede e fui para a frente dela, para que visse o que eu usaria naquele momento e se enchesse ainda mais de ansiedade, expectativa e luxúria. Seu rosto estava corado, contorcido em uma expressão de desejo, ainda mais ao se deparar comigo. Lambeu-se me olhando por inteiro, arquejando ao notar o chicote enrolado em minha mão.

– Seu gosto é muito bom, putinha. – Envolvi seu rosto em minha mão e o mantive erguido para mim, abaixando-me até que meus lábios quase tocavam os seus e passei minha boca e meu queixo perto dos dela, ordenando: – Sinta seu cheiro de fêmea excitada em mim. Sinta.

Ela gemeu e aspirou forte. Seu instinto submisso a impediu que fizesse mais do que isso, mas seus olhos suplicavam por mais, por um beijo, um contato maior. Deslizei a mão entre seus cabelos e me ergui.

– Abra a boca. – Quando obedeceu, eu virei o cabo de madeira trabalhada do chicote e o coloquei atravessado entre seus dentes, ordenando: – Morda, cadelinha.

Joana ficou lá, totalmente à minha mercê, com olhar pidão, meu chicote pendurado, o cabo atravessado em seus lábios. Naquela posição por muito tempo babaria, e era isso que eu queria.

De pé a sua frente, mantive seu olhar erguido para mim. Quando abri o botão da minha calça, vi como sua expressão mudou, como fitou meu corpo com desejo decadente e voltou rapidamente ao meu olhar. Abri o zíper. Não tirei a calça preta. Apenas baixei a cueca e segurei com firmeza meu pau, deixando bem à mostra para ela.

Joana desceu o olhar e o arregalou imensamente. Gostei de ver seu susto com minha ereção. Era bem-dotado, comprido, grosso, rodeado por veias, a pele rosada sendo a única coisa mais suave ali. Vim mais perto dela e falei baixo, enquanto corria meus dedos devagar para cima e para baixo em meu comprimento:

– Eu nem deveria deixar você chegar perto do meu pau hoje. Não admirou o pau do meu amigo? Como castigo, devia só surrar você. Mas está vendo isso aqui? – Segurei-o pela base e passei a cabeça robusta contra seus lábios, meu semblante carregado, concentrado nela. – Vai entrar em cada buraco seu hoje. Até que nunca o esqueça. E cada vez que um homem for te comer vai se lembrar dele.

Ela choramingou contra a madeira do cabo do chicote, arrebatada, nervosa, piscando sem parar, como se quisesse suplicar.

Não precisei mandar que mantivesse o cabo na boca. Masturbei-me devagar na sua frente e acariciei seu cabelo, sem pressa, sem tirar meus olhos dela, acompanhando suas expressões, sua excitação, seu olhar guloso. A baba começava a escorrer para o seu queixo e soube o quanto estava com a boca molhada. Só então segurei o cabo e o tirei dali. Joana não fechou a boca, veio desesperada para meter meu pau nela, esticando o pescoço, pedindo com os olhos.

Dei um passo à frente e na mesma hora me abocanhou, mamando sôfrega, me envolvendo na maciez cálida e melada de seus lábios até a garganta, sugando fundo, tentando ter o máximo dentro de si e choramingando, agonizando. Ela queria tudo, faminta, prendendo o ar, me banhando em saliva, sabendo bem o que fazia. Era experiente em boquete e, quase se sufocando, tomou praticamente minha carne toda.

Deixei que me degustasse em sua fome, movendo a cabeça para frente e para trás com pressa, firme e gostoso, seus olhos marejados erguidos para mim, cheios de adoração. Não a toquei. Mantive uma das mãos ao lado do corpo e a outra segurando o chicote. Apenas a olhei, minha ordem expressa assim, silenciosamente. E ela se esforçou para cumprir, desesperadamente.

Foi um boquete delicioso. Agradou-me, excitou-me, mas arranhou só a superfície das minhas emoções. Eu as continha muito bem e deixava o corpo participar, mas observava de longe, controlado, dono da situação.

Quando fiquei satisfeito, eu simplesmente saí de sua boca. Joana se lambeu, pediu com o olhar, mas não verbalizou o desejo por mais. Sorri devagar e, sem fechar minha calça, fui para o outro lado da parede. Soube que ela esperava que eu usasse logo o chicote e se tremia toda, suas unhas compridas parecendo tentar se cravar na madeira.

Passei o chicote para a mão esquerda, e com a direita acariciei-a da bunda até a boceta, onde passei meus dedos. Ela fervia, quente, gotejando lubrificação, melada demais. Prontinha. Por isso, enfiei com firmeza dois dedos bem fundo dentro dela e ouvi seu grito esganiçado.

De pé, atrás de seu corpo, eu a fodi com meus dedos. Como eu tinha percebido, era grande, profunda, perfeita para comer bastante. E foi o que fiz, metendo então três dedos e logo quatro. Joana gritou, cheia, molhada, sem ter como fugir, mas isso nem passava por sua cabeça. Ela pedia mais, se forçando contra mim, palpitando e se abrindo.

Minha mão era grande, os dedos longos, mas soube que, se eu fosse cuidadoso, ela me tomaria até o punho. Juntei o polegar com os outros dedos e enfiei quase tudo, mas não passei disso. Puxava e enfiava e ela gritava, se sacudia, suplicava em alto e bom tom:

– Senhor, por favor... Ah, Senhor...

Quando tirei os dedos, vieram melados. Eu os passei em sua bunda, deixando um rastro de lubrificação ali. Então segurei novamente o chicote na mão certa e fui mais para trás. Um burburinho ecoou da plateia que crescia cada vez mais, mas não me desconcentrei. Movi o punho, e o couro ondulou lindamente no ar em um estalido, até acertar a pele de sua bunda e lambê-la em uma lanhada seca e rápida.

Joana gritou, tentou pular, teve dificuldade com a barra entre os tornozelos, o pescoço e as mãos presas. Na mesma hora bati de novo, agora do outro lado. Berrou e esperei ouvir a palavra segura, mas eram apenas lamentos. E sem dó, concentrado, eu a chicoteei de novo e deixei que o couro envolvesse seus quadris, como um abraço de um amante exigente e duro.

Sua pele marcou na hora em lanhadas vermelhas e ardidas. Eu ouvia seu choro. Doía, queimava, mas eu não pus força demasiada ali nem fiquei perto demais. E enquanto as picadas a deixavam desesperada aproximei-me logo, ajoelhei-me na sua frente, segurei suas coxas e lambi docemente a sua bocetinha aberta e pingando.

– Ah, Deus... Senhor!!!!!!!!!!

Joana berrou em um lamento e movi minha boca e minha língua dentro dela, bem firme e gostoso, me embriagando com seu gosto, tomando tudo que me dava. Senti o exato momento em que gozou, seus joelhos cedendo, seu corpo convulsionando, tremores incontroláveis varrendo-a de cima abaixo. Não parei. Continuei no mesmo ritmo, lambendo e chupando, até que palpitava e se acabava em minha boca.

Ela choramingava. Por fim, quando gozou tudo, eu me ergui. Fui para trás dela e a chicoteei de novo mais três vezes, em lugares diferentes, arrasando-a, deixando-a ainda mais exausta. Joana suplicou desesperadamente. Sabendo que mais seria muito dolorido para suportar, eu parei.

Deixei o chicote na mesa e admirei sua pele marcada das costas até as coxas, excitando-me com aquilo, com seu descontrole e sua entrega. Aproximei-me de novo e comecei a tocá-la, espalhando carícias em seu corpo, despertando-a de novo. Apalpei seus ombros, seus braços, suas axilas. Passei os dedos sobre suas costelas, arrepiando-a. Massageei seus seios e belisquei seus mamilos até deixar os dois duros e bicudos, e a senti-la estremecer. Acariciei sua barriga, seu quadril, suas pernas. Quando espalmei a mão em sua boceta ainda muito sensível, choramingou. Mas não me demorei ali.

– Você é uma cadelinha linda e obediente. Gosto disso. – Tirei um preservativo do bolso e fui para trás dela. Revesti meu pau com o látex e puxei com os dedos a lubrificação da sua vulva, espalhando em seu ânus, melando-o. – E quero te foder assim, como uma cachorra. Vai aguentar tomar meu pau todo aqui?

– Sim, Senhor... – respondeu na hora e tive vontade de ver seu olhar de desespero, mas não saí do lugar. Em vez disso, meti meu dedo no buraquinho e ele praticamente me sugou para dentro, latejando, se abrindo e apertando.

– Que cu guloso... – murmurei.

E não tive dó ao estocar dois dedos ali. Joana disse palavras desconexas, mas aceitou, se sacudiu, se abriu. Movi a mão para frente e para trás, metendo dois dedos com força em seu ânus que parecia tão molhado e macio quanto sua boceta.

Quando meti três dedos, dei um tapa firme na sua bunda já ardida e ela gritou fora de si. Bati e meti. Intercalei carícias em seu clitóris e surras em sua bunda, até que Joana já suplicava desesperadamente por mais e, com os três dedos dentro dela, eu a penetrei com meu pau em sua vagina, segurando-a firmemente pelo quadril.

– Ahhhhhhhhhh ...

Ela se debateu, mas não escapou de ser fodida duramente, penetrada em seu limite nos dois orifícios, seu calor abrasador me envolvendo, tirando um pouco do meu controle. E a comi como se fosse mesmo uma cadela, meus dedos acompanhando o movimento do meu membro que ia forte e fundo. Passei o braço pela frente do seu corpo e a masturbei com a mão livre. Foi quando ela se quebrou em um novo orgasmo.

Não parei e isso a fez palpitar e ondular mais. Miou, chorou, disse coisas sem sentido. Passei meus olhos em sua pele nua das costas, nas unhas pintadas de vermelho que arranhavam a madeira, no ânus que piscava sugando meus dedos, vendo ali todos os sinais de sua entrega e descontrole.

Senti uma satisfação única e meti nela em estocadas brutas, excitado, gostando da sensação de poder e dominação, de tê-la da maneira que eu quisesse, para chupar, bater, foder. Quem nunca tinha feito sexo com dominação e submissão, não sabia o que estava perdendo, como era viciante o sentido de plenitude, de ter os sentimentos beirando um limite, como se todas as amarras se soltassem, dessem liberdade. Eu nunca poderia viver sem aquilo.

Quando acabou de gozar, puxei os dedos fora e vi como o buraco do seu ânus estava mais dilatado, pronto. Na hora, tirei meu pau de sua boceta e o meti ali sem nenhuma delicadeza, sodomizando aquele local mais apertado e estrangulando minha longitude, deixando tudo ainda mais delicioso.

– Ai, Senhor, eu não aguento mais... – pediu em súplicas.

– Diga sua palavra segura, cadelinha. Porque, se não disser, ainda vou meter muito em você essa noite.

– Oh...

Mas não disse e segurei seus quadris, firmando os pés no chão, mandando ver em sua bunda, devorando-a com meu pau grosso e inchado, metendo, estocando, penetrando-a com tudo. Ergui a cabeça, passei meus olhos em volta, vi o público que tínhamos, como as pessoas se excitavam, como as mulheres me olhavam, como pareciam sedentas por mais.

Meu corpo reagia ao desejo, meus sentimentos se exaltavam com a dominação, mas uma parte minha continuava lá no controle e poderia fazer isso por horas. E foi o que fiz. Eu brinquei com Joana, tomando tudo que quis. Eu a sodomizei até que ela choramingasse que estava ardendo. Então tirei a camisinha e fui para a sua frente, vendo seu rosto banhado em lágrimas, seus olhos langorosos, sua boca inchada de tanto morder os lábios.

E ficou mais inchada, pois me chupou até a baba escorrer para seu pescoço, enquanto eu dizia que era uma puta e que a foderia até deixá-la tão exausta que, quando a soltasse, cairia no chão sem forças. Por vários momentos pensei que diria sua palavra segura, como quando voltei a comer sua boceta enquanto usava um vibrador clitoriano nela, chamado de "Varinha mágica". Era um vibrador em forma de microfone que, encostado no clitóris, o estimulava em níveis impressionantes, com velocidades ajustáveis.

Era ótimo para mulheres com dificuldades para ter orgasmos. Mas, para as que já estavam excitadas, o gozo vinha logo. E torturei Joana assim, comendo sua boceta e colocando o vibrador até que gozasse, só para depois foder seu ânus e fazer o mesmo. Ao final do quarto gozo, ela estava suada, arquejante, avermelhada, chorando. Eu já tinha espancado de novo sua bunda e mordido suas costas. Ela estava a ponto de desabar, de pedir arrego. E senti isso, a sua exaustão física e emocional.

Foi quando tirei o preservativo e fui para a sua boca. Enterrei meus dedos em seus cabelos e ela me chupou com vontade, seus olhos buscando os meus em um pedido mudo para que eu me esvaísse e me entregasse. Deixei-a suplicar assim. E aos poucos soltei aquela parte minha sob rédeas curtas, deixando o prazer me varrer, meu controle se afrouxar.

Esporrei em sua boca. Meu esperma escorreu e pingou no chão, mas Joana tentou engoli-lo todo, sugou, lambeu, gemeu. Mamou meu pau e engoliu o máximo do sêmen que conseguiu. Adorou-me com a boca o quanto pôde, até não restar mais nada de mim para tomar. Mais nada de mim físico. Porque eu continuava resguardado, seguro, sabendo que tinha sido uma boa foda, mas como tantas outras que eu tive na vida. E assim saí ileso e não me afetei emocionalmente.

Acariciei seu rosto e saí de sua boca, vendo sua exaustão, suas pálpebras pesadas.

– Boa menina. – Tratei-a com carinho.

Depois fui livrá-la da barra entre os tornozelos e soltar seus pulsos. Quando abri a janelinha, Joana continuou no mesmo lugar, como se esperasse minhas ordens. Fui para o seu lado e a ergui devagar, afastando-a da parede de madeira, trazendo-a para meus braços. Só então me abraçou, se apoiou cansadamente em mim.

Ergueu seus olhos e havia muitos sentimentos ali quando murmurou:

– O tempo todo eu quis dizer o quanto é lindo, mas não podia usar essa palavra. Agora posso, Senhor. Você é lindo. Lindo.

E antes que eu dissesse algo escorregou para o chão e desmoronou sobre ele, nua e entregue, abraçando as minhas pernas, apoiando a cabeça nos meus sapatos, demonstrando ali sua entrega total. Sua submissão.

Era o que eu mais queria. Submissão.

E amor.

MATHEUS SÁ DE MELLO

Era uma reunião familiar e gostosa. Poucas pessoas, mas todas queridas, envolvidas por um objetivo em comum. Comemorar os 4 meses de vida de Ana Bárbara, a linda Aninha, filha de Arthur e Maiana, meus amigos. Todos os meses eles faziam aquela pequena festinha, e as mesmas pessoas iam. Era uma maneira de agradecer, a cada mês de vida, pelo bebê que veio alegrar a vida de tanta gente.

Despejei vinho em minha taça, um pouco mais à vontade daquela vez. Eu sempre ia ali com um misto de alegria e tristeza, sentimentos confusos que há quase um ano me acompanhavam. Desde que conheci Maiana, a mulher que amei desde o primeiro olhar, mas que já pertencia a outro homem. Meu melhor amigo.

Meus olhos automaticamente a procuraram. Conversava com dona Lilian, uma antiga vizinha que a conhecia desde criança, sorrindo, cortando pedaços de bolo. Estava ainda mais bonita depois de ter dado à luz, como se além de tudo se tornasse também radiante. As emoções represadas fizeram menção de sair, mas eu as contive. E desviei o olhar.

Estava sendo duro aceitar o que soube desde o início. Maiana e Arthur se amavam. Quando a vi pela primeira vez, tinha sabido que era o que sempre procurei. Não precisei de muito, só fitar seus olhos. E, quando a encontrei depois, isso só se confirmou. No início travei, observei calado e atento como sempre, reservado em minhas emoções. Conhecendo Arthur, eu achava que a história deles não ia dar em nada. Mas não esperava algumas surpresas no caminho. Como meu amigo se apaixonar de verdade, se arrepender de suas burradas e se redimir.

Quando me aproximei de Maiana, fui movido por minha preocupação com ela, paciente, esperando a vez de conquistá-la, de tratá-la como merecia. E paciência foi a palavra certa para definir tudo. Por vários fatores, desde estar grávida até o amor que ainda tinha por Arthur e que ela tentava disfarçar com ódio. Não me precipitei. Observei tudo, todos os lados, pesei os prós e os contras, fiz o que achei que era certo. Embora tenha me custado muito.

Pensei em todos os envolvidos, mas em mim mesmo em último lugar. Costumava ser assim, analítico, controlador, dono da situação. Antes mesmo de Maiana e Arthur voltarem a ficar juntos, eu sabia que aquilo ia acontecer. Não pelo bebê que iam ter, mas pelo amor dos dois e pelo arrependimento verdadeiro dele, que foi inesperado. E me pegou desprevenido.

Em minha mente, Maiana sofreria, Arthur seguiria sua vida de devassidão e eu estaria lá, trazendo-a para mim, fazendo-a me amar, me mostrar aos poucos e até torná-la minha, completa e irremediavelmente. Confiava em mim mesmo para fazê-la aceitar meu lado mais escuro e sombrio, meus prazeres perversos. E então eu teria o que sempre quis. A mulher e a submissa perfeita.

No entanto, tudo fugiu ao meu controle. E mesmo quando ela se jogou em meus braços, pronta para me beijar e se entregar, eu soube que seria em vão. Era uma ação baseada em desespero, e eu não queria ser escora para ninguém. Seus olhos me falavam de seu amor por Arthur e não por mim. E foi ali que vi que eu havia perdido.

Foi um misto de aceitação e revolta. Minha amizade antiga com Arthur me travou o tempo todo. Eu podia ter ido para cima dela com tudo, entrado de verdade na briga, tinha meus próprios truques. E o teria feito se ele fosse um estranho. Se eu não tivesse visto seu desespero e arrependimento, e o quanto amava alguém de verdade pela primeira vez na vida. Foi isso que me deixou de mãos atadas. E eu apenas aguardei. Até o desfecho final. Até aquele telefonema, quando ouvi a notícia fatídica. Eles haviam retornado.

Lembro que pus o fone no gancho, muito quieto, apenas constatando um fato que eu mesmo já havia percebido. Que Maiana não seria minha. Primeiro veio a dor. Apesar de tudo, eu tinha tido uma esperança. Eu a assumiria com filho e tudo. Naqueles meses em que saímos, jantamos juntos e eu a acompanhei ao médico, eu me apaixonei mais. Por sua doçura e sua força, por seu olhar e seu sorriso. Muitas vezes imaginei-a como minha, como seria beijá-la, tudo o que queria fazer com ela. Maiana tinha algumas características que despertavam o que havia de melhor em mim. Sabia que daria uma submissa perfeita e, quando sua força interior viesse à tona, seria uma delícia dobrá-la.

Eu já me via prendendo-a, ensinando-a a se ajoelhar e a se oferecer em castigo. Tinha sonhos eróticos com ela. A gravidez naquele ponto foi boa, também ajudou a manter o controle. Um controle que mantive por um fio. Pois quando estava ao meu lado era difícil conter meus instintos de macho dominante e exigir que fosse minha. Arthur nem podia imaginar o quanto tive que lutar para deixar apenas o meu lado mais civilizado vir à tona.

Mas depois da dor e da raiva, de ter pensado que vacilei por não ter investido de verdade, veio a aceitação. Algumas coisas realmente não tinham que ser. E talvez eu soubesse disso o tempo todo; por isso fui tão contido. Maiana e Arthur se amavam, iam ter uma filha e mereciam uma nova chance. Por isso, saí da jogada da mesma maneira que entrei: apenas como um amigo.

E agora, ali, depois de ter entrado com ela na igreja no dia do seu casamento, ter ido visitá-la quando Aninha nasceu e comparecido às festinhas naqueles quatro meses, acabei me conformando. Porque me forcei a isso. Poderia ter me afastado, mas não era de fugir de nada. E enfrentei, sabendo que em algum momento o desejo seria arrancado de dentro de mim e só sobrariam a amizade e o carinho.

Nesse meio-tempo, eu e Arthur retomamos aos poucos nossa amizade. Agora eu, ele e Antônio nos encontrávamos mais vezes, como antes. Éramos amigos de infância, de praticamente uma vida inteira. Mesmo eu sendo o único solteiro entre eles. O que também não deixava de ser irônico. Arthur sempre fora avesso ao casamento. E Antônio, maníaco por controle, deixava claro que só se casaria quando fosse necessário, uma escolha fria e baseada em outros interesses. E eu, o único assumidamente romântico e interessado em compromisso, continuava solteiro.

Sorri para mim mesmo e parei perto da janela, olhando o belo jardim do casarão, iluminado; 32 anos. Rico, com boa aparência e fiel. No entanto, apaixonado pela mulher do meu amigo. Não via diante de mim nenhuma possibilidade real de relacionamento sério por enquanto. A solução seria seguir em frente e esperar que, em algum momento, encontrasse uma mulher que mexeria comigo tanto quanto Maiana.

Olhei para Antônio sentado no sofá ao lado de Ludmila. Ele estava quieto, mais do que o normal. Dava para sentir que não havia entre eles nem a terça parte do amor e do companheirismo que se percebia entre Maiana e Arthur. Eu sabia que seu casamento tinha sido mais um acordo de negócios do que qualquer outra coisa. Duas fortunas unidas, e agora ele era o mais rico e poderoso entre nós, suas empresas ganhando não apenas o Brasil, mas o mundo. Mas olhando-o ali tive a nítida impressão de que estava infeliz. E pensei comigo mesmo que era melhor estar sozinho do que amarrado a alguém por conveniência.

Acho que Arthur também percebeu o jeito dele. Na última vez que saímos para beber algo, Antônio tinha contado que Ludmila não estava conseguindo engravidar. Mas eu achava que não era só isso que o perturbava.

Ali, naquele sofá, parecia calado demais, sério, pensativo. E, como se o quisesse distrair de tudo e tirar seu ar circunspecto, Arthur se aproximou e pôs Aninha no colo dele. Tive que sorrir quando Antônio pareceu um bobo derretido e quando a menina deu uma risadinha para ele. Não me contive e falei:

– Efeito Aninha. – Eu, Antônio e Arthur rimos.

Ludmila, não, pois parecia um pouco incomodada.

Na verdade, Aninha era a garotinha mais linda do mundo e muito simpática. E não só o pai era louco por ela, nós também.

Enquanto isso, dona Lilian ajudava Maiana a entregar os pratinhos de bolo. Mas foi a própria Maiana que veio trazer o meu. Era sempre atenciosa comigo, como se me ver bem e feliz fosse um dos objetivos da sua vida. Não sei se por se sentir de alguma maneira culpada ou por me amar como um amigo verdadeiro, já que tínhamos nos aproximado muito quando estava grávida e sofrendo. Ela disse, linda demais em um vestido cinza que valorizava seus olhos prateados:

– Foi Elisângela que fez, Matt. Lembro que adorou o último.

– Se ela fosse minha cozinheira, eu estaria obeso. Sempre tive um fraco por doces. – Deixei a taça de vinho sobre o aparador e aceitei o prato de bolo, olhando para Maiana e sorrindo.

Eu já conseguia fazer aquilo com muito mais descontração. Estar perto dela e não ter desejos pecaminosos ou sofrer.

– E o meu pedaço de bolo? – Ouvi a voz de Arthur. Nós o fitamos. Apesar de aceitar nossa amizade, ele ainda tinha ciúmes. O que não deixava de ser engraçado e, até certo ponto, bom. Com tudo que tinha acontecido, ele tinha aprendido a respeitar ainda mais Maiana e a temer perdê-la. Assim, a valorizava o tempo todo.

Maiana foi até ele sorrindo. Beijou suavemente seus lábios, dizendo:

– O seu eu separei para comer comigo. – Segurou sua mão. – Vem aqui pegar.

Eles foram até a mesa, se servindo e sorrindo um para o outro como bobos, tolos, cada vez mais apaixonados.

Desviei o olhar, senti algo apertando meu peito. Eu não soube se era ciúme ou inveja, pois Arthur tinha o que eu sempre desejei e encontrei em Maiana. Mas abafei o que quer que fosse aquilo e olhei pela janela, calado, controlado.

Por algum motivo, lembrei-me da minha mãe, morta há seis anos. Tinha sido a pessoa que mais amei na vida, e Maiana lembrava muito ela. Duas mulheres perdidas para mim. Seria difícil encontrar outra igual e ainda mais difícil amar da mesma maneira.

Mas eu não era homem de passar a vida lamentando. Seguiria em frente, sem amargura e sem revolta. Apenas vivendo, até ver o que o destino reservaria para mim.

Saí de lá por volta das 11 horas da noite e fui direto ao Clube Catana. Sabia que era noite de sessão privada, quando sócios e convidados escolhidos a dedo, todos de alto nível econômico e cultural, se reuniam para sessões preestabelecidas, que duravam às vezes até de manhã. Não era para amadores nem para pessoas sensíveis demais. Dom, Domme, Senhor, Rainha, Mestre, todos os mais cotados e respeitados membros do Catana e de outros clubes de sexo semelhantes, se reuniam para as sessões.

Eu não tinha dado certeza da minha presença. Não me sentia preso a nada. Era um tipo de homem que tinha dois lados bem definidos dentro de mim, como se dois seres me habitassem. E eu conhecia muito bem ambos. Em alguns momentos, um desses lados sobressaía, depois vinha o outro. Tinha sido difícil me entender e aceitar como tal. Cheguei ao ponto de quase procurar ajuda psicológica. Mergulhei em livros de Filosofia e sobre a mente humana. Mas então relaxei, deixei de me preocupar e entendi que podia ser bem mais feliz simplesmente me aceitando como era.

Parecia fácil, mas na verdade era bem difícil. Geralmente, as pessoas formavam uma opinião sobre você e se assustavam quando descobriam um lado seu desconhecido. Era como se sentissem enganadas, burladas, traídas. Ainda mais se a descoberta fosse relacionada a uma preferência sexual. Aí então você era logo tachado de imoral, devasso, diferente.

Eu ainda me impressionava com tantos preconceitos em pleno século XXI. O sexo aparecia na televisão, em filmes e livros, palavrões eram de uso corrente, todos pareciam muito modernos e civilizados. Mas então alguém se declarava homossexual e era agredido; uma mulher mais aberta era vista como prostituta; um dominador sadomasoquista era equiparado a um espancador de mulheres. Se era alguém da família, rapidamente surgiam as cobranças, o horror, as críticas. Ser "normal" era ser hipócrita.

Talvez por tudo isso poucas pessoas me conheciam realmente. Não que eu me escondesse, mas já tinha visto demais à minha volta para saber qual seria a reação do meu pai. Minha família era tradicional, Católica Apostólica Romana, motivo de orgulho da minha falecida mãe e do meu pai. Eu era o filho perfeito. E eles nunca desconfiaram que eu fosse um mestre em Shibari e com chicotes longos.

Primeiro tinha me especializado em bondage, que era uma técnica de dominação com cordas, onde a submissa era imobilizada. Mas me interessei tanto pelo assunto que acabei partindo para o Shibari, que apesar de também consistir em imobilização com cordas era um trabalho muito mais minucioso e estético, mais paciente. De origem no Japão Feudal, foi se tornando quase uma arte, sendo altamente valorizado. Os nós e as amarras tinham que ser precisos, sem machucar e ao mesmo tempo belos. E tanto quanto o chicote longo precisava de perícia e controle, de um estudo dedicado para ficar perfeito.

Para minha família, com certeza nada daquilo seria apreciado. Muito menos o fato de que eu fosse sócio de um clube como o Catana. Arthur, Antônio e mais uma meia dúzia de pessoas sabiam. Mas, para o resto do mundo, eu era o rapaz sério, educado e amável que eles viam. Não o homem pervertido que adorava submeter e ter uma mulher suplicando sob seu chicote.

Por muito tempo me indaguei se seria uma doença. Lembro que gostava das coisas à minha maneira e desde criança acabava obrigando todos os meus colegas a fazerem a minha vontade. Não obrigava pela força. Era algo mais, uma persuasão, um olhar duro, uma ordem bem-dada. E, quando eu via, eles obedeciam. Era um instinto natural, as pessoas me seguiam e obedeciam sem nem se dar conta. Até que fui crescendo, conhecendo meu poder e me tornando cada vez mais dependente dele.

Não era um poder autocrático e descarado. Era silencioso, firme, imperativo. As pessoas se aproximavam achando que eu faria o que elas pretendiam, por me acharem bom e muito educado. E isso sempre se revertia, exceto com Maiana. Talvez por ter me travado desde o início e escondido esse poder. Talvez por ela ter sido antes afetada por Arthur, que também tinha um instinto dominante.

Eu me desenvolvi com o tempo. Na cama, as mulheres se assustavam comigo. Algumas diziam claramente que não esperavam que um homem tão controlado e com ar de bom moço pudesse se tornar tão duro e perverso. Nunca teve uma que não gozasse ou estalasse sob meu chicote ou minha mão. Mesmo as que eram declaradamente baunilhas acabavam minhas submissas e pediam por mais. E eu dava, enquanto a relação durasse. Uma ou outra despertou minha atenção e namorei por mais tempo. Mas, ao final, não me apaixonei. Até Maiana, que nem beijei.

Algumas vezes me indagava se aquele não tinha sido o meu erro: me esconder dela. Mas agora estava feito. E só cabia a mim seguir em frente.

Cheguei ao Clube Catana, aquele casarão na área nobre da Zona Sul do Rio que parecia mais uma mansão do século XIX. Quem passasse do lado de fora e visse os muros grandes e os portões gradeados, nunca imaginaria o que se passava lá dentro. Mas isso era exclusivo para os membros, sócios e convidados.

Cumprimentei os seguranças e entrei. Como não sabia se apareceria ali naquela noite, não fui vestido como um Dom. Usava uma simples camisa lilás de listras finas com o primeiro botão aberto, um paletó preto por cima e uma calça cinza bem escura. Não havia nada de couro. Dentro do clube, eu possuía um armário onde deixava algumas roupas e objetos, mas não sabia se eu ficaria por muito tempo. Assistiria a umas sessões, beberia algo e decidiria depois.

O clube não estava lotado, mas cheio. Pessoas travestidas, usando couro, napa, muito preto e vermelho, máscaras, coleiras e mais uma infinidade de coisas que, para quem era do mundo BDSM, pareciam bem normais. Uma música gregoriana banhava o ambiente na penumbra. Candelabros com velas vermelhas lançavam sombras nas paredes de pedra. As escravas e os escravos da casa serviam os convidados como Ponygirl, tanto homens como mulheres mordendo um cabresto de cavalo, nus, usando apenas luvas pretas, sapatos pretos, que podiam também ser botas, e um plugue anal de onde saía um rabo como de um cavalo, de crina nas mais variadas cores.

Eles abaixaram os olhos respeitosamente quando passei e alguns ficaram imóveis até eu me afastar. Segui em frente, tão à vontade naquele ambiente quanto tinha estado na casa dos meus amigos. Meus dois "eus" que vinham à tona naturalmente, dependendo da situação. Cumprimentei alguns conhecidos, fui parado por uma dominatrix que tinha ido morar em São Paulo e era uma amiga que não via há algum tempo, conversamos um pouco. Depois segui em frente.

Algumas submissas com quem eu já tinha jogado na casa se ajoelharam quando passei. Acariciei o cabelo de uma, sorri para outra, deixei que uma terceira beijasse minha mão e depois a ponta do meu sapato, mas não parei. Segui meu caminho em direção ao bar, sentindo vontade de apenas relaxar e ser um espectador naquela noite.

Ou talvez não. Podia me interessar por alguém ou alguma sessão. Não estava a fim de seguir regras, simplesmente aproveitar a noite em meu ambiente.

– Matheus! – Um homem me chamou em uma mesa ali perto.

Eu o fitei, reconhecendo um dos donos do Catana, Mestre Sid. Ele estava todo de preto, camisa e calça sociais, os cabelos grisalhos penteados para trás, fixados com gel. Tinha cinquenta e poucos anos e um olhar duro, firme, que parecia pior com a sobrancelha em forma de um V invertido. Ocupava uma cadeira de madeira trabalhada e estofado vermelho, com três escravas nuas a seus pés. Ele as tinha já há algum tempo e não eram apenas submissas, mas "irmãs de coleira", ou seja, moravam com ele. Era uma vida BDSM dentro e fora do Catana. Por isso era Mestre e não Dom, que apenas jogava em sessões públicas ou particulares.

— Sid. — Fui cumprimentá-lo. Apertamos as mãos, e ele me indicou uma cadeira.

— Sente-se comigo, amigo. Quer vinho?

— Claro.

Acomodei-me, e uma das escravas se ajoelhou ao lado da mesa e me serviu de vinho sem erguer o olhar. Depois voltou obediente para perto do seu senhor.

— Vai participar de alguma sessão hoje? — Sid fitou-me, saboreando a sua bebida.

— Ainda não sei. — Dei de ombros. — Nem vinha aqui. Mudei de ideia no meio do caminho.

— Tenho achado você tão calado ultimamente.

Eu o encarei. Tinha sido um de meus mentores ali no clube, quando, aos 18 anos, iniciei minha jornada no BDSM. Ensinou-me a usar os diversos tipos de chicote, shibari, as melhores técnicas de dominação. Tínhamos uma boa relação de amizade e gostava de me convidar para as reuniões dele a que só um grupo seleto tinha acesso.

— E tenho estado mesmo. Mas está passando. — Dei de ombros, sem querer pensando novamente em Maiana, mas me esforçando para afastá-la da mente.

— Para um Top como você, significa que encontrou o Bottom perfeito?

Top era como um dominador ou uma dominadora era chamado em nosso mundo. E Bottom, o submisso ou submissa.

— Encontrei. — Acenei com a cabeça e tomei um gole do meu vinho, observando o ambiente, como preparavam o palco para a sessão que logo seria iniciada. Sorri meio de lado. — Pena que ela não sabia.

— Por sua cara, percebo que as coisas não saíram bem a contento. Era baunilha?

– Nem tanto. Tenho certeza de que isso poderia ser revertido. Mas já pertencia a outra pessoa.

– Entendo. Isso acontece. Mas não desanime. Há de encontrar outra, de igual valor. – Sorriu e olhou para suas submissas. – Ou outras, embora saiba que seu lado romântico fala mais forte nessas horas. Prefere apenas uma, não é?

– Sim, é verdade.

Eu observava as mulheres a minha volta. Muitas eram lindas e Bottom. Lançavam-me olhares e baixavam os olhos, demonstrando o interesse. Mas nenhuma em especial chamou minha atenção.

– Uma coisa que sempre me deixou perplexo, Matheus, foi esse seu lado terno em meio a sua dureza, desde que era um rapazote. Pensei comigo mesmo que isso o atrapalharia como um Dom. E, no entanto, é exatamente o que o diferencia dos demais. Faz qualquer sub aqui preferir você para uma sessão. Soube que fazem fila para serem as escolhidas.

– É um exagero. – Lancei um olhar levemente divertido a Sid, que deu uma risada.

Nós dois sabíamos que o fato já tinha causado até ciúmes em outros dominantes, mas eu não me envaideci disso. Para mim, aquilo era um jogo e um prazer. Não motivo de inveja ou disputa. Por isso ignorava aquele tipo de coisa e seguia como sempre fui. Mudei de assunto:

– Que sessão especial vocês prepararam para hoje?

– Aproveitando o grande número de banqueiros, empresários, diplomatas e turistas presentes, querendo gastar, optamos por um leilão. Uma parte do lucro fica para a casa e outra vai para ajudar crianças com câncer. E, no meio da brincadeira, nos divertimos um pouco. – Sid acabou sorrindo, fitando-me.

– Algumas pessoas se candidataram para serem leiloadas. Não quer participar? Você levantaria um bom dinheiro por uma causa justa.

– Ser leiloado? – Virei um pouco para fitá-lo, erguendo uma sobrancelha, divertido. – Acho que não seria uma boa. Gosto de escolher as minhas subs.

– Mas podemos fazer um acordo. Vamos supor, você doa uma hora do seu tempo e decide como vai usá-lo. O que acha?

– Não. Prefiro apenas observar. – Tomei um gole do meu vinho.

– Vamos lá, Matheus. Onde está seu espírito de bom samaritano? Estamos falando de caridade.

– Sei que tipo de caridade. – Falei, divertindo-o. Mas Sid insistiu:

– Não terá que fazer nada que não queira, amigo. Apenas ceder um pouco do seu tempo. Talvez se divirta mais do que está pensando.

Analisei a proposta, enquanto meus olhos passeavam em volta. Por fim, me dei conta de que pior do que me sentia eu não poderia ficar. Não estava animado para nada. Virei meio de lado e encarei Sid. Ele ergueu uma das sobrancelhas, acariciando o cabelo de uma das suas submissas que tinha a cabeça apoiada em seu joelho.

– Uma hora. – Concordei. – E eu decido como esse tempo será usado.

– Perfeitamente.

Sorriu, satisfeito. E passamos a conversar sobre outros assuntos.

SOPHIA MARINHO

Sorri satisfeita ao entrar no Clube Catana. Tinha chegado ao Brasil há poucos dias e saber que no Rio de Janeiro havia um clube como aquele já me deixava feliz. Senti que estava em casa.

– O que está achando? Deixa algo a desejar em relação aos clubes europeus? – indagou Tamara, a amiga que me acompanhava. Ela andava ao meu lado, tão alta quanto eu em suas botas de salto com quinze centímetros.

Atrás de nós vinha um homem igualmente alto, ligeiramente calvo, usando coladas roupas de vinil pretas e uma máscara de látex. Ele estava seguindo Tamara, de cabeça baixa, submisso. Quem o olhasse não diria que era um dos empresários mais ricos e arrojados do país, que tinha sob seu jugo milhões de funcionários. Na intimidade, era apenas o submisso de Tamara.

Era sócio do Catana e sempre estava ali com a sua Dona. Graças a ele eu consegui o convite para a festa daquele dia, já que o clube era exclusivo e fechado. Minha amiga Tamara tinha me convidado, e Felipe rapidamente deu um jeito de me incluir.

Sorri satisfeita, observando o ambiente enquanto seguíamos até uma mesa.

– É um belo clube, Tamara. Bem ao nível dos europeus. Vamos ver se as sessões são tão boas quanto as de lá. – Sentei em um sofazinho, e minha amiga ocupou a outra ponta. Felipe caiu de joelhos no chão ao lado dela, que o ignorou ao pedir uma bebida para nós duas e se virou para mim.

– Você vai gostar daqui. Sei que não vive se não tiver um ambiente assim para frequentar, Sophia.

– É o costume, amiga. Enquanto vivi na cidade do Porto, frequentei clubes em quase toda a Europa e já era sócia de alguns. Se eu gostar daqui, vou precisar saber como adquirir um título.

– Isso é fácil. Meu servo pode ver isso para você. – Referia-se a Felipe, mas sem olhá-lo, em tom de desprezo.

– Tudo bem.

Eu sorri e os observei. Eles estavam juntos há quase um ano e agora não tinham apenas uma relação de Dominatrix e submisso, mas um relacionamento estável. Tamara não era apenas uma Domme como eu, que se relacionava sexualmente em uma relação de dominação/submissão. Como Dominatrix, era profissional, atendia diversos clientes, vivia daquilo. Foi assim que conheceu Felipe.

Desviei o olhar, fitando o palco preparado como um local de venda de escravos, com pelourinhos onde alguns seriam amarrados e dois homens vestidos como feitores, que se preparavam para começar a sessão. Depois passei o olhar em volta, pensando que, ao contrário da minha amiga, eu não era profissional, não vivia do BDSM. Eu era uma executiva de sucesso. Aquele era um gosto particular, entre quatro paredes ou em sessões, com servos à minha escolha. E com o único propósito de obter prazer sexual.

Nem sempre era assim para uma Dominatrix. Em algumas sessões, o cliente nem encostava nela. Pagava para ser humilhado, amarrado, chicoteado ou ser obrigado a se vestir de mulher e daí vinha seu prazer. Eu preferia o sexo em si. Por isso nunca me vi num papel de Dominatrix, fazendo daquilo uma profissão. Era uma Domme e me divertia demais sendo assim.

Depois de dois anos morando em Portugal e visitando várias cidades europeias, por trabalhar com uma empresa de turismo, passei todo aquele tempo sem vir ao Brasil. Antes tinha ficado seis anos em São Paulo e outros tantos mudando de estado, então, ao total, era a primeira vez em 16 anos que eu retornava ao Rio, o local onde nasci.

Ainda estava ajeitando minhas coisas. Tinha alugado um apartamento já mobiliado e começava a me organizar por lá. Teria o final de semana para arrumar tudo, até começar em meu novo trabalho na segunda-feira. Havia sido uma proposta irrecusável, ser uma das diretoras da empresa de turismo e viagens VIATGE. A empresa tinha se expandido, ganhado o mercado internacional e comprou a que eu trabalhava em Portugal.

O dono, Otávio Sá de Mello, gostou de meus métodos de trabalho e do lucro que trouxe para a agência. Assim, me fez uma proposta para trabalhar com ele, e cá estava eu. Tinha pensado duas vezes se retornava ou não ao Rio. Ali eu tinha lembranças de uma época bem diferente, que, na verdade, queria esquecer, mas que fazia parte de quem eu era agora. Por fim achei que estava na hora. Eu não era mais a garotinha que saiu dali. Pelo contrário.

Conheci Tamara em um clube de BDSM em Portugal e nos tornamos amigas. Ela quem me ajudou a procurar o apartamento e me recebeu de braços abertos, fazendo com que minha volta não fosse fria e solitária. E agora me apresentava ao clube. Naquela sexta-feira, 13 de dezembro, quando eu completava 30 anos de idade.

– Dos presentes que você me deu, com certeza esse foi o melhor, querida. – Sorri para ela, agradecida. – Nada de bolinho com velinhas. Mas chicotes e gente bonita. Agora só falta escolher um belo submisso para mim.

– Isso aqui tem à vontade. Eles farão fila por você. – Tamara sorriu de volta.

Era um mulherão, musculosa, alta, cabelos em uma juba cacheada, pele escura como chocolate, olhos penetrantes e duros. Tinha quase 40 anos. E era linda.

Satisfeita, pedi a um dos escravos nus uma dose de tequila e o observei com interesse enquanto se afastava, mas não senti tesão. Cruzei as pernas, afastei os longos cabelos castanho-escuros com finas mechas de luzes em algumas pontas para trás dos ombros e observei o ambiente, buscando algo que me agradasse. E foi então que o vi.

Estava algumas mesas adiante, em um local iluminado pelas velas vermelhas de um candelabro. Em meio ao ambiente quase gótico e pesado, aos móveis escuros e à parede sombria, ele se destacava como se uma luz o iluminasse, incidisse somente sobre ele em meio a trevas. E desde que pus meus olhos nele, naquele anjo perfeito, soube que seria meu. Eu o escolhi.

Atenta, interessada, sentindo dentro de mim aquela sensação de júbilo ao imaginar que o submeteria de todas as maneiras, meus olhos permaneceram em sua figura e todo o resto deixou de existir. Analisei-o detidamente.

Não estava vestido como praticante de BDSM. Usava paletó escuro, camisa lilás e calça escura, sentado displicentemente, à vontade com seu vinho. Reparei que estava junto de um dominante com suas escravas e conversava com ele. Seria um visitante trazido para conhecer o clube? Um baunilha que estava ali para matar sua curiosidade?

Era lindíssimo. Bem alto, pelas pernas longas e musculosas e os ombros largos. Talvez quase 1,90 m de altura. Eu tinha 1,77. Seria perfeito para mim. Era atlético, mesmo com roupa dava para ver que era musculoso. Imaginei-o nu e amarrado enquanto eu chicoteava sua bunda e o ouvia implorar. O tesão subiu avassalador dentro de mim.

Notei seus cabelos loiros levemente arrepiados e displicentes, uma mescla desgovernada de fios castanhos e dourados, a pele bronzeada, o rosto de traços másculos e duros. Tinha uma boca linda e carnuda que me deixou doida. Nariz fino e reto, queixo firme, uma leve sombra de barba deixando-o mais viril. Sobrancelhas de um castanho-escuro completavam o aspecto gritantemente masculino. Era perfeito, e quando olhou em minha direção, senti o coração disparar como não me lembro nunca de ter acontecido por causa de um homem.

Seus olhos eram de um anjo. Cálidos, quentes, ternos. Não dava para ver a cor, mas eram claros, talvez de um tom mel ou verde. E infinitamente doces, puros, lindos. Era impossível não fitar aqueles olhos e pensar em doçura, bondade e... submissão. Eram olhos de um submisso à espera da mulher certa, que mostraria a ele o que era o desejo absoluto, a entrega perfeita. E essa mulher era eu.

Fiquei decepcionada quando não me fitou. Seus olhos passaram por mim e seguiram, como se sentisse o ambiente, observasse, mas parte dele estivesse longe dali. Fiquei incomodada, pois estava acostumada a atrair todos os olhares masculinos e o chamava e ordenava silenciosamente que me encarasse. Mas não o fez.

Apertei os lábios, levemente irritada, olhando-o como uma caçadora prestes a dar o bote. Ele voltou a falar com o outro homem, parecendo tranquilo, até que sorriu. Expôs os dentes brancos e perfeitos, seu rosto se suavizou, havia charme e sedução naquele sorriso. Fiquei ainda mais ligada, meu corpo todo alerta, meus instintos gritando que ele tinha que ser meu. Quase nem respirava, maquinando, pesando as possibilidades.

– O que tanto você olha, Sophia? Viu algo de que gostou? – Tamara indagou, jocosa.

– Sim, um anjo. – Falei baixo, sem tirar os olhos dele. Parecia que uma força me puxava, e isso me mantinha bem alerta.

– Um anjo aqui nesse antro de perdição? – Debochou. – Só se for um anjo caído!

Seguiu meu olhar e suspirou.

– Fala de Matt?

Lancei a ela um olhar rápido e voltei para o meu deus loiro. Não queria perdê-lo de vista, prestando atenção em tudo nele, em suas mãos grandes e másculas, no modo como erguia a sobrancelha para falar, em seu jeito controlado e naturalmente viril. Era muito interessante aquele corpo e aquele modo tão masculinos em contraste com o olhar de anjo.

– Você o conhece, Tamara?

– E quem não conhece Matt?

Dividi minha atenção entre ela e ele. Estava cada vez mais interessada e ao mesmo tempo perturbada, pois, em geral, um homem não mexia tanto comigo, principalmente em um primeiro olhar. Comentei baixo:

– Pensei que fosse um visitante. Não está vestido para um clube de BDSM.

– Matt não se incomoda com isso. Ele sempre vem do jeito que quer.

Pelo seu tom de voz, percebi que gostava dele. Me voltei para ela e a encarei.

– É um dos sócios?

– Sim, e antigo. Quando conheci o clube, há uns quatro anos, ele já estava aqui há um bom tempo. Aquele que está com ele é o Mestre Sid, um dos donos do Catana.

– Quero saber do meu anjo. – Dei um sorriso lento, predador. Já antecipando os prazeres que teria com ele. Voltei a fitá-lo.

– Anjo? – Tamara riu. – Bem, até que não está errada. Matt é um dos homens mais cavalheiros e charmosos que já conheci. Inteligente, um papo legal, realmente lindo. Mas não se engane, querida.

– Por quê?

– Não é um submisso.

– É, sim. – Afirmei categórica. – Reconheço um a milhas de distância.

– Dessa vez você se enganou.

Fui obrigada a tirar meus olhos dele para fitar minha amiga.

– Explique.

– Matt é um Dom. Um dos melhores e mais procurados do Clube Catana.

– Você está de brincadeira!

– Mas é verdade! – Ela riu.

Franzi a testa e o olhei de novo. Fiquei irritada e sacudi a cabeça.

– Talvez nem ele saiba, Tamara. Mas é um submisso. E vai ser meu.

– Seu? Pensei que fosse avessa a ter compromissos.

– E quem falou em compromissos? – Lambi os lábios lentamente. – Estou falando em ser meu pelo tempo que eu quiser.

– Sua devassa... – Tamara sacudiu a cabeça. – Mas, se quer tentar, foi avisada. Não se engane pelos olhos doces dele. Tem uma força de ferro e pode ser muito mais duro do que você imagina.

– Qual a especialidade dele?

– É mestre em shibari. Você sabe, muitos se aperfeiçoam em bondage, sabem amarrar bem o outro e tal. Mas shibari, como técnica oriental, é mais difícil. E também é especialista em chicotes. Principalmente os longos, que demandam muita perícia, coisa que Matt tem de sobra. Já o vi fazer um pouco de tudo aqui. Às vezes, Sid pede para ele adestrar novas escravas. Só sei que tem uma preferência.

– Qual? – Eu o olhava de novo quase sem piscar, mas meus ouvidos atentos no que minha amiga dizia.

– Ele prefere uma de cada vez. Já jogou com mais de uma submissa, mas é difícil. Concentra toda sua atenção em uma. E durante o tempo em que a tem é exclusiva. Não sei o que aconteceu nesse último ano, ele quase não apareceu por aqui. – Deu de ombros. – Talvez estivesse com alguma submissa particular. Mas é bom tê-lo de volta.

– Quero que me apresente a ele. – Falei baixo.

– É claro, sua teimosa. Mas foi avisada. Não há um osso submisso em Matt.

– Pode não ter um osso, mas tem olhos submissos.

– Ah, Sophia... – Ela riu. – Ao menos você se divertirá querida. E acho que Matt também.

Terminei minha tequila. Meus olhos analisaram tudo que Matt passava, e saber que era um Dom me deixou perplexa e ao mesmo tempo excitada. Seria uma coisa de louco submeter um Dom, tê-lo sob meu jugo, provar que eu nunca me enganava. Homem nenhum era páreo para mim. E Matt não seria diferente.

Excitei-me com o desafio que ele representava. Mas apostei todas as minhas fichas em meu instinto e meu desejo. Agora, só precisava me aproximar. E pegá-lo para mim.

Naquele momento, um homem vestido como um mercador de escravos subiu ao palco e anunciou que o leilão ia começar. Todos passaram a se acomodar em suas mesas, em sofás e encostados nos cantos, atentos. Uma música dramática tocava ao fundo. Tamara explicou:

– A sessão principal da noite será um leilão. Qualquer um pode dar lances. – Mostrou uma pequena placa em nossa mesa. – Os escravos serão anunciados e podemos fazer as ofertas. Parte do dinheiro será revertida para tratamento de crianças com câncer. E a pessoa pode aproveitar o seu escravo em um dos quartos privativos ou públicos do clube. Mais tarde terão outras sessões avulsas, com carrascos, Rainhas e mais.

– Entendi. – Mas eu não me interessava pelos escravos nem pelas sessões. Voltei meu olhar para a mesa de Matt.

Ele depositava a taça de vinho vazia sobre a mesa e se voltava para o palco, atento, mas relaxado, um dos braços displicente sobre o encosto da cadeira. Lambi os lábios, passeando meus olhos em seu corpo, ficando com água na boca. Não me lembro de um homem ter despertado tanto interesse em mim. E não era só por sua beleza explícita, mas aqueles olhos de anjo. E agora a contradição de ser um Dom. Quem afinal era Matt?

Três mulheres foram levadas ao palco, usando vestidos retos e marrons, que iam até os pés, feios e sem forma. Cabelos soltos e longos, mãos algemadas para trás, cabeças baixas, pés com grilhões. Pararam de frente para o público, e o mercador começou a anunciar suas qualidades. Falou de cada uma, e os outros dois vestidos de mercadores foram até elas e abriram seus vestidos, fazendo-os cair em seus braços.

Uma era negra, escultural, pele brilhando lindamente, seios fartos com mamilos marrons. A do meio era branquinha e com sardas, seios bem pequenos como de uma garota, baixinha e com cabelos lisos acobreados. A terceira era morena com lisos cabelos pretos e magrinha, quase sem peito.

Olhei-as superficialmente, apenas com uma parte da atenção que eu dedicava a Matt.

Os lances começaram por mil reais. A primeira a ser vendida foi a sardenta, por dois mil e quinhentos reais. Um homem obeso e com cara de cheio da grana foi buscá-la e puxou-a atrás de si por um grilhão que tinha no pescoço. Depois foi a magrinha, comprada por uma Domme loira e robusta de meia-idade por três mil reais. E depois a negra, que foi vendida por três mil e setecentos para um homem alto, magro e loiro, de quarenta e poucos anos, vestido como um Dom.

Então subiram ao palco quatro rapazes. Dois estavam travestidos de mulher, com baby-doll e maquiados. Os outros dois eram submissos nus, um tão magrinho que parecia anoréxico. Os lances começaram e ficaram entre dois e quatro mil para cada um.

– Aquele moreninho é uma graça. Não te interessa, amiga? – Tamara chamou a minha atenção para um dos dois rapazes que subiu ao palco. – Já o vi por aí. É um belo submisso.

Fitei-o sem interesse e disse decidida:

– Já tenho o meu escolhido.

Ela riu, vendo meu olhar para Matt. Comentou:

– Deixe acabar o leilão e te apresento a ele. – E virou-se para servir Felipe com uma bebida, no que ele agradeceu solícito, beijando seus pés.

O leilão continuou. Todos aplaudiram quando uma Domme bonita e morena, com cabelos curtos e tatuada, subiu ao palco e foi anunciada como uma das melhores da casa. Ela cederia seu tempo como Dominatrix por uma boa causa, o locutor deixando claro que ela só aceitava lances de submissos que teriam em troca uma sessão com ela. Um homem de trinta e poucos anos com cabelos precocemente grisalhos deu sete mil reais por ela e a levou.

Foi a vez de um Dom moreno e magro com cara de mau, sob os mesmos termos da anterior. Só aceitava lances de submissas. Várias deram lances, e ele foi levado por sete mil e quinhentos reais por uma gordinha que ficou eufórica.

Comecei a me irritar, querendo que o leilão terminasse logo. Os escravos continuavam a ser vendidos, as pessoas se divertiam com a brincadeira, mas eu estava impaciente. Ainda mais porque em nenhum momento Matt olhou em minha direção ou pareceu me ver, embora eu passasse o tempo todo encarando-o. Odiei a sensação de me sentir invisível e jurei para mim mesma que o castigaria duramente por isso.

O lance mais alto da noite, por uma Domme belíssima, foi de dez mil reais e achei que tinha acabado tudo, ansiosa para me levantar e ir logo conhecer o homem com olhar de anjo. Mas então o mercador de escravos anunciou:

– E para fechar a noite de hoje recebemos uma ótima notícia. Mestre Sid nos mandou avisar que um Dom de primeira, um dos mais antigos e respeitados da casa, cederá uma hora de seu tempo em prol das crianças com câncer. O leilão a seguir é de Dom Matt.

Não acreditei quando as pessoas passaram a aplaudir freneticamente, e Matt levantou com calma, sério. Meu coração disparou de novo, independentemente da minha vontade, meus olhos correndo seu corpo grande de ombros largos, sua beleza absurdamente masculina e sensual. Andou sem pressa em direção ao palco e passou perto da minha mesa, olhando para a frente. Seu andar era charmoso, seguro, como se o mundo pudesse esperar por ele. Subiu ao palco, e na mesma hora agarrei a plaquinha para dar um lance.

Tamara viu e riu, divertida.

Matt parou no alto, parecendo um deus grego maravilhoso, perfeito. Não estava incomodado ou tímido. Seus olhos percorreram a plateia, silenciosos, atentos. Eu o chamei para mim, mas não o recebi. Mas ele me veria. E então eu não deixaria que notasse outra coisa.

– O lance mínimo para Dom Matt é de cinco mil reais. Podem começar – disse o mercador.

– Seis mil. – Disse uma senhora magra a uma mesa.

– Sete. – Veio outra.

– Sete e quinhentos.

– Oito.

– Oito e quinhentos.

– Nove mil.

– Dez mil.

– Onze.

Os lances espocavam. Irritada, me dei conta de que não era a única de olho nele. Aguardei, esperando a hora certa.

Já estava em quinze mil. Algumas começaram a desistir. Quatro ficaram na disputa. Aos dezessete mil, duas pularam fora. Sobraram uma bela loira e uma morena mais velha. A morena arriscou:

– Dezessete e quinhentos.

– Dezoito. – Foi a vez da loira, com ar vitorioso quando a morena fez uma cara feia de quem ia desistir. Matt as observava. Apesar de não sorrir, havia algo de divertido em suas feições.

– Dezoito mil. Mais algum lance? – Indagou o mercador, animado com um valor tão alto.

Pensei no dinheiro no banco. Eu tinha trabalhado muito para ter uma conta gorda e levar uma vida boa, com os luxos de que gostava. O dinheiro faria falta, mas não o bastante para fazer um rombo muito grande. Olhei para Matt e ergui minha plaquinha. Ele valia a pena.

– Vinte mil reais. – Falei bem segura.

Todos os olhares se voltaram para mim. Não vi a cara de ódio da loira ao perder o lance. Nem os comentários e sorrisos das pessoas. Muito menos a alegria do mercador. Supus tudo. O que vi foram aqueles olhos de anjo, de um verde acastanhado, doces e profundos fixos nos meus. Pela primeira vez na noite eu tinha sua total atenção. E um arrepio percorreu minha espinha, enquanto meu coração batia forte contra as costelas.

– Alguém quer fazer mais um lance? Dou-lhe uma... duas... três. Dom Matt, vendido por vinte mil reais para a bela morena!

Eu me levantei. Não tirei os olhos dos dele, recuperando-me, tornando-me de novo senhora de mim mesma. E então caminhei decidida até a escada ao lado do palco.

Matt desceu, fitando-me de cima a baixo, até me encarar novamente. Estava sério, havia algo nele que me desestabilizava, mas não demonstrei. Sorri e o aguardei, indagando a mim mesma o que ele estaria pensando. Era difícil saber.

MATT

Ela era linda. Morena, exuberante, sensual. Enquanto eu descia os degraus e parava a sua frente, senti o desejo me varrer diante de seu corpo alto e curvilíneo, a pele lisa e bem cuidada, os seios fartos e redondos marcados pelo decote do macacão preto de couro macio que marcava cada detalhe. Tinha longos cabelos escuros, com ondas largas nas pontas e olhos castanho-escuros maliciosos, profundos. Os traços eram belos, a boca carnuda como se fizesse um biquinho sexy.

Pensei em como não a tinha visto antes por ali. E ao fitar seu sorriso levemente presunçoso, percebendo o modo devorador com que me olhava, dei-me conta de um fato bem claro: ela não era submissa. Nem um fio de cabelo daquela morena era de servidão. Sorri devagar e falei baixo:

– Agora fiquei curioso.

– É mesmo? – Lambeu o lábio inferior, à vontade, como se fosse uma gata perto de um prato de leite. – Por quê?

– O que uma Domme pode querer comigo?

A morena pareceu um pouco surpresa por eu ter notado logo. Mas então deu um passo à frente, apenas a um palmo de distância, nossos corpos sentindo a energia um do outro, seus olhos erguidos para os meus. Com as botas de salto altíssimo, estava poucos centímetros menor do que eu. Disse com sua voz que era macia, mas rouca:

— Eu não consigo disfarçar quem eu sou. E você foi esperto em notar tão rápido.

— Estou acostumado com Dommes por aqui. — Estava realmente interessado nela. Observei-a, percebendo o desejo de caça e submissão em seu olhar. Isso me divertiu. — Só acho que não ouviu o que o mercador falou ao me anunciar. Não sou um submisso.

— Eu ouvi. Mas entre todos os meus sentidos confesso que o que mais me marcou não foi a audição e sim a visão. De seus olhos.

— Meus olhos? — Meu sorriso se alargou. Pessoas passavam a nossa volta e nos olhavam curiosas. Eu gostava da sensação que aquela mulher despertava em mim e só me concentrava nela. Acrescentei: — Bom, você pagou por uma hora do meu tempo. Vamos gastá-la em pé, aqui?

— Não. Sou totalmente a favor de você me mostrar um local mais íntimo, Dom Matt. Onde possamos ficar mais à vontade.

Era interessante notar que ela falava sério. Imaginei que estava ansiosa para pôr as mãos em mim e nem tentava disfarçar, mas o inusitado da situação me divertia muito. Era a primeira cantada assim direta que eu recebia de uma Domme. E aquela ali me deixava intrigado e curioso.

Resolvi deixar rolar, ver até onde ia aquilo. De propósito ordenei em um tom baixo de comando:

— Siga-me.

Vi que vacilou. Não gostava de receber ordens. E qual dominante gostava? Não eu. Passei por ela escondendo um sorriso e segui em frente pelo salão. Não olhei para trás para ver se me seguia. Parei no bar e pedi uma garrafa de vinho. Senti seu perfume quando ficou ao meu lado, um cheiro bom e levemente cítrico. Sua voz foi dura, talvez um pouco irritada por eu ter saído na sua frente e marcado um ponto:

– Quero tequila. – Seus olhos escuros com cílios longos encontraram os meus. – Bebida de gente forte.

– Uma tequila para a senhorita. – Disse ao barman, olhando-a meio de banda, sem conseguir conter o sorriso. Provoquei: – Bom saber que é forte. Que aguenta umas boas chicotadas.

– Aguento sim. Dar chicotadas. – Agarrou seu copo e apoiou o quadril arredondado no banco, olhando-me de cima a baixo. – Posso começar agora, se quiser.

– Não sei seu nome. – Os cantos dos meus lábios estavam erguidos e fingi nem escutar suas palavras, enquanto despejava vinho na taça. Deixei a garrafa sobre o balcão. O tempo todo, eu a observava.

– Sophia.

– Sophia. Belo nome. Combina com você. – Tomei um gole da bebida, sem pressa. – Vamos sentar, Sophia. E então você pode me falar sobre os meus olhos.

– Claro, Matt. Com prazer. Mas eu vou na frente. – Disse decidida, lançando-me um olhar sobre o ombro.

– À vontade.

Ela andou, seu cabelo comprido e lindo descendo até o meio das costas, a roupa de couro marcando uma cintura fina, quadris generosos e uma bunda empinada e redonda, linda. Não havia nada magro demais nela. Era voluptuosa, um mulherão.

Segui-a, gostando da visão que eu tinha. Olhou para trás e pareceu ficar satisfeita ao me pegar fitando sua bunda. Na verdade, eu pensava o quanto gostaria de amarrá-la e espancá-la ali. Mas mantive-me aparentemente sereno. Sophia tinha deixado minha noite muito melhor.

Observei-a pegar o corredor, carregando seu copo de tequila. Mantive-me alguns passos atrás, segurando minha garrafa e a taça, cumprimentando alguns conhecidos ao passar. Ela parou na masmorra, onde ocorriam as sessões públicas e onde, naquele momento, havia um público assistindo a uma sessão de podolatria de uma Rainha com um submisso. Ele estava deitado enquanto ela pisava nele com saltos altíssimos.

Sophia olhou a cena com desinteresse e voltou-se para mim:

– Para onde vamos?

– Pensei que soubesse, quando tomou a frente. – Não deixei de cutucar e ela ergueu o queixo.

– Sou nova aqui.

– Como eu disse antes... – Passei por ela e falei baixo: – Siga-me.

Escutei seus saltos finos batendo no chão atrás de mim. Segui pelo corredor até um cômodo onde havia alguns nichos particulares, cada um com uma mesa redonda, um meio sofá vermelho em volta e um candelabro com luzes imitando velas. O som ambiente era uma música dramática. Em uma das paredes havia duas algemas penduradas e, num aparador de canto, estavam a chave, uma cesta com camisinhas e gel lubrificante, e uma palmatória envolta em plástico.

A porta estava aberta, mas assim que Sophia entrou olhando em volta, eu a fechei. Observei-a deixar seu copo na mesa e se virar para mim com olhos famintos. Aproximei-me e pus a garrafa e a taça ao lado do copo dela. Não lhe dei chance de reagir. Talvez não esperasse ou estivesse acostumada demais a estar no controle para esperar uma reação tão rápida. Só teve tempo de arregalar os olhos e me fitar quando a prendi contra a parede, segurando seus dois braços dobrados para trás e imobilizando suas pernas com meu quadril, mantendo-a imóvel. Tentou se soltar, mas ao ver a dificuldade não lutou. Ergueu o queixo, seus olhos ardendo.

– O que você ia fazer comigo mesmo? – perguntei com um tom que era para ser frio, mas saiu mais quente que o inferno. Seu cheiro cítrico penetrou nas minhas narinas. Sentia os seios cheios contra meu peito e as curvas do seu corpo com perfeição. Foi impossível impedir meu pau de reagir e ele inchou contra a junção de suas pernas.

Meus olhos a consumiam e foram parar na boca rosada e polpuda. Que ela entreabriu ao dizer num tom imperativo:

– Me solte.

– Não.

– Eu comprei você. Por uma hora – disse baixo, gelada.

– Sim. Estou fazendo o meu papel de dominador.

– Não é isso que eu quero. – Estava um tanto pálida e observei-a com toda atenção.

– E o que você quer, Sophia?

Nossos olhares se encontraram, e vi os dela se acenderem. O desejo espocava entre nós, denso, voraz, quase como uma energia viva. Lambeu os lábios. Sacudiu os braços e vi certa raiva e algo mais em seu olhar por notar que eu a mantinha firme. Falou quase sem abrir os lábios:

– Quero prender você nas algemas dessa parede. Bater em seu pau com um pequeno chicote que sempre trago na bolsa, até você implorar por misericórdia. E então, quando ele estiver vermelho e inchado, eu vou colocá-lo na boca e chupá-lo.

Senti a porra do tesão subir por minha coluna. Fixei meus olhos nos dela sem piscar. Disse perto de sua boca:

– Gostei, tirando a parte de me prender e do chicote. O resto, fique à vontade.

Meu pau estava completamente ereto, e o rocei através da roupa em sua boceta. Ela abriu mais os olhos e disse num murmúrio:

– Adoro pau grande. E grosso. Fique bem quietinho que cuido dele.

Sorri devagar.

– Mas estou quietinho. Você ainda não me viu em ação.

– Quero ver. Sob os meus termos. – O ar escapou entre seus lábios, desejo e tensão se debateram em sua expressão. – Solte-me, Matt.

– Talvez eu faça o que você quer. Se receber um agrado. – Meus lábios quase encostavam nos dela. O tesão me dominava por completo.

– Que agrado? – sussurrou.

Não respondi. Inclinei a cabeça para o lado e beijei sua boca. Não comecei manso nem saboreei seus lábios. Fui direto forçando-a a abrir os lábios e metendo minha língua em sua maciez, encontrando sua língua e chupando-a. Estremeceu e por algum motivo não lutou. Entregou-se logo, beijando de volta com a mesma fome.

Seu gosto era bom, assim como a forma com que instigava minha língua e retribuía, sensualmente agressiva, conhecendo cada recanto da minha boca, deixando-me louco. Senti o desejo voraz vir quente e denso dentro de mim, crescendo como nunca. Era surpreendente, pois eu gostava de ter minhas mulheres cativas sob meu domínio. Mas aquela troca de poder, aquela mulher rebelde ali imobilizada e mesmo assim tão forte e entregue, mexeu comigo.

O beijo se aprofundou, ardente, avassalador, trazendo outros sentimentos, um desejo quase insano de dobrá-la ao meu comando, de vê-la de joelhos e com olhos submissos para mim. Mas me contive. Afastei a cabeça para trás e encontrei seu olhar escuro, luxurioso. E tendo provado que ela tinha gostado tanto quanto eu do beijo, eu a soltei, dando dois passos para trás.

Sophia continuou encostada na parede. Era muito linda. A mulher mais sexy que eu já tinha visto na vida. Passei o olhar em seu corpo e encontrei de novo seus olhos escuros, quando ela falou:

– Já conseguiu o que queria. Agora é minha vez.

– Quem disse que eu consegui o que queria? – Observei-a atentamente.

– Pegou-me à força e me beijou. Confesso, eu gostei. Apenas do beijo. – Afastou-se da parede e veio até mim, seu olhar passeando em meu rosto. Contornou meu corpo como uma tigresa prestes a atacar, mas não me alterei ou me assustei. Na verdade, queria ver até onde ia. – Você é gostoso. E cheiroso.

Roçou o nariz perto da minha nuca.

– Muito gostoso. Muito cheiroso. – Murmurou. – Mas acontece, Matt, que sei de uma coisa que parece que você ainda não se deu conta.

– Tenho certeza que vai me dizer o que é. – Sorri de canto.

– Sim, eu vou. – Parou de novo à minha frente e fitou minhas pupilas. – Seus olhos.

– Ah, sim. Tinha esquecido esse assunto, diante das outras agradáveis distrações. O que têm meus olhos?

– São olhos de anjo.

Ergui uma sobrancelha. Meu sorriso se ampliou.

– Olhos de anjo. – Repeti.

– Sim.

– E o que significa isso, exatamente?

– Anjos são doces, bons... submissos. Você é um homem másculo, viril, tem pegada. Mas é submisso, Matt.

– Compreendo.

Sophia franziu o cenho, observando meu grande sorriso.

– Estou falando sério. Você ainda não se deu conta, pois não tinha encontrado a mulher certa.

– E isso acabou de acontecer, não é?

– Exatamente.

Acenei com a cabeça, como se concordasse. Mas aquela minha ironia silenciosa foi pior do que se eu me irritasse ou tentasse provar o contrário. Ela estava bem séria.

– Paguei vinte mil por você. O mínimo que podia fazer era me deixar realizar uma sessão. Provar que tenho razão.

– Sophia... – Falei pacientemente. – Você não tem razão. Posso garantir que sei bem o que quero e do que gosto. Quanto ao lance dos olhos... Gostei de saber que tenho ao menos alguma coisa de anjo. Porque meus desejos são bem pecadores. E faço a mesma proposta. Seja minha submissa. E aí veremos quem é amo e quem não é.

– Matt... nunca vou ser uma submissa. Mas eu tenho certeza que...

Pus um dedo sobre seus lábios, silenciando-a.

– Não vamos chegar a lugar nenhum com essa conversa. Sobre o dinheiro, deixe comigo. Não precisa pagar nada.

– Preciso sim. – Abaixou meu dedo e se aproximou mais, quase colada em mim. – E ainda temos alguns minutos. Vamos, Matt, o que posso fazer para te convencer?

Fitei sua boca carnuda. Queria ir para uma cama com ela e fodê-la duro. Meu pau permanecia ereto, dolorido. Mas o problema era que não era realmente submisso. Não sentia prazer em ser escravo de mulher nenhuma.

Eu mais do que ninguém sabia como tinha sido duro me aceitar como um dominador nato, o quanto tive que aprender e entender, todas as fases que passei até compreender que a minha essência era aquela. Não era vontade, era algo mais forte, minha personalidade, meu instinto.

Mas Sophia era insistente naquele ponto. Resolvi testá-la:

– Você seria minha sub, Sophia? – Perguntei diretamente.

– Nunca! – disse bem segura, sem vacilação.

– Então, ponha-se no meu lugar.

– Mas, Matt, eu tenho certeza que você...

– O dia em que aceitar fazer uma cena e me deixar dominar você, eu permito que faça o mesmo comigo.

Ela me encarava, atenta. Ergueu mais o queixo:

– Mas por que você tem que ser o primeiro? Por que não o contrário?

– Porque sou um dominante. – Deí de ombros.

– E eu também. – Parecia irritada. – Não tenho que ceder. Ainda mais que pode querer me dominar e, quando chegar a minha vez, pular fora.

– Sabe tanto quanto eu que BDSM é, sobretudo, baseado em confiança.

– Eu sei, Matt. Mas não confio em homem nenhum a esse ponto. – Seu queixo estava mais empinado, os olhos ardiam.

– Então, demos voltas e chegamos ao mesmo ponto. – Apesar de conversarmos e não nos entendermos sobre aquele assunto, o desejo continuava lá, vivo entre nós.

Eu me mantinha firme, pois era exatamente aquilo que eu havia percebido. Ela não confiava. Dominaria, mas quando chegasse a hora de ceder, cairia fora. E se eu não mostrasse logo meu ponto de vista, ia se esforçar em dobro para mudá-lo.

– Mas deve haver uma solução. – Deu mais um passo à frente e seu corpo roçou no meu. Espalmou as mãos em minha barriga e começou a deslizá-las para baixo, até a cintura da calça. Seus olhos ficaram mais pesados. Ronronou em tom de comando: – Encoste-se na parede e ponha as mãos nas algemas. Não vai se arrepender. E, depois, posso deixar fazer umas coisinhas comigo.

– Umas coisinhas? – Eu sabia que queria me manipular e engabelar. Não se comprometia a nada. Quando sua mão quase chegava ao meu pau, segurei seu pulso com firmeza. – Primeiro eu faço com você. Depois pode fazer suas coisinhas.

O desejo cedeu à irritação. Puxou o braço e me fitou duramente.

– Você não vai ceder, Matt?

– Não.

– Eu não desisto do que quero. Vai ser meu e vou provar que é submisso.

Ergui uma das sobrancelhas. Percebi que não sairíamos daquele ponto e dei um passo para trás. Ela era como criança fazendo birra. E, nesses casos, um tratamento frio e distante era a melhor solução.

– Preciso ir, Sophia. Não se preocupe com o dinheiro do leilão.

– Eu já disse que pago. Mas o que foi? Vai fugir? Está com medo de ceder?

– Não. – Sorri lentamente. – Você não imagina como sou paciente e não desisto fácil. Mas também não gosto de perder tempo. Vamos nos rondar e nos provocar a noite toda, sem chegar a lugar algum. E hoje, realmente, estou cansado.

Ficou me encarando atrevidamente, como se não acreditasse que eu pudesse dispensá-la. Seu jeito até me divertia.

– Tenha uma boa-noite, Sophia.

Acho que ficou sem fala quando me viu abrir a porta e sair. Não olhei para trás. Sabia que seu orgulho não a deixaria me seguir. E mesmo com meu corpo aceso, ligado pelo tesão, eu sabia que naquela noite ela não cederia. E talvez nunca cedesse.

Eu poderia até ficar e tentar. Mas estava cansado. Depois de todo o tempo que passei ao lado de Maiana, me contendo, esperando, queria agora algo que me desse retorno, que me desse prazer. Não passar mais um tempão em uma luta de gato e rato com uma mulher acostumada a ter tudo à sua maneira. Assim, voltei para a mesa de Sid e me sentei.

– Já? – O homem sorriu, observador.

– Avise a quem recebe os pagamentos que os vinte mil estão pagos. Não aceite o dinheiro dela, Sid. Eu acerto com você.

– Tem certeza? – Virou um pouco a cabeça, me observando.

– Absoluta.

E olhei em volta. Havia uma fileira de submissos e submissas perto de uma parede, esperando ser escolhidos. Pessoas circulavam em volta deles, analisando-os, tocando-os, humilhando-os. Mas logo meu olhar foi atraído por Sophia, que vinha do corredor.

Seu andar era sensual, o corpão chamando atenção de todo mundo. Nossos olhares se encontraram e ela parecia fria, arrogante. Ignorou-me e foi até uma mesa onde estava uma velha conhecida minha, Tamara. Elas disseram algo, e Sophia não sentou. Abriu uma bolsa, tirou de lá um pequeno chicote com nove tiras de couro, possivelmente de nove centímetros. E a fechou de novo. Foi decidida até o grupo de submissos.

Eu entendi. Ia escolher um para si e fazer questão de usá-lo na minha frente, como a dizer: "Olha o que você perdeu." E na certa daria um show. Um espetáculo para mim.

No entanto, eu já me sentia impaciente para sair dali. Não queria nenhum joguinho nem vê-la com outro, tentando me provar que era a dominante. Tinha sido uma noite longa e a terminaria com gosto na cama com Sophia. Mas aquela mulher daria trabalho demais. E depois de quase um ano à espera de Maiana, eu não queria aquele trabalho todo.

Virei para Sid e nós nos fitamos:

– Lembre-se, meu amigo. Os vinte mil são por minha conta. Mando para você. Não deixe ninguém receber dela.

– Certo. Está resolvido.

– Ótimo. Agora preciso ir.

– Mas vai sair quando a diversão vai começar?

– Estou cansado. – Levantei. – Volto com mais calma na semana que vem.

– Tudo bem, Matt.

Despedi-me dele e saí do clube sem olhar para trás. Mas o tempo todo senti um par de olhos escuros fixos em mim, quase como uma força viva. Sorri para mim mesmo. Seria bom Sophia entender que nem tudo sairia conforme ela havia planejado.

E tive certeza de que a veria novamente.

SOPHIA

O apartamento que aluguei ficava em Ipanema. O que mais me chamou a atenção era o fato de ficar perto da praia. Eu adorava o mar. Voltar ao Brasil e ficar logo em um dos melhores lugares do Rio, onde as ruas lembravam as músicas de Tom Jobim e Vinícius de Moraes e a beleza da paisagem convidava a andar olhando o mar já me deixava feliz. Embora aquela volta trouxesse sua cota de pesadelos para mim.

Estava satisfeita com o apartamento, mesmo sendo pequeno, de um quarto apenas. Todo o resto compensava aquilo. Além do mais, era mobiliado, e eu quase não parava em casa mesmo. Outra coisa que me fez fechar com aquele apê foi o fato de ter um closet no quarto onde, felizmente, couberam minhas roupas, sapatos, bolsas, joias e maquiagens, os vícios que eu tinha e para onde ia parte do meu dinheiro.

Naquela manhã de segunda-feira de um dia ensolarado de dezembro, fiquei em dúvida sobre o que usar. Era meu primeiro dia de trabalho e queria causar boa impressão, mas sem parecer engomadinha demais. Assim, acabei optando por um jeans bem cortado e que modelava o corpo, com uma camiseta cinza, um paletó branco lindo com botões grandes e sapatos pretos de salto altíssimo, como eu adorava.

Penteei os cabelos longos de lado, pus meus pequenos brincos de ouro branco, um colar de contas penduradas verdeacinzentadas e arrematei com uma maquiagem que valorizava meus olhos e cílios e dava apenas um brilho rosado nos lábios. Peguei minha bolsa preta de couro macio, tanto ela como os sapatos Jimmy Choo, que eu tinha comprado em Madri por uma pequena fortuna.

Não tinha medo de gastar em coisas de marca e de qualidade. Eu me matava de tanto trabalhar para usufruir e gastar comigo mesma, já que nem família eu tinha. Enquanto saía do apartamento e descia para pegar meu carro, aquele pensamento me fez recordar o passado, quando vivi no Rio até os 14 anos. E me perguntei se minha mãe, de quem eu não tinha notícia há 16 anos, estaria viva.

Embora eu tivesse me educado para não pensar nela e no passado, de vez em quando minha mente me traía e trazia de repente alguma imagem, sensação ou cena que eu queria esquecer. Dentro do elevador, sozinha, olhei fixamente para as portas fechadas e me concentrei para simplesmente ignorar aquilo. Já não ficava nervosa ou trêmula. O tempo se encarregou de me endurecer, e aprendi a usar tudo que aconteceu a meu favor, para ser cada vez mais forte e vitoriosa. E ali estava eu, de volta ao Brasil, mas muito diferente de como era ao sair dali.

Saí do elevador na garagem e caminhei decidida. Entrei no carro, não querendo pensar naquilo. Passei boa parte daquele tempo dando graças a Deus por me livrar da minha mãe e nunca ter querido saber o seu destino. Tinha meus motivos. Mas agora, depois de todo aquele tempo, voltar ao Rio pareceu tornar tudo mais vivo, mais presente. Minha mãe devia estar morta, desde que eu era adolescente ela já era viciada em drogas e alcoólatra. Seu organismo não teria durado muito nesse ritmo.

Dirigi pela cidade com a expressão fechada, séria, não querendo me importar. Sempre guardei mágoa dela, principalmente depois do último episódio, que me marcou pelo resto da vida. Jurei nunca mais olhar para ela e cumpri minha promessa. Por isso ficava irritada quando pensava, sem querer, no tempo que vivemos juntas.

Não tinha sido de todo ruim. Em alguns momentos até nos divertimos muito. Mas, em outros, fui alvo de sua crueldade e de seu descontrole perante o vício. Até sair realmente ferida e com tanto ódio que a enterrei no meu coração. Ou melhor, fora dele. E me fiz sozinha, e era assim que ia continuar.

Sacudi a cabeça e tentei me concentrar no trânsito e pensar no meu novo trabalho como uma das diretoras da Operadora e Conjunto de Agências VIATGE. O salário era muito bom, e eu faria basicamente o que já estava acostumada a fazer em Portugal, tomar conta das viagens europeias. O diferencial ali era que ficaria encarregada das viagens do Brasil para a Europa. Seria moleza para mim.

Também não estava conseguindo me concentrar no trabalho e então pensei nele. Matt. Estava com raiva, pois desde sexta-feira ele penetrava em meus pensamentos sem avisar, quando eu menos esperava. O que me enchia de irritação e desejo. Quanto mais analisava o assunto, mais me dava conta de como Matt era diferente dos outros homens que cruzaram meu caminho. E não tinham sido poucos.

Primeiro, ele mal reparou em mim. Eu sabia que era uma mulher chamativa e sensual, que atraía a atenção dos homens onde quer que eu chegasse. Fiquei naquele salão, a pouca distância dele, e ele nem me enxergou. Nem mesmo quando passou diante da minha mesa. Só o fez quando não havia saída e teve que olhar para quem o tinha comprado. Bati com as unhas no volante, irritada.

Depois, era um dominador. Ou ao menos acreditava ser, o que eu ainda duvidava. O pior é que tinha feito tudo à sua maneira e me deixou de mãos atadas, como se eu fosse uma criança birrenta. Ah, que ódio! Seu olhar e seu sorriso pareciam rir de mim, como se fosse infinitamente mais seguro e experiente. Nem tive chance de convencê-lo e mostrar do que era capaz. Simplesmente me deixou lá e foi embora sem olhar para trás.

E como se não fosse o bastante, nem pude pagar os vinte mil que devia. O safado já tinha feito isso em meu lugar. Mas aquele assunto não ficaria barato. Eu ia caçá-lo no clube ou em outro lugar, e todas as nossas diferenças seriam resolvidas.

Naquela segunda-feira, Tamara e Felipe entrariam no Clube Catana com um pedido para que eu me tornasse sócia. E então eu queria ver Matt fugir de mim.

Só de pensar em fitar novamente aqueles olhos de anjo, eu sentia algo quente e forte se derramar dentro de mim. Pensava naquela boca carnuda e gostosa contra a minha, a língua me deixando louca, o modo como me segurava e me mantinha cativa em seus braços. Eu odiava ser contida, mas vacilei com ele, perdida em seu beijo, inebriada em uma paixão tão quente que quase me queimou de verdade. Reagi de uma forma que não estava acostumada e ainda me encontrava um tanto perplexa com tudo.

Lembrei a cena que fiz lá com o belo submisso moreno claro e quase sem pelos, de vinte e poucos anos, na sexta-feira. Depois que Matt saiu, eu o escolhi e conversamos um pouco. Como eu era nova no clube, gostava de antes me apresentar e levar um papo com meus subs, para ter noção do que era consensual e combinarmos a palavra segura. Isso feito, tive uma noção do que ele queria. Servidão e humilhação mais do que sexo. E eu dei mais do que pediu.

Eu estava irritada por Matt ter ido embora e na verdade não aproveitei a cena como devia, mas fui até o fim, decidida a mostrar a mim mesma que pouco me importava com ele, era apenas um homem a mais, com ou sem aquele olhar de anjo.

Eu fiz o rapaz ficar de joelhos e pus uma coleira nele. Teve que me acompanhar de quatro enquanto eu seguia pelo salão e me apresentava às Rainhas, Mestres, Dons e Dominatrixes do lugar. Cada um deles humilhou o servo a sua maneira, com tapas ou xingamentos. Por fim, terminei chamando-o de cachorrinho e o coloquei em uma gaiola de grades de ferro com rodinhas, levando-o de um canto a outro. Implorou para tocar em mim, me lamber, mas não permiti. Estranhamente não sentia desejo de fazer aquilo.

Pisei-o com minhas botas de salto altíssimo e o chicoteei com meu pequeno flogger com nove fitas de couro enquanto se deitava no chão e eu, sentada no sofá, o deixava chupar o salto da minha bota. O tempo todo o humilhei verbalmente e quanto mais eu batia e xingava, mais ele se retorcia excitado. Depois o deitei atravessado em meu colo, baixei sua sunga e bati em sua bunda com o flogger, deixando marcas. Então ele suplicou para gozar. Mas não o deixei tocar em mim. Masturbou-se no chão, de joelhos, enquanto eu e uma pequena plateia observávamos. Ao acabar, beijou meus pés agradecido.

O pior foi que, o tempo todo, pensei em Matt. No beijo que tinha me dado, tão delicioso que me deixou de pernas bambas. No contato de sua língua na minha, sedutora, invasiva. No seu perfume... eu não conseguia esquecer como era cheiroso, algo de essência de Chipre, como madeira e musgo, uma mistura quente e fria, uma essência pura da terra, diferente, masculina e que tinha me bombardeado de sensações inebriantes. E o corpo dele, grande e musculoso, o pau pesado e enorme contra mim... Tinha sido tudo sensual e luxurioso demais para esquecer com facilidade.

Imaginar aquilo tudo de homem sendo meu, para que eu dobrasse e me fartasse, dava água na boca. O moreninho submisso ficou sem graça demais depois de Matt. Por isso não me animei. Nem ao menos me despi ou excitei. Eu ficava excitada sim de pensar que poderia torná-lo meu submisso. Sua recusa só o apimentara mais diante dos meus olhos, como um desafio.

Seria uma semana longa até sexta-feira, quando eu iria ao clube torcendo para encontrá-lo. E até lá teria que pensar em alguma coisa que pudesse fazer para convencer Matt a me dar uma chance de jogar com ele.

A sede da Operadora e Agência de viagens VIATGE ficava na Gávea, e não demorou muito para chegar lá. Era um prédio charmoso em uma rua movimentada, de quatro andares, todos pertencentes ao conglomerado da agência, e que crescia cada vez mais pelo mundo. Havia estacionamento para funcionários e me identifiquei na portaria. Consegui uma vaga para meu carro sob a sombra de uma árvore grande e curva, animada porque ainda faltavam trinta minutos para as oito horas. Poderia entrar com calma.

Bati a porta do carro, seguindo pela calçada de pedras retangulares até a frente do prédio branco com colunas romanas. Havia plantas em volta, jardins gramados, e a sensação era de que entrava em um prédio domiciliar e não comercial.

Enormes portas de vidro se abriam automaticamente até uma recepção grande com luzes levemente douradas, chão de mármore e decoração em tons suaves, quebrada pelos quadros de vários pontos turísticos do mundo enfeitando o ambiente. Gostei de imediato de tudo.

Apresentei-me na recepção, mostrei a identidade e ganhei um crachá temporário. A bela moça me indicou o quarto andar, onde ficava a sala do presidente da VIATGE, Otávio Sá de Mello. Entrei no elevador com mais duas pessoas e subi à vontade naquele ambiente. Era bem maior do que a agência em que trabalhei em Portugal.

No quarto andar havia outra recepção, só que menor. Madeira envernizada predominava em tudo e havia um cheiro bom de couro. Uma das recepcionistas me indicou o corredor à esquerda, e passei por algumas portas fechadas. Segui até a última, que dava em uma sala de extremo bom gosto com estofados de couro, carpete felpudo e uma secretária de meia-idade atrás de uma grande mesa de madeira de lei.

— Bom-dia. — Sorri. — Tenho uma reunião marcada com Otávio Sá de Mello. Ele já chegou?

— Sim, senhorita. Qual é o seu nome?

— Sophia Marinho.

— Um momento, por favor.

Concordei e fui olhar um quadro envidraçado de Paris, interessada. Ouvia-a falar ao interfone, mas não prestei muita atenção. Até que me chamou, ficando de pé:

— Por favor, me acompanhe.

Fui levada para a sala do presidente da VIATGE, que eu tinha conhecido em Portugal na ocasião que a empresa em que eu trabalhava foi comprada pela dele.

Era um homem alto e atraente, de 60 anos, cabelos loiros misturados com brancos, olhos castanhos, traços fortes com vincos em volta da boca. Ainda era atlético, embora estivesse um pouco acima do peso. Sorriu e veio até mim com a mão estendida, enquanto a secretária saía e fechava a porta.

– Sophia. É um prazer tê-la aqui. Seja bem-vinda à VIATGE.

– Obrigada. Como vai, Otávio? – Apertamos as mãos, e ele me indicou um sofá em um canto, onde nos acomodamos.

– Feliz com você aqui. Tenho certeza que nossos negócios agora vão se expandir ainda mais com você tomando a frente das negociações entre nossa matriz e as filiais europeias.

Sorrimos um para o outro, e eu disse:

– Foi um grande passo vocês aumentarem as empresas, expandindo-as para a Europa.

– Sim, fazíamos pacotes para lá, mas então meu filho começou a se interessar pelo mercado e achou que valia a pena um investimento maior. – Otávio explicou, afastando um pouco o paletó cinzento e cruzando as pernas. – Ele começou apostando em Madri e no Triângulo Europeu. Deu tão certo que acabamos precisando de uma filial por lá.

– Interessante saber que seu filho é tão arrojado.

– Muito. Agora o foco dele são os roteiros exóticos como as Ilhas Maurício, Índia e Nepal, Papete e Bora Bora. – Seu sorriso se ampliou. – Confesso que tinha um pouco de medo de arriscar, mas o retorno tem sido rápido e eficaz. Vale a pena. Com você aqui, ele terá mais tempo de se dedicar aos novos locais.

– Perfeito.

– De início precisarão trabalhar juntos, possivelmente até viajar, mas aos poucos tudo vai se ajeitando. Vamos, vou apresentá-la a ele e mostrar sua sala. Fica nesse andar mesmo, mas no outro corredor. – Otávio se levantou.

– Sim, claro. Vamos lá. – Enquanto saíamos, comentei como havia gostado do prédio, e ele começou a me explicar que era de sua família e tinha se tornado sede da agência há mais de quinze anos.

Eu ouvia e caminhava a seu lado. Passamos pela recepção do andar e pegamos o outro corredor menor, enquanto dizia que minha sala ficava ao lado da sala do vice-presidente, seu filho, para facilitar, já que no início trabalharíamos muito juntos.

Conheci primeiro o meu canto, composto por uma sala e antessala, Otávio dizendo:

– Marília, a secretária da vice-presidência, a ajudará no que for necessário, assim como as meninas da recepção. E então, gostou?

– Adorei. – E era verdade. Era bem maior do que a que eu estava acostumada e havia um ramo de flores frescas sobre a mesa, alegrando o ambiente em tom creme suave. Um janelão dava para os fundos do prédio, uma área verde e cheia de árvores, mas estava fechada, com o ar-condicionado ligado e as persianas abertas.

Havia um pequeno banheiro num canto, sofazinho perto de uma mesa redonda, e outra maior com cadeira giratória e computador.

– Depois você arruma da sua maneira. – Otávio indicou-me a porta. – Venha, quero que conheça meu filho.

– Tudo bem.

– E, aproveitando, gostaria de dar as boas-vindas a você convidando-a para jantar um dia dessa semana na minha casa, com minha esposa e filho.

– Ah, não é necessário...
– Eu insisto.
– Se é assim. – Sorri em agradecimento.
Ele adentrou a última antessala, onde uma secretária de uns 47 ou 48 anos, toda empertigada, digitava atenta no computador.
– Bom-dia, Marília. Matheus já chegou?
– Sim, senhor. – Olhou-me curiosa.
– Essa é a nova diretora do setor de pacotes internacionais, Sophia Marinho.
– Como vai? – Cumprimentei-a com a cabeça.
– Bem, senhorita. Se precisar de algo, é só chamar.
– Obrigada.
Otávio já batia na sala do filho e abria a porta.
– Venha, Sophia.
A sala era bem maior que a minha, vários quadros de lugares pitorescos do Brasil e do mundo espalhados pelas paredes, que não eram creme como as outras, mas de um azul-claro de muito bom gosto. A decoração era mais masculina, com sofá de couro escuro, persianas azul-marinho, carpete cor de mel e uma grande mesa de madeira perto da janela. Algo ali me alertou, despertou sensações prazerosas reconhecidas pelo meu subconsciente.
Respirei fundo. Era aquele cheiro, um perfume bom, marcante, quente, algo de terra e ar. Parei e franzi a testa um pouco antes que a lembrança viesse de vez. Então vi o homem alto, de costas para nós, que falava ao celular. Ele nem precisou se virar. Entendi tudo e fiquei paralisada, sem acreditar em tamanha coincidência.
– Claro, Antônio, vou sim. Certo. Só amanhã. – Ele dizia, compenetrado, a voz grossa percorrendo meus terminais ner-

vosos como se tocasse uma corda de violino. Por surpresa ou algo mais, senti o coração bater mais forte.

    Otávio se aproximou dele e só então se voltou, desligando o celular. Olhou para o pai e já ia sorrindo para ele quando seu olhar castanho esverdeado topou comigo. O sorriso se paralisou. Vi como ficou surpreso e felizmente eu tive tempo de me recuperar e sorri maliciosa, sentindo uma estranha euforia:

    – Olá, Matheus. Ou posso te chamar de Matt?

MATT

Fitei Sophia, realmente surpreso. Estava lá, linda e elegante, parada perto da porta fechada, seu olhar quente e sensual grudado em mim. Por um momento, mal me movi, meu cérebro trabalhando em busca de mais informações. Mas então me lembrei da nova diretora que chegaria naquela manhã, e a presença do meu pai ali reforçou a lembrança.

    – Vocês se conhecem? – indagou ele, olhando de mim para ela.

    O sorriso de Sophia se ampliou. Acabei sorrindo também, lentamente, me divertindo com a situação. Ia ser interessante trabalhar ao lado dela.

    – Digamos que nos encontramos recentemente. Não é, Matt? – Seu olhar era intenso e passou por meu corpo, devagar, malicioso. Aproximou-se mais.

    – É verdade, bem recentemente. Uma grande coincidência. Como foi o final de semana, Sophia? – Também me aproximei e nos encontramos no meio da sala.

    Ela já me estendia a mão, que segurei com firmeza. Mas não parei por ali. Dei um beijo em sua face perto da boca de um lado e depois do outro, sentindo-a enrijecer, surpresa. Falei baixo, em tom provocante:

– Seja bem-vinda. Aqui no Rio temos o costume de cumprimentar as pessoas com dois beijos. Espero que não se incomode.

– Ah, bom saber. Já havia me esquecido disso.

Seus olhos escuros estavam ainda mais quentes quando a soltei e me afastei um pouco. O desejo estava lá, ardente e latejante entre nós, quase como uma força viva. Nos encaramos, um sabendo perfeitamente o que o outro pensava.

– Estou surpreso. E feliz que já se conheçam. – A voz do meu pai interrompeu nossa troca de olhares quentes. Acenei com a cabeça e o fitei.

– Foi uma feliz coincidência.

– Bom, então vou deixá-los a sós. – Sorriu, satisfeito. – Sophia, agora está em boas mãos. Matheus vai explicar tudo que for necessário e tirar suas dúvidas. E, mais uma vez, seja bem-vinda à VIATGE.

– Obrigada, Otávio. – Ela sorriu, mas seus olhos continuavam fixos em mim. – Já estou gostando muito de tudo.

– Até daqui a pouco. – Como se sentisse o clima, ele logo se foi.

A porta bateu e ficamos sozinhos na sala silenciosa. Fui bem sincero:

– Por essa eu não esperava.

– Muito menos eu, Matt. Mas estou feliz com a coincidência, ou o destino. – Deixou sua bolsa escorregar e a apoiou sobre a mesa ali perto, seus olhos não desgrudando dos meus, um sorriso sensual e satisfeito em seus lábios carnudos. – Eu estava mesmo pensando em você.

Ergui uma das sobrancelhas, observando-a.

– Espero que coisa boa.

– Isso depende do seu ponto de vista. – Abriu a bolsa e pegou um talão de cheques. – a primeira coisa é que lhe devo vinte mil reais.

– Não – falei secamente.

– Sim. – Pegou uma caneta.

Não fui rude. Simplesmente peguei o talão e a caneta e os coloquei dentro de sua bolsa aberta. Falei bem sério, encarando-a sem admitir recusas:

– Eu não quero esse dinheiro.

– E eu não quero ficar devendo. – Seu olhar era tão decidido quanto o meu. Os sorrisos tinham sido esquecidos.

– Você me paga de outra maneira.

– Que outra maneira? – indagou, ligada, atenta.

Dei de ombros.

– Pode me levar para almoçar – falei inocentemente.

– Um almoço para vinte mil reais?

– Sua bela companhia ultrapassa esse valor, Sophia.

– Ah, um cavalheiro! O que eu faço com você, Matt? – Suspirou e sacudiu a cabeça. – Olhos de anjo e cavalheiro. O que mais eu poderia querer?

Eu sorri meio de lado.

– Um submisso?

Ela riu.

– Aí seria perfeito! Eu pagaria muito mais por isso! E garanto que não ia se arrepender.

– Uma coisa que aprendi nessa vida é que perfeição não existe, Sophia.

– Isso é verdade.

Nos encaramos sem disfarçar a atração que sentíamos um pelo outro. Pensei como era irônico ficar a fim de uma mulher decidida e dominante como ela. Ainda mais gostando tanto das submissas. E tendo vindo de um amor platônico com Maiana, que era o oposto de Sophia em tudo.

Nem dava para comparar as duas. Eram como o dia e a noite. Maiana luminosa, clara, radiante. Uma deusa cheia de beleza e qualidades. Sophia era mais sombria e sensual, uma morena de olhar duro e ar pecador, um tanto arrogante e cheia de si. Totalmente diferentes. Quando desisti de vez de Maiana, pensei que acabaria buscando uma mulher como ela e não alguém como Sophia.

Eu era um homem racional. Talvez isso fosse até um defeito para alguns, mas dificilmente eu agia sem pensar. Até mesmo quando descobri que meus instintos eram mais duros e violentos que os de outras pessoas e que eu sentia muito prazer em ser um macho dominante, eu analisei tudo.

Busquei respostas para compreender o que era aquilo. Li, pesquisei, fui de grandes filósofos como Nietzsche a renomados psicanalistas como Freud e Jung para entender a mim mesmo, aquele meu lado instintivo que escapava ao meu controle. Estudei tudo o que havia sobre dualidade emocional, consciente e inconsciente, razão e instintos, id e ego, até que cheguei a uma conclusão que era muito simples: eu não era anormal. Como todo mundo, eu possuía dois lados. E se aquilo era o que eu queria, por que me privar? Desde que não fizesse mal a ninguém e fosse feliz, estava tudo bem. Simples assim.

Não fui espancado ou molestado quando criança. Pelo contrário, tive uma infância feliz e normal, amava demais minha mãe e ela a mim, era amigo do meu pai, tudo na paz. Fui filho único bem cuidado. Tive muitas namoradas. Mas sempre com aquele desejo de dominar, de ter alguém sob o meu poder no lado sexual, querendo e experimentando coisas novas. E quando entrei pela primeira vez no Clube Catana e vi uma sessão de BDSM de um Dom e sua submissa, fiquei completamente arrebatado. Descobri que sentia coisas que nunca imaginei possíveis e me entendi pela primeira vez. Sempre fui um Dom, mas só descobri naquele dia.

Desde então, me assumi. E nunca me arrependi, porque antes de tudo não foi uma escolha. Eu simplesmente nasci assim. Tinha prazer em foder uma mulher enquanto estava presa, depois de torturá-la com prazer e dor. Gostava quando implorava e quando se submetia, quando engatinhava no chão, quando suplicava para que eu parasse, mas seu corpo pedia por mais. Mas tudo consensual, desde que fosse bom para mim e para ela.

Não gritava aos quatro cantos quem eu era e do que gostava. Sabia que muitas pessoas não entenderiam. Era apenas minha vida particular, e eu era feliz com ela.

Ser amarrado, chicoteado e submetido, essas coisas não eram pra mim. Não faziam parte da minha personalidade nem do meu desejo. Por isso, não via como eu e Sophia poderíamos nos entender sem que um dos dois cedesse. E não seria eu.

Por esse motivo e pelo fato de agora trabalharmos juntos, resolvi deixar o que havia entre nós somente no campo da paquera. Era uma relação fadada ao fracasso.

Indiquei o sofá.

– Sente-se um pouco. Vamos conversar sobre trabalho.

– Ah, sim. Trabalho. – Sorriu, jocosa.

Esperei que se sentasse, reparando como era bem cuidada e bem vestida, desde o cabelo brilhante e comprido até os belos sapatos pretos de salto alto. Tinha uma elegância natural e bom gosto, o que evidenciava ainda mais sua beleza.

A pele era morena e linda, as unhas bem cuidadas e compridas num tom rosado, a maquiagem impecável. Era uma mulher preocupada com a aparência, segura de si.

Afastei um pouco o paletó cinzento e me sentei, enquanto era observado com a mesma atenção que dediquei a ela. Seus olhos passaram por meus sapatos italianos pretos, a calça e o paletó cinza, a camisa branca com o primeiro botão aberto, sem gravata. Demoraram-se um pouco na pequena parte visível do meu peito e no pescoço. Quando fitou meus olhos, sorri.

– Aprovado? – brinquei.

– Aprovadíssimo. Desculpe, querido. Sei que não devia dizer essas coisas. Afinal, aqui, na empresa, sou sua subordinada. – Fez um gesto com a boca, como se não gostasse da coisa, dando de ombros. – Só aqui, vice-presidente. Mas acontece que olho para você e sinto vontade de arrancar um pedaço.

– Não sabia que canibalismo fosse uma de suas práticas.

– No BDSM não chego a tanto. – Sorriu, recostando-se e cruzando as pernas sedutoramente, seus olhos me convidando. – Só com você.

– É bom saber. Ficarei atento. – Meu sorriso se ampliou. – Bem, vamos tratar de negócios. Meu pai me falou muito bem de você e não poupou esforços para trazê-la da Europa para cá. Soube que tem diversos contatos em pontos turísticos europeus que fogem um pouco à regra dos tradicionais, Londres, Paris, Benelux.

– Exatamente. Há um campo lá pouco explorado pelas grandes operadoras de turismo. Faltava investimento da firma em que eu trabalhava, era bem menor que a de vocês. E, mesmo assim, os lucros eram absurdos.

– Bom saber disso. Com você encarregada dos pacotes europeus, terei mais tempo para organizar outras viagens internacionais e atrair o público lá de fora para o Brasil.

– É, seu pai disse que tem investido em roteiros exóticos. É excelente.

– E também na China, Galápagos, Patagônia, tudo bem diversificado. O que tem feito a VIATGE se expandir bem rápido. – Percebi seu interesse genuíno e me pareceu uma mulher inteligente, que só somaria à nossa equipe.

Passamos a discutir pormenores e sobre o que esperávamos de sua função. Séria e compenetrada, deu boas ideias e sugestões e logo estávamos entretidos em um longo planejamento de ações táticas para aumentar os negócios da empresa.

Levei-a em um tour pelos andares e salas, apresentei-a aos principais membros, mostrei as tabelas e gráficos dos últimos crescimentos quando retornamos à minha sala. Foi bom ver que, tirando o desejo e a desavença sexual que havia entre nós, nos demos muito bem profissionalmente. Gostei de suas ideias dinâmicas e diretas, Sophia concordou com quase tudo que falei.

– Estou vendo que vai ser excelente trabalhar aqui – completou, quando aparentemente terminamos os assuntos principais e nos encontrávamos de pé, após vermos os gráficos no computador.

– Espero que goste também. Confesso que os empregados preferem mais o meu pai e estão desesperados por ele andar falando ultimamente em se aposentar.

— Mas por que preferem seu pai? – Fitou-me com atenção.

— Ele é mais brando. Estava satisfeito com uma operadora de agências mediana. Desde que me tornei vice-presidente e arrumei tantos novos contratos, passaram a trabalhar muito mais. Posso parecer um anjo, mas sou muito exigente. – Dei um sorriso, que a fez retribuir da mesma maneira.

— Você é um feitor de escravos, Matt?

— Não chego a tanto. Recompenso bem o aumento do trabalho.

— Então, eles não têm do que reclamar.

E era verdade. Aumentei os salários e gratificações, mas não dava mole para ninguém. Eu mesmo exigia bastante de mim. E pelo visto Sophia era igual.

— Bom, gostei de toda a explicação e do panorama geral que me deu, Matt. Vou ter parâmetros agora para começar e saber em que me basear. Só me resta voltar para minha sala, embora sua companhia seja tentadora. – Piscou para mim, sedutora.

— Agradeço. E estou aqui para o que precisar.

— Pode deixar. Vou lá, pois tenho um chefe muito exigente. E digo o mesmo. Se precisar de algo, estou às ordens. Qualquer coisa.

— Qualquer coisa? – Indaguei baixo, sentindo o corpo reagir mesmo sem querer.

Sophia lambeu os lábios e seu olhar desceu quente pelo meu corpo. Subiu de volta, enquanto dizia rouca:

— Dentro daqueles termos que você já conhece. Mas não perco a esperança de que mude de ideia. – Deu de ombros, seu sorriso lento.

— Ninguém pode impedir o outro de ter esperanças. – Provoquei baixo. – Bem-vinda, Sophia. Acho que vamos nos dar bem.

– Eu tenho certeza. Até já. – Pegou sua bolsa e se virou para sair.

Não pude deixar de notar seu jeito sensual de andar e o corpo curvilíneo, enquanto o desejo esquentava meu sangue. Já estava chegando à porta, quando parou e se voltou devagar.

– Matt, não esqueci os vinte mil.

– Esqueça isso.

– Negativo. Quero um jantar. Pago por mim. Onde eu quiser. Topa? Aí ficamos quites.

– Se você insiste.

Sorriu, satisfeita.

– Vou cobrar a promessa. – E então saiu.

Fitei a porta fechada, tendo certeza que aquele convite estava cheio de segundas intenções. Sorri lentamente. Pelo jeito Sophia não deixaria minha vida cair no marasmo.

SOPHIA

Não fiquei tão perto de Matt quanto gostaria. Tanto eu quanto ele ficamos ocupados em nossas funções, e organizei e analisei vários contratos, alguns que estavam abandonados e tinham grande chance de dar boa margem de lucro. Eu era assim, quando começava a trabalhar, me empolgava e ia direto.

Já no final do expediente, fui perguntar umas coisas à Marília, a secretária meio mal-humorada de Matt, mas na verdade só ganhando tempo para saber o que realmente eu queria:

– Bem, acho que vou tirar minhas dúvidas com Matt. Ele ainda está aí, não é?

Marília me fitou com cara de poucos amigos. Era uma senhora bem magra e com pescoço comprido, parecendo uma garça. Seus óculos ficavam na ponta do nariz e, apesar de se vestir de modo elegante, era esquisita. Tudo aquilo a fazia parecer ser muitos anos mais velha. Disse pausadamente:

– O senhor MATHEUS... – frisando o nome dele – teve que sair há uma hora para uma reunião em um hotel. Não volta mais hoje.

– Ah, não? Puxa, queria tanto falar com o MATT... – Frisei cada letra, sorrindo candidamente. – Somente o MATT poderia tirar as minhas dúvidas. Porque o MATT é que está por dentro das viagens internacionais. Mas, tudo bem, amanhã falo com ele. Com o MATT.

Marília franziu os lábios, olhando-me com frieza. Dava para perceber que odiava intimidades, ainda mais sendo meu primeiro dia de trabalho ali. Eu quase caí na gargalhada. De cara feia, passou a digitar furiosamente em seu computador.

Voltei para minha sala rindo. Que mulherzinha chata! Eu me divertiria implicando com ela.

Não teve jeito, tive que sair de lá sem encontrar mais um pouco com ele. Mas tudo bem. Só o fato de saber que o veria no dia seguinte me animava. Voltei ao apartamento de alma nova, feliz com as oportunidades que eu teria de conquistá-lo. Há muito tempo não sentia um tesão tão grande por um homem. E nunca, nunca mesmo, ficava sem satisfazer os meus desejos. Tinha fé que aos pouquinhos eu o ganharia.

Jantei em um restaurante perto do prédio e caminhei pelo calçadão da praia de Ipanema enquanto anoitecia. Era horário de verão, e as pessoas ainda aproveitavam o finalzinho do sol, sem se importar que era dia de semana. Na areia, um grupo de rapazes jogava futevôlei e eram lindos em suas sungas e corpos bronzeados. Olhei-os com um interesse puramente feminino, assim como observei um grupo de belas moças de biquíni conversando com dois surfistas. Não era à toa que aquela era considerada a praia mais sexy do mundo.

Havia uma beleza e uma sensualidade latente em tudo. Até as pessoas mais velhas que passavam caminhando pelo calçadão ou correndo pareciam fazer parte de um ambiente quente, lindo, sedutor. O mar belíssimo, o morro Dois Irmãos a oeste, os postos de salvamento, as areias claras, o pôr do sol, tudo era perfeito. Suspirei, adorando estar ali. Minha volta ao Brasil não poderia ser melhor.

Para quem nasceu e foi criada em uma favela de Madureira até os 14 anos, retornar ao país de origem e morar, mesmo que de aluguel, em uma das áreas mais caras e valorizadas do Rio, era uma vitória.

Mais uma vez lembrei-me da minha mãe, e meu subconsciente me cutucou com a pergunta: Será que ela está viva? Tentei me livrar daquele pensamento e disse a mim mesma que não me importava com a resposta. Dei a volta e caminhei para meu apartamento, observando de novo as pessoas e a paisagem, recusando-me a pensar no passado.

Na manhã seguinte, caprichei ainda mais no visual, sabendo agora que tinha um motivo excepcional para isso, que faria cada dia de trabalho ser um prazer a mais. Matt.

Acordei cedo, tomei um banho caprichado, levei um bom tempo espalhando na pele um hidratante maravilhoso e importado Estée Lauder; me maquiei sem pressa, valorizando cada traço do rosto. Limpa, macia e perfumada, pus uma camiseta branca de seda, uma longa saia azul até os pés com fenda na coxa direita que só aparecia quando eu andava, cinto fino de couro creme e sandálias altas de tiras, da mesma cor. Arrematei o conjunto com três colares de ouro, um pequeno, um médio e um grande com pingentes. Peguei minha bolsa, coloquei meus grandes óculos escuros e fui para o trabalho, satisfeita comigo mesma.

A cada dia seria um desfile de moda diferente. Eu queria ver Matt não reparar em mim.

Mas ao final daquela terça, toda minha animação da manhã tinha arrefecido e sido substituída pela irritação. Matt estava recebendo um grupo de investidores da China e só cruzou comigo de manhã cedo, mal tendo tempo de me mandar um oi, compenetrado com os três chineses e o que a tradutora dizia. Falou um oi rápido e seguiu em frente. Ficou fora o dia todo com eles.

Quando saí da minha sala, pouco depois das cinco e meia da tarde, lancei um olhar à porta fechada do escritório dele e indaguei à Marília, que já guardava suas coisas na bolsa para sair.

– Matt voltou?

– O senhor Matheus estava aqui até ainda há pouco. Acabou de sair.

– Droga, queria falar com ele! Será que ainda o pego no elevador?

– Acho que não. Tinha marcado com os amigos no Loop's e já deve estar a caminho.

– Loop's? Isso é um bar?

– Em Ipanema. – E, então, como se percebesse que tinha falado demais, fechou a cara. – Amanhã a senhorita pode falar o que quiser com o senhor Matheus.

– Falarei com MATT, sim, Marília, obrigada.

Não perdi tempo ali. Peguei meu carro e, lá dentro, liguei o celular e busquei informações sobre o tal do Loop's na internet. Moleza. Ipanema. Não muito longe de onde eu estava morando. Sorri, liguei o carro e me dirigi para lá.

Era um bar chique e pretensioso, cheio de filhinhos de papai. A bebida devia custar uma grana preta. Havia um bar belíssimo e todo negro ocupando uma parede, cadeiras e mesas de bom gosto sob uma luz suave, além de uma pista de dança e músicas das baladas atuais. Algumas pessoas já dançavam, mas não estava muito cheio.

Parecia um local onde os amigos se encontravam para beber e espairecer, em qualquer dia da semana. Entrei lá atenta e não foi difícil achar Matt. Ele estava em uma das pontas do bar bebendo com dois amigos e sorria, à vontade, satisfeito como só ficamos com pessoas que consideramos de verdade.

Parei, olhando-o com admiração e desejo, mais uma vez impressionada com sua beleza máscula. Tinha tirado o paletó, e a camisa branca com alguns botões abertos e mangas dobradas o deixava ainda mais gostoso. Olhei então para os companheiros dele e quase assoviei. O que era aquilo, meu Deus? Três homens maravilhosos de uma vez, no mesmo lugar, amigos? Quase peguei um lenço na bolsa para secar a baba.

Então sorri, admirada. Para mim, Matt continuava sendo o mais apetitoso, mas os outros dois... puta que pariu! Tive que xingar um palavrão mentalmente.

O da esquerda era um tipo moreno com beleza agressiva e máscula, bem alto e musculoso, mais à vontade que os outros, como se tivesse vindo de casa e não do trabalho. Usava jeans, blusa branca e uma camisa xadrez por fora. Uma barba cerrada e negra dava-lhe um ar sensual, juntamente com os fartos cabelos negros. Eu podia jurar que era o mais safado dos três. E com certeza o mais feliz. Estava relaxado, sorria, tomava sua bebida como se a vida fosse uma maravilha.

Tentei imaginá-lo como um submisso, mas foi impossível. Não era o tipo dele. Mas, mesmo assim, achei-o incrivelmente atraente e sedutor.

O da outra ponta era moreno claro e tão alto como os amigos, mas só que mais pomposo. Sua coluna era totalmente reta, e mantinha o queixo erguido, como se estivesse conversando, mas todos os seus outros sentidos se concentravam no que acontecia à sua volta. A beleza dele era gritante, quase um abuso de tão perfeita, mas fria, contida, imperiosa. Não estava de xadrez nem tinha tirado o casaco. O máximo que tinha se permitido era não usar gravata, mas continuava com o terno preto bem cortado que caía em seu corpo atlético como uma luva e marcava os ombros largos.

Tinha cabelos negros e sobrancelhas marcantes. E como se soubesse que era observado, passava os olhos em volta, atento. Eram de um azul-claro vivo, em contraste absurdo com a negrura da roupa e do cabelo.

– Jesus, Maria, José... – murmurei bem-humorada, achando que estava na hora de me divertir. E assim me aproximei deles.

O primeiro a me notar foi o de olhos azuis. Fitou-me quase friamente, como se decidisse se eu valia a pena ou não. Então seu olhar masculino passou por meu corpo e fiquei satisfeita ao ver que gostou do que viu. Embora quase nada na expressão dele mudasse.

Encontrei os olhos verdes acastanhados de Matt e parei na frente deles, estampando um largo sorriso, dizendo com a maior cara de pau:

– Matt! Que coincidência! Mais uma. Acho que o destino anda nos empurrando um para o outro.

– Sophia... – Fitou-me, não desconfiado, mas seguro de que não tinha sido coincidência nenhuma.

O que eu tinha almejado o dia todo aconteceu. Seu olhar passeou por mim, notando como eu tinha ficado bonita, sem saber que tinha sido por causa dele. Fiquei satisfeita. Ainda mais quando me encarou de novo, sem disfarçar que me desejava.

– Moro aqui perto. – Expliquei. – Vim conhecer o local.

– Mora aqui perto? – Ele indagou. – Em Ipanema?

– Sim.

– Eu também.

Foi a minha vez de ficar surpresa.

– Sério? – Quando acenou com a cabeça, completei jocosa: – Viu? O destino.

Fitei seus amigos. Ambos me encaravam. O moreno de xadrez sorrindo, o outro, sério.

— Esses são meus amigos. E essa é Sophia, começou a trabalhar ontem como uma das diretoras da VIATGE. – Apontou para o moreno de xadrez e depois para o de terno: – Arthur e Antônio.

— Olá. Como vai? – Estendi a mão para Arthur, que a apertou com firmeza.

— Oi, Sophia. É um prazer. – Até o sorriso dele era viril. Era realmente um pedaço de mau caminho.

— Igualmente. – Virei para o outro. – Antônio.

— Sophia. – Sua voz era bem grossa. O aperto firme.

Se Arthur era um tipo que não tinha nada de submisso, Antônio era um dominador nato, até a medula. Isso se via no seu porte ereto, no olhar frio e atento, em algo nele que denotava força e arrogância. Eu que não queria ser inimiga dele.

Não era como Matt, que apesar de seguro e decidido, tinha aqueles olhos de anjo. Achei que aquele homem tinha olhos duros demais. Mas não me importei muito.

— Bem, não quero atrapalhar a reunião de vocês. Vim aqui só cumprimentar você, Matt. E seus amigos. – Sorri sedutora. Quis provocar ciúmes no meu escolhido, naquele que estava me deixando cada vez mais com desejo reprimido. E escolhi Arthur, pois parecia o mais à vontade ali. Encontrei seus olhos negros. – Na verdade, estava em busca de companhia. Acabei de chegar de Portugal e quase não conheço ninguém.

Senti os olhos de Matt em cima de mim. Percebi que Antônio sorriu meio de lado. E Arthur ampliou seu sorriso, dizendo, sem deixar de ser agradável e másculo:

– Eu sei de alguém que adoraria companhia essa noite. – Bateu com a mão no ombro de Matt. – Infelizmente, eu já estava de saída.

– Espero que não por minha causa.

– De forma nenhuma. Eu sou sempre o primeiro a sair. Venho só um pouco, mas tenho duas mulheres me esperando em casa.

– Duas mulheres? – Ergui uma sobrancelha.

Ele sorriu ainda mais, deixando seu copo vazio sobre o bar.

– Minha esposa e nossa bebezinha.

Entendi a sensação de felicidade que senti nele desde que o vi. E não era falsa. Era um homem realizado, e imaginei que a esposa tinha sido muito esperta em tê-lo enlaçado tão bem.

– Ah, é casado... – Falei, como se lamentasse um pouco, apenas jogando um charme básico.

– Muito bem casado.

– Dá para notar. – Sorri e olhei para Matt. Ele estava sério, me encarando. Gostei. Seria ciúme? Voltei-me para Antônio, que terminava seu uísque. Bati as pestanas para ele: – E você, também é muito bem casado?

– Sou casado – disse secamente.

Epa! Aquele ali não era tão feliz. E sorriu friamente, como se risse de si mesmo.

– Bom, vou deixá-los. Mas foi um prazer conhecer vocês. E é claro, encontrar você, Matt. – Eu transbordava sensualidade.

– Quer beber algo conosco? – ele indagou.

– Não. Fiquem à vontade. Tchau, meninos.

Acenei com as pontas dos dedos. Despediram-se de mim e dei-lhe as costas, rebolando suavemente até uma mesa ali do canto, onde eles poderiam me ver e eu ficaria de olho em Matt. Estava satisfeita comigo mesma. Sentei e cruzei as pernas, fazendo questão de não cobri-las quando a fenda se abriu e desnudou minhas coxas bem torneadas e morenas, que eu me orgulhava de manter firmes à custa de muita malhação.

Não olhei para eles, mas podia jurar que Matt olhava. Sentia um arrepio na nuca, aquela sensação única que despertava em mim sem nenhum esforço.

Pedi uma tequila ao garçom e fingi interesse na pista de dança.

Com o canto dos olhos, notei Arthur se despedindo deles e deixando notas de dinheiro sobre o bar. Ficaram somente Matt e Antônio. Minha bebida chegou e eu a saboreei, movendo suavemente meu corpo ao som da música.

Sabia que precisava fazer algo para atrair a atenção de Matt para mim. Mas o quê?

Lambi os lábios, confabulando comigo mesma. Pensei nas aulas de dança que eu fazia há anos, como do ventre e jazz, que me ajudavam a manter a forma. Eu era uma ótima dançarina. Olhei a pista com meia dúzia de gatos-pingados e, quando começou a música "Toxic", de Britney Spears, eu soube que era para mim. Levantei de imediato, deixando a bolsa e a bebida na mesa, e fui para o meio das luzes coloridas da pista.

Comecei a remexer os quadris de costas para onde Matt estava. Segui a batida gostosa e agressiva da música e aos poucos fui mexendo os ombros e os braços. Rebolei, movi sinuosamente a cintura, desci um pouco o corpo. Acabei dando uma risada, divertindo-me com a música e com uma espécie de tesão que me envolvia.

Joguei o cabelo para trás do ombro e voltei de maneira sedutora, sem parar de requebrar e me mover. Matt e Antônio estavam parados, olhando fixamente para mim. Adorei a atenção, o que me motivou mais a descer um pouco rebolando na batida da música e sorrindo sensualmente.

Antônio largou o copo na mesa, deu um sorriso meio de lado e bateu no braço de Matt, que mal o olhou quando ele saiu. E aí era só eu e Matt. Nossos olhares unidos enquanto eu dançava para ele, naquele ritmo contagiante e cheio de carga sexual, sem disfarçar em nada como eu o queria. Mordi o lábio, sabendo que o mundo tinha deixado de existir para mim.

Matt não se movia. Eu nunca o tinha visto tão sério e concentrado, seu olhar mudando. Como se fosse uma mágica, a doçura ali tinha sumido. Suas pálpebras estavam pesadas, uma dureza desconhecida parecendo cortante em minha direção. Foi como uma transformação a olhos vistos, e, pela primeira vez desde que o conheci, vacilei em minha certeza de que ele podia ser um submisso. Era só força e tesão, algo bruto, voraz, poderoso.

E quando veio em minha direção, não acreditei. Entreabri os lábios e continuei dançando, esfregando as mãos em meus quadris, erguendo a saia só um pouquinho. Minha perna aparecia sob a fenda, e vi que Matt olhou, como olhou meus seios com mamilos endurecidos e doloridos e minha boca que o chamava sem pronunciar uma sílaba.

Parou à minha frente, e suas mãos agarraram as minhas sobre os quadris e não saíram dali, firmes, enquanto encostava-se em mim da cintura para baixo e surpreendentemente rebolava junto comigo, no mesmo ritmo quente e sensual, extremamente másculo. Perdi o ar com seu olhar ardente e dominador, cheio de luxúria, com seu cheiro amadeirado e de terra que inflamou minhas narinas e com seu pau grosso e duro bem encaixado através da roupa entre as minhas coxas.

Arfei, fervendo, sem poder piscar, entrando quase em combustão pelo desejo devasso e arrebatador. A música, as luzes, tudo parecia girar e contribuir ainda mais para as sensações enlouquecedoras. Descemos juntos, rebolando colados, as pontas dos meus seios apenas roçando seu peito musculoso, nossos quadris sinuosos como se fossem só um.

Fiquei sem ar, pois era como se transássemos ali, no meio daquela pista. O tesão foi tanto que arranquei minhas mãos sob as dele e as passei pelos músculos duros do seu peito, arranhando-o, gemendo baixinho e só ele ouvindo, enquanto me aproximava mais e mordia devagarzinho seu lábio inferior carnudo.

Seus dedos enterraram-se abertos em minha carne do quadril e da bunda, puxando-me mais para si, esfregando seu pau em minha vagina ao se mover naquele ritmo pecaderamente sensual. O tecido da calcinha ficou empapado com o creme quente que escorreu de dentro de mim. Então uma das mãos subiu por minhas costas entre os cabelos e foi até minha nuca, onde agarrou um punhado de mechas. Com força, puxou minha cabeça para trás e fui obrigada a me inclinar, expondo meu pescoço, empinando meus seios, dobrando minhas costas para trás, colando ainda mais nossos sexos.

E dançou assim comigo, do jeito que queria, respirando em minha garganta, passando de leve a língua ali. Arquejei, enlouquecida, além de qualquer razão. Meus instintos mais primitivos gritaram e enfiei os dedos dentro de sua camisa, sentindo sua pele quente, seu corpo duro e gostoso demais. Cravei as unhas em seus ombros sem pena e o senti enrijecer. Sacudi-me e puxei a cabeça, sorrindo maliciosamente ao me livrar e ir com tudo para morder seu peito.

Mordi com força, acima do coração. Matt agarrou meu cabelo com violência e me puxou para longe. Meu couro cabeludo doeu, e vi sua raiva e seu tesão quando rosnou baixinho:

– Sua cadelinha...

Eu sorri, sem me ofender com o termo usado para as submissas. Em nenhum momento deixamos de nos esfregar ao som sensual da música, mas agora, além do tesão avassalador, havia virado uma luta pelo poder. Desci mais as unhas com força, arranhando também seu peito. Os olhos dele arderam furiosos, e me surpreendeu com um movimento brusco e rápido. Girou-me em seus braços e me imobilizou com uma gravata com o braço esquerdo, o direito passando como uma barra de ferro em torno da minha cintura, imobilizando-me, inclusive meus braços para baixo.

Por um momento arquejei, e o pânico me dominou. Foi instantâneo e me debati, minhas narinas inflando, meu peito ardendo.

Esfregou o pau rijo em minha bunda, dançando enquanto eu tentava me livrar e só me via mais presa.

– Desistiu de dançar, gata brava?

– Nunca. – Lutei para manter a clareza de pensamento, sabendo que estávamos em um local público, e o provoquei. Assim, rebolei, empurrando a bunda contra ele, embora estivesse furiosa por ter conseguido me privar de meus movimentos. Resolvi usar o que me restava, a língua: – E você? Quer desistir? Os arranhões estão ardendo muito?

Matt deu uma risada rouca perto do meu ouvido.

– Essas coisinhas de gatinha? Nem senti.

É claro que mentia, mas mesmo assim me irritei.

Virei a cabeça em seu ombro e falei:

— Me leve para uma cama e vou te arranhar todo, até urrar de dor...

— Enquanto você urra de prazer apanhando nessa bunda e com meu pau enterrado nela.

Estremeci ao imaginar aquilo me dando um prazer perverso e inesperado.

— Estamos esperando o quê? – Esfreguei mais ainda minha bunda nele, sentindo a vagina palpitar e se apertar, toda melada, fervendo.

— Vamos foder, Sophia. Sem regras. Sabe que será uma luta. – Falou rouco.

— Que seja! – Exclamei, alterada demais pelo tesão.

E exatamente naquele momento a música parou e foi substituída por outra, sem graça. Nos imobilizamos na pista e ouvimos explodir uma onda de aplausos e assobios. Olhei em volta, vi a nossa plateia e acabei sorrindo. Os frequentadores tinham adorado nosso show.

Matt me soltou devagar. Sabia que estava com o pau ereto na calça e de propósito me afastei dele, só para que passasse vergonha na frente de todos. Virei-me para ele, jocosa, meus olhos indo para seu pau. Mas me desconcertei um pouco. Dentro da calça cinza, formava um mastro grosso e enorme, sem poder ser escondido de jeito nenhum. Lambi os lábios, entre excitada, impressionada e divertida.

Ouvi risadinhas de meninas em polvorosa. Quando encarei Matt, esperei encontrá-lo ao menos um pouco encabulado. Mas não. Sorriu sensualmente, seus olhos pesados, sem um pingo de vergonha. Virou para a plateia e fez um gesto de agradecimento, o que fez a mulherada gritar e aplaudir enlouquecida.

Voltou-se para mim e me estendeu a mão, dizendo baixinho:

– Vem.

E eu fui, como se algo mais forte que tudo me empurrasse. Deixei que me levasse até minha mesa e peguei minha bolsa como autômato. Percebi minha bebida quase intocada. Matt me levou ao bar, pagou minha bebida e a dele ao barman e pegou seu paletó em um banco. Parecia muito mais tranquilo e controlado do que eu, apesar do pau duro à vista de todos.

Acompanhei-o para fora, meus dedos entrelaçados nos seus, meu coração batendo tão forte que me deixava surda para todo o resto. E enquanto saíamos para a noite linda e fresca de Ipanema, senti medo.

Toda minha coragem e desejo de conquistá-lo foram balançados por aquela nova sensação potente. Um medo inexplicável. Porque em algum momento me descontrolei. E mesmo quando me agarrou e imobilizou, não senti raiva nem asco. Sim, um pouco de pânico, mas um desejo muito maior, arrebatador. Fiquei excitada. O que faria comigo em uma cama? O que eu o deixaria fazer, do jeito que estava? E como eu ficaria depois, tudo em que eu acreditava, tudo o que eu era desde que decidi que nenhum homem me dominaria?

Chegamos ao estacionamento e puxei a mão, abalada, com raiva. O meu corpo descontrolado e aquele medo desconhecido, não físico, mas profundo, deixando-me preocupada. Matt me olhou de imediato e fui rápida até o meu carro. Estava chegando nele, quando segurou o meu braço e me virou, fitando-me com a sobrancelha franzida.

– O que aconteceu, Sophia?

– Isso não vai dar certo. – Ergui o queixo e fiquei mais satisfeita ao ver as valas vermelhas dos arranhões que eu havia deixado em seu peito. – Vamos acabar nos matando em uma cama, um lutando para dominar o outro.

– Por que desistiu de repente? – Foi direto ao ponto, sem enrolação. Seu olhar era profundo, intenso.

– Porque é o que vai acontecer. E trabalhamos juntos.

– Tudo bem.

Eu queria que insistisse. Que me convencesse, que me livrasse daquele medo que nem eu entendia. Mas percebi que Matt poderia estar sentindo o mesmo que eu. Talvez sempre tivesse sentido.

– Melhor eu ir, Matt. Mas... foi a melhor dança da minha vida.

– Eu digo o mesmo.

Era muito controlado e senhor de si. Impossível saber o que pensava ou sentia. Talvez apenas se desse conta que tinha razão ao ter me mantido longe.

– Dirija com cuidado, Sophia.

– Pode deixar. – Virei e abri a porta do carro. Entrei, sentei e o liguei. Só então sorri, mesmo que por dentro não estivesse muito feliz: – Cuide desses arranhões.

– Não se preocupe. – Sorriu também, lentamente, seus olhos castanhos esverdeados levemente apertados. – Essas coisinhas de nada daqui a pouco somem.

– Duvido.

Pisquei para ele e saí, pegando a rua.

Em que merda eu havia me metido?

MATT

Eu e Sophia nos evitamos por dois dias. É claro que nos vimos, trabalhando juntos em salas lado a lado. Conversamos sobre trabalho. Mas os charmes e as conversas de duplo sentido ficaram em segundo plano. Eu a sentia mais arredia e acho que finalmente se deu conta de como seria difícil qualquer tipo de relação entre nós. Algo que percebi desde o início.

Para quem era "baunilha", tudo aquilo poderia parecer confuso. Mas quem vivia no mundo BDSM entenderia perfeitamente que era uma coisa quase impossível dois dominantes puros conseguirem desenvolver uma relação prazerosa e verdadeira para ambos, pelo simples fato de que um não teria como se alimentar do que o outro poderia lhe dar de mais profundo: sua submissão.

Pessoas ficavam juntas o tempo todo, atraídas sexualmente uma pela outra ou por interesses em comum. Eu e Sophia tínhamos interesses assim e estávamos atraídos, mas até que ponto isso seria o bastante para nós? Um acabaria tendo que ceder e não podia ser contra a vontade ou para agradar, pois aí o prazer deixaria de existir.

Como dominador, eu não me sentiria sendo eu mesmo ao ceder o controle a uma mulher. Estava muito bem resolvido sobre isso, era minha essência, o que havia de mais concreto e verdadeiro sobre mim. Não importava se aos olhos do meu pai e de muitas outras pessoas eu era apenas um homem educado e agradável. Eu sabia que ia além disso. Conhecia meus desejos e necessidades. E achava a vida curta demais para perder tempo tentando me enganar e fingir algo que não era.

No entanto, o que me incomodava naquilo tudo era a atração que eu sentia por Sophia, mesmo sendo ela a antítese do que eu buscava em uma mulher. Havia algo a mais ali em meio a toda aquela arrogância e força, que me atraía de maneira diferente, intensa.

Na noite de terça, quando dançamos juntos, senti um tesão tão forte que quase me descontrolei. Joguei minhas dúvidas, princípios e certezas para o ar, levado pela luxúria, pelo desejo de fodê-la sem me preocupar com mais nada. E só não o fiz porque ela recuou. Ela usou algo que eu sempre me orgulhava de ter: razão.

É claro que ainda a queria. Quando nos encontramos na quarta-feira pela manhã em minha sala para discutir alguns assuntos referentes a pacotes promocionais, não falamos sobre a noite anterior. Cada um ficou na sua, desconfiado, contido. O desejo estava lá, incontrolável, pois independia da nossa vontade, era questão de pele, de química. Mas nem eu nem ela tentamos fazer algo a respeito.

Naquela quinta-feira nos encontramos no corredor e nos cumprimentamos. Não pude deixar de reparar o quanto era linda e elegante, o quanto sua sexualidade latente mexia comigo. Assim como não deixei de notar seu olhar guloso. Mas sorrimos educados, trocamos rápidas palavras polidas e seguimos nosso caminho.

Era melhor assim. Aos poucos nos acostumaríamos a conviver lado a lado sem um envolvimento sexual. Afinal, éramos como óleo e água, e as chances de alguém sair daquilo seriamente machucado eram muito grandes.

Naquela noite teríamos que quebrar o acordo sigiloso de distanciamento mútuo. Meu pai tinha insistido em um jantar de boas-vindas para Sophia na sua casa e seria extremamente grosseiro não comparecer. Isso sem contar o fato de que ele andava reclamando de minhas ausências cada vez maiores e das minhas visitas cada vez mais raras, mas eu tinha meus próprios motivos. E um deles era minha madrasta, Rafaela.

Meu pai, depois que minha mãe faleceu de câncer havia seis anos, passou a se relacionar com outras mulheres, todas bem mais novas que ele. Tinha tido um bom relacionamento com a esposa enquanto casado, ambos se davam bem e se respeitavam. Se alguma vez teve casos extraconjugais, foram muito discretos. Minha mãe era linda, doce, o enchia de mimos e a mim também. Acho que ficamos mal-acostumados.

Maiana me lembrava minha mãe. Ambas eram loiras e lindas, ternas e fortes, apaixonadas e carinhosas. Eu tinha certeza que teria uma vida plena ao lado dela, como meu pai teve com a esposa. No entanto, as coisas não tinham saído como desejei e já tinha me conformado com isso.

Mas meu pai ficou um pouco perdido. Talvez até bobo. Tinha um lado dele muito brando, de se acomodar um pouco nas coisas e de acreditar nas pessoas. Mulheres interesseiras e fúteis se aproximaram dele naquele tempo e fiz o possível para abrir seus olhos. Mas com Rafaela não teve jeito.

Ela tinha apenas 23 anos quando eles se conheceram, e ele, 58. Diferente das outras, Rafaela foi mais esperta. Tornou-se sua amiga, seduziu-o, fez jogo duro. Deixou-o completamente apaixonado por seu jeito doce e sua beleza. Comigo era simpática e agradável. Eu não tinha nada para usar contra ela, a não ser meu instinto. Vinha de uma família certinha de classe média, era suave e deixou meu pai tão louco que em seis meses estava casado com ela.

No início, foi tudo tranquilo. Ele era um homem feliz e a amava com loucura. Rafaela era educada, simpática, tratava-o bem, uma esposa perfeita. Mas sempre tive o pé atrás com ela. Não era preconceito meu pela diferença de idade. Era algo que eu pressentia, algo no olhar e no jeito dela não me convenciam totalmente.

E agora, depois de dois anos de casados, os sinais começaram a aparecer. O modo como me olhava e sorria me incomodava. Algo tinha acontecido nos últimos meses e eu não entendia bem o que era, mas sabia o que importava: que minha madrasta estava com segundas intenções comigo.

Não era descarada e nunca me deu uma cantada. Mas havia um olhar diferente aqui e ali, um lamber de lábios, um charme comedido, mas diferente. E aquilo aumentava cada vez que nos víamos, como se ela procurasse mostrar sem ser explícita, sem meu pai notar nada. E por isso passei a evitar a casa deles. E a ser mais frio com ela, para que se tocasse.

Era uma situação realmente tensa e incômoda. Eu só esperava que fosse um caso isolado e logo Rafaela se contivesse, ou teria que chamá-la em um canto e ter uma conversa séria.

Mas meu pai insistiu demais, e não tive como fugir do jantar. Fui para casa à noite naquela quinta-feira, tomei banho, pus uma roupa confortável e elegante e fui para a mansão deles. Quando cheguei, Sophia já estava lá, sentada na sala com o casal, tomando vinho e conversando amigavelmente.

– Oi, boa-noite. – Cumprimentei-os. Não fiz questão de falar em separado com ninguém, para não ter que me dirigir exclusivamente à Rafaela.

– Finalmente, meu filho. – Meu pai ficou todo animado, abrindo um grande sorriso. – Aceita uma taça de vinho?

– Sim, obrigado.

– Que bom que você veio, Matt. – Disse Rafaela, com aquele seu jeito doce de menina recatada. Eu a fitei e acenei com a cabeça, aceitando a taça do meu pai.

Era uma mulher de altura mediana, tipo mignon, cuidadosa com a aparência, parecendo uma boneca. A pele era branca e impecável, os olhos grandes e castanhos pareciam puros, tinha um nariz bem pequeno e boca em forma de coração. Seus cabelos eram compridos e num belo tom acobreado. Muito bonita.

Sentei no mesmo sofá em que Sophia estava e trocamos um olhar. Ela, como sempre, estava linda e exuberante, maquiada, com um vestido longo de listras horizontais pretas e brancas, a parte de cima justinha nos seios e na cintura, de onde caía em uma saia leve e solta até os pés calçados em delicadas sandálias de tiras pretas. Usava um colar chamativo de metal envelhecido, com tiras do mesmo material como pingentes. Realmente, lindíssima.

– Sophia.

– Matt. – Acenou com a cabeça, mantendo-se do mesmo jeito elegante, com as pernas cruzadas.

O ar entre nós ficou visivelmente mais pesado. A tensão sexual estava lá, bem vívida. Mas nos mantivemos controlados, como se nada acontecesse.

Meu pai puxou assunto sobre um novo contrato grande da firma e eu, ele e Sophia começamos a discutir. Em determinado momento Rafaela nos interrompeu com um muxoxo:

– Ah, nada de trabalho hoje, por favor. Assim fico fora da conversa!

– Mas que grosseria a nossa, amor. – Meu pai sorriu e beijou sua mão, com aquele ar bobo que ficava toda vez que estava ao lado dela. – Escolha você o assunto.

– Ah, vamos ver... – Sorriu, toda doce e meiga. – Que tal falarmos sobre o Natal? Afinal, já estamos em meados de dezembro. Você passará conosco, não é, Matt?

Eu a fitei, parecendo tão inocente, mas como uma loba prestes a atacar. Odiava pessoas dissimuladas, que fingiam ser uma coisa e eram outra. Assim como sentia um mal-estar em notar que havia algo lascivo da parte dela em relação a mim. Olhei para meu pai, que nem desconfiava de nada, um tanto irritado.

– Eu ainda não sei. – Falei friamente.

– Como assim não sabe, Matheus? – Meu pai encarou-me na hora. – Nunca passamos um Natal separados.

– Com certeza virei aqui, pai. Mas recebi outros convites, talvez eu vá visitar uns amigos também.

Passamos a falar sobre diversos assuntos sem realmente dizer nada. Eu me sentia incomodado, pois quando parecia que ninguém notava, percebia os olhares de Rafaela, sempre velados, mas incômodos. Ao mesmo tempo, Sophia ao meu lado me perturbava. Toda vez que a fitava, tinha vontade de arrastá-la pelo cabelo até um lugar privado.

Ela, por sua vez, também não estava à vontade e parecia me observar atentamente. No final das contas, só meu pai parecia achar que o jantar estava sendo um grande sucesso.

Depois que comemos, voltamos à sala para jogar mais conversa fora. Sophia e Rafaela falavam sobre moda, eu e meu pai, sobre futebol. Ele era tricolor e nunca aceitou o fato de que eu era flamenguista, o velho Fla x Flu vindo à tona quando o assunto era aquele. Discutíamos e até provocávamos um ao outro, mas sempre com respeito e nos divertindo.

– Esse Brasileirão é nosso! – disse esperançoso, pois na tabela o Fluminense estava alguns pontos acima do Flamengo.

– Vai sonhando, pai. – Sorri, mas sem realmente ficar à vontade ali.

Eu só contava o tempo para poder levantar e ir embora. Desde que percebi maldade em minha madrasta, não conseguia mais me sentir bem ali, na casa em que fui criado, muito menos ao lado do meu pai. Embora eu não a encorajasse em nada, só saber do fato já me parecia uma traição.

Já estava prestes a ir embora quando meu pai me pediu que fosse à adega pegar um vinho para ele. Tínhamos uma grande adega no porão da casa, com os melhores vinhos do mundo. Ele queria uma safra francesa especial para mostrar à Sophia, depois de ter explicado a ela um pouco sobre fabricação de vinhos, e ela dizer que adorava vinho do Porto.

Ergui-me e fui. Desci pelos fundos perto da cozinha e lá embaixo andei entre os barris e garrafas bem organizadas. Eram três corredores, sendo que o último era reservado para uísque, conhaque e outras bebidas quentes. Fui até uma safra, lendo os rótulos em francês, procurando o que eu queria. Estava lá há alguns minutos, quando ouvi uma voz feminina às minhas costas:

– Encontrou o que queria?

Eu enrijeci. Bem sério, me virei e vi Rafaela parada ao lado da escada. Sorria para mim daquele jeito doce e ao mesmo tempo venenoso. Pensei comigo mesmo que o tipo dela poderia até ter me atraído como submissa, era pequena, delicada, falava de modo meigo. Se não fosse minha madrasta. E se eu não percebesse que na verdade ela era uma dominadora disfarçada em pele de cordeiro. Não uma dominadora como Sophia, que mostrava quem era. Não, ela dominava as pessoas com falsidade e mentira. E esse para mim era o pior tipo de gente.

– Eu não preciso de ajuda. – Falei frio e seco.

Mordeu o lábio, em uma falsa surpresa.

– Matt, mas o que fiz para você? Ultimamente anda tão esquivo e frio comigo, querido.

– Não está acontecendo nada. – Eu a fitava diretamente, sem esconder meu desagrado.

– Por que não diz? – Deu um passo à frente, delicadamente. Afastou o cabelo liso para um dos ombros, toda feminina e suave. – Sabe que gosto demais de você.

– Rafaela, saia daqui. – Estava sem paciência para joguinhos e irritado. Falei mais ríspido do que eu queria.

Era a primeira vez que ficávamos a sós desde que notei seus olhares e intenções, assim como era a primeira vez que eu deixava clara a minha posição além da frieza comum. Odiava falsidade e queria acabar com aquele jogo ridículo de uma vez.

Olhei-a bem duro, seco, irritado.

Ela parou e mordeu o lábio, sua face branca ganhando uma coloração corada nas bochechas. Respirou fundo, e seu olhar tornou-se mais denso, pesado. Indagou baixinho:

– É assim que fala com elas?

– Com quem?

– Suas submissas.

Fiquei surpreso. Minha vida como dominador não era do conhecimento da minha família. Rafaela sorriu.

– Como sabe disso? – Franzi a testa.

– Minha amiga, Carmen, que às vezes vem aqui. Ela disse que o viu em um clube. Me contou tudo o que faz lá.

Então era isso. Os olhares e insinuações dos últimos meses estavam explicados. Ela descobriu quem eu era, e aquilo, de alguma maneira, a tinha agradado. Senti a raiva surgir dentro de mim. Sem desviar o olhar, falei cruelmente, sendo muito direto com ela:

– Isso não é da sua conta.

– Tem certeza que não, Matt? E se eu dissesse que quero que seja?

– Não posso acreditar que seja tão descarada. – Falei baixo, sem poupar o nojo em cada sílaba.

– Eu sou uma boa menina, Matt, juro. – Fez biquinho, a voz bem mansinha. Deu mais um passo à frente. – Obedeço sempre a seu pai. Tudo o que ele manda, eu faço. Assim como você. Posso ser bem obediente às suas ordens, querido. Nem imagina o quanto.

Era surreal. Se Rafaela queria me excitar com aquele joguinho ridículo, só conseguia me encher de asco e de pena do meu pai. Pensei na minha mãe, que sempre tinha cuidado dele tão bem. Coitado, cair agora nas mãos daquela cobra!

Optei por ignorá-la, pois queria me fazer perder a cabeça, me provocar. E nem raiva aquela mulher merecia. Virei para as garrafas de vinho e peguei qualquer uma, sentindo-me nojento só por estar ali com ela, tendo aquela conversa.

– Matt...

Segurei a garrafa e não a olhei ao passar pelo corredor. Mas ela não era de desistir fácil e saquei que, agora que tinha aberto o jogo, não se esconderia mais. Meteu-se na minha frente antes que eu chegasse à escada, obrigando-me a parar ou afastá-la do caminho. Mas eu não queria nem encostar nela.

– Ninguém precisa saber de nada. Podemos nos encontrar fora daqui, em um lugar só nosso. Serei sua escrava, para fazer tudo, tudo o que você quiser. – Seus olhos brilhavam. As faces estavam coradas, os lábios entreabertos. Arfava, cheia de desejo. – Não vai se arrepender, Matt.

– Saia da minha frente – resmunguei baixo.

– Para que se ligar em convenções? Ninguém precisa saber de nada... Senhor. – Disse em tom submisso, muito nervosa, seus olhos arregalados para mim, quase suplicantes.

– Vou fingir que não ouvi nada disso. Porque se você continuar insistindo, vou ter uma conversa com meu pai – disse gelidamente.

– E acha que ele ia acreditar? Ainda mais se eu chorasse e contasse o quanto já fui perseguida por você nessa casa? Em quem acha que ele acreditaria, se ainda por cima descobrisse que o filho é um Dom sadomasoquista?

– Você é uma cobra.

– Matt, não precisamos de nada disso. Escute...

Eu estava cansado de conversa. Furioso, afastei-a do caminho, ela ainda tentou segurar o meu braço, mas a empurrei. Subi as escadas e ouvi atrás de mim:

– Vai se arrepender disso. Vou fazer com que coma na minha mão.

Saí da adega revoltado, lívido. Precisei parar e respirar fundo antes de entrar na sala. Por fim, fiz isso, indo levar a garrafa ao meu pai, sem conseguir encará-lo. Me sentia sujo, mesmo não tendo incentivado em nada aquela maluca.

– Mas não era essa, Matheus. – Ele me fitou e sorriu. – Esqueceu o rótulo que falei?

– Esqueci, pai. Desculpe. Estou muito cansado. Já deu a minha hora.

– Mas podíamos tomar só mais uma taça.

– Não, ainda vou dirigir. – Virei para Sophia, que me encarava atentamente. – Vai agora também? Posso dirigir atrás de você até seu apartamento, pois já está tarde.

– Eu aceito. – Ela se levantou. – Ainda estou voltando a me acostumar ao Rio e sei que a violência anda solta por aí.

– Tem certeza que não querem ficar mais um pouquinho? Rafaela foi pedir aos empregados para trazerem uma tábua de queijos.

– Fica para outra ocasião, pai. – Bati amistosamente no ombro dele, tentando disfarçar o quanto estava chateado com aquela situação.

– Mas já vão? – Rafaela voltou à sala, sorrindo, solícita. Parecia uma perfeição de mulher.

Só ouvir a voz dela já me deu asco e raiva.

– Sim, amanhã é dia de trabalho. Tchau, Rafaela. Obrigada por tudo. – Sophia e ela se despediram com beijinhos.

– Matt, venha mais vezes nos ver. – Minha madrasta abraçou meu pai pela cintura e sorriu para mim. – Sabe que sentimos a sua falta.

– E é verdade. Por mim, você ainda moraria aqui conosco. – Meu pai falou com carinho.

Eu ignorei Rafaela. Nem a olhei.

– Eu sei, pai. Mas já sou grandinho. Vamos, Sophia?

– Claro.

– Volte sempre, Sophia. – Rafaela continuou, tão candidamente falsa que irritava até a medula. – E você também, Matt.

Se queria me forçar a falar com ela, não conseguiu. Acenei com a cabeça para meu pai e segui Sophia para fora.

Passamos em silêncio pelo caminho calçado do jardim, até onde os carros estavam em um pátio. Eu estava furioso, lívido, mas tentava me conter. Ao chegarmos em frente ao seu Mitsubishi e ao meu Ranger, Sophia se virou e me olhou atentamente.

– Quando seu pai me convidou para jantar aqui, pensei que ainda vivesse com a sua mãe. Não sabia que ela era falecida.

– Há seis anos. Câncer.

– Lamento.

– Obrigado. Foi difícil na época, mas já aprendemos a superar. – Encontrei seus olhos escuros. E mesmo sendo toda cheia de si, me fez bem falar com ela. Parte da minha raiva se foi.

Sophia encostou-se ao seu carro branco, atenta. Não rodeou nada ao acrescentar:

– E você não se dá muito bem com sua madrasta.

Eu não disse nada, encarando-a. Acenou com a cabeça, séria.

– Entendi.

– Entendeu o quê?

– Sou muito observadora. Notei o modo como olhava para você e como isso te incomodava. Assim como o fato de ela ter ido obviamente à sua procura na adega e você ter voltado com o vinho errado. – Seu olhar era direto, intenso, sério. – Vocês são amantes?

Minha fúria voltou redobrada. Encarei-a, dizendo com raiva:

– Acha que eu seria sujo a esse ponto?

Observou-me. Mas por fim seu semblante suavizou. E sacudiu a cabeça negativamente.

– Não, não o meu anjo.

– Não sou um anjo.

Ela suspirou.

– Matt, que situação... Por que não conta ao seu pai?

– Ele acreditaria? Viu como o domina? Destruiria meu relacionamento com ele, e é a única família que me resta.

– Mulher nojenta! – Ficou furiosa também. – Sou a favor de uma mulher correr atrás do homem que quer, mas pelo amor de Deus, é casada com seu pai! Ridícula! Vontade de pegar o meu chicote e arrebentar com ela!

Sua raiva e suas palavras acabaram me desanuviando. Sorri e ergui uma sobrancelha.

– Teria coragem?

– Toda coragem do mundo! Ai, uma ordinária... Coitado do Otávio. – Suspirou. – Isso acontece há quanto tempo?

– Uns dois meses. Sempre fui meio desconfiado com ela, mas não demonstrava ser assim. Então começou a deixar as coisas mais claras. E hoje escancarou de vez. Descobriu que sou um Dom e quer ser minha amante e submissa.

– Ridícula! Eu não sei, mas o pouco que vi dela... É uma lacraia! – Estava mesmo furiosa. – E vai tentar de outras maneiras. Talvez não tenha outra solução a não ser contar para o seu pai.

— Vou esperar para ver como as coisas ficam.

Nossos olhares estavam ligados. Senti uma vontade imensa de encostá-la no carro e beijá-la, mas me contive, por tudo. Como se soubesse, Sophia entreabriu os lábios. Seus olhos castanho-escuros brilhavam. Indagou baixinho:

— Por qual motivo mesmo a gente não pode ir para a cama?

Eu achei graça.

— Somos dois dominantes. — Relembrei-a.

— Ah, é... — Lambeu os lábios. — Que merda!

Eu dei uma risada e ela também. Por mais incrível que pudesse parecer, aquilo nos aproximou um pouco mais. Trocamos um olhar quente, cheio de desejo. Falei baixinho:

— Um dia, um amigo meu, dominador, conversava comigo sobre a nossa necessidade de ter o outro sob nosso controle. Que quando isso vem da essência, é algo puro, não se pode mudar. Eu não posso mudar, Sophia.

— Sei disso. Eu também não.

Acenei com a cabeça, sendo bem sincero:

— Mas quando fico assim, tão perto de você, começo a pensar que pode ter uma solução, mesmo sabendo no fundo que não há. — Ergui a mão e passei por seu rosto. Ela me olhava imóvel, mas mordendo o lábio. Sua pele era incrivelmente macia. Fitei sua boca com tesão e depois seus olhos. — Já fez sexo baunilha?

— Já... — murmurou.

— Para nós, com nosso instinto de lobo alfa, não é muito bom. Poderíamos tentar, simplesmente transar, sem um querer dominar o outro. Mas sabemos que não duraria, nossas necessidades seriam maiores. Poderíamos apelar para outras coisas, mas ao final seria o mesmo resultado. E isso já sabemos. Mas o que me pergunto é: por quê?

– Como assim, por quê? – indagou, baixo, quase sem piscar.

Eu não me contive e dei mais um passo em sua direção. Nossos corpos quase se tocavam. Nossas respirações se misturavam.

– Por que desejamos um ao outro desse jeito, quando tudo o que queremos é uma pessoa que seja a nossa submissa perfeita? – perguntei, rouco. – O que nos atrai um ao outro?

– Eu não sei. – Ergueu a mão também e alisou minha face, assim como fazia com ela. Seus olhos ardiam. – Estou cansada de me perguntar isso. E acho que, enquanto não formos para a cama, vamos continuar nos perguntando.

– Isso quer dizer...

– Vamos transar, Matt. Sexo baunilha. Só para ver se esse tesão diminui. Um acordo entre adultos.

Não vi erro naquela proposta. Qualquer coisa parecia melhor do que ficar naquele jogo em que nos encontrávamos.

– Vamos para o meu apartamento.

– Não, para o meu – disse na hora. Acabei sorrindo e erguendo uma sobrancelha:

– Já começamos a disputa?

– Não. É que depois fica tarde para eu ir para casa sozinha. E você conhece melhor Ipanema do que eu.

– É verdade. – Cedi, como o bom cavalheiro que eu era. Já sentia o corpo incendiar. Mesmo baunilha, era melhor do que ficar naquela agonia. – Vamos?

– Sim – murmurou.

Eu quis beijá-la. Mas do jeito que estava excitado, não pararia. Assim abri a porta do carro para ela e esperei sentar antes de batê-la. Sorriu pra mim e disse de um jeito jocoso:

– Siga-me.

Eu sabia que a provocação já tinha começado. Era uma loucura e não sairia coisa boa dali. Mas joguei a porra da razão para o alto, dei-lhe uma olhada cheia de gula e fui para o meu carro. Era hora de arriscar.

SOPHIA

Matt estacionou o carro ao lado do meu dentro do prédio charmoso em que eu tinha alugado um apartamento. Mal saltamos e faíscas já pulavam de um para o outro. Sentia meu corpo ardendo, o desejo voraz me consumindo, uma vontade louca de agarrá-lo ali mesmo, naquele estacionamento vazio à noite. Mas me contive. Eu tinha que manter ao menos um pouco do controle.

Caminhamos em direção à entrada, em silêncio. Mas estava muito consciente dele ao meu lado, do seu cheiro delicioso e do que íamos fazer. Sexo baunilha. Só Matt mesmo para me fazer desejar aquilo.

Cumprimentamos o porteiro do turno da noite e entramos no elevador. Do jeito que eu me sentia, ansiosa e cheia de lascívia, achei que não aguentaria ficar confinada ali com ele sem atacá-lo. Fitei-o e, ao dar com seu olhar predador, bem diferente do olhar doce de antes, estremeci, sabendo que pensava a mesma coisa.

– Segure a porta, por favor. – Uma voz feminina interrompeu nosso envolvimento quase que total. Matt apertou o botão que mantinha as portas abertas e uma mulher entrou de braço dado com a mãe ou avó, idosa. Sorriu para a gente, agradecida: – Obrigada.

– De nada. – Matt sorriu de volta.

A mulher, por volta dos 30 anos, ficou corada, olhando-o com admiração. A velhinha fez o mesmo e até ajeitou os óculos para ver melhor como ele era, de cima a baixo, enquanto o elevador subia e eu apertava o número do meu andar. Sorri para mim mesma. Ele era tão gostoso que até a velhinha não tinha ficado imune.

Descemos primeiro no quinto andar, enquanto elas seguiriam para o oitavo. Puxei a chave da bolsa e já fui logo enfiando na porta. Entrei, largando minha bolsa no chão, deixando a educação para trás. Matt veio e bateu a porta. Já me empurrava para a parede, seu corpo encurralando o meu, sua boca já na minha.

Eu abri os lábios e suguei sua língua deliciosa, embriagada com seu gosto, beijando-o com a mesma paixão com que era beijada. Remexi contra ele, ansiosa, faminta, enquanto a mão grande se encheu com meu seio redondo e farto, a outra já puxando a alça do vestido para baixo com sutiã e tudo.

Arquejei em sua boca, agarrando sua camisa, puxando-a com violência. Botões voaram. Nossas bocas se devoraram. Matt arriou o vestido e o sutiã até minha cintura e livrei meus braços das alças rapidamente, já enfiando minhas mãos dentro de sua camisa, tirando-a, maravilhada com o peito liso e musculoso. Ficamos nus da cintura para cima e apertei seus bíceps fortes e duros, enquanto seus dedos agarravam meus seios e esfregavam os mamilos.

Abri mais a boca, lambi seus lábios, mordi-os gemendo. Seu pau grande pressionava minha vulva, e eu latejava, molhada e alucinada, cheia de ânsia e fome. Uma de suas mãos subiu por minha garganta. Afastou a cabeça com olhar queimando, enfiando dois dedos em minha boca no lugar onde estivera sua língua. Chupei os dois e vi sua cara de tesão quando abaixou o olhar e fitou meus seios nus.

Eram grandes e redondos. Tinha gente que pensava que era silicone, mas eram naturais, com mamilos pequenos e delicados.

— Linda pra caralho... — murmurou rouco.

Segurei sua mão, afastei os dedos da boca e disse com ar safado:

— Anjinhos não usam palavras sujas.

— Vou te mostrar quem é o anjinho. — E desceu a cabeça em meu peito. Quando enfiou o mamilo na boca e mordeu, eu gritei e me debati. Tesão violento me corroeu e agarrei seus cabelos com força, sem me importar se o machucava. Ele mordeu mais. Xinguei e puxei mais também.

Suas mãos desceram violentamente o vestido por meus quadris. Abaixou a calcinha. Só largou quando tudo caiu aos meus pés e fiquei nua. Seus polegares foram em minhas virilhas, as mãos espalmadas em minhas coxas, abrindo-me. Então ajeitou o pau duro dentro da calça bem sobre os lábios delicados e totalmente depilados da minha boceta, esfregando ali.

— Porra, Matt... — Arranquei sua cabeça do meu seio, meu clitóris já inchado e latejando. Olhei-o cheia de devassidão e senti uma vontade imensa de obrigá-lo a se ajoelhar e me chupar. Quis vê-lo com as mãos para trás, os pulsos amarrados por seu cinto, uma venda nos olhos enquanto eu o mandava lamber toda minha vagina e meu ânus.

Controlei-me ao máximo. Via a mesma fome nele, que me arrancou das minhas roupas e me arrastou para a sala. Fui, mas não o segui. Meti-me na frente dele, agarrei o cós de sua calça na frente com uma das mãos e com a outra cravei as unhas em seu peito musculoso, sorrindo com tesão e malícia enquanto me deliciava com seu abdome definido, os músculos muito malhados fazendo valas em sua barriga e um V na pélvis, sumindo dentro da calça.

Ele sorriu também, nada angelical. Parecia diabólico. Empurrou-me para o sofá, e caí sentada, nua. Provocante, joguei os cabelos para trás, mostrando meus peitos, enquanto abria as pernas. Seu olhar desceu por meu corpo curvilíneo, a cintura bem fina terminando em quadris largos e redondos, as pernas bem torneadas e compridas, minha vulva inchada e lisinha.

Lambeu os lábios e abriu o botão de sua calça jeans, dizendo rouco:

– O que eu ia perder...

Recostada, ergui somente uma das pernas e apoiei o pé na beira do sofá, abrindo-a para o lado, ficando bem arreganhada. Ele via tudo de mim, meus lábios vaginais, o mel que brilhava entre eles, meu ânus logo embaixo.

– Depiladinha, como eu gosto... – Seu tom era safado, quente como o inferno.

Eu sorri lasciva e desci os dedos até meu clitóris, acariciando-me suavemente, murmurando:

– Me mostra o que eu ia perder, Matt...

Ele desceu o zíper. Abriu a calça, que escorregou por seus quadris estreitos. Vi a cintura de sua cueca branca, onde enfiou os polegares e a desceu também. Seus pelos castanhos dourados bem aparados apareceram e então lambi os lábios quando a cabeça rosada de seu pau, gorda e grossa, encostou em sua barriga. E quando a calça e a cueca desceram pelas coxas musculosas e peludas, mostrando seu pau em toda sua envergadura e o saco arredondado embaixo, depilado, senti o coração bater descompassado e minha boca se encheu de água.

– Isso não é um pau... – murmurei, lambendo os lábios, esfregando meus próprios líquidos para me masturbar. – É uma anaconda...

Matt riu, livrando-se dos sapatos e da roupa. Completamente nu, alto e musculoso, aquele deus grego delicioso segurou o pau enorme e grosso cheio de veias pela base e veio para mais perto de mim. Arreganhei mais minhas coxas e disse em tom autoritário:

– Ajoelha e me chupa...

– Vai sonhando que vou me ajoelhar para você – disse rouco.

Na mesma hora agarrou o tornozelo da minha perna dobrada e o ergueu. Caí mais para trás.

– Me dá a outra perna.

Eu hesitei diante de seu tom, mas não quis arrumar confusão. Estava excitada demais para isso, doida para ver o que planejava. Levantei a perna, e ele agarrou meu outro tornozelo. Levantou os dois, acima de sua cabeça, tirando minha bunda e parte das minhas costas do sofá. Puxou mais alto ainda e só minha cabeça, ombros e braços tinham apoio. O resto estava todo levantado. Encostou minha bunda em seu peito e abriu minhas pernas, deixando-as sobre seus ombros. Então segurou firme minha cintura e desceu a boca entre as minhas coxas.

– Ah, Matt... – Gemi rouca quando sua boca quente e úmida se fechou na minha bocetinha e chupou forte. Estremeci, fora de mim, arrebatada. Minhas pernas tremeram sem controle, meu ventre se contorceu, tudo dentro de mim pareceu dar um nó.

Firmei os calcanhares em suas costas e esfreguei mais os lábios vaginais melados em sua boca e língua, fora de mim, alucinada de tanto tesão puro e bruto. Fechei os olhos e agarrei meus seios, beliscando os mamilos, adorando tantas sensações avassaladoras ao mesmo tempo.

Matt sabia o ponto certo de sugar, forte, quase no limite da dor, mas gostoso demais. Eu me contraía e despejava líquidos em sua língua, agoniada, inflamada, desesperada. Há muito tempo um homem não me abalava daquele jeito. Nem sei ao certo se alguma vez me senti assim, tão ligada e louca de tesão, a ponto de estalar.

Ele abriu minha vagina com os dedos e lambeu bem no meio, metendo a língua em mim, fazendo-me gritar.

– Ah, porra... Matt.... Matt...

E a língua brincava em meu clitóris até tudo parecer ferver, então chupava duramente, metia, abria mais e lambia até que eu gritava e quase gozava. Agarrou minhas pernas e as tirou de seus ombros, segurando-as firme, ordenando:

– Vire-se.

Eu só fiz, golpeada demais para pensar. Apoiei os cotovelos e o rosto no sofá, meu corpo ainda erguido, minhas pernas se cruzando em volta do seu pescoço. Matt abriu minha bunda e vagina, descendo a cabeça, sugando duro meu clitóris e os lábios inchadinhos. Ergueu-me ainda mais, de modo a me tirar do sofá e me deixar pendurada para baixo de ponta-cabeça. Agarrei suas coxas, meus cabelos pendurados, dando com seu pau a poucos centímetros de mim. Na mesma hora agarrei aquele mastro ereto e grande com as duas mãos na base. Não lambi nem cheirei. Só meti na boca de uma vez, esfomeada, enterrando-o até bem fundo na garganta.

Enrijeceu, mais duro ainda. E assim ficamos em um 69 de pé, um chupando o outro deliciosamente. Amei seu pau, me apaixonei por ele de imediato e o adorei com lábios e língua, sugando-o, chupando-o, engolindo o líquido lubrificante que soltava em minha língua. Seu cheiro delicioso, de macho puro e limpo, me deixou completamente doida.

Nunca tinha sido tão gostoso. O sangue que descia para minha cabeça parecia me deixar mais fora de mim. Eu sacudia para frente e para trás, engolindo toda aquela carne que enchia a minha boca e me deixava faminta, minhas unhas enterradas em suas coxas, segurando o ar para tê-la até o fim da garganta me enchendo toda.

Matt segurou-me firme e me deitou no sofá, praticamente me jogando lá. Resmunguei porque senti falta da sua carne gostosa na boca. Virou meio de lado e se abaixou para pegar a calça jeans no chão. Aproveitei e dei um tapa forte em sua bunda musculosa.

Ele se virou, puto, com uma embalagem de preservativo na mão. Ri e caí deitada, abrindo bem minhas pernas e segurando-as sob os joelhos, erguendo-as, me oferecendo. Matt deu um tapa forte na minha boceta, em cheio, que me fez estremecer.

– Porra, Matt... – reclamei, embora ela escorresse e latejasse.

– Porra o quê? Bateu, levou...

– Você é um grosso... – provoquei.

– Quer ver o quanto? – Pôs o preservativo naquele pau dos meus sonhos e veio para cima de mim, arreganhando minhas pernas, ajoelhando no sofá e se deitando sobre mim.

– Quero.

– Então, toma.

Não foi nem um pouco delicado. Enfiou o pau enorme de uma vez dentro da minha boceta que piscava e pingava, abrindo-me além da conta, indo fundo até empurrar meu útero. Estremeci e gritei, ainda mais quando fechou a boca num mamilo e sugou forte, suas mãos se enterrando em meu cabelo, me tornando cativa de seu ataque.

Gritei e enlouqueci de vez, movendo meus quadris loucamente de encontro às suas arremetidas, cravando as unhas em sua bunda, trazendo-o mais para mim.

– Ah, assim... me come... mete na minha boceta... – Exigi alucinada, ainda mais quando puxou o mamilo com os dentes e rosnou.

Rebolei, gemi, arranhei e, não aguentando mais tanto tesão, dei uma palmada firme em sua bunda. Matt ergueu os olhos, furioso, ardentes em um verde flamejante, seu semblante carregado.

– Não brinque com fogo, Sophia...

– Não resisti. – E subi uma de minhas mãos em suas costas musculosas e suadas, abrindo bem as pernas para os lados, gemendo quando Matt meteu o pau até suas bolas baterem em minha bunda, tirou e enterrou de novo, tão duro e grosso que me esticava inteira. Segurei sua nuca com firmeza e puxei-o para mim.

Matt parou com a boca a centímetros da minha. Seus olhos consumiram os meus, desceram com tesão aos meus lábios e voltaram, fogosos, lascivos. Meteu firme em mim, bruto, mas resistiu quando o forcei mais para perto, salivando para beijá-lo.

– Peça. – Ordenou.

– Nunca. – Afirmei, embora estivesse a ponto de dar um rim só para sentir sua boca na minha novamente.

– Nunca é tempo demais. – Disse rouco. E mordiscou meu queixo, meu pescoço, seu pau me comendo com tudo, estocando até eu escorrer e ficar a ponto de gozar.

– Ah... – Apoiei os pés no sofá e ergui os quadris, endoidecida, minha vulva fervendo e sugando o pau dele em espasmos involuntários.

– Porra... Essa bocetinha está chupando meu pau...

E cravou os dentes em meu pescoço, virando minha cabeça para me morder como um vampiro, tirando mais de mim do que sangue. Eu me senti quebrar, a ponto de explodir em um orgasmo dolorido. Mas meus instintos gritaram e lutei, me debati, tentei escapar. Caí meio que para fora do sofá, minha cabeça e ombros no chão, meu cabelo todo espalhado no carpete.

Matt se ajoelhou e segurou firme meu quadril, sem sair de dentro de mim, comendo-me com violência, sorrindo satisfeito. Estava lindo descabelado, seus olhos vitoriosos e ardentes, seu rosto viril cheio de tesão. Era grande e musculoso, sua pele suada e bronzeada brilhava, gotas de suor escorriam pelos vales e gomos da musculatura de sua barriga até seus pelos castanhos no púbis e o pênis que sumia imensamente grosso, apertado na minha vagina escaldante.

Me dei conta que estava no chão, embaixo dele, subjugada. A raiva veio se juntar ao tesão absurdo e apoiei os pés em suas coxas e empurrei para trás, caindo de vez no carpete, quase lamentando quando saiu de dentro de mim. Girei sobre mim mesma e logo ele estava lá, querendo me pegar. Eu o empurrei e me apoiei na mesinha de centro para levantar. Gritei quando deu uma mordida na minha bunda e disse rouco:

– Que bunda é essa...

Virei, esbarrando e derrubando as revistas e o jarro de flores da mesa no carpete. Matt já agarrava meu cabelo e me puxava para ele, nós dois ficando de pé. Empurrei seu peito com força e caiu sentado no sofá, sem se invocar, um misto de divertimento e tesão em seu rosto. Não soltou meu cabelo e desabei sobre ele, reclamando.

– Vem aqui, gatinha brava...

– Quer uma gatinha? – Montei em suas coxas de frente, agarrando seu pau com as mãos, bem forte, apertando-o e rindo, masturbando-o com camisinha e tudo. – Ai, que fico tarada nesse pau...

– Então deixa eu meter em você. – E já me fazia descer sobre ele, engolindo-o até o fundo da minha boceta.

– Só porque pediu... – Sussurrei, enquanto puxava meu cabelo para trás e eu apoiava as mãos em seus joelhos, movendo-me de modo que massageava seu pau. Estremeci e abri a boca, ensandecida com a delícia daquilo tudo.

Matt agarrou um dos meus peitos e amassou forte, chupando o outro mamilo até morder e doer de verdade. Me debati, mas era fodidamente gostoso. Olhei-o e levei as mãos ao seu peito, retribuindo a dor lanhando-o com as unhas afiadas, sorrindo atrevidamente.

Ele soltou-me e pegou firme meus pulsos, torcendo-os para trás das minhas costas, dizendo rouco:

– Vou cortar suas garras.

Olhei as valas vermelhas em seu peito e me debati, mas era forte demais. Odiava me sentir presa e me sacudi em seu colo, seu pau ainda todo dentro de mim, certo pânico me envolvendo.

– Me solta, Matt! – berrei e acho que algo em meu tom ou em minha expressão o alertou. Largou meus pulsos na hora e respirei irregularmente. Mas tinha sido só um vislumbre do meu passado, quando fui agarrada daquele jeito e presa contra a minha vontade. Logo me puxava para si e beijava na boca, fazendo-me esquecer aquilo.

Cavalguei-o loucamente, passando minhas mãos em seus ombros e cabelos, gemendo em sua boca, enquanto Matt chupava minha língua e agarrava firme minha bunda redonda, ajudando meus movimentos. Era delicioso, nunca tinha sido tão bom, tão alucinante. Estávamos quentes, arfantes e suados. Nossos sexos se encaixavam como se fossem feitos um para o outro, famintos, fazendo barulhos na sala.

Eu queria mais, sentia necessidade de saber que era meu domínio, queria muito imobilizá-lo e pegar o meu chicote. Não aguentei e disse rouca contra sua boca:

– Deixa eu bater só um pouco em você com meu chicote, Matt. Bato e chupo seu pau bem gostoso.

– Deixo. Se me deixar primeiro te amarrar e espancar a sua bunda. – Mordeu meu lábio.

– Não. Eu primeiro.

– Não. – Seu tom era firme, duro.

Fiquei com raiva. Pulei de cima dele e parei de pé a sua frente, afastando o cabelo do rosto, meus olhos ardendo.

– Melhor você ir embora.

– Nem morto. – Levantou também e veio para cima de mim.

Não recuei. Olhei-o da maneira fria e cortante que costumava usar com meus submissos, mas Matt nem ligou. Seu olhar também era pesado. Seria assustador se eu não estivesse acostumada com esse tipo de coisa.

Eu queria ser mais firme, mas o tesão estava cobrando seu preço, e Matt era bonito e gostoso demais para eu aguentar manter o jogo duro. Assim, quando me pegou firme e me virou em seus braços, de costas para ele, não lutei. Empurrou minhas costas para frente e disse num comando:

– Mãos no encosto do sofá, pernas abertas.

– Você não manda em mim – reclamei, mas apoiei as mãos.

Estremeci por inteiro quando abriu minha bunda e lambeu meu ânus. Na mesma hora escancarei as pernas e me empinei toda, gemendo e estalando quando passava a língua dura e úmida ali.

– Ah, Matt...

Não se demorou muito. Ergueu-se, seus dedos enterrando-se na carne redonda enquanto vinha por trás de mim e enchia minha boceta com seu pau. Arquejei, fiquei sem ar. Ainda mais quando esfregou o polegar na saliva que tinha deixado no buraquinho e meteu ali seu polegar. Comeu-me com força, dizendo rouco, quase em tortura:

– Que vontade de espancar essa bunda.

Eu o entendia. Nossos instintos gritavam, mas mesmo assim o tesão permanecia lá, absurdamente forte. Meu fim foi quando sua outra mão foi entre minhas coxas pela frente e massageou meu clitóris dolorido e inchado. Junto com o polegar em meu cuzinho e seu pau entrando com tudo em minha vulva, explodi em um orgasmo avassalador e gritei, fora de mim, apertando seu membro em agonia.

– Puta gostosa... – Gemeu rouco e comeu mais violento ainda, ele próprio gozando, estremecendo.

Fomos praticamente juntos, abalados, entregues, movendo-nos como um só. Minhas pernas ficaram bambas, a garganta seca, o coração descompassado. Quando acabei, não aguentei a pressão de tudo e desabei de lado no sofá. Matt deitou atrás de mim, em conchinha, afastando meu cabelo do meu rosto e da orelha, mordendo meu lóbulo.

– É, foi bem baunilha mesmo – disse com ironia.

E acabamos caindo na risada.

MATT

O pós-sexo pode ser um pouco incômodo para algumas pessoas. Conhecia amigos que diziam que depois da transa ficava um clima estranho e só queriam ir embora. Comigo era diferente. Gostava de estar com o corpo suado e satisfeito junto da outra pessoa que tinha me dado prazer. Em alguns casos, quando era apenas sexo em uma cena de BDSM ou apenas tesão, não rolava muita conversa depois. Mas eu nunca saía correndo. E, em outros casos, quando eu gostava da parceira, era uma delícia ficar junto. Como naquele momento.

Estávamos no sofá, e o suor da nossa pele secava rapidamente, assim como nossas respirações se acalmavam. Continuávamos em conchinha, e Sophia estava quieta, como se, depois do tesão satisfeito e da risada, estivesse pensativa. Eu também estava. Pois tinha sido intenso e gostoso demais. Havia muito tempo que eu não transava assim, com tanto desejo e tanta luxúria, principalmente se tratando de sexo sem submissão.

Passei de leve o nariz em seu cabelo macio e cheiroso, minha mão deslizando da cintura para suas costelas, bem lenta. Várias coisas vinham na minha mente, desde tudo que senti, intenso e ardente, até pequenas coisas que tinham acontecido. No entanto, o que mais me abismava, sem dúvida, era a atração e a química que havia entre nós. Era surpreendente, tanto para mim quanto para Sophia, já que éramos opostos aos parceiros que procurávamos.

Eu mentiria se dissesse que não senti falta de algumas coisas. Tive vontade de surrar sua bunda, amarrá-la, dobrá-la. Fiquei puto quando deu um tapa em meu glúteo, quase a peguei a força e a castiguei, mas meu controle me impediu. Tinha prometido sexo baunilha e fiz o melhor nesse quesito. Gostei demais. No entanto, tinha esperanças de ainda conseguir um pouco mais. O que seria difícil, tratando-se de Sophia.

Lembrei do pânico que a acometeu quando a imobilizei e tive certeza que havia uma história ali. Não era a primeira vez que notava seu incômodo com isso. Um trauma ou uma lembrança ruim, o que poderia explicar o fato de estar no controle. Eu praticava BDSM por opção e gosto, por fazer parte de mim. Mas sabia de pessoas que tinham entrado naquele mundo devido a fantasmas do passado. Não era puramente um gosto pessoal, mas um condicionamento, causado por algum outro fator. Um comportamento adquirido.

Estava curioso sobre Sophia. Virei-a no sofá de barriga para cima, de modo que pudesse ver o seu rosto. Estava pensativa, calada, e me olhou na mesma hora. Senti um misto de desejo e algo mais, como um carinho. Subi a mão por baixo do seio firme, apalpando-o sem pressa, as pontas dos dedos brincando com o mamilo, que começou a se enrijecer. Gostei da reação imediata do seu corpo. Fitei seus olhos e disse baixo:

– Ficamos sérios de repente.

– Estou me recuperando. – Seus lábios subiram nos cantos, em um leve sorriso. Mas os olhos continuavam pensativos, compenetrados.

– Foi muito gostoso. – Falei com sinceridade.

– Sim, foi. – Concordou.

Eu apoiei meu cotovelo no sofá, de modo que minha cabeça encaixou em minha mão e pude olhá-la melhor.

Mesmo satisfeito, senti o tesão voltar, enquanto meus olhos desciam por seu corpo moreno e nu. Era um mulherão, daquelas esculturais, que faziam um homem perder a razão. Bem brasileira, gostosa, o resultado delicioso de uma mistura de raças.

Sem poder resistir, levei a mão ao seio nu e fechei os dedos em volta dele, meu pau enrijecendo. Sophia percebeu a mudança em minha expressão e em meu olhar. E então também passou os olhos por meu corpo. O ar entre nós pesou, quente e denso de tensão sexual.

Olhamo-nos dentro dos olhos, muito conscientes um do outro. Senti-me bem ligado a ela, algo além de apenas pele me atraindo inexoravelmente, bem mais do que pensei que aconteceria.

– Fale de você, Sophia – disse baixo, minha voz rascante, rouca.

– Falar o quê? – Sua respiração tinha se alterado.

Massageei o seio firme e muito redondo. Era naturalmente lindo, exuberante, como o resto dela. Minha mão desceu mais, pela barriga lisa e modelada, meu pau já completamente ereto quando olhei sua vulva peladinha.

– Um pouco de você. – Mesmo já excitado eu queria saber um pouco mais dela. Montar o quebra-cabeça que era Sophia. E principalmente tentar entender sua cabeça, seus medos, suas opiniões.

– Não há muito o que dizer.

– Por que eu acho que há mais?

Fitei seus olhos enquanto meus dedos escorregavam entre os lábios vaginais macios e molhados, bem meladinhos ainda.

Sophia abriu a boca de leve e arfou. Não recuou. Ao contrário, abriu mais as pernas, encostando a coxa em meu pau duro como rocha. Deu um sorriso lento, excitado. Murmurou rouca:

– Esta anaconda está pronta para atacar.

– Prontinha. – Sorri safado e pisquei um olho pra ela. – E adora se alimentar de pererecas.

Sophia soltou uma risada, que logo se tornou meio afogada quando meti dois dedos dentro da sua bocetinha. Estremeceu e entreabriu os lábios, seus olhos brilhando.

Era uma delícia, se contraindo em volta dos meus dedos, tão lisinha, melada e macia. Puxei-os para fora devagar, só para ter o prazer de entrar de novo, enquanto tentava controlar meu tesão e indagava:

– E então? Além de linda, inteligente e independente, o que mais devo saber de você?

Respirou fundo, olhando-me quase sem piscar. Suas pernas continuavam bem abertas, oferecidas às minhas estocadas. Mas tentava, tanto quanto eu, ter algum controle.

Sua mão direita se ergueu e agarrou o meu pau. Agarrar era a palavra certa, pois foi firme e forte. Daquela maneira fez um movimento para cima e para baixo, sorrindo jocosa, me masturbando:

– Odeio falar de mim mesma.

– Por quê? Muita coisa da qual se arrepende?

– Nunca me arrependo do que faço, Matt. Por que não me fala de você? – Passou os olhos por meu peito, minha barriga, até o meu pau, observando seus dedos sobre ele, obviamente gostando do que via. – Além do que já sei, é claro. Que é lindo, gostoso e tem uma madrasta tarada em você.

– Nem me lembre disso – retruquei secamente. Girei os dedos dentro da boceta quente e apertadinha, depois puxei-os, muito melados. Esfreguei seu clitóris, molhando-o, inchando-o. Ela estremeceu, sem poder se conter.

– Já foi casado, Matt? – Indagou, rouca.

– Não.

– Já quis casar?

– Eu quero. E ter pelo menos uns três filhos.

Olhou-me, horrorizada. Foi até engraçado e sorri, comentando:

– Parece que eu disse que sou um assassino em série.

– É quase isso... Está dizendo a verdade?

– Por que não? – Meu sorriso se ampliou. – Sou um homem romântico.

Sophia largou meu pau, que bateu na barriga, a cabeça acima do umbigo, pesada e redonda. Passou o dedo indicador com a unha percorrendo o comprimento, seguindo o contorno de uma veia grossa. Seus olhos encontraram os meus.

– É o que digo, você não é um Dom verdadeiro, Matt. Onde já se viu um dominante com olhos como os seus e romântico?

– Por que não? Sou bem à vontade com meus gostos e opções, Sophia.

Não contei a ela que nem sempre foi assim, que durante um bom tempo eu me digladiei entre os meus dois lados, o consciente e o oculto. Que demorou até me entender perfeitamente, mas agora eu era bem seguro de mim mesmo. E era isso que importava. Eu encontrei meu equilíbrio, meu "eu" completo, sabia quem era e do que gostava.

Sorri devagar, vendo como estremecia sob meus dedos e tentava manter-se lúcida, racional. Seus mamilos estavam completamente intumescidos, sinal claro do tesão que varria seu corpo, assim como seu olhar pesado e sua vulva pingando e escorrendo, molhando muito meus dedos.

– Nunca conheci um homem como você, Matt. Dominadores são durões como eu. Romantismo é o último item da lista.

– Você é durona? – Ergui uma sobrancelha, observando-a. – Não quer casar e ter filhos?

– Nunca! – Falou com certeza absoluta.

Seus dedos foram até meu saco, fechando-se sobre ele. Era um local muito sensível do meu corpo, e fiquei ainda mais duro e cheio de veias, um arrepio de tesão puro subindo pela minha coluna.

– Por que não quer filhos?

– É muita responsabilidade. E já tem criança demais nesse mundo, sofrendo e correndo todo tipo de riscos.

Suas palavras secas, quase raivosas, me alertaram. Observei-a mais atentamente. Gemeu baixinho quando penetrei de novo os dedos em sua vagina e busquei dentro dela uma pequena noz perto do osso pélvico, massageando seu ponto G. Mas fui bem lento, não querendo distraí-la demais.

– Se você for uma mãe responsável, não tem motivo para o seu filho sofrer.

– Tem muito filho da puta nesse mundo. Eu estou satisfeita só comigo mesma. – Apertou minhas bolas, entre tensa e excitada. Foi firme, mas não o bastante para doer. Gostei da pressão e fiquei parado, deixando que me tocasse, meu pau babando pela ponta.

Concentrei-me na conversa.

– Você não tem família, Sophia?

– Não. – Foi bem seca. Seus olhos escuros desafiadores pousados nos meus. – Acho que não.

– Acha?

– Tinha uma mãe e uma tia cheia de filhos por aí. Mas não sei deles.

– Tinha? Aqui no Rio?

– Minha mãe, no Rio, minha tia, em São Paulo.

– Há quanto tempo não vê sua mãe?

– Dezesseis anos. – Olhou-me feio, travando os lábios, largando meus testículos como se estivesse com raiva.

Fitei-a, pensativo. Tinha saído dali com 14 anos. Possivelmente a mãe fez algo muito ruim com ela. Mas sabia que seria em vão perguntar mais. Estava toda armada, esquiva. Talvez achando até que tinha falado demais. Assim, não insisti no assunto.

Tirei os dedos de dentro dela, melados, sentindo tesão, mas também preocupação, minha mente cheia de perguntas, com um estranho desejo de confortá-la. Mas optei por agradá-la de outra maneira. Era o tipo de pessoa que se fecharia se achasse que estavam com pena dela.

Esfreguei os dedos melados em seu mamilo. Ficou muito quieta, olhos fixos nos meus. Lambi os lábios e desci a cabeça, murmurando:

– Adoro gostinho de boceta. – E enfiei o mamilo na boca, chupando-o vigorosamente.

Senti seu tremor. Assim como senti seu sabor levemente picante na língua, meus dedos espalhando seu creme no outro brotinho.

– Matt... – Acabou murmurando, estranhamente doce.

Esperei um arranhão nas costas para se juntar às outras marcas vermelhas, um puxão de cabelo e até uma chave de perna para vir para cima de mim. Não aquela entrega, tão quietinha como se gostasse muito do que eu fazia.

Lambi e mordi o mamilo. Fui até o outro e fiz o mesmo, até deixar os dois bicudos, pontudos, avermelhados.

Pensei nos prendedores de mamilos que tinha em casa, com correntinhas entre eles. Adoraria colocar nela e puxar enquanto a estivesse fodendo. Isso fez meu pau babar ainda mais.

Ergui a cabeça e busquei seus olhos. Disse baixinho:

– Você muda de ideia depois que se apaixonar.

Sophia pareceu um pouco perdida em sua própria excitação. Mas por fim recordou-se do que falávamos, sobre amor e filhos. Mordeu o lábio, tentando se controlar em seu desejo. Gostei muito de vê-la daquele jeito, entregue, minha.

– Nunca me apaixonei nem vou me apaixonar – disse firme.

– Pode acontecer.

– Não. O que é, Matt? Quer tentar?

– Fazer você se apaixonar por mim? É um desafio? – Sorri lentamente.

– Deve estar acostumado a ter a mulher que você quer a seus pés, apaixonada.

Lembrei-me de Maiana e sacudi a cabeça.

– Aí é que você se engana, Sophia.

– Ah, vai me dizer que já não teve um monte, todas caidinhas por você?

– Não quero um monte.

– Certo. Mas já se apaixonou. Tô vendo na sua cara.

Tentei continuar no clima descontraído. Deixei a mão sobre sua barriga, enquanto nos olhávamos. Falei com certa ironia:

– Claro, já me apaixonei. Não sou durão como você, lembra?

– Lembro. – avaliou-me. – Vai, desembucha.

– A primeira vez que me apaixonei foi por duas ao mesmo tempo.

– O quê? – Franziu a testa. – Sério?

– Hum hum... Bem sério. – Sorria.

– Você parece tudo, menos sério, Matt. Me conta essa história.

– Elas eram minhas amigas da escola. Tínhamos por volta de 13 anos. Amigos inseparáveis, sabe. Foi uma paixão fulminante, e a amizade quase acabou.

Sophia me observava, sem saber se eu falava a verdade. Era verdade, sim, por isso reafirmei:

– Fiquei na dúvida de qual eu gostava mais.

– E o que aconteceu?

– O destino escolheu por mim. Meus pais me mandaram para uma escola só de rapazes, onde conheci Arthur e Antônio. E perdi contato com as duas. Nunca mais as vi. Às vezes penso o que sentiria se as visse de novo. Se ainda lembrariam de mim. E se eu me apaixonaria de novo por uma delas.

– História bonitinha. – Sorriu. – Mas não venha me engabelar com primeiros amores juvenis. Quero saber depois de adulto. Aposto que teve todas as mulheres que quis. Tem todos os requisitos para deixar qualquer mulher doida.

– Até você? – Fitei-a.

– Sou durona. – Sorriu. Olhou-me atenta, observadora. – Algo me diz que já amou. Tomou um fora, Matt? Foi isso?

– Não deu certo. – Falei simplesmente.

– Sabia que tinha uma história. Agora conta. – Virou-se de frente para mim, afastando os cabelos escuros e sedosos dos ombros.

– Não tem história. Eu me apaixonei, mas cheguei tarde. Ela já amava outra pessoa.

– Que merda! Mas lutou por ela?

– Não como eu gostaria.

– Por quê?

Nos olhamos fixamente.

– Ela estava grávida do meu amigo. Foi complicado. Muita coisa no meio. – Dei de ombros, conformado.

– E eles estão juntos?

– Estão. E muito felizes.

Seus olhos escuros se suavizaram. Ergueu a mão e acariciou meu rosto.

– Tadinho...

Achei graça e sorri. Espalmei a mão em sua bunda e a trouxe mais para mim, colando-a contra meu pau duro.

– Está com pena? Quer me confortar?

– Pode ser. O que tem em mente? – Sorriu também, lasciva.

– Chupa meu pau. Vou ficar feliz rapidinho.

Sophia deu uma risada. O clima entre nós desanuviou, mas continuou carregado de luxúria.

– Eu chupo, Matt. Mas se me deixar fazer uma coisinha – disse baixo, sedutora.

– Que coisinha? – Olhei-a, desconfiado.

– Bater no seu pau.

– Não.

– Matt...

– Você cismou com isso.

– E você vai adorar, garanto. Deixa, vai. Sei que é um dominador, mas isso é só uma brincadeirinha.

— Brincadeirinha como foi o sexo baunilha? – Provoquei.

— Ah, Matt, sabe que no nosso meio tem os limites leves e os pesados. Esse é leve, vai tirar de letra.

Vi seus olhos brilhando, cheios de expectativa e desejo. Avaliei um pouco a questão, pesando tudo.

— Vai usar o chicote?

— Um pequeno, levo até na bolsa, de nove tiras de nove centímetros.

— Um chicote de mulherzinha. – Debochei para provocá-la.

— Se é assim, não precisa ter medo. – Rebateu, séria.

— Nem um pouco. Vamos aos acordos. Eu concordo, desde que depois eu o use em você. Se não dá medo, vai concordar numa boa.

Não pareceu muito animada com aquilo.

— Nunca deixei ninguém fazer isso. – Disse seca.

— Nem eu. Se me der sua palavra, temos um acordo, Sophia. Mas nada de amarrar meu pau ou minhas bolas. Só o chicote. E para na hora em que eu mandar.

— Claro, Matt. E, sim, temos um acordo. De ambos os lados, as mesmas regras. Nós dois sabemos que todo mundo pensa que é o dominante que manda em uma relação BDSM, mas na verdade é o submisso. É ele que diz até onde podemos ir e quando parar. É o que faremos aqui.

Sophia sorriu, satisfeita, já se levantando.

De pé, completamente nua, era uma coisa de doido. Tinha um corpo escultural, de dar água na boca, cintura fina, barriga modelada, quadris perfeitamente arredondados, seios e bunda grandes, firmes, empinados. Sua pele era linda e morena, com seus cabelos longos e bem escuros completando toda aquela sensualidade latente.

Enquanto ia pegar sua bolsa no chão, admirei sua bunda, sentando no sofá e colocando minhas pernas para fora. Meu pau continuava duro, agora ainda mais ereto com a visão dela.

Voltou satisfeita com um chicotinho com cabo de madeira trabalhada e fitas de couro pequenas e finas, além de um pacote de camisinhas, que deixou ao meu lado no sofá. Seu olhar era quente, ardente, excitado. Ficaria radiante como uma Domme. Mas achei que ficaria melhor ainda pendurada em cordas, presa, enquanto eu a penetrava em todos os orifícios com meu pau e vibradores, e a chicoteava. Não com aquela coisinha em sua mão, mas com meu chicote longo, que dava volta no corpo quando manejado.

Sophia estava feliz com a possibilidade de me dominar, parecendo uma criança diante de um brinquedo novo. E quem era eu para destruir a felicidade dos outros? Faria o pequeno sacrifício, já pensando em minha recompensa depois. Ia descobrir até onde Sophia honrava sua palavra e até onde poderia ir.

Ela pegou uma cadeira de madeira e pôs no meio da sala, ao lado do sofá. Sentou-se e cruzou as longas pernas, batendo com as fitas do chicote na palma da mão e me olhando com um misto de lascívia e expectativa.

– Vem aqui, Matt.

Tive vontade de fazê-la pagar por seu tom autoritário. Engoli o desejo de usurpar o poder que era dela naquele momento, tudo dentro de mim gritando que o dominante era eu.

Para mim, nossa relação deveria funcionar como se fosse uma alcateia. Os lobos existiam em macho alfa e fêmea alfa, e todos do grupo se submetiam ao casal. Mas a fêmea era sempre submissa ao macho. Poderia até parecer preconceito meu, mas era como me sentia. Por mais dominante e forte que

Sophia fosse, eu a queria como minha submissa. Pois nunca, mesmo quando abria uma exceção como aquela, eu seria um submisso.

Controlei ao máximo meus instintos e me levantei.

Sophia lambeu os lábios ao me ver me aproximar, nu, seus olhos comendo-me todo, exaltados pelo desejo puro, intenso.

Parei a sua frente, meus olhos nos dela bem firmes, autoritários, sem um pingo de submissão. É claro que percebeu, mas isso pareceu excitá-la ainda mais. Sabia que tentaria me dobrar de todas as maneiras. Sua voz saiu quente, desafiadora:

– Mãos para trás. E não se mova, Matt. Lembre-se, quanto mais aguentar, mais aguento também quando chegar a minha vez.

Não falei nada. Sem tirar meus olhos duros dos dela, cruzei meus pulsos nas costas, as pernas levemente abertas, pés plantados no chão.

Ela lambeu os lábios. Segurou meu pau completamente ereto pela base e inclinou-se um pouco para a frente. Abriu a boca, lasciva. Arrepios de desejo percorreram meu corpo e se concentraram quando chupou docemente a cabeça, erguendo os olhos para mim. Gostei daquilo, embora seu olhar fosse firme e malicioso, nada submisso.

Estava completamente imóvel. Meu coração bateu mais forte, meu ventre se contorceu, os músculos endurecendo mais com a chupada gostosa. Então, quando eu começava a relaxar, parou. Sua mão manteve-se em volta da cabeça, deixando meu pau esticado para frente quase que na horizontal. Então sacudiu o chicote na mão esquerda e ficou bem séria, compenetrada.

Eu me preparei. Cerrei o maxilar e recorri a todo meu autocontrole para não tomar a porra do chicote da mão dela, colocá-la em meu colo e surrá-la só pelo fato de pensar em encostar aquele couro em mim. Mas tínhamos um acordo, e eu não voltava atrás em minha palavra. Além de tudo, estava dando uma prova de confiança. E ia exigir outra em troca.

A primeira chicotada acertou o meio do meu pau e, apesar de não ter sido forte, foi firme. Foi como tomar pequenos choques. Enrijeci, calado, sem proferir uma palavra e sem me mover do lugar. Apertei os olhos, furioso, mas silencioso.

Continuou mantendo o pau na mesma posição, seus olhos escuros brilhando, seu rosto concentrado e luxurioso. Estava ainda mais bonita, radiante. Principalmente depois que acertou com as tiras uma segunda vez, mais forte. E outra e mais outra.

Senti meu pau pegar fogo, o sangue congestionando-o, fazendo-o parecer mais inchado. Latejou e ficou ardente, sensações que nunca senti ali, como se tivesse esfregado pimenta. Nunca fiquei tão consciente dele, tão perturbado e ao mesmo tempo excitado, contrariado, furioso. E sabendo bem o que fazia, Sophia substituiu sua mão pelos lábios úmidos e macios, deslizando-os pelo comprimento, metendo-o dentro da boca salivante. Foi como um bálsamo, um alívio delicioso à ardência, tornando a chupada ainda mais intensa.

Descruzei os pulsos nas costas e apoiei as mãos atrás dela, no encosto da cadeira, impulsionando meus quadris para a frente, enterrando-me quase todo em sua boca. Ela era experiente e me tomou até o fundo da goela, mamando com perícia, deixando o chicote no colo e enterrando os dedos em minha bunda, puxando-me mais para si.

– Porra... – Gemi descontrolado com os movimentos macios de sua boca molhada trabalhando meu membro tão ardente e latejante, tão inchado. Movi-me mais firme, comendo sua boca, fodendo-a sem dó.

O tesão veio violento, incandescente, descendo até meu saco e meu pau, concentrando-se todo ali. Minha respiração ficou pesada, o coração disparado, as veias saltadas. Mas tudo se enrijeceu quando seus dedos abriram minha bunda e senti a ponta do indicador em meu ânus. Na mesma hora me imobilizei.

– Não – falei duro, seco.

Sophia parou. Afastou a boca e a cabeça, recostando-se na cadeira, lambendo os lábios, erguendo os olhos lascivos para mim. Disse rouca, excitada:

– Isso não o faz menos homem.

– Não é negociável para mim. – Meu tom não admitia conversa.

Sabia que muitos submissos, em sua maioria, gostavam de ser sodomizados por suas Dommes, com dedos ou vibradores, pênis artificiais presos em cintos. Tinha visto muito no clube. Mas nunca me excitou ou agradou. E ela sacou. Concordou com a cabeça e afastou as mãos da minha bunda.

– Volte com as mãos para trás. Não lembro de ter permitido que me desobedecesse. – Falou baixo, tentando me dominar pelo olhar.

A raiva veio quente e densa. Apertei os dentes, sério. Mas era um homem controlado e paciente. Assim, soltei o espaldar da cadeira e cruzei os pulsos atrás. Sophia acenou com a cabeça, parecendo gostar de como me deixava puto. Ela que aguardasse.

Voltou a baixar meu pau para a horizontal e segurar pela cabeça. Bateu com as tiras bem mais forte daquela vez. Eu me contraí todo, imobilizado, até a respiração suspensa. Doeu e ao mesmo tempo irrigou o local de sangue, trazendo um misto de sofrimento e prazer, diferente de tudo que já experimentei. Mas ainda assim eu só pensava em castigá-la. Principalmente quando chicoteou-o várias vezes seguidas, sem tirar os olhos de mim, como se esperasse que eu capitulasse, gemesse de dor, desistisse. Mas aguentei, calado, fitando-a duramente.

Estava excitada, arfante, com os mamilos duros. Meteu de novo meu pau na boca e chupou gostosamente, elevando meu prazer a píncaros nunca antes sentidos, sua boca e língua muito molhadas deixando-me doido, com um tesão avassalador. E assim foi. Quando eu sentia o gozo chegar perto, Sophia tirava a boca e chicoteava o meu pau. Deixava-me tão puto, com o membro tão vermelho e inchado, que eu ficava a ponto de interromper tudo e ser realmente um estúpido com ela. Então parava e chupava doce ou firme, até acabar comigo. Percebi que se mexia na cadeira, arquejava, ela mesma excitada além da conta. E, por fim, não tirou a boca. Deixou até que eu não aguentei mais. E para minha surpresa, mamou todo meu esperma quente que saiu em sua língua.

Gemi rouco quando o orgasmo veio. Não tirei os olhos de seus lábios carnudos agarrados em volta do meu pau, sugando tudo. Nem de sua expressão de prazer. Nunca tinha sido tão gostoso gozar, tão intenso e pecaminoso, meu pau parecendo ter o dobro do tamanho e da largura, sensibilizado da base até a ponta.

Agarrei seus cabelos e entrei todo, deslizando até a garganta, sufocando-a. Prendeu o ar, babou, mas não fugiu. Até que tirei tudo, minha respiração agitada, meus dedos ainda entre os fios sedosos e negros. Ergueu os olhos para mim e se levantou, abraçando-me pela cintura, procurando minha boca.

Beijamo-nos, lascivos, seu corpo ondulando contra o meu, ainda muito excitada. Enfiei a língua em sua boca e exigi que me beijasse mais firme e lasciva, uma de minhas mãos em suas costas, a outra indo até a mão dela e se fechando em volta do cabo do chicote. Senti que estremeceu, talvez temerosa, sabendo que agora era a sua vez.

– Faça amor comigo. – Esfregou-se, sedutora, ansiosa.

Sorri para mim mesmo. Ia tentar me engabelar. Me deixar tão doido para fodê-la que esqueceria que agora era minha vez. Tirei o chicote de sua mão e afastei a cabeça, pegando um punhado de cabelo em sua nuca e dizendo bem autoritário:

– Agora é minha vez. Vá até o armário da cozinha e se deite sobre ele.

– O quê?

– Você ouviu.

Sophia olhou para os armários brancos da cozinha. Sala e cozinha eram contíguas, demarcadas apenas por uma mesa entre elas. Desde que cheguei eu tinha reparado em tudo, principalmente nos armários com tampo de granito, na altura perfeita para sentá-la e fodê-la.

Tornou a olhar para mim, um pouco temerosa. Apenas ergui uma sobrancelha, como se a desafiasse a voltar atrás em sua palavra. Vi certo medo em sua expressão, mas ergueu o queixo e caminhou até lá. Eu a segui de perto, meu pau ficando de novo ereto.

Parou perto dos armários nus. Não tinha nada sobre eles. Estava nervosa, um tanto desconfiada. Ainda tentou:

– Não prefere a cama?

– Aqui.

Sentou-se na beira do armário, testando-o. Era firme, de madeira pintada de branco. Olhou-me com certa raiva, mas então se deitou sobre eles. Eram dois. Parte de seu corpo, superior, ficou no mais alto.

Era uma visão linda. Girei o chicote na mão com perícia e seu olhar acompanhava tudo, ligeiramente assustado, seus lábios apertados com força, a irritação louca para sair e acabar com tudo. Mas é claro que eu não deixaria. Fitei-a como costumava fazer quando estava com uma submissa e duvidava que pensasse em mim naquele momento como um anjo. Estava bem ríspido, duro, sério. Sem admitir qualquer negativa da sua parte. E foi num tom frio e seco que ordenei:

– Segure seus tornozelos e levante-os até sua cabeça.

Sophia ficou me olhando, como se fosse pular dali e gritar que não. Mas respirou fundo, controlou o gênio e obedeceu. Ergueu as pernas esticadas para cima e segurou os tornozelos. Então os trouxe abertos em direção aos ombros. Sua bunda saiu da bancada, erguida, sua boceta polpuda toda exposta para mim. Estavam ali, no ar, na altura que eu queria.

Fitei seus olhos.

– Em nenhuma hipótese solte suas pernas, só se eu mandar. Lembre-se, eu aguentei até o fim. Exijo o mesmo de você.

– Mas...

– Sem mas.

Olhou-me com raiva. Mas logo o medo estava lá, quando me viu ficar mais perto e erguer o chicote. Mordeu o lábio e esperou.

Passei lentamente as tiras por suas partes íntimas, em uma leve carícia. Então sorri, sedutor, quase um anjo. Sophia se distraiu, perdida em meu olhar. Foi então que chicoteei com força a lateral esquerda de sua bunda.

– Ai! – gritou descontrolada, uma das pernas escapando de sua mão. Agarrou correndo o tornozelo, olhos arregalados, respiração entrecortada. Não lhe dei tempo de se recuperar. Bati de novo, as tiras estalando do outro lado. Era bem fácil manejar aquele tipo de chicote, e evitei que fossem de encontro aos lábios vaginais. Por enquanto.

Não sorri daquela vez. Bati e bati com as tiras, firme e forte, estalando contra a bunda firme e redonda, deixando-a toda marcada. Sophia não gritou mais, mas estremeceu a cada contato do couro na pele, seus olhos bem abertos em um misto de susto, raiva e confusão, seus lábios sendo mordidos sem dó.

Parei, dizendo baixo:

– Desça as pernas. Apoie os pés na beira do armário e segure seus seios.

– Matt, você...

– Sem conversa. Aproveite que estou sendo bonzinho com você.

– Bonzinho?

Engoliu tudo que queria dizer, seus olhos ardendo, mais linda do que nunca com aqueles cabelos escuros espalhados pelo armário, algumas mechas penduradas para fora. Desci o olhar seguro e quente por seu corpo até fixar os olhos nos dela, duramente. Obedeceu, levemente trêmula.

– Abra mais as pernas. Mais.

Agarrou os seios, olhando-me com raiva enquanto expunha sua vulva toda molhada, arreganhada. Fui para a sua frente de pé, meu pau doendo de vontade de se enterrar ali. Mas avisei secamente:

– Não se mexa.

Vi seu pavor quando percebeu que eu erguia o chicote. Acho que não aguentou a tensão, pois fechou os olhos e cerrou os lábios. E então mandei as fitas direto em sua boceta. Mesmo assim gritou e se debateu. Não bati tão forte quanto em sua bunda. Apenas para irrigar o local, como ela tinha feito comigo. E mesmo em meio ao seu susto, vi como seu creme escorria para o ânus, comprovando sua excitação.

Abri seu joelho e desci a cabeça entre suas coxas, lambendo duramente aquele creme ao mesmo tempo doce e amargo, picante, saboroso. Gosto bom de mulher.

– Ah, Matt... – Estremeceu, fora de si. Por conta própria se abriu mais, enquanto eu metia a língua entre os lábios vaginais polpudos e tomava seu gosto delicioso, viciante. Estava quente, em espasmos, encharcada. Fora de si.

Lambi mais. Passei a língua como um gato faminto em seu clitóris, boceta e ânus. Deixei-a tremendo, arfando, se contorcendo, então me ergui de repente e dei outra chicotada ali, entre as suas pernas. Berrou, rouca, agora em um misto de agonia e prazer, surpresa por gostar mais do que pensou, sem conseguir parar de estremecer. Do jeito que eu queria.

Segurei seus tornozelos juntos e os ergui bem alto, tirando sua bunda da bancada, deixando-a suspensa. E a surrei em cinco chicotadas seguidas, umas mais fracas, outras bem fortes, batendo desde as laterais até o centro, tirando lasquinhas menos intensas em sua vulva e ânus, para não feri-la, apenas deixá-la no tormento e no limite da dor e do prazer.

Ficou alucinada. Acho que esqueceu que nunca tinha sido chicoteada e que não era uma submissa. Estalava, gemia, se sacudia. E quando eu abria suas pernas e chupava seu clitóris ou sua bocetinha, despejava líquidos e mais líquidos em minha boca, toda cremosa e latejante.

– Fique assim. – Ordenei, enquanto estava lá abandonada, com as pernas abertas, toda vermelha e suada, arfante.

Olhou-me pesadamente enquanto eu voltava à sala e cobria meu pau com um preservativo. Esperava-me do mesmo jeito.

Não fui delicado. Puxei sua bunda para a beira da bancada e olhei sua bocetinha inchada, molhada. Segurei seus joelhos e penetrei meu pau nela, sendo engolido pelo canal fervendo e pingando, contraído, delicioso. Sophia tentou ainda lutar contra o tesão, mas me olhava abismada, um tanto perdida. Entrei até o fundo e a comi assim, estocando brutalmente dentro dela.

– Ainda não acabei. – Avisei num rosnar.

– Estou quase... gozando – murmurou.

– Quase. – Concordei. – Tire as mãos dos seios.

Parecia querer lutar, dar motivos para acreditar que não queria aquilo, quando seu corpo gritava em protesto. Mas esticou os braços ao lado do corpo. E me olhou, sua vagina puxando deliciosamente meu pau para dentro, latejando em volta dele como uma boca gulosa.

Também estava cheio de tesão. Muito, a ponto de gozar de novo. Sua beleza, seu olhar e, sobretudo, sua entrega, estavam mexendo comigo. Eu a queria assim, minha, subjugada, quase que completamente dominada. Quase. Pois aquele resto de revolta em seu olhar me acendia e excitava ainda mais.

Chicoteei seus seios enquanto a fodia. Estremeceu e gemeu, entre a dor e o prazer. Não era o bastante para machucar, mas para sentir, ficar mais consciente, ligada no tesão. Bati de novo, meu pau em seu limite de espessura e ereção vendo o couro acertar os mamilos duros. E de novo, até vê-la arquejar e morder os lábios, lutando ainda ferozmente para não entregar os pontos de vez.

Só então larguei o chicote. Deitei-me sobre seu corpo e fechei a boca em seu mamilo dolorido, chupando-o docemente. Sophia estremeceu de novo e moveu o quadril embaixo de mim, recebendo as estocadas do meu pau, buscando-me, exigindo mais. Fiquei bruto e a fodi sem reservas, agarrando seu cabelo, indo beijar a sua boca.

Seus dedos foram em meus ombros, cravando-se ali, puxando-me mais para si, gemendo e me beijando com o mesmo tesão que o meu, ambos entregues, violentamente excitados. Senti o exato momento em que gozou, pois sua bocetinha estrangulou o meu pau e esse foi meu fim. Gemi rouco em sua boca, suguei a sua língua e explodi em um gozo quase consecutivo.

Estávamos agarrados, colados, suados. Ondulamos e estremecemos, até que os espasmos foram diminuindo e ficamos lá, nos beijando lentamente, preguiçosos, ainda com nossos sexos encaixados.

Sophia deslizou as mãos em minhas costas e nuca, seus dedos em meu cabelo. Beijei suavemente seu queixo, sua face, suas pálpebras. Agora sim, estava satisfeito. E feliz. Ergui a cabeça e encontrei seu olhar.

– Eu gostei. – Falei baixo.

– De ser submisso? – Sua voz saiu no mesmo tom, mas seu olhar era provocante, até mesmo suavizado.

– De ter você como submissa.

– Eu também... de ter você como submisso.

Sorrimos um para o outro. Dei de ombros.

– Pelo menos não nos matamos.

– Não, Matt. Estamos bem vivos.

– E prontos para outra. – Pisquei para ela. – Mas não hoje. A minha amiga aqui de baixo já foi castigada demais por uma noite.

Sophia estranhou.

– Sua amiga?

– A anaconda.

– Ah!

Rimos. E me dei conta que há muito tempo não passava uma noite tão completa e prazerosa com uma mulher.

SOPHIA

Matt saiu do meu apartamento quase às duas da manhã. Exausta, caí na cama depois de um banho morno, usando uma camisolinha curta, cabelos molhados, na penumbra do quarto. Não conseguia esquecer tudo que fizemos e o que senti, coisas que tinha evitado por toda a vida, e que agora me atropelavam como um rolo compressor.

Como eu podia ter gostado de apanhar? De ser tratada como uma submissa? Minha desculpa era que Matt também tinha gostado quando foi minha vez de castigá-lo. Isso significava ou que nós dois éramos doidos ou que simplesmente tínhamos tesão um pelo outro de qualquer jeito.

Agora, ali sozinha, sem o calor do momento, conseguindo pensar mais coerentemente, senti um início de medo me dominar. Durante os últimos anos da minha vida tive controle do que eu queria e do que devia acontecer. Eu era dona do meu destino, livre e independente, senhora dos meus desejos. Por isso ser Domme era tão importante. Era o modo como me posicionei, como passei da situação de vítima a provedora e defensora de mim mesma.

Os homens para mim eram brinquedos. Podiam ser divertidos e prazerosos. Eu gostava deles, desde que estivessem sob o meu controle e não o inverso. Desde os 14 anos, quando decidi reagir, nenhum deles mais teve qualquer domínio sobre mim. E foi isso que me tornou quem eu era hoje.

Matt era diferente. Foi diferente desde o início e, apesar de não me arrepender de ter transado com ele, eu começava a temê-lo. Não fisicamente. Nunca me obrigaria a fazer nada que eu também não quisesse. Mesmo naquela noite, quando me chicoteou e dominou, foi dentro de um prazer para ambos, um limite que ele sabia qual era e que não tinha rompido. O que mais me afligia era o poder que poderia ter sobre meu lado emocional. Isso eu não queria nem imaginar. Era algo que realmente me apavorava.

Fui dominada duas vezes na minha vida. Emocionalmente, fui vítima da minha mãe, de um amor que me podou e me humilhou, que me levou ao maior ato de violência que sofri: um estupro. E esse foi o segundo domínio, o físico, quando fui amarrada e violada aos 14 anos, enquanto minha mãe estava caída lá perto, drogada. Foi o ponto culminante e de mudança. Quando me livrei dela e não permiti mais que nenhum homem tivesse tal poder sobre mim.

Odiava lembrar daquilo tudo. Principalmente daquela noite horrível. Mas, por algum motivo, tudo voltava vívido demais em minha mente. Talvez porque estivesse fora do meu eixo, descontrolada, balançada. E não lutei. Lá, deitada em minha cama sob a janela, deixei as lembranças fluírem.

Sempre tive uma relação de amor e ódio com minha mãe. Nascida pobre, em um barraco, fui um acidente de percurso na vida pregressa da bela mulata de 22 anos. Ela se virava, sozinha no mundo, tendo mais amantes do que dava conta. Alguns a enchiam de presentes e até dinheiro. Mas como vinha, ia embora. Gastava tudo, nunca conseguia guardar nada.

Duvido que tenha evitado filhos. Só sei que fui a única em sua fileira de tantos amantes, mas nunca soube quem era meu pai. Luíza, minha mãe, costumava dizer que com certeza foi um homem branco, pois ela era mulata e eu, apesar de morena, nasci bem mais clara e com cabelos totalmente lisos.

Ela não foi uma mãe ruim por maldade. Pelo menos foi o que pensei, ao analisar tudo tantas vezes. Quando estava normal, ria e conversava comigo, trançava meu cabelo, me ensinava a sambar e me beijava. Morávamos em uma pequena favela em Madureira, e quando ia sambar na Portela ou no Império Serrano, me carregava atrás.

No entanto, quando estava bêbada ou drogada, dava sempre um jeito de me machucar. Fosse me humilhando, beliscando, batendo ou me obrigando a fazer o que queria. Eu chorava e implorava para não beber, para não usar cocaína, mas, às vezes, mal chegava da escola, o inferno começava.

Eu vivia me sentindo culpada, com pena, com raiva. Eu a amava tanto, que não queria odiá-la, mas às vezes era impossível. E de uma forma ou de outra, acabava sendo uma espécie de escrava, ou por querer demais agradá-la, ajudá-la a se livrar dos vícios, ou por ser obrigada a fazer determinadas coisas por estar acuada e com medo. Medo era a palavra chave, o modo como me sentia na maior parte do tempo.

Deitada na cama, com o corpo saciado pelos prazeres que Matt me deu, mas com medo de me envolver, senti as lembranças virem como um roldão. Fiquei olhando o teto sem ver. Porque meus olhos e minha mente assistiam ao que tinha acontecido dezesseis anos atrás, como se um filme bem real passasse diante de mim. Eu baixei a guarda. E tudo voltou, real demais, cada detalhe, cada sensação.

Naquela noite íamos sair com várias pessoas da comunidade em um ônibus que a Portela tinha disponibilizado para o ensaio técnico, que aconteceria no centro do Rio de Janeiro, no Sambódromo. Minha mãe estava animada, pois tanto eu quanto ela íamos desfilar naquele ano e já tínhamos participado de vários ensaios na quadra.

Eu fui de má vontade, chateada por tantas coisas ruins que vinham acontecendo, e com medo, pois ela estava com dinheiro. E isso significava que ia beber ou dar uma cheirada. E infernizaria minha vida. E foi exatamente o que aconteceu.

Já começou quando entramos no ônibus. Enquanto as outras pessoas faziam vaquinha, cada uma inteirando um trocado para comprar refrigerantes, e levavam lanches, tudo que eu tinha era um biscoito água e sal. E ela comprou cinco latas de cerveja e bebeu durante a viagem, animada, cantando o samba-enredo da escola. Tinha ânimo para farra, sexo, carnaval e seus vícios, mas para trabalhar fora e arrumar a casa, nada. A cada cerveja que ia tomar, me estendia a latinha e dizia com voz arrastada:

– Sophia. – Era a ordem para eu abrir a lata para ela. Dizia que doía seu dedo e quebrava sua unha. Entornava a bebida goela abaixo, cada vez mais animada, enquanto eu a olhava com um misto de medo e raiva. O que uma menina de 14 anos podia fazer quando a única pessoa que tinha na vida e deveria protegê-la era quem mais a ameaçava?

Chegamos lá no Sambódromo e caiu um temporal. Mesmo assim, ensaiamos. Eu adorava a sensação de ouvir a bateria explodir e a voz do puxador incentivar a comunidade a dar o melhor de si. Mesmo irritada com minha mãe e debaixo de chuva, fiquei arrepiada de emoção e me entreguei ao samba, cantando emocionada, rebolando, sambando enquanto desfilava em minha ala.

Em geral, as arquibancadas ficavam cheias de pessoas para assistir, mas o temporal tinha afastado muita gente. Não liguei. Dei o melhor de mim, abri os braços, entoei o samba-enredo da escola com o rosto erguido para a chuva em uma espécie de catarse, meus pés escorregando dentro das sandálias, a roupa colada no corpo, mas nada nem ninguém impedindo aquele meu momento de felicidade.

Apesar de ter só 14 anos, tinha formas femininas que chamavam a atenção e adorava dançar. Tinha até recebido convite para ser passista mirim da escola e pensava seriamente em aceitar. Sambava e rebolava muito bem. Minha mãe tinha ficado um pouco enciumada, mas eu esperava convencê-la.

Ela estava mais à frente, se acabando com outras pessoas, rebolando até o chão, toda animada com as cervejas que ingerira. Deixei-a lá e segui sozinha até o final, quando me esperou sorrindo, ainda feliz da vida.

Na volta, com todos encharcados e tremendo de frio, minha mãe parou em um bar para comprar mais cinco latas de cerveja. Entramos no ônibus, e ela enchendo a cara. Até que, já completamente bêbada, se levantou e foi para os fundos. Quando olhei, várias pessoas comentavam.

Minha mãe tinha se agachado perto dos últimos bancos, arriado as calças e mijava. O xixi amarelo escorria pelo piso no meio do ônibus, entre as pessoas. Eu quase morri de vergonha. E só pude abaixar a cabeça e rezar para chegar logo em casa. Sem imaginar tudo que ainda aconteceria comigo naquela noite.

Descemos do ônibus em Madureira. Congelei quando vi um homem encostado em um carrão. Era um cara casado que ela tinha conhecido e com quem tinha saído. Ele me viu nos ensaios e começou a dar em cima de mim. Quando estava doidona, minha mãe me jogava para cima dele. E apesar de ser bonito, ter por volta de 30 anos, eu o temia. Via seu olhar maléfico e ficava longe dele.

E então ele veio até nós cheio de sorrisos, querendo saber como foi o ensaio, puxando conversa. Fiquei o tempo todo quieta, mas não pude fazer nada quando nos ofereceu uma carona e minha mãe aceitou. Ainda tentei negar, dizendo que estávamos molhadas, mas ela já me empurrava para dentro do carro e xingava.

Sentei atrás, com raiva, irritada, envergonhada. Para não molhar tanto o estofado, sentei na ponta, sobre as minhas mãos. O dono do carro sorriu para mim pelo retrovisor, com olhar guloso, piscando provocador. Fingi não ver e olhei pela janela, calada enquanto minha mãe ria alto e contava para ele do ensaio técnico, sua voz completamente enrolada.

Chegamos em casa e ela o convidou para entrar. Vi que foram pegar cerveja e que ele abria um pacotinho de cocaína na mesa. Corri para meu quarto. Escutei as risadas deles na sala, música alta, depois vozes alteradas. Tomei meu banho e fiquei no quarto, com medo, rezando para aquele homem ir logo embora. Então, a música acabou e só ficou o silêncio. Pensei que finalmente poderia dormir em paz, quando minha porta foi escancarada.

O homem me olhava sorrindo, já sem camisa, segurando o cinto de sua calça na mão. Pela fresta da porta, vi minha mãe caída no sofá, apagada. Eu ainda a chamei, em desespero. E ainda gritei e tentei fugir. Lembro de pouca coisa daí em diante. Foi tão horrível na época, que apenas partes voltaram depois. Como se minha mente tivesse travado as lembranças todas para tentar me proteger.

Mas muitas coisas ficaram. As sensações, o desespero, o medo aterrador, o sofrimento, a incapacidade de conseguir fugir. As cintadas que ele me deu e que doeram muito. O modo como rasgou minha roupa e me jogou na cama. O soco que me deixou tonta. Lutei, gritei, arranhei, berrei pela minha mãe. O cinto prendeu meus pulsos na cabeceira. E mesmo com o corpo lanhado das cintadas, fui cruelmente estuprada.

Eu era virgem. Tinha tido minha cota de namoradinhos, era fogosa, mas via o modo lascivo da minha mãe e sempre evitava ser como ela. Para acabar ali, presa e surrada naquela cama, com um homem violento e bem mais velho, um covarde, gemendo e metendo em mim, causando-me uma dor tão terrível que nem chorar eu conseguia. Fiquei arrasada, fora de mim, perdida, invadida, sentindo como se fosse morrer. E isso seria até bom, me livraria daquele tormento.

Lembro-me do cheiro dele de suor e de perfume forte. Lembro-me de suas palavras sujas e de seus gemidos satisfeitos. E do meu corpo doendo, a pele ferida, a vagina queimando e sangrando. Mas o pior de tudo era a sensação de impotência, de estar presa e incapaz de escapar daquela violência, de ser submetida contra a minha vontade. Eu fui escravizada e violada duramente, humilhada até não poder mais. Não sei nem ao certo o que ele fez, em algum ponto minha mente se desconectou dali e vagou oca, vazia, inerte. Mas demorou. E acabou comigo.

Só quando ficou satisfeito, ele me soltou, garantindo que voltaria outro dia. Sorria todo contente, olhando-me com superioridade enquanto fechava a calça e colocava a camisa. Puxou o cinto dos meus pulsos, mas não reagi. Meus braços continuaram caídos para cima, inertes. Até respirar me causava dor. E só consegui olhar para ele quando, já pronto, avisou friamente:

– Vou voltar quantas vezes quiser, cadelinha. E vai ser sempre assim, do meu jeito.

Saiu, dono de si, cabeça erguida, o Senhor do lugar.

Fiquei lá, sem poder me mexer. Não chorei, não me movi, mesmo cheia de dor. De manhã, minha mãe me viu e chorou, cuidou dos machucados, pediu desculpas. Saí do estado de choque em que havia ficado e a odiei com todas as forças. Gritei que era culpa dela. Pela primeira vez na vida me libertei do amor que me aprisionava. E só a odiei.

Não deixei que me tocasse. Eu mesma cuidei de mim. E foi ali que decidi que nunca mais seria vítima de ninguém. O ódio veio maior que tudo, contra minha mãe e contra aquele homem que me estuprou, aquele sádico desgraçado e perverso.

Entendi que não suportaria mais aquela vida. E minha única outra solução era minha tia, irmã mais velha de minha mãe. Ela morava em Ubatuba, em São Paulo. Tinha quatro filhos, era pobre e grosseira, mas qualquer coisa era melhor do que continuar sob o mesmo teto de uma drogada que me deixou ser espancada e estuprada.

Minha tia não ficou muito animada quando falei por telefone que queria passar um tempo em sua casa. Concordou se eu me comprometesse a tomar conta de seus filhos menores para que ela trabalhasse. E assim nós combinamos.

Minha mãe tentou me demover da ideia. Primeiro garantiu que o homem, Humberto, nunca mais tocaria em mim. Depois, quando viu que eu não acreditava nem falava com ela, quis me comprar. Disse que ele me daria muito dinheiro, era rico. Só precisava ser boazinha. E no dia seguinte ele apareceu de novo em minha casa.

Quando vi, ele já estava lá dentro, e minha mãe saía de fininho. Abriu a porta para ele, ansiosa, olhando-me apressada antes de escapar para fora e fechar a porta, deixando-me ali naquele barraco com o sádico. Eu ainda nem tinha me recuperado totalmente dos ferimentos, a pele estava lanhada, a vagina ferida, parte do rosto inchada onde recebi um soco. Mas o pior de tudo eram as feridas por dentro e o medo aterrador.

Eu tinha conseguido ir para meu quarto, nervosa, apavorada. Mas ali não havia tranca. Foi então que soube que só podia contar comigo mesma, e o medo foi substituído por uma força que eu nem sabia que possuía. Furiosa, busquei algo para me defender e tudo que achei foram umas agulhas de tricô na gaveta, que tinham sido da minha avó. Nunca serviram para nada mas percebi que naquele dia teriam utilidade.

Quando o homem nojento entrou em meu quarto, a agulha comprida estava na minha mão, escondida em minhas costas. Não sei como consegui sorrir. Estranhamente havia uma frieza quase congelante dentro de mim. Quando ele puxou o cinto, com olhar maligno e cheio de tara, jurei que seria uma boa menina. Mandou eu provar e abriu a calça, segurando o pau ereto. Fui humilde até ele, quando por dentro eu fervia de tanto ódio.

E enquanto ele sorria, pensando que eu faria um boquete, sorri de volta, cravando com toda força a agulha em seu pau e seu saco. Ele urrou de dor e caiu no chão, sangrando, chorando. Parecia um menininho, sem resistência à dor quando era com ele. E foi ali que o ódio puro e uma ira incandescente tomaram conta de mim. Eu me transformei. Passei de vítima a algoz. Não tive nem um pingo de pena ou vacilei. Eu queria castigá-lo, fazê-lo passar o que eu havia passado, me vingar cruelmente.

Eu o chutei gritando como uma louca, uma, duas, três vezes. Olhou-me estupefato, tentou se defender com as mãos cheias de sangue, acho que chocado com o que fiz e com o meu ataque. Peguei seu cinto no chão e o chicoteei com toda raiva e força. Nunca me senti tão bem. Tão poderosa e dona de mim mesma. Tão decidida a nunca mais ser usada e abusada por ninguém.

O sádico gritou como menininha quando acertei seu pescoço, seu rosto, cada parte do seu corpo com o cinto. Urrava de dor, tentava se levantar, agarrava o pau ainda com a agulha atravessada até o saco, se sacudia no chão. E eu o surrei, muito, forte, furiosa. Eu o chutei e me regozijei com sua dor, com seu sangue, com cada marca que deixei nele. Não gritei, não ri, não disse uma palavra. Só o espanquei até ficar cansada e suada e ele gemer no chão sem forças para reagir. Então eu parei, ainda não satisfeita. Percebi que poderia até matá-lo, tamanha frieza me dominava. Mas vê-lo no chão, acabado por mim, foi o suficiente. Larguei o cinto no chão e quase cuspi nele. Quase. Vi que nem aquilo ele merecia de mim. Então saí de casa pisando firme, com a cabeça erguida.

Foi um escândalo. Ele era casado, os vizinhos souberam, tiveram que carregá-lo para o hospital. Quando minha mãe voltou, apavorada com o que eu tinha feito, eu a obriguei a me levar para a casa de minha tia. Caso contrário, eu iria à polícia denunciá-la. Também ficou com medo, pois tinha certeza que o homem depois se vingaria. Assim, fomos para a casa da minha tia.

Ela não ficou lá. Não deixei e fui tão firme, tão violenta, que voltou ao Rio. E essa foi a última vez que a vi.

Deitada em minha cama, sem conseguir dormir, eu sabia que tudo aquilo tinha moldado minha personalidade e minhas escolhas. Nunca mais confiei em um homem. Nem nos meus sonhos mais loucos pensei que deixaria um encostar um chicote em mim, como Matt fez. E logo na primeira noite que passamos juntos.

Remexi-me, incomodada, abismada comigo mesma.

Mas, apesar de tudo, não podia negar.

Tinha sido a melhor noite de sexo da minha vida.

MATT

Eu e Sophia não nos vimos no final de semana. Cheguei a pensar em aparecer, talvez sair com ela, conversar um pouco. No entanto, decidi que era melhor dar um tempo. As coisas entre nós ainda estavam se acertando, e tudo tinha sido intenso demais. Seria bom para nós dois dar uma analisada em tudo. E eu gostava de fazer isso, principalmente quando algo me perturbava.

E Sophia tinha me perturbado. Desde o início eu soube que ela não era para mim, que era diferente de tudo que havia sonhado e esperado em uma mulher. Era agressiva sexualmente, dominadora, dona de si. E tudo que eu desejava era uma mulher doce, companheira, submissa. De preferência, romântica como eu, com sonhos parecidos. E, no entanto, era Sophia quem agora ocupava todos os meus pensamentos.

Em que momento isso aconteceu eu não sabia. Passei os últimos tempos sem me envolver emocionalmente com ninguém, ainda muito ligado em Maiana. Com as outras mulheres era só sexo. E quando Sophia surgiu, com aquele ar de atrevida e mandona, apenas me diverti. Quando passaria pela minha cabeça que uma atração tão forte poderia nascer dali?

Fiquei perturbado por ter me deixado dominar, mesmo que de maneira mais leve. Assim como pelo fato dela ter me deixado dominá-la. Era algo que nenhum de nós dois queria, abrir mão do domínio, e, no entanto, nós dois fizemos isso. De comum acordo e ligados pela forte atração física, deixamos ambos nossos preceitos de lado. E o mais interessante, não foi um sacrifício. Foi delicioso.

Eu queria repetir, mas algo me travou naquele final de semana. Talvez tudo que eu quisesse era um pouco de tempo para recuperar o controle dos meus sentimentos e pensamentos. Porque tinha certeza que não havia sido só sexo. Enquanto estávamos lá, nus no sofá, nos acariciando e conversando, percebi que gostava muito dela. E não pararia até ver onde aquela relação ia dar.

Eu não sabia quase nada sobre Sophia, mas tinha percebido seu olhar mais de uma vez. Não queria se entregar em nenhuma relação e era desconfiada. E me perguntei o que tinha dado em mim para só me interessar por mulheres complicadas nos últimos tempos. Maiana enrolada com Arthur e grávida. E agora Sophia, que parecia um osso duro de roer.

Na segunda-feira cheguei de manhã à agência, estranhamente animado com o fato de vê-la. Cumprimentei Marília e entrei em minha sala, deixando o paletó no encosto da cadeira, pensando em mais tarde dar um pulo na sala de Sophia. Ou ela viria até a minha, agradecer o buquê de rosas vermelhas que eu tinha mandado entregar em seu apartamento no sábado pela manhã. Um pequeno sinal de como a noite tinha sido para mim.

Abri meus e-mails, comecei a trabalhar compenetrado em minha mesa, quando a porta se abriu. Eu esperava que fosse ela ou Marília, não a mulher pequena e delicada que entrou com elegância e fechou a porta atrás de si. Não movi um músculo. Até que falei friamente, contendo a custo minha raiva:

– O que está fazendo aqui?

– Uma visitinha. Vim ver o meu marido. – Rafaela sorriu e se aproximou. – E não podia ir embora sem dar um tchau ao meu enteado.

– Se é por falta de adeus, pode ir. Não quero você em minha sala. – Meu tom era seco, meu olhar gelado. Mas por dentro a irritação me varria, feroz. Ela já havia feito a proposta e agora eu via que avançaria mais.

Parou a alguns passos da minha mesa. Olhou para baixo, fazendo biquinho.

– Só queria ver você, Matt. – Foi quase um muxoxo, uma imitação barata de uma garota boazinha e frágil, quando na verdade era uma cobra venenosa.

– Já viu. Agora saia.

Meu tom duro a fez estremecer. Ergueu o olhar, com as faces coradas. Era a imagem de uma mulher excitada, e ela nem disfarçou. Murmurou:

– É assim que fala com elas na cama? Mandando? Sendo bruto?

Eu a observei, minha raiva se juntando ao asco, enquanto analisava friamente o que fazer naquela situação delicada. Rafaela só podia ser louca. Há dois anos vinha se mostrando a esposa perfeita para meu pai, e ele estava completamente apaixonado. E agora, como se tivesse surtado, começava a dar em cima de mim descaradamente.

O que ela queria? Ser minha submissa? Saber que tinha pai e filho ao mesmo tempo? Encarei-a com nojo. Talvez fosse naturalmente falsa e não estivesse mais aguentando usar a máscara de boa moça. Uma hora tinha que cair. E resolveu jogar ao chão com tudo.

Só não entendia por que tinha que ser comigo. Rafaela se arriscava, já que eu poderia mesmo contar para meu pai. Mesmo ele não acreditando, talvez ficasse desconfiado ou a investigasse. Chegava a ser burrice da parte dela. Mas eu sabia o quanto algumas pessoas se excitavam justamente com isso, arriscar-se e correr perigo, sentir a adrenalina da traição, do fazer as coisas escondido.

Eu sentia a fúria latejar dentro de mim. Quem observasse minha aparência plácida não adivinharia o que eu trazia em meu interior, o meu lado mais sombrio e violento. Sempre convivi com aquele outro "eu", estranho, diferente, capaz de muita brutalidade. Naquele momento, quase o deixei sair. Quase. Porque eu tinha aprendido a dominar a mim mesmo, a usar meu lado mais sombrio em proveito próprio, em equilíbrio com meu lado mais tenro.

Cheguei a um patamar que muitas pessoas tentavam encontrar na vida, aquela linha tênue entre o bom e o mau dentro de si. Nunca fugi de mim mesmo; eu me olhei com lentes de aumento, me analisei e me criei a partir daí. Era um homem como qualquer outro, mas consciente, tranquilo com meus defeitos e qualidades, detentor do poder sobre mim mesmo, do controle.

Não seria agora que aquela mulher fútil e mimada, venenosa e egoísta, me faria perder a cabeça. Ela só conseguiu despertar minha irritação, nada mais. Nem mesmo o desejo que uma submissa absoluta poderia despertar. Eu sentia asco por sua falta de caráter e pena por meu pai. Ele era minha única família, e Rafaela queria sujar aquilo.

Franzi o cenho e larguei a caneta na mesa, me recostando na cadeira, analisando-a detidamente. Continuava corada, olhos fixos e esperançosos em mim. Percebi que tinha que saber em qual terreno estava pisando.

– Vamos ter uma conversa franca, Rafaela.

– Sim. – Concordou na hora, se animando. Já ia se aproximar mais, no entanto, estacou quando eu disse seco:

– Fique aí.

– Sim, senhor – disse na hora, mais corada ainda.

Eu estava ferrado. Queria agarrá-la pelo braço, levar até a sala do meu pai e contar tudo para ele. A revolta me consumia, e senti ódio por estar de mãos atadas. Sabia que ele era cego por ela. Se ela chorasse e negasse minhas acusações, ele não acreditaria em mim.

Irritado, perguntei com frieza:

– Você trai meu pai?

– Não.

– Diga a verdade!

– Não, Matt! – Cruzou as mãos na frente do corpo, nervosa, seus olhos brilhando. – Gosto dele, mas... Sempre tive isso. Esses desejos diferentes. Queria ter um homem poderoso, que me dominasse, me fizesse dele. Pensei que Otávio ia ser assim. É mais velho, dono disso tudo, mas é tão bonzinho. Tão... normal.

Ela se lamentou, piscando, um pouco nervosa.

Fiquei quieto, olhando-a. Continuou, mais animada:

– Sempre achei você lindo. E quando minha amiga disse que é um Dom, eu... Eu não consigo parar de pensar nisso! É mais forte do que eu.

– Quero que entenda uma coisa. Eu nunca, nunca mesmo, terei algo com você. E se é assim que se sente, separe-se dele e vá viver a sua vida. Já percebeu a situação em que está me colocando? E se colocando?

– Mas é mais do que posso controlar, Matt...

– Não vou tolerar mais isso, Rafaela. E quero que me entenda, antes que eu tome uma medida drástica. – Fui bem direto e seco, sem tirar os olhos dos dela.

– Mas você precisa me entender também. Olha o que fiz... – Abriu a echarpe do seu pescoço e não acreditei quando vi uma coleira fina de couro preta com pequenas pedrinhas. – É para provar que posso ser sua, Matt. Toda sua.

Tive vontade de soltar meia dúzia de palavrões. Em que merda eu tinha me metido! E como sair daquela situação sem causar estrago?

– Eu não quero. Escute bem. Se não parar agora com isso, vai me obrigar a contar para meu pai.

– E dizer a ele que você espanca mulheres? O que acha que ele pensaria disso? – Apesar das palavras desafiadoras, continuava com aquele ar submisso.

– Eu não espanco mulheres. O que faço é de comum acordo, de ambas as partes. E ninguém tem nada a ver com isso. Nem você, nem ele.

– Então por que é um segredo?

– E quem disse que é segredo? – Eu me sentia cada vez mais irritado. – Não preciso sair por aí gritando minhas preferências.

– Sei disso. Assim como não precisa falar do que acontecer entre nós, Matt. Por favor, não vai ser traição. Porque ninguém vai saber – suplicou.

– Eu vou saber. Entenda de uma vez, Rafaela, eu não quero. E ponto-final. – Minha voz foi o mais dura e impositiva possível.

Ela mordeu os lábios. Respirou fundo e começou a abrir os botões da blusa, dizendo baixinho:

– Olha o que eu faço por você, Matt. Eu fico nua, só com a coleira que é meu sinal de submissão, eu rastejo e imploro, deixo fazer o que quiser comigo...

Era definitivamente uma louca. Pensei rápido e vi que não adiantaria argumentar com ela. Assim como me levantar e colocá-la para fora só causaria mais drama. Fiz a única coisa possível: apertei o interfone e disse à minha secretária:

– Marília, você pode vir aqui, por favor?

– Sim, senhor.

– Agora. Quero que veja uma coisa e depois chame o meu pai.

– Estou indo.

Desliguei o interfone, aparentemente sem sair da minha gelidez. Mas por dentro eu fervia, furioso. Rafaela tinha empalidecido. Rapidamente abotoou a blusa e jogou a echarpe por cima do que não conseguiu fechar e em volta do pescoço. Respirava irregularmente, um pouco assustada.

– Por que fez isso? – indagou baixinho.

Marília bateu na porta e entrou. Lançou um olhar para Rafaela parada no meio da sala sem se mover e outro para mim. Deu alguns passos para dentro:

– Sim, senhor Matheus?

– Acho que minha madrasta esqueceu o caminho da porta, Marília. Pode acompanhá-la?

A secretária arregalou um pouco os olhos. Eu estava sendo frio e grosseiro de propósito. Lançou um olhar à moça de cabelos acobreados, que se mantinha imóvel, ficando vermelha e me fitando com raiva. Rafaela disse quase sem mover os lábios:

– Você vai se arrepender.

Marília ficou ainda mais sem graça. O clima pesou, tenso, desconfortável. Mas eu tinha sido obrigado àquilo. E ela precisava saber que não a temia nem seria escravo de suas ameaças. A prova disso era ter chamado outra pessoa ali.

Rafaela se virou e disse para a senhora:

– Sei bem o caminho. Não se atreva a vir atrás de mim. – E saiu, pisando duro.

A secretária me olhou, confusa.

– Desculpe, Marília. Às vezes minha madrasta é infantil demais e eu preciso trabalhar. Está tudo bem.

– Tem certeza, senhor?

– Sim, não se preocupe.

– Eu a deixei entrar direto porque é sua madrasta e...

– Entendo. Mas da próxima vez me avise antes. Só deixe meu pai e Sophia entrarem direto.

– Sim, senhor.

Depois que ela saiu, eu me ergui, tenso, nervoso. Fui até a janela, pensando naquele episódio, avaliando minhas opções. Algo me dizia que Rafaela ainda me traria problemas sérios. E eu precisava estar preparado, para não acabar tendo a relação com meu pai abalada.

Olhei para a rua além do muro da propriedade, onde carros e pessoas passavam, mas minha mente estava mais concentrada no que tinha acabado de acontecer. O que disse a ela era verdade, minha opção sexual não era segredo, só não precisava sair gritando para todo mundo que eu era um Dom, que sentia prazer com jogos em que dor e submissão faziam parte.

Quem entenderia isso? As pessoas tinham gostos estranhos, alguns piores do que outros, mas a maioria lutava para se controlar, fosse abafando esses gostos, adquirindo outros ou se escondendo atrás de religião, trabalho, casamento. Acho que até conseguiam ser felizes por substituição. Outros acabavam desenvolvendo sociopatias e fugindo ao controle. Eram muitas as possibilidades.

O meu equilíbrio era continuar como sempre fui, calmo, tranquilo, seguro. E extravasar meu outro lado no Catana, entre pessoas que tinham gostos como os meus. Que mal havia nisso? A quem eu feria se era feliz assim?

Mas sabia que não era tão fácil. Meu pai, por exemplo, não conhecia esse meu lado. Era um homem austero e comum, até mesmo antiquado. Ele não entenderia que eu tinha aquelas necessidades de poder e que em locais como o Clube Catana, com pessoas como eu e todos os instrumentos de dominação à disposição, meu lado oculto vinha à tona e se encaixava ao meu consciente. Eu me tornava um, completo, com minhas necessidades satisfeitas.

Sempre soube que ele e minha mãe não me viam daquele jeito. E, no fundo, não queria decepcioná-los. Primeiro porque ainda era novo demais e estava em busca de respostas. Depois minha mãe ficou doente e eu não quis preocupá-la. Então veio seu falecimento, meu cuidado com meu pai, nossa tentativa de lutar contra a dor e aprender a viver sem minha mãe, que sempre esteve tão presente em nossas vidas. Acabei baixando a guarda para agradar minha família. E deixei passar a oportunidade de contar a eles. Depois, tornou-se apenas minha intimidade. Até Rafaela. Agora ela poderia romper todo aquele equilíbrio.

Ouvi a porta abrir e me voltei, por um momento achando que a louca tinha voltado. Mas me deparei com Sophia, lindíssima e elegante como sempre.

– Posso entrar? – Sorriu, seus cabelos longos e escuros caindo brilhantes sobre os ombros, misturando-se aos colares compridos em seu peito, que quebravam um pouco a rigidez do vestido preto e reto até um pouco abaixo dos joelhos. Dava para visualizar cada curva de seu corpo. Para completar, sapatos de salto bem alto, preto e branco, com solado vermelho.

Eu gostava do jeito que sempre usava roupas em seu próprio estilo, nunca exageradas ou sem graça demais. E adorava principalmente seus sapatos. Eram sexies, sempre com as pernas ainda mais longas e torneadas por eles. E foi isso que falei, enquanto sentia meu sangue se agitar com o desejo quente, com as lembranças de nós dois juntos:

– Onde você arranja esses sapatos?

Seu sorriso se ampliou. Fechou a porta atrás de si e se aproximou, andar sensual, provocante. Não havia uma gota de timidez ou insegurança nela. Era uma mulher com todas as letras da palavra, ciente de seu papel e muito à vontade consigo mesma.

– Tenho vício por sapatos. Principalmente Louboutin e Jimmy Choo. Levam boa parte do meu salário, mas o que fazer quando se é uma viciada em coisas lindas e de qualidade?

– Esse vício se estende também à escolha de homens? – Provoquei, sentindo todo incômodo anterior ceder lugar à luxúria e ao agrado por estar ali.

– Principalmente aí. – Parou perto, apenas dois passos de mim. Seu olhar era sensual, brilhante, lânguido. – Gosto do que há de melhor. Mereço isso, não acha?

– Sim. – Sorri de sua arrogância, pois era ao mesmo tempo divertida, algo dela mesmo.

— Se os homens são lindos, bons de cama, com olhos de anjo e ainda mandam flores depois de uma transa daquelas, a que conclusão posso chegar? Tenho realmente bom gosto.

Expus os dentes, gostando de seu tom e de suas palavras. Aproximei-me mais e parei a um palmo de distância, meus olhos nos dela, o desejo denso se fazendo cada vez mais presente, parecendo estalar no ar a nossa volta.

— Apenas um agrado a uma mulher linda e sensual, que me proporcionou uma noite inesquecível.

— Obrigada pela parte que me toca. — Lambeu o lábio, sabendo que eu olharia e me excitaria mais. — Eu amei as flores.

— Bom...

— E também queria agradecer pela noite maravilhosa.

— Tem algo em mente? — Ergui uma sobrancelha. A lascívia já me deixava ereto, esquentava meu sangue. Sophia parecia estar do mesmo jeito.

— Sempre tenho. Um jantar. — Completou inocentemente. — Para que eu agradeça devidamente. Afinal, tem também minha dívida de 20 mil.

— Esqueça isso, Sophia.

— Nunca. E então? Janta comigo? — Seu olhar era ardente.

— A hora que você quiser. — Passei o olhar por seus olhos bem maquiados e pelos lábios com brilho rosado, tentadores. Desci mais, pelos colares que caíam sobre o decote, os seios fartos me tentando. Murmurei: — Vai ser difícil trabalhar assim.

— Não vim aqui provocar você, Matt. — Piscou com docilidade. — Apenas demonstrar meu agradecimento.

— Ainda não estou convencido com essa demonstração. — Ergui a mão e segurei uma das contas do colar, passando de propósito a falange dos dedos pela carne macia e redonda dos seios. Senti sua respiração se alterar e sorri com a mesma docilidade: – Talvez possa se empenhar um pouco mais.

– Aqui? – Lambeu de novo os lábios, obviamente excitada com a possibilidade.

– Aqui.

Era loucura, eu sabia. Mas eu não estava nem aí, já sentindo meu pau a ponto de rasgar a calça de tão duro. Decidido, segurei seu braço e trouxe-a comigo.

– Para onde vamos?

– Para o banheiro.

– Matt, quem diria! Você não é um homem certinho? Um anjinho? – Provocou.

– Você e essa história de anjo. – Sorri, levando-a para o banheiro e batendo a porta atrás de nós. Não lhe dei tempo para responder. Puxei-a contra o corpo, beijando-a na boca, enfiando uma das mãos em seus cabelos com firmeza, a outra espalmada em suas costas, trazendo-a para mim.

Sophia me agarrou com a mesma fome, sem vacilar um segundo. Já puxava minha camisa para fora da calça e seus dedos raspavam minha pele, apertavam, arranhavam. Fomos engolfados pelo tesão violento em seu estado mais puro. E enquanto nossas bocas se consumiam vorazes, eu desci o zíper de seu vestido atrás até o início da bunda, excitado ao sentir a pele nua e macia, puxando-o por seus braços.

Esquecemos o resto do mundo. Entre línguas se lambendo, chupadas e mordidas, nos acariciamos e despimos com pressa. Agarrei um preservativo do bolso, antes de ficar totalmente nu. Mordi seu pescoço enquanto Sophia puxava a camisinha da minha mão e cobria meu pau, aproveitando para me masturbar, gemendo baixinho:

— Vou fazer um hino a esse pau...

Eu achei graça. Ergui-a e a pus sentada sobre a bancada da pia, olhando-a cheio de desejo. A única coisa que não tinha tirado era os colares, que caíam em meio aos seios redondos, junto com os fios sedosos do cabelo.

Meus dedos foram em seu clitóris, massageando-o, enquanto me fitava lasciva e abria bem as pernas, um dos pés apoiado na beira, o outro erguido, enquanto dizia baixinho:

— Adoro abrir minhas pernas para você, Matt...

— Já reparei. — Em meio ao tesão, eu sorri, descendo dois dedos para sua bocetinha, sentindo-a toda melada. Enfiei-os ali, o polegar esfregando o clitóris, enquanto eu baixava a cabeça e afastava o colar com os dentes. Então mordisquei seu seio esquerdo lentamente, enquanto gemia e se movia contra meus dedos, agarrando-se na beira da pia para manter o equilíbrio.

Fechei a boca sobre o mamilo e suguei forte enquanto estocava meus dedos dentro da sua maciez escaldante. Estava no ponto, como eu. E ansiosos, sem tempo para mais brincadeiras. Ergui a cabeça e segurei-a pela nuca, beijando sua boca com volúpia, tirando os dedos para substituí-los pelo pau duro como rocha.

O tesão veio absurdo quando a penetrei até o fundo, sentindo como me apertava e colava em volta do meu membro, sugando-o para dentro. Estava toda aberta e minhas bolas bateram em sua bunda ao estocar com tudo, brutalmente, movendo os quadris sem controle. Sophia gemeu em minha boca apertando a boceta, me deixando louco.

Soltou a beira da pia e agarrou minha bunda, trazendo-me mais perto, como se fosse possível fodê-la mais do que eu já fazia. Gememos juntos, extasiados, um batendo contra o outro, ansiosos por mais, talvez por palavras duras, tapas, arranhões, mas limitados naquele banheiro da empresa, sabendo que todo o resto tinha que ficar para depois.

E mesmo apenas aquele sexo esfomeado já era uma delícia, arrasador em sua intensidade, cheio de luxúria e paixão, de entrega e calor. Senti o gozo se avolumar dentro de mim, esquecido de tudo, até que a voz de Marília veio da sala e penetrou minha consciência nublada:

– Senhor Matheus?

Eu parei enterrado dentro de Sophia. Afastei a cabeça e nos fitamos nos olhos, de início um tanto preocupados com a situação, imóveis. Mas um sorriso lento se espalhou nos lábios dela, que enterrou as unhas nos músculos da minha bunda, movendo a boceta lentamente sobre meu pau.

Cerrei os olhos, sem piscar, o que a fez se divertir mais. Agarrei a beira da pia e estoquei mais forte em seu interior, fazendo-a engolir a risada e arquejar baixinho. Então foi minha vez de sorrir.

– Senhor Matheus? Onde está o senhor?

– Puta merda – reclamei baixinho com a insistência de Marília. Às vezes ela não se tocava das coisas. Outra em seu lugar sairia de fininho para voltar depois.

Sophia riu e murmurou:

– Ela não tem "Semancol"?

– Nem um pouco. – Puxei o pau até só restar a cabeça dentro dela. Então meti de novo.

Sophia me agarrou, mordendo meu peito enquanto eu a comia, sua boca indo até meu mamilo pequeno e sugando forte. Fiquei ainda mais tarado, meus quadris batendo contra os dela enquanto a comia furiosamente, ainda mais quando mordeu o bico com força e um misto de dor e tesão varreu meu corpo, me deixou mais duro.

Apertei sua cabeça em meu peito e a fodi com tudo, sem pena, levado pelo desejo, pelas coisas que despertava em mim. Até que a voz de Marília veio do outro lado da porta do banheiro, um misto de curiosidade e preocupação:

– O senhor está aí?

– Porra... – murmurei.

Sophia riu e ergueu a cabeça, soltando meu mamilo. Murmurou baixinho:

– Está aqui, Matt?

Agarrei um punhado de seu cabelo na nuca e imobilizei sua cabeça, atacando sua boca gostosa e carnuda em um beijo voraz. Sophia subiu as unhas longas por minhas costas, firme o bastante para arranhar, como uma gata arisca. Puxei mais seu cabelo, minha outra mão se fechando em torno de sua garganta e apertando, enquanto metia nela sem pena. Debateu-se um pouco e arquejou quando limitei um pouco sua passagem de ar, minha boca impedindo que respirasse por ali, o que a fez respirar fundo pelo nariz.

– Senhor Matheus?

– Porra! O que é, Marília? – Perdi a paciência, falando alto e puto.

Sophia não aguentou e riu, tirando minha mão de sua garganta, seus olhos brilhando, descendo a cabeça para morder meu peito e dizendo:

– O anjinho se irritou...

– Ah, desculpe, senhor Matheus. É que o gerente daquele hotel em Ilhabela ligou querendo saber se...

– Depois vejo isso. – Consegui controlar minha voz, embora fervesse. Tinha parado de meter em Sophia e ela aproveitava para me morder e arranhar, rebolando contra meu pau, me deixando doido. Completei, sem esconder a irritação: – Depois que eu sair do banheiro.

– Sim, senhor.

Olhei para Sophia e estoquei em sua bocetinha, deitando-a mais sobre a pia, puxando-a inclinada para trás para poder lamber seu mamilo pontudo. Achei que tinha resolvido o caso, mas Marília ainda indagou:

– Tudo bem com o senhor?

Soltei meia dúzia de palavrões contra o seio redondo. Sophia riu e respondeu alto:

– Está tudo bem, Marília, não se preocupe. Estou cuidando dele direitinho. – O silêncio do outro lado foi sepulcral. Depois só ouvimos os saltos da secretária batendo forte no chão enquanto se afastava quase correndo. Olhei-a de cara feia, mas acabei rindo com ela, e Sophia completou: – Tem gente que só entende se tudo for às claras. Agora vamos continuar, meu garanhão.

– Você não tem vergonha.

– Nenhuma.

E eu não queria nem saber do resto, dominado pelo tesão, pela vontade de estar com ela sem limites. Beijei-a na boca e a devorei com o pau dolorido, enterrando fundo em sua boceta, meu polegar massageando seu clitóris todo de fora na vulva raspadinha e macia. Senti seus tremores e engoli seus gemidos. Gemi de volta, rouco, pois se movia de encontro a mim com a mesma fome impetuosa.

Quando a senti estalar e se contrair em seu orgasmo, deixei o meu vir livremente. E então tudo se tornou ainda mais perfeito. Fomos um só, unidos, não apenas no sexo, mas em nossas vontades e desejos, em algo mais fundo que se sacudiu dentro de mim e me fez beijá-la com emoção e carinho, puxando-a para mim com muito mais do que somente luxúria.

Foi rápido e gostoso. Nossas respirações estavam agitadas quando afastei a boca e encontrei seu olhar escuro, cheio de mistérios, de sentimentos velados. Senti-me muito ligado a ela, envolvido, querendo mais. Muito mais de Sophia.

Acariciei seu rosto, enquanto tirava lentamente o pau de seu interior. Livrei-me rápido do preservativo, jogando-o na lixeira, sem deixar de fitá-la. Sentava-se ereta, afastando o cabelo da pele suada, dizendo baixinho:

– Você está me fazendo achar graça no sexo baunilha, Matt.

– Acho que nunca vai ser só baunilha entre a gente. – Sorri devagar, ajudando-a a descer da pia, apreciando seu corpo moreno, gostoso e curvilíneo. – Você malha, Sophia?

– Vou para a academia, sim, pego um pouco de peso. Mas o que gosto mesmo é de dançar. Por quê? Gosta do que vê? – Sorriu jocosa, enfiando as pernas dentro da calcinha preta e colocando-a no lugar.

– Muito.

– Eu também gosto do que vejo. – Lambeu os lábios para meu corpo. – Tenho certeza que esses músculos todos são bem cuidados. Malha muito?

– Um pouco. – Dei de ombros, vestindo minha cueca e minha calça.

Colocamos nossas roupas e sapatos e, enquanto Sophia se virava e eu subia seu zíper, disse sem poder evitar certo divertimento:

– Imagino o que Marília deve estar pensando.

— Eu sei. – Sophia se virou, arrumando os cabelos, sorrindo. – Que a culpa de tudo é minha, uma devassa que entrou na empresa para desvirtuar o anjo Matheus.

Rimos.

— E você não se incomoda?

— Nem um pouco. – Deu de ombros, enquanto voltávamos à sala.

Estávamos de novo arrumados, mas nossos olhares ainda eram lânguidos, satisfeitos. Foi até uma cadeira em frente à minha mesa e se sentou, cruzando as pernas.

— Na verdade, Matt, vim discutir negócios. Você que me distraiu.

— A culpa então é minha? – Ergui uma sobrancelha e sorri, sentando em minha cadeira, a mesa entre nossos olhares quentes.

— Toda sua. Ninguém manda ser gostoso. E, aliás, quem me carregou para o banheiro?

— Você tem razão. Se Marília entrar agora, podemos fingir que somos bem responsáveis.

— Pois é. – Sorriu. – Bem, eu vim falar que acertei tudo com a agência na cidade do Porto, onde ficará nossa base na Europa. Mas alguns detalhes e o contrato sobre os pacotes fechados precisam ser feitos lá. O ideal seria que marcássemos uma reunião e fôssemos nós dois. Assim você conferiria tudo que já estabeleci com eles. O que acha?

— Para quando seria a viagem? – Pensei nos outros trabalhos que tinha que concluir.

— No máximo até o fim dessa semana, pois semana que vem é Natal e tudo fica mais complicado. Poderíamos sair na quinta e eu marcaria uma reunião com eles na sexta-feira. Voltamos no final de semana.

– Perfeito. Pode organizar tudo, vou dar um jeito em minha agenda.

– Está bem. – Acenou com a cabeça, observando-me. – Posso perguntar uma coisa?

– Claro. – Fitei-a.

– Encontrei Rafaela no corredor e ela parecia ter vindo daqui. Estava tão furiosa que nem me viu, passou por mim e quase se jogou dentro do elevador. Fiquei preocupada. Aconteceu algo?

Acenei com a cabeça. Confiava em Sophia e fui sincero:

– Não sei o que fazer com ela. Está se tornando insistente.

– Isso é perigoso, Matt. Pode querer prejudicar você.

– Sei disso. No entanto, meu pai é louco por ela. Já sofreu demais com a doença e a morte da minha mãe. Nos dois anos em que fez o tratamento e foi adoecendo cada vez mais foi um marido exemplar. Depois, nunca mais se envolveu sério com ninguém. Até Rafaela. Ia ser um golpe duro para ele.

– Mas a culpa não é sua. E, além do mais, uma mulher pode ser bem vingativa. Se eu fosse você, começaria a me preparar e a colher provas. – Observou-me, atenta. – Grave as conversas de vocês no celular. Assim seu pai saberá quem está perseguindo quem.

– Você está certa. O que entendi da situação é que o sonho dela é ser submissa. Queria que meu pai a dominasse, por isso procurou um homem mais velho e poderoso, rico. E quando soube que sou um Dom, perdeu a cabeça. Mas isso não desculpa o fato de querer traí-lo e ser tão insistente.

– Não desculpa mesmo. – Ela acenou. – Só tome cuidado.

– Tomarei.

— Bem, vamos voltar a labutar. – Ergueu-se, sensual, sorrindo de maneira lenta. – Depois desse belo início de manhã, acho que meu dia será excelente.

— O meu também. – Passei o olhar por seu rosto, sentindo um misto de carinho, desejo, admiração e alegria. Era impressionante como uma pessoa podia tornar nossa vida melhor. – Gostei de saber que vamos viajar juntos.

— A trabalho. – Esclareceu charmosa.

— Não todo o tempo. Pode me levar em passeios por locais que conhece em Portugal.

— Seria maravilhoso. E não esqueci o jantar. Que tal amanhã, quando sairmos daqui? Podemos aproveitar e discutir os planos da viagem.

— Tudo bem.

— Ótimo. Até mais, querido.

— Tchau, Sophia.

Acompanhei seu rebolado até a porta. Depois que saiu, sorri para mim mesmo. Estava gostando dela. E meus receios sobre sermos dois dominadores se tornavam cada vez mais enfraquecidos. Confiava que tudo se ajeitaria. Era só uma questão de tempo.

SOPHIA

Na terça-feira, saí de minha sala no final do expediente, preparada para meu jantar com Matt. Tinha tirado meu casaquinho e agora usava apenas o vestido rosa-chá tomara que caia justinho, até um pouco acima dos joelhos, acompanhando um par de chiquérrimos escarpins da cor da pele. Tinha usado o banheiro para me refrescar, perfumar e retocar a maquiagem. Aproveitei e prendi a franja do cabelo em um penteado simples e elegante com uma pequena presilha. Peguei a bolsinha de couro e estava pronta.

Marília cerrou os lábios quando me viu. Desde o dia anterior, quando nos pegou no banheiro, lançava-me olhares de pura reprovação, sem esconder seu desgosto. O que só me divertia um bocado. Parei ao lado de sua mesa e sorri.

– Matt está aí?

– Sim, senhora.

– Oh, eu sabia que esperaria por mim. Vou levá-lo para jantar. Quer ir conosco, Marília?

– Eu? – Olhou-me por cima dos óculos, franzindo a testa. – Claro que não!

– Ora, por quê? Amigos de escritório têm que confraternizar entre si.

– Sim, eu vejo bem como confraternizam... – O comentário escapou sem querer, pois na hora ficou corada e apertou os lábios com raiva.

Eu ri, achando graça.

— A vida é boa, Marília. Para que perder tempo? Devia seguir meu exemplo, querida.

Naquele momento, a porta do escritório de Matt abriu, e ele surgiu todo de preto, camisa, calça, cinto, sapato. Quase lambi os lábios ao vê-lo. Ficava lindo de qualquer jeito, mas aquela cor em contraste com seus olhos esverdeados e os cabelos loiros deixava-o arrasador, espetacular.

Senti um baque por dentro, algo que fez meu coração falhar uma batida e então acelerar sem controle. Aquilo me assustou, e parte do divertimento que sentia provocando Marília se foi, substituído pelo desejo e por um sentimento desconhecido, uma espécie de choque e alegria misturados, coisas um tanto inéditas para mim. Quando ele sorriu então, o sorriso lindo completando todo o conjunto de masculinidade e beleza, engoli em seco, abalada.

— Estou pronto para ser levado para jantar. — Brincou, piscando devagar, charmoso. Passou o olhar por meu corpo. — Está linda.

Fiquei um pouco desnorteada. Ele tinha um jeito seguro e à vontade consigo mesmo que me deixava cada vez mais perdida, que me envolvia em sua rede sem que ao menos eu percebesse que estava caindo. Fui salva por Marília, que se levantou de sua cadeira e pegou sua bolsa, chamando a atenção de Matt, desviando seu encantamento e me deixando soltar o ar que eu nem sabia que prendia.

— Eu já vou, senhor Matheus. Precisa de mais alguma coisa?

— Não, Marília, obrigado. Tenha uma boa noite.

— O senhor também. — Fitou-o e era óbvio que sentia carinho por ele. Depois me olhou de modo esquisito, como se quisesse dizer algo. Notei que parecia preocupada, como se achasse que ele merecia coisa melhor. Eu sorri, embora concordasse com ela. Não era mulher para Matt. Nem para homem nenhum. – Boa-noite para vocês.

– Boa-noite, querida. – Depois que ela saiu, olhei divertida para Matt, dizendo: – Me senti agora como o gato prestes a abocanhar o passarinho.

– O passarinho sou eu?

– O que acha?

– Tenho um passarinho que você pode abocanhar à vontade. – Aproximou-se e nos pusemos a caminhar pelo corredor, enquanto eu dava uma risada e indagava:

– Não era anaconda?

– Pode chamar do que quiser, desde que continue agradando do jeito que sabe fazer. – Piscou, safado.

– Anjinho, anjinho... – Sacudi a cabeça, mas me calei quando chegamos perto dos elevadores e nos encontramos com outros funcionários. Nos olharam e cumprimentaram e percebi a curiosidade deles vendo-me perto do chefe. Talvez Marília já tivesse contado que tínhamos um caso, pois nos fitavam veladamente.

Olhei para Matt, mas ele parecia não se importar. Pôs a mão espalmada em minhas costas quando entramos no elevador. Aquela tranquilidade dele, como se não precisasse prestar contas a ninguém, me encantava. Era um homem seguro, bem resolvido, senhor de si mesmo. E o admirei por ser assim sem precisar ser grosseiro ou provar nada. Era apenas o seu jeito.

Eu gostaria de ser tão desencanada assim. Apesar de também não me privar de nada por causa da opinião dos outros, estava sempre preocupada com tudo, com o que sentia e pensava, com as consequências de cada coisa. Como naquele momento.

    Apesar de estar adorando sair com Matt, saber que passaria boa parte do meu tempo com ele e que depois transaríamos, eu me sentia alerta, tomando conta dos meus sentimentos, com medo de me envolver demais. Relacionamentos não eram para mim. Não queria nunca depender de um homem nem me enfraquecer por amor. Sabia como nos tornávamos escravos quando amávamos e aprendi aquilo bem cedo, quando amei minha mãe e fui tão duramente castigada. Quando me livrei daquele sentimento, fui livre e dona de mim mesma. E nunca mais deixei ninguém chegar perto o bastante.

    Eu ia me divertir com Matt. Muito, o máximo que pudesse. E isso seria tudo. Daria boas risadas, transaria e talvez o convencesse a me deixar amarrá-lo e dar um bom trato. Viajaríamos e o levaria nos clubes europeus. Tiraria o máximo de sua deliciosa companhia, mas depois voltaria ao meu cotidiano, escolheria um submisso para mim e o usaria, até voltar a ser eu mesma. E Matt seria um amigo e uma boa lembrança.

    Satisfeita com meus planos, sorri quando caminhávamos para o estacionamento.

— Vamos no meu carro. — Ele convidou. — Pode dormir em meu apartamento e amanhã vem comigo.

— Prefiro ir no meu carro, querido. Sou meio independente, gosto de sair dos lugares a hora em que quero e não sou a favor de depender de ninguém. — Sorri para aliviar a recusa e acariciei sua face ao passar por ele. — Já fiz a reserva em nosso restaurante. Deve saber qual é, fica em Ipanema mesmo.

— Qual o nome?

— Satyricon.

– Claro, é excelente. – Ergueu uma sobrancelha e abriu a porta do carro para mim. – Quer gastar mesmo os vinte mil.

– Não é o que estou devendo?

– Não deve nada.

– Sempre vou sentir que sim, se não me deixar pagar. – Sentei ao volante, erguendo os olhos. – Mas não vamos discutir. Quero só passar uma noite agradável com você.

– Agradável? Parece uma palavra muito sem graça para o que tenho em mente. – Sorriu e piscou. – Nos vemos lá, Sophia.

Observei-o ir para seu carro, excitada, sorrindo como uma boba.

O restaurante era maravilhoso, especializado em frutos do mar, com uma das melhores e mais caras cozinhas do Rio de Janeiro. Logo na entrada havia um viveiro com lagostas, lagostins, cavaquinhas, vieiras e ostras. O maître nos recebeu com pompa e nos levou à mesa reservada perto de uma parede de vidro com vista para um conjunto de plantas exóticas.

Matt puxou uma cadeira para mim, cavalheiro, acomodando-se depois em frente, enquanto recebíamos as boas-vindas e um garçom vinha nos entregar o cardápio e servir.

– Vinho? – Matt me fitou e eu sorri, lembrando quando tinha implicado com ele sobre preferir tequila, bebida de gente durona.

– Claro. Escolha você, querido.

Ele pareceu se divertir com meu tom de menina boazinha. Não olhou a carta de vinhos. Pediu um Chardonnay branco perfeito para acompanhar carnes brancas e lagostas.

E depois que o garçom se afastou, recostou-se bem à vontade, indagando:

– Já veio aqui?

– Não, primeira vez. Foi Tamara que me indicou. Lembra de Tamara?

– Claro, lá do clube.

– Sim. Ela e o namorado, Felipe, conseguiram me adicionar como sócia do Catana. – Observei-o e sua expressão serena não se alterou. – Eu os perturbei até conseguir, e ela me perguntou por que ainda não fui ao clube.

– E o que respondeu?

– A verdade. Que ando ocupada tentando convencer um Dom a virar submisso. – Sorri e admirei o brilho em seus olhos castanho-esverdeados. Tinha cílios longos e os cantos levemente inclinados, o que no conjunto lhe dava aquele ar de candura que tanto me encantava.

– Cuidado para não acontecer o contrário. – Matt provocou. – Você tem potencial.

– Até parece, anjo. O bonzinho aqui é você. – Sorri jocosa. – Mas então soube que você também não volta lá desde a noite do leilão.

– Ando ocupado. Ou ainda não percebeu? – Ergueu de leve uma sobrancelha, seus lábios se erguendo em um sorriso.

– Claro que percebi. Estamos com o mesmo problema.

O garçom voltou com nosso vinho. Fez um floreio, abriu a garrafa e nos serviu. Depois se afastou de novo. Ergui a taça.

– Aos dominantes desse mundo. – Falei em tom de brincadeira.

– E aos submissos, os que nem sabem que são. – Sorriu também e bateu sua taça na minha.

– Agora me conte como é sua vida de dominador. Precisa ir ao clube quantas vezes ao mês? – Prestei atenção, interessada.

– Nenhuma – disse simplesmente, tomando um gole do seu vinho.

– Como assim, nenhuma?

– Não preciso ir. Só vou quando quero. Meus desejos não me controlam, mas o contrário.

Fitei-o, sabendo que não falava da boca para fora. Era como realmente se sentia. Passei o olhar em sua boca carnuda e perfeitamente bem-feita, seus traços másculos, seus olhos profundos com aquele misto de virilidade e doçura. Invejei-o por ser tão seguro, tão consciente de si mesmo. Perguntei a mim mesma o que poderia tirá-lo do eixo, descontrolá-lo por completo. Talvez apenas algo muito grave.

– E como chegou a esse controle tão grande? Sempre soube quem era e o que queria? – Fiquei curiosa.

Recostado displicente e à vontade em sua cadeira, Matt tomou um gole do vinho e me observou de volta.

– Não, Sophia. Apenas aprendi a dar ouvidos a mim mesmo.

– É? E como?

– Venho de uma família tradicional, minha mãe era muito católica, fui criado para ser um bom menino.

Sorri, admirando-o, adorando ouvi-lo falar de si. Matt continuou, tranquilo:

– Mas desde pequeno sentia essa necessidade de domínio. Não era algo explícito, mas as coisas tinham que ser à minha maneira. Todo mundo se surpreendia com isso. Minha mãe, minhas professoras, meus colegas. Porque, em geral, todo mundo me achava um anjo. E então, quando eu era duro e dominador, quando queria as coisas do meu jeito e não arredava pé, todos tomavam um susto.

– Imagino! – Meu sorriso se ampliou. – Lembro que quando o vi pela primeira vez jurei que era um submisso nato. Até agora estou surpresa, embora ainda ache que há salvação para você. Mas continue.

Ele riu e deixou a taça sobre a mesa. Deu de ombros.

– Não há muito a dizer. Comecei a notar essas surpresas nas pessoas e a ficar curioso comigo mesmo. Faz parte da minha personalidade ser analítico e racional. E, então, comecei a me estudar.

Eu achava cada vez mais interessante e apoiei as mãos sobre a mesa, cruzando-as, sem nem perceber que estávamos em um local público. Eu só via Matt na minha frente, cada vez mais encantada.

– Acho que controladores e dominadores se atraem – continuou. – Na escola, conheci Arthur e Antônio, e nos tornamos amigos. Eles eram como eu. Claro que com suas diferenças. Por exemplo, Arthur era mais agressivo e queria as coisas à sua maneira, mimado mesmo. Antônio já é mais fechado e se cobrava demais em termos de responsabilidade. Eu era o mais tranquilo, achava normal meu jeito. Até que comecei a me ver pelos olhos das outras pessoas. E tudo mudou quando fiz 18 anos.

– Por quê?

– Fui ao Clube Catana a primeira vez com Antônio e Arthur. E a primeira cena que vi foi uma de BDSM. Era Mestre Sid, o dono do lugar, em uma sessão com uma bela submissa. Meus amigos se espalharam em busca de farra. Eu fiquei ali, vidrado, como que colado no lugar. – Sorriu lentamente para mim e deu de ombros. – Foi amor à primeira vista. Soube que eu era um dominante e queria fazer aquilo.

– Mas soube assim, sem mais nem menos?

Lembrei de mim mesma, do que passei até tomar as rédeas da minha vida e passar do papel de vítima a dona do meu destino.

– Eu sempre soube. Só tive a prova naquele dia.

– Estou impressionada. – Eu o admirava cada vez mais. – Tudo tão simples.

– Nada é tão simples, Sophia. – Matt pegou sua taça e bebeu o vinho todo. Com calma nos serviu de mais e explicou: – Uma opção de vida diferente não é bem-vista pela nossa sociedade. Somos criados para sermos todos iguais, obedecer às leis, aprender as mesmas matérias na escola, temer a Deus e não sair da linha. Quem não faz isso, acaba sendo marginalizado ou, no mínimo, criticado.

– É verdade. Foi o que aconteceu com você?

– Eu fui criado de uma maneira certinha demais. Passei por uma fase dos 18 aos 20 e poucos anos tentando me entender, achando que eu não era normal. E aí procurei ajuda.

– Psicológica? – Ergui as sobrancelhas, surpresa. Matt era seguro demais para precisar de ajuda.

Ele deu uma risada, fitando-me.

– Não deixa de ser. Não cheguei a ir a terapeutas. Passei a ler muito Filosofia e Psicanálise. A entender um pouco mais o ser humano e, de quebra, a mim mesmo. Que todos têm esses dois lados e em geral optam por um. É o que os chineses há milhares de anos já diziam do Yin e Yang, os dois conceitos básicos do taoismo e bases da medicina chinesa. São duas forças fundamentais e opostas entre si, mas que se complementam, uma dualidade, como tudo que existe no mundo. Cada ser não coexiste em seu estado puro, mas em contínua transformação. O feminino e o masculino, a escuridão e a luz, a atividade e a passividade, o bem e o mal. E cada ideia pode ser vista como oposta a si mesma, dependendo do ponto de vista. Assim, categorizamos as coisas por conveniência. E somos levados a pensar de maneira igual também por conveniência e ordem, mas não somos iguais.

Matt se calou, mas eu ainda o olhava, embevecida, gostando de tudo que ele dizia. Apesar de saber sobre aquilo, nunca parei realmente para analisar. Eu seguia sempre em frente, acreditando em meus princípios, sem me importar se era certo ou errado. Mas não o meu anjinho. Ele buscou respostas, ele tentou se entender e ser justo. E de quebra se encontrou e se aceitou, como nunca fiz.

Sorriu, um pouco sem graça.

— Desculpe, Sophia. Gosto muito de Filosofia, sou um apaixonado. Assim como pela mente humana.

— Não se desculpe, estou adorando.

— Bem, foi isso. Entendi que não devo perder tempo brigando comigo mesmo e encarei meus medos e desejos de frente. Fiz minhas escolhas e estou satisfeito com elas.

— Isso significa que você é feliz, Matt?

— Muito.

Foi absolutamente sincero e eu o admirei mais, até o invejei em sua tranquilidade e segurança.

Era obviamente uma pessoa que não precisava dos outros nem de opiniões alheias para se sentir bem consigo mesmo. Pensei o que o pai dele diria se o visse assim, inteiro. Talvez se assustasse, era o que mentes pequenas em geral faziam. Mas eu o achava cada vez mais impressionante e encantador. Diferente de qualquer outro homem que encontrei pelo caminho.

Tive a nítida impressão de que Matt não precisou optar por um lado seu, como disse no início, mas deu um jeito de unir seus dois lados em um só, aceitando-se, vivendo bem consigo mesmo.

Tomei mais do meu vinho, com a garganta subitamente seca. Eu odiava olhar para dentro de mim mesma, não gostava de minhas fraquezas. Ignorava-as. O passado tinha me cobrado um preço e eu não queria mais saber dele. Eu só seguia em frente.

O garçom se aproximou para saber se queríamos fazer o pedido, e fiquei feliz quando nos distraímos pegando os cardápios. Quando ele se afastou, puxei um assunto mais do meu domínio, ainda curiosa:

– Bem, e quando você sente vontade de ir ao clube, o que faz? Sessões públicas ou particulares?

– Ambas. – Deu de ombros. – Às vezes participo dos adestramentos de novas escravas, ou apenas escolho uma das submissas. Não há uma regra preestabelecida, Sophia.

– Soube que é mestre em shibari – comentei.

– Sim. Passei anos me aperfeiçoando. É algo que me agrada muito, os nós intrínsecos, a mulher totalmente em minhas mãos.

Suas palavras me incomodaram, mas me mantive séria. Observando-me, inquiriu:

– Quer tentar um dia desses?

– Ser imobilizada? Não, obrigada. – Falei o mais calma possível, embora só de pensar já sentisse ânsias. O pior era que

Matt parecia atento demais, como se soubesse que aquilo me incomodava. Mas ele nunca ia saber o quanto.

– Sabe, Sophia. Quando eu era menor, bem mais novo, só havia uma coisa que me dava medo. Altura. Chegava até a ter sonhos repetitivos de que caía, despencava de um lugar alto. Minha mãe queria me levar a um psicólogo, pois eu me recusava a andar de avião. Pensei muito sobre isso, decidido a erradicar aquele medo. E consegui. Quando fiquei mais velho, entrei em um pequeno avião e pulei de paraquedas. Nunca mais senti medo de altura. – Falou devagar, seus olhos nos meus.

Fiquei muito quieta, imagens daquele homem me prendendo na cama e estuprando, a sensação de estar totalmente à mercê da vontade de outra pessoa trazendo um gosto amargo em minha boca, um gelo por dentro. E mesmo me sentindo assim, consegui dizer friamente:

– E quem disse que tenho medo de alguma coisa?

Matt não respondeu.

O clima ficou um pouco tenso. E então ele pegou o cardápio e começou a explicar os melhores pratos da casa, até que fui relaxando aos poucos e me afastando daquelas lembranças que só queria esquecer, mas que sempre voltavam quando eu menos esperava.

Acabamos escolhendo um prato chamado Marenostrum, que era uma grande bandeja giratória com mix de frutos do mar, pois assim eu poderia provar um pouco de cada iguaria. Nos deliciamos com o vinho e a comida, relaxando de novo em um papo agradável. Matt tinha o poder de me tornar mais tranquila, menos dona de mim o tempo todo. E com isso eu aproveitava bem mais tudo que havia à minha volta.

Terminamos de comer, o garçom indagou se queríamos mais alguma coisa. Eu neguei, mas Matt me fitou, fingindo surpresa:

– Sem sobremesa?

– Nem pensar! Vai tudo pra minha bunda. É um sacrifício me manter nesse limite.

– Um docinho não vai fazer mal.

– Não, obrigada.

– Eu vou querer. Sou louco por doces.

E pediu um sorvete de chocolate acompanhado por uma camada feita com creme de goiaba e queijo. Quando chegou, eu sorri ao ver como pareceu feliz. Fitei-o encantada com seu jeito e seu sorriso, sem conseguir tirar os olhos enquanto saboreava um bocado do doce. E então, quando seus olhos esverdeados encontraram os meus, senti algo se revolver por dentro, quente, gostoso.

Matt chegou sua cadeira mais para perto e levou uma colherada até a minha boca, dizendo baixo e rouco:

– Prove.

– Não...

– Vamos, só um pouquinho. Garanto que vai gostar.

Era difícil resistir com ele perto e falando daquele jeito. Meu coração já batia mais forte. Abri os lábios e o sorvete delicioso com o creme macio se espalhou por minha língua. Eu o saboreei. Murmurei, enquanto me olhava:

– Divino...

– Não é? Toma mais um pouquinho.

– Matt...

– Só mais um pouquinho.

Meu Deus, eu estava quase gozando só com a proximidade dele, seu cheiro maravilhoso de Chipre e homem, sua voz macia e rouca. E aquele doce derretendo em minhas papilas gustativas só alterava meus sentidos ainda mais.

Fitei seus olhos e provei de novo o doce. Matt fitou meus lábios e, sem se importar por estarmos em um local público, aproximou-se mais e me beijou suavemente, saboreando um pouco da sobremesa através de mim. Quando se afastou com os olhos pesados de desejo, disse em voz baixa:

– Assim fica mais gostoso.

Não consegui dizer nada. Fui convencida a dividir tudo com ele e nunca um doce foi tão delicioso. Quando acabou e o garçom veio tirar as coisas da mesa, ainda me sentia alterada, abalada. Minha sensação era de que estava sendo seduzida maciçamente, sem que Matt precisasse levantar um dedo. Era assustador e ao mesmo tempo uma delícia.

Na hora de pagar a conta, ele ainda tentou me convencer, mas fui irredutível. Aceitou que eu pagasse tudo, para saldar a minha dívida, mas bem sério, até mesmo emburrado. O que foi uma graça de se ver.

Saímos de lá, e Matt entrelaçou seus dedos aos meus, como se fôssemos namorados. A noite estava linda e ele me convenceu a deixar nossos carros ali e dar uma volta. Caminhamos de mãos dadas até a praia, que ficava uns quarteirões depois, conversando banalidades, apenas aproveitando a noite e a companhia um do outro. Como coisas tão simples e comuns poderiam ser tão prazerosas?

Andamos pelo calçadão, sentamos em banquinhos, discutimos coisas referentes à viagem que faríamos dali a dois dias, sobre música e arte, os melhores lugares do Rio para ir. A paisagem linda da praia, de pessoas se exercitando no calçadão, dos belos prédios, só completava a perfeição daquela noite.

Matt não me largou durante todo o passeio, segurando minha mão ou passando os dedos em meu cabelo enquanto conversávamos. Senti um misto de segurança, conforto e tesão. Sensações novas e que me amedrontaram e alegraram, que me fizeram lutar comigo mesma, tentando erguer as barreiras que ele teimava em derrubar.

Voltamos de mãos dadas. Passamos em uma rua mais tranquila e cortamos caminho em ruas menores. Em uma delas, Matt olhou para um vão escurecido entre dois prédios. Antes que eu me desse conta, puxou-me para lá.

– Matt, o quê... – Arquejei quando me encostou de frente na parede e veio por trás, suas mãos firmes em meus quadris, mordendo meu pescoço, dizendo rouco:

– Ninguém vai nos ver aqui. É só ficar quietinha.

– O que você tem contra uma cama? – indaguei, já excitada enquanto erguia a saia do meu vestido até a cintura e puxava minha calcinha para baixo com brusquidão.

Ele só riu baixinho, esfregando o pau duro em minha bunda, seus dedos indo pela frente em meu clitóris, beliscando-o quase dolorosamente. Mordi o lábio para não gritar e levei a mão para trás, agarrando seu pau sobre a calça, apertando-o com força, fazendo-o gemer também. Foi minha vez de sorrir.

Abri as pernas e movi a vulva contra seus dedos, já toda molhada.

– Vai ser rápido. Só um tira-gosto. – Avisou em meu ouvido. Afastou minha mão e abriu a calça. Em segundos colocava o preservativo e se ajeitava em mim por trás. Penetrou-me duramente e espalmei as mãos na parede, gemendo com a delícia de ter aquela carne me enchendo toda. – E quando chegarmos ao meu apartamento, vamos brincar um pouquinho.

— De gato e rato? — Movi meu quadril para receber melhor suas estocadas. Matt abaixou a frente do meu vestido e agarrou meus seios, torcendo os mamilos e beliscando-os.

— De Senhor e escrava. — Mordeu minha orelha.

Ri embargada, já excitada demais para pensar com clareza.

— Errou os gêneros aí, querido. Quis dizer Senhora e escravo.

— Sei bem o que eu disse. — E meteu mais firme.

Inclinei-me para frente, empinando a bunda e me abaixando um pouco. Meti as mãos entre minhas pernas, até suas bolas. Agarrei-as firme enquanto as amassava do mesmo modo que fazia com meus seios. Senti-o mais bruto e fui também, ambos arfando, enquanto eu dizia baixo:

— Come a sua Senhora, servo.

Matt ficou puto. Agarrou meus dois pulsos e me encostou toda contra a parede, fodendo-me duro por trás, sua voz autoritária em meu ouvido:

— Só em seus sonhos, escrava.

— Matt, me solta. — Ordenei, embora estivesse excitada ao extremo. Gostava de sua pegada, do modo como me segurava firme e metia o pau tão apertado dentro de mim. Mas ficar sem os movimentos das mãos me incomodava.

Ele sabia. Largou meus pulsos, mas não me deu muitas opções. Seus braços foram por baixo das minhas axilas, imobilizando-me contra a parede enquanto me fodia e murmurava:

— Pare de falar e goze. Estou por um fio.

O pior era que eu também. A qualquer hora poderíamos ser pegos ali, embora estivesse meio escuro. Sem contar que era perigoso dar de cara com algum ladrão. E aquelas possibilidades só deixavam tudo mais intenso e picante.

Quando uma de suas mãos foi entre minhas pernas, espalmando sobre o clitóris sensível, o dedo do meio entrando em minha vulva junto com seu pau, eu me contraí toda e me entreguei. Mordi os lábios para não gritar, ondulando, cada vez mais excitada. Matt rosnou, foi mais violento. E então comecei a convulsionar e gozar. Na mesma hora senti as ondulações de seu pau ejaculando.

Nossos gemidos entrecortados romperam o corredor vazio. Nos devoramos sem limites, até os últimos resquícios do gozo fulminante.

– Deliciosa... – sussurrou, beijando minha nuca, acariciando minha barriga, saindo devagar de dentro de mim.

Estava de pernas bambas, não apenas pelo sexo em si, mas por toda aquela noite. Fiquei muito quieta, e foi Matt quem pôs minha calcinha e vestido no lugar e ajeitou a própria roupa. Quando agarrou minha mão e me levou para fora com um sorriso safado, lançando-me um olhar quente enquanto voltávamos ao restaurante, senti-me estranhamente perdida.

Engoli em seco, muda. Eu teria que tomar cuidado em dobro dali para frente.

MATT

Na quarta-feira cheguei ao escritório sabendo que teria um dia daqueles, pois no final da tarde seguinte estaria embarcando para a cidade do Porto com Sophia e teria que deixar todo o trabalho adiantado.

Descendo no quarto andar, pensei nela e no nosso jantar. Tinha sido maravilhoso e teria sido ainda melhor, se ela não inventasse um monte de desculpas e se recusasse a ir ao meu apartamento. Depois que saímos daquele beco, tinha parecido preocupada e pensativa. Às vezes notava isso nela, quando começávamos a ficar mais íntimos, recuava.

Deixei que fosse, depois de insistir um tanto e ver que se fechava cada vez mais. Era uma mulher difícil, mas eu era paciente. E estava ficando cada vez mais a fim dela. Gostava da sua companhia meio irônica, sua conversa interessante e de transar com ela. Sexo baunilha estava sendo uma descoberta maravilhosa, como nunca imaginei. E só de imaginar em tê-la submissa, me animava ainda mais. Se eu conseguisse, seria uma conquista sem igual. Única.

– Bom-dia, Marília.

– Senhor Matheus, bom-dia. – A senhora sorriu para mim. – Seu pai acabou de chegar e o aguarda em sua sala.

– Meu pai? – Estranhei. Não era de chegar antes de mim e muito menos me esperar ali. Senti algo ruim e pensei logo em Rafaela.

– Sim, seu pai.

– Certo. Obrigado.

Entrei em minha sala e foi só meu pai se virar da janela para eu saber que a coisa não era boa. Estava sério, o semblante fechado, o rosto carregado. Fechei a porta atrás de mim e o observei, um tanto preocupado. Eu o amava como um filho ama seu pai e como amigo. E lamentava e me preocupava que algo ou as mentiras de uma mulher pudessem abalar aquilo.

– Bom-dia. – Cumprimentei, me aproximando.

Ele não respondeu. Avaliou-me um tanto frio e foi direto ao ponto:

– É verdade?

Parei perto da minha mesa, onde deixei a pasta que trouxe de casa com alguns relatórios. Indaguei, aparentemente calmo:

– O quê?

– Rafaela me contou.

– Refaço a pergunta, pai.

– Você é um espancador de mulheres? – Parecia horrorizado.

Não foram tanto as suas palavras que me fizeram sentir gelar por dentro. Foi o seu olhar.

Sempre soube que aquele dia chegaria, até por que não era um segredo, apenas não era do conhecimento dele. Tinha me preparado para o susto e até certa repulsa, mas não aquele asco todo, aquela expressão de nojo e revolta.

– Não – respondi simplesmente, aparentemente calmo.

– Mas Rafaela disse que uma amiga o viu num desses clubes de putaria com um chicote, batendo em uma mulher amarrada. Isso é verdade, Matheus?

— Eu sou sócio de um clube de práticas BDSM. Lá, de maneira sã e consensual, eu uso meu chicote, sim. Em quem gosta de apanhar, tanto quanto eu gosto de bater.

— Meu Deus... — Estava pálido. — E você diz isso assim? Com essa calma?

— Pai, não sou assassino nem espancador de mulheres. É uma opção minha, não obrigo ninguém a nada.

— Se Beatrice estivesse viva, morreria de decepção! Criamos você tão bem! Sempre pareceu um rapaz educado, inteligente e nunca nos deu trabalho! E agora... Não dá para acreditar! — Estava realmente chocado.

— Não deixei de ser educado ou inteligente por ser um Dom. — Suas palavras me magoaram, assim como seu olhar de certo desprezo e de decepção. Mas eu entendia seu choque. Fitei seus olhos com firmeza e com amor. — Continuo a ser o mesmo. Meus gostos são diferentes, mas garanto que não faço nada de errado. Todos que vão lá procuram por isso.

— Como continua o mesmo, Matheus? Acha que isso é coisa de gente normal? — Passou nervosamente os dedos entre os cabelos loiros cheios de fios brancos entremeados, seus olhos castanhos acusadores. Havia agora raiva entre eles e acusou: — E Rafaela me falou tudo!

— Tudo o quê? — indaguei, alerta.

— Que quando soube foi tentar conversar com você. E que então foi grosseiro com ela. Pior, deu em cima dela! Da sua madrasta! Da minha mulher! Como pôde fazer isso?

— É mentira — falei com firmeza, bem sério.

— Mentira? Ela tenta ajudá-lo e recebe isso em troca? Mesmo sabendo que é minha esposa, você...

— Acredita realmente que eu seria capaz disso, pai?

– Eu não acreditaria, se você fosse normal! Mas agora, sabendo o que faz, do que gosta... – Sacudiu a cabeça, arrasado. – Como posso confiar em você? E Rafaela não mentiria!

– Ela mentiu. Nunca dei em cima dela. Não faria isso com o senhor nem se enlouquecesse.

Olhou-me, em um misto de raiva e confusão.

– E por que Rafaela mentiria?

– Quer mesmo saber?

– É claro que quero!

Eu não queria magoá-lo. Mas o que me restava, na situação em que eu estava? Não podia assumir uma culpa que não era minha. Nem deixá-lo pensando que seria tão baixo.

– Rafaela soube que sou um Dom, um dominante em meu meio. Disse que queria que o senhor fosse assim, que havia um desejo nela em ser submissa. E deu em cima de mim, pai. Duas vezes.

– Não... – Sacudiu a cabeça, furioso. – Pare de inventar histórias!

– Nunca menti para o senhor!

– Mentiu, sim! Sobre ser um tarado!

– Não sou tarado. E não disse nada porque é minha vida particular. Sabia que não entenderia. Mas ser um Dom sadomasoquista não me torna um filho da mãe traidor. – Em nenhum momento tirei os olhos dos dele. – Eu sabia que essa mulher tentaria me sujar perante o senhor. Sabe por quê? Porque eu a desprezei.

– Não acredito. Rafaela é um doce! É recatada e honesta! Nunca tentaria seduzir você nem falar que quer ser submissa. Pare de tentar inverter as coisas, Matheus!

– Mas estou dizendo a verdade! – Irritei-me.

– Você precisa de tratamento! Isso, sim! – Estava alterado, vermelho, magoado. Respirou fundo e apontou o dedo para mim. – Nunca pensei que me decepcionaria tanto. Tenho vergonha de você. Fique longe da minha mulher. Se eu souber que olhou pra ela, te dou a surra que nunca levou! Entendeu bem?

– Não pode acreditar nisso. Não sou assim. O senhor...

– Conversa encerrada! Ela me avisou que tentaria sujá-la, por isso nem queria me contar! Mas foi bom. Agora sei com quem estou lidando. – Passou ao meu lado sem me olhar, sua expressão carregada e arrasada, e dirigiu-se à porta pisando duro.

Fiquei cheio de raiva. Tinha sido um idiota em não me precaver antes, juntar provas como Sophia havia dito. Agora era minha palavra contra a dela. A palavra de um espancador contra a de uma moça honesta. Parecia piada! Se não machucasse tanto.

Sozinho em minha sala, senti realmente o peso da solidão. Tinha perdido a minha mãe, que sempre amei com loucura. E só me restara como família meu pai, que agora se voltava contra mim por causa das sandices de uma puta recalcada.

O ódio e a dor me consumiram em igual escala e fiquei um tempo ali parado, apenas respirando, sem poder acreditar que meu pai tinha se voltado contra mim. Só não me senti um lixo sob seu olhar porque passei anos para me aceitar e me entender, tinha plena convicção de quem eu era e de que não fazia mal a ninguém. Não era um tarado nem um psicopata. Só me envolvia com quem tinha desejos parecidos com os meus.

Uma prova disso era Maiana. Nunca encostei um dedo nela. Por ser apaixonada por meu amigo e estar grávida dele, mas também por respeito, já que desconhecia meus gostos e perversões.

 Trabalhei naquele dia chateado demais, arrasado e com raiva. Adiantei ao máximo tudo e nem vi Sophia. Não sei se ela me evitou de propósito ou se eu que me recolhi demais, sem ter vontade de ver ninguém.

 No dia seguinte, soube por Marília que meu pai não foi trabalhar, e isso me deu uma dimensão de como estava chateado. Em anos da minha vida, nunca o vi fazer aquilo sem um ótimo motivo. E saber que estava tão mal como eu, ainda por cima por causa de uma mentira, me deixava ainda mais arrasado. Eu o conhecia e não adiantaria insistir no assunto. Tinha que dar tempo a ele e procurar provar quem era Rafaela.

 Só fui ver Sophia quando voltava do almoço. Ela entrou no mesmo elevador que eu e mais três funcionários e sorriu ao me ver, daquele seu jeito sensual e meio irônico. Veio para o meu lado, linda e elegante, me fazendo esquecer por um momento minhas preocupações. Percebi que tinha sentido saudade dela. E que seria maravilhoso ficar em sua companhia, longe de tudo aquilo por um tempo. Aquela viagem não poderia ter vindo em melhor momento.

– Oi, Matt. Preparado para a viagem?

– Claro. Tudo certo. E você?

– Sim, malas feitas e prontas.

– Malas? – Ergui uma sobrancelha.

– Claro! Malas com meus cremes e maquiagem, meus sapatos e vestidos, minhas roupas de frio. Nessa época por lá deve estar fazendo uns 14 graus.

– Vamos ficar só três dias, Sophia.

 Os outros funcionários já tinham descido nos andares anteriores e estávamos só nós dois no elevador. O clima estava quente ali e quase disse a ela que só precisaria de roupa para a reunião, de resto passaria o tempo nua na cama comigo. Mas me controlei. Não adiantava começar algo que não ia terminar.

– Eu sei disso, querido. Mas no mínimo preciso de duas malas. – As portas do elevador se abriram e descemos, caminhando lado a lado pelo corredor. – Nosso voo é às 21 horas, não esqueça. Chegamos ao Porto por volta das sete e pouco da manhã. E nossa reunião é às nove.

– Tempo suficiente para irmos ao hotel e tomarmos um café. Qual hotel reservou?

– Temos convênios com dois, um de luxo e um mediano, para pacotes mais econômicos. Qual acha que escolhi? – Sorriu, jocosa.

– O de luxo.

– Claro!

– Esse é o The Yatman Hotel. – Acenei com a cabeça. – Nunca estive nele, mas soube que é excelente.

– Maravilhoso. – Chegamos ao final do corredor e ela suspirou. – Lamento perder sua deliciosa companhia, mas estou correndo para que tudo saia perfeito, querido. Assim, vai ter que me dar licença para voltar ao trabalho.

– Também estou atolado. – Sorri devagar. – A gente se vê mais tarde.

– Isso é certo. – Acenou e foi para a sua sala.

Eu caminhei até a mesa da minha secretária.

– Marília, ligue para o The Yatman Hotel, em Porto. Depois passe a ligação para mim.

– Pode deixar.

Entrei em minha sala, tirei o paletó e sentei na cadeira. Não demorou muito e eu estava falando com o gerente do hotel, que confirmou nossa reserva para duas suítes simples. Indaguei sobre a suíte presidencial e fiquei sabendo que estava disponível. E o nome vinha bem a calhar, Suíte Bacchus. Deus das festas, vinhos e orgias sexuais. Daí o nome Bacanal. Mas apenas para duas pessoas.

O preço era exorbitante, mas pedi que cancelasse os dois quartos anteriores e reservei a suíte presidencial, que eu pagaria por minha conta. Com tudo acertado, voltei a trabalhar, tentando esquecer aquele peso que não saía de dentro de mim por saber que, naquele momento, meu pai me odiava.

Nós nos encontramos no aeroporto às vinte horas. Sorrimos um para o outro e nos admiramos. Sophia estava espetacular com calça justa preta, camisa branca imaculada, paletó rosa-claro e aqueles sapatos sexies que usava, preto e com bico fino. Olhei-a de cima a baixo e ela indagou com um sorriso:

– Gosta do que vê?

– Muito. Como sempre, não decepciona – falei baixinho.

– Eu também gosto muito do que vejo. – Passou os olhos em mim, por minha calça cinzenta de bom corte, camisa azul-clara de manga e um suéter azul-marinho por cima. Lambeu os lábios. – Serão as melhores dez horas dentro de um avião da minha vida, Matt.

– Tenho que concordar com você. – Sorrimos um para o outro e fitei suas duas malas de rodinhas. – Você não estava brincando.

– Não mesmo. – Deu de ombros. – Pode me chamar de fútil. Mas nunca de malvestida. Vamos fazer o check-in?

– Vamos.

Ainda deu tempo de tomarmos um café juntos, até nosso voo ser anunciado e entrarmos no avião. A primeira classe estava quase vazia, principalmente a uma hora daquelas de quinta-feira. Assim, nos acomodamos lado a lado nas poltronas confortáveis e uma aeromoça veio nos orientar. Depois que se afastou e que o avião levantou voo e se estabilizou, a aeromoça voltou para ver se precisávamos de alguma coisa, oferecer bebidas e lanches, que recusamos. Aceitamos somente os travesseiros e cobertores.

Tudo parecia muito tranquilo e calmo quando Sophia, sentada ao lado da janela, virou-se para mim e indagou:

– Aconteceu alguma coisa? Estou achando você tão calado, Matt.

– Não é nada.

– Tem certeza?

Fitei-a, realmente sem conseguir parar de pensar no meu pai.

– Rafaela disse ao meu pai que sou um Dom e inventou que dei em cima dela.

– Isso era previsível. – Ficou séria, irritada. – Que garota nojenta!

– Não pensei que seria tão rápida. Nem que se arriscaria tanto.

– Filha da mãe. E ele acreditou?

– Sim, acreditou. – Afirmei, fitando-a nos olhos. Tentava disfarçar o quanto aquilo tudo me magoava. Mas ela pareceu reparar, pois seu semblante se suavizou.

– Não fique assim, Matt. Ele vai acabar percebendo tudo.

– O pior é que, da mesma forma que tentou comigo, Rafaela pode fazer com outro homem. Meu pai não merecia isso.

– Nem você. – Pousou a mão sobre a minha e apertou meus dedos. – Vamos dar um jeito nisso.

– Vamos? – Ergui uma sobrancelha, achando seu jeito engraçado. Sophia sorriu.

– Claro. Se Rafaela se acha esperta, é porque não me conhece. Vai ver só, tudo se resolve. Pena que no final de tudo o Otávio vai sofrer de qualquer forma.

– Eu sei. E é isso que me revolta.

– Mas não vamos pensar nisso agora. Não adianta a gente sofrer por antecedência. Dê um tempo, vamos pensar em alguma coisa. Agora tire esse olhar triste daí. – Lambeu os lábios, maliciosa. Disse numa voz cheia de sensualidade: – Tem algo que eu possa fazer para animar você, Matt?

Na mesma hora minha libido foi a mil. Senti o sangue correr mais rápido nas veias e o desejo veio denso, quente. Passei os olhos por seu rosto, suas roupas que a cobriam quase toda, a manta a seu lado.

– Posso pensar em uma coisa ou duas – retruquei baixo. Era impressionante como o tesão e o desejo entre nós era volátil, intenso.

Sophia concordou, lasciva. Como de comum acordo, deitamos nossas poltronas e nos cobrimos com a manta. No avião quase vazio, estávamos praticamente isolados. Alguns dos outros passageiros já tinham colocado máscaras de dormir e fones de ouvidos. As luzes se apagaram. A única aeromoça se acomodou lá na frente. Ficamos ali, isolados, fitando-nos na penumbra.

Fui para mais perto dela, inclinei-me e disse baixinho:

– Abra e desça um pouco sua calça, Sophia.

– Só se fizer o mesmo – respondeu no mesmo tom.

– E o que acha que estou fazendo?

Eu realmente já tinha descido o zíper e puxado o pau ereto para fora da cueca. Acomodei-me de lado, meus olhos nos dela, minha mão já indo até os botões de sua blusa e abrindo os primeiros.

Sophia se moveu, baixando a calça, mordendo o lábio. O tesão nos envolveu e senti até calor, mesmo dentro do avião gelado. Por baixo da manta, espalmei uma das mãos sobre o seio que puxei para fora do sutiã e a outra foi entre as suas coxas. A boceta depilada estava macia e quente, toda úmida. Passei o dedo no meio da rachinha e espalhei a umidade em seu clitóris, esfregando-o. Meu pau babou pela ponta, duro demais, ansioso por atenção. E ela não me fez esperar.

Seus dedos se fecharam firmes em volta do meu membro, masturbando-me lentamente. Senti um desejo passional instintivo, uma vontade louca de meter nela sem dó. Mas cerrei o maxilar e belisquei seu mamilo, girando-o com força entre o polegar e o indicador.

No avião silencioso, aquele voo noturno de dez horas de duração era perfeito. E não havia ninguém a nossa volta. Por isso ninguém podia ouvir o barulhinho que sua boceta molhada fez quando penetrei meu dedo nela em movimentos de vai e vem. Puxei o mamilo forte e vi que engolia um arquejo, vingando-se ao torcer meu pau sem pena. Só conseguiu com isso me deixar ainda mais voraz.

Passei o olhar em volta, percebendo que estávamos bem protegidos, no escuro, isolados. Por isso, esfomeado pelo tesão, quis mais. Afastei de leve a manta e me inclinei sobre ela, enfiando minha cabeça por baixo. Minha mão largou seu seio e lambi de leve seu mamilo, enfiando-o na boca e sugando forte.

Sophia estremeceu e me masturbou mais firme, enquanto eu erguia um pouco sua bunda, meus dedos molhados e apertados dentro dela, comendo-a devagarinho.

Lambi os lábios, sem ver nada e soltei o mamilo, escorregando mais para baixo sob a manta, seguindo seu cheiro delicioso de fêmea. Meti de novo o dedo bem fundo e beijei sua barriga, até que minha boca estava lá naquele lugar delicioso, e chupei duramente seu clitóris, fazendo-a estremecer, se espremer contra minha boca ansiosamente. Era muito gostosa. Suguei firme e continuamente, enquanto meu pau ficava babado do líquido lubrificante, inchado e duro demais.

Era loucura, eu sabia. Se fôssemos pegos, pagaríamos uma fortuna de multa. Mas eu lá queria saber de alguma coisa com aquela bocetinha carnuda e saborosa na boca? Meti com força dois dedos e a chupei por baixo da manta, enquanto Sophia tremia e despejava mel em minha mão.

Estava adorando tudo aquilo. Mas tive vontade de testá-la mais, tirar tudo o que eu queria dela. Puxei o dedo do meio de sua boceta e deixei só o indicador. Com o dedo todo lubrificado, forcei em seu cuzinho. Senti-a paralisar, um pouco contraída. E continuei até enterrar tudo e estar com dois dedos bem agasalhados em locais diferentes.

Meti e meti, lambendo a sua boceta, deixando-a doida, a calça presa em suas coxas impedindo boa parte de seus movimentos. Agarrou meu cabelo com a mão livre, não para me afastar, mas para puxar minha cabeça para mais perto, tremendo toda.

Tirei o indicador da sua vulva e forcei junto com o outro. Arreganhei seu cuzinho com os dois dedos, penetrando-a até ter os dois bem enterrados, ansiando para pôr meu pau ali também. Mas não dava. Não ali. Isso teria que esperar. Desci mais a boca, abrindo os lábios vaginais com a língua, lambendo-a bem no meio, enfiando o que dava em seu interior e me inebriando com seu cheiro e seu gosto.

Sophia estava fora de si. Mas me agarrava e se continha, em silêncio, apenas seus tremores, mãos nervosas e palpitações demonstrando como o tesão a varria. Juntei o dedo anelar aos outros e meti os três longamente no buraquinho apertado. Ficou doida, movendo os quadris, seu ânus latejando, se abrindo e sugando meus dedos. Chupei a carne gordinha de um dos lados da sua boceta, depois o outro. Então lambi no meio de novo, fartando-me com os líquidos que despejava em minha língua.

Quando meti o dedo mindinho também e os girei, quatro em seu interior, desabou de vez. Moveu-se sem controle e palpitou, gozando forte, sem dar um miado sequer. Parabenizei-a chupando mais forte, até que tremia e tinha espasmos sem controle, quebrando-se em mil pedacinhos de tesão.

Quando desabou na poltrona, fui tirando os dedos devagar. Dei uma última lambida em sua boceta gostosa e estremeceu. Somente então puxei sua calcinha e calça para cima e as ajeitei no lugar. Saí debaixo da manta, levemente suado, erguendo meus olhos safados para ela. Olhava-me pesadamente, seu rosto expressando luxúria e prazer satisfeito.

Voltei ao meu lugar, olhando em volta. Tudo na santa paz. Só eu parecia prestes a entrar em erupção, meu pau doendo, o desejo me martirizando. E então foi a vez dela me agradar. Ergueu a manta que me cobria e foi com a cabeça por baixo, em meu colo. Na mesma hora enfiava meu pau na boca molhada, chupando duramente, sua mão descendo e torcendo minhas bolas com força.

Fui atacado por um misto de dor e prazer. Deixei que me torturasse, meus olhos e ouvidos atentos à minha volta em apenas uma parte automática, todo o resto concentrado no que ela me fazia sentir, no tesão absoluto que descia dentro de mim, subia, espiralava e se concentrava forte em meu membro.

Mordi os lábios para não gemer, ainda mais quando puxou fundo até me enterrar na garganta e mamar profundamente. Minhas bolas doíam, meu pau jorrava pré-sêmen, meu coração disparava. Segurei seu cabelo na nuca e a forcei até que meu pau todo coube em sua boca e ficou sem ar. Só então puxou até a ponta, buscou o ar e voltou a chupar.

Era realmente muito boa naquilo. Deixou-me tão duro que eu estava prestes a explodir. Como se soubesse, voltou a mamar fundo e aí foi meu fim. Agarrei sua cabeça com as duas mãos, seus cabelos espalhados em minhas coxas enquanto eu fodia sua boca e gozava em sua garganta. Engoliu tudo, faminta, realmente se entregando àquilo.

Foi delicioso. Contive os sons roucos que queriam sair e fiquei imóvel, deixando que tomasse todo o leite que esbanjava em sua boca, até só sobrar um arrepio aqui, outro ali. Então deu um beijinho na cabeça do meu pau e fez o mesmo que eu havia feito com ela: ergueu minha boxer com a calça e as pôs no lugar. Só então saiu debaixo da manta, sorrindo sensualmente e lambendo os lábios.

Nós nos olhamos. O tesão tinha sido satisfeito, mas eu me sentia bem ligado a ela ainda. Desci a mão do seu cabelo para sua face, acariciando-a. Foi como uma comunhão silenciosa. Ficamos lá, deitados de lado, apenas nos olhando.

Tinha estado tenso demais com a briga com meu pai, sem dormir direito. E agora, ali com ela, me sentia satisfeito e relaxado, mais tranquilo. Queria ficar olhando-a, apreciando sua beleza morena e exótica, mas fui o primeiro a fechar os olhos. E antes que me desse conta, dormia profundamente.

SOPHIA

Eu olhava para Matt adormecido, uma parte de seu rosto na sombra, a outra na luz. Dei-me conta que aquilo, aquele contraste, era perfeito para o meu anjo. E aproveitei para poder observá-lo sem pressa, detidamente.

Passei o olhar pelos cabelos despenteados e dourados. Assim como sua pele bronzeada. O formato do rosto era anguloso, com queixo firme e nariz reto, mandíbulas bem marcadas, mas nada se comparava com a beleza de seus lábios carnudos e bem-feitos e seus olhos esverdeados tão cheios de vida e sentimentos. Era perfeito, lindo, não apenas em aparência, mas em essência. Um homem raro.

Meu coração batia forte só de olhar para ele. Não queria pensar demais, só curtir, mas a cada dia eu pensava mais em Matt, acordava e ele já estava lá, na minha mente. Sentia saudade quando não o via. Queria estar mais e mais perto dele. E isso era uma loucura, algo que eu não queria para minha vida.

Dizia a mim mesma que era só uma fase. Matt era gostoso demais, ótima companhia, um lorde. Como não gostar e se envolver? Eu não era de ferro. No entanto, me policiava o tempo todo para que aquilo não passasse do ponto. E quando sentia que estava ligada demais, me afastava e recuperava o controle. Como tinha feito quando jantamos juntos.

Tive vontade de acariciar seu cabelo e beijar suas pálpebras fechadas, mas me contive a tempo. Nunca fui melosa daquele jeito. Gostava de homens, desde que eu estivesse sempre no controle. Saber que Matt me abalava era irritante e assustador. E tudo que eu podia fazer era me conter e esperar aquele tesão todo abrandar para pular fora.

Olhei-o até ser vencida pelo cansaço e dormir também no avião silencioso.

Acordamos de manhã, e a primeira coisa que vi foi o seu sorriso. Estava sentado, desperto, rosto lavado e cabelo penteado. Enquanto eu me sentia amassada, esfregando os olhos para afastar qualquer vestígio de remela. Sentei, passando as mãos pelo cabelo, bocejando sem controle.

– É a primeira vez que dormimos juntos. – Ele disse baixo, com a voz em um timbre grave.

Fitei-o na hora e sorri, comentando:

– E mesmo assim não foi em uma cama.

– Mas vai ser. Teremos mais duas noites para isso. – Piscou para mim.

– Só quero ver se não vai arrumar algum outro lugar exótico. Já teve banheiro, beco, armário de cozinha e avião. O que falta mais? – Provoquei.

– Elevador, carro, praia... – Citou, divertido. – E mais uma infinidade de lugares.

– Voto pela cama.

– Ah, é? – Baixou a voz até um sussurro. – Com um papai e mamãe bem básico?

– Com você, querido, nada é básico. Essa é a verdade.

Matt sorriu ainda mais, e a aeromoça se aproximou para servir o café da manhã, nos interrompendo.

Chegamos ao aeroporto às 7:29 da manhã. Fizemos tudo que havia para fazer, pegamos nossas malas e entramos em um táxi. Sorri satisfeita e olhei em volta, sentindo o ar frio e tão diferente do Brasil. Matt me olhou e falei:

– Sinto-me em casa aqui.

– Foram dois anos, não é?

– Sim, dois anos maravilhosos. O Porto é uma cidade hospitaleira como o Rio, com pessoas muito simpáticas, comidas divinas, vinhos maravilhosos, cheia de história e lugares belíssimos. Acho que quem vem aqui, sempre volta. – Sorri para ele, realmente satisfeita por estar novamente naquela terra que tinha me acolhido tão bem.

– Acredita que é a primeira vez que venho aqui? Já fui a Lisboa e conheço bem a Europa. Mas aqui no Porto meu pai é quem sempre vinha quando começamos nossos negócios para cá.

– Vai adorar, Matt. Depois que resolvermos tudo, vou te levar para conhecer um pouco a cidade. Vai ver como aqui é rico em turismo, perfeito para o que queremos. Em cada esquina ouvimos uma língua diferente, os portugueses daqui são praticamente poliglotas.

– É uma bela cidade. – Matt olhava pela janela do táxi os prédios barrocos, enquanto seguíamos por ruas estreitas e passávamos beirando o rio Douro.

– Sim, linda demais. Foi classificada pela Unesco como patrimônio da humanidade devido aos belos edifícios e monumentos históricos. É chamada de Cidade Invicta, pois nunca foi conquistada.

Matt virou-se para mim e completou:

– Li em algum lugar que foi o Porto que deu origem a Portugal. Ainda na época do Império Romano, recebeu esse nome pois era um local de comércio marítimo, onde tudo acontecia no porto.

– Isso mesmo. – Apontei para a Ponte Luís I, dizendo animada: – Depois vamos visitar a ponte e vai ver que maravilha a visão de lá. Vê como parece com a Torre Eiffel, Matt?

– Sim, soube que foi um colaborador de Gustave Eiffel quem projetou a ponte. O interessante é que tem dois tabuleiros, dois andares entre toda essa construção de ferro.

– Exatamente. Passa sobre o rio Douro e liga a cidade de Vila Nova de Gaia à cidade do Porto. Depois vamos visitar as caves de vinho em Gaia. Vai adorar! O hotel é aquele lá, está vendo como é lindo? Tem uma vista perfeita do melhor da cidade. Os pacotes de luxo da VIATGE vão bombar com o convênio com o Yatman Hotel. – Apontei para a construção belíssima que ficava em um ponto elevado da cidade, enquanto o táxi subia pela rua estreita e tortuosa, mostrando as casas coladinhas umas nas outras com roupas penduradas em varais no segundo andar.

Descemos em frente e fomos recebidos por funcionários que pegaram nossas malas e nos acompanharam até a recepção linda, aconchegante e luxuosa. Fomos até lá e gostei de ver o agrado na face de Matt. Tinha certeza que aprovaria tudo que eu já tinha resolvido e sairíamos de lá com um contrato assinado que daria bons lucros à Agência VIATGE.

Eu me identifiquei na recepção e logo o gerente nos dava boas-vindas com simpatia e um sorriso genuíno, indicando-nos um funcionário para nos levar às suítes. Não entendi quando o elevador passou do andar em que íamos ficar e na mesma hora olhei para Matt, para falar com ele sobre isso. Dei com seu olhar penetrante e um tanto risonho, como se soubesse de algo que eu não sabia.

– O que foi?

– Está preocupada?

– Acho que erraram nossos quartos.

– Está tudo certo, Sophia.– Seu sorriso se ampliou. – Tudo sob controle.

– O que você armou?

– Você vai ver.

E fiquei impressionada quando fomos levados à soberba Suíte Bacchus, a melhor e mais cara do hotel. Entramos e olhei em volta, animada e surpresa, enquanto Matt dava um agrado ao funcionário, que saía agradecendo e fechando a porta atrás de si.

Virei e o olhei, lindo e maravilhoso na sala, abrindo devagar os botões de seu suéter, seu olhar pesado e penetrante pousado em mim. Engoli em seco, estranhamente feliz, dizendo baixo:

– O Porto, a suíte Baco e você. Existe combinação melhor?

– Sim, você. – Aproximou-se lento, até parar diante de mim, cada poro do seu corpo exprimindo sensualidade e virilidade. Meu coração bateu mais forte. – Quer conhecer o melhor local da suíte?

– Qual? A varanda com vista para o Douro?

– A cama. Acho que estou te devendo uma. – Terminou de abrir todos os botões e tirou o suéter, arremessando-o em uma poltrona.

Sorri, excitada. Provoquei:

– E um sexo papai e mamãe bem tradicional e baunilha.

– Perfeito. Tudo muito básico. – Passou a desabotoar sua camisa azul-clara, levemente amarrotada. Seus olhos estavam fixos nos meus, as íris verdes cheias de pontinhos castanhos, brilhando mais do que o normal.

– Será que conseguimos? – Despi meu casaco, largando-o junto ao dele. Já quente e excitada, passei a abrir também minha blusa.

O quarto estava aquecido, com a lareira acesa, espalhando um calor gostoso. Lancei um olhar sedutor a ele e caminhei para a cama, meus olhos passando pelo ambiente de aproximadamente 150 metros quadrados, sabendo que Matt me seguia com a camisa aberta, desabotoando os punhos.

Tirei minha camisa e fiquei apenas de sutiã tomara que caia preto com renda vermelha. Desci o zíper da calça, maravilhada com o teto todo em madeira polida, uma banheira Jacuzzi redonda em cobre perto da lareira, com vista para a cidade e para a cama rotativa que poderia ser direcionada para o ecrã com televisão enorme ou para a vista panorâmica das belas janelas de mais de 6 metros de altura. O piso era todo de madeira, a iluminação suave destacava o design sofisticado. Havia ainda um terraço interno mobiliado e um externo, com fonte e espreguiçadeiras, visto pelas janelas.

Depois eu olharia tudo com mais calma. Pois já me virava interessada em outra visão enquanto me livrava dos sapatos e da calça, ficando apenas com o conjunto de calcinha e sutiã preto e vermelho.

Matt, sem camisa e com o peito musculoso e nu a mostra, seus braços e ombros fortes, era uma tentação difícil de resistir. Seus olhos passaram por meu corpo, cheios de desejo puramente masculino. Fiquei impressionada com os pensamentos pecaminosos de ser jogada na cama e tê-lo sobre mim, me devorando com aquele pau gostoso, com seu corpo lindo e com seus beijos maravilhosos, que tiravam meu ar.

Era incrível como nem pensava em chicotes e dominação naquele momento. Só queria ser dele, ansiosamente, simplesmente, sem precisar de mais nada. Mas fiquei quieta, confusa, como meus desejos podiam ser tão intensos e verdadeiros, tão nus, como um nervo exposto. Tentei lutar, pensar, reagir. Mas era tão certo, tão profundo, que tudo que consegui foi olhar para ele e desejá-lo com todas as minhas forças.

Matt tirou o resto da roupa, sem pressa, largando tudo no chão e veio até mim, suas pernas musculosas e longas e seu pau comprido e grosso combinando com todo o resto dele, magnífico, macho, lindo. Fiquei com a garganta seca e o coração acelerado. Tentei pensar em algo para dizer, ser dona de mim mesma, mostrar que não estava nem aí. Mas não consegui.

Parou à minha frente, e suas mãos grandes foram em meu rosto, erguendo-o para ele, as pontas dos seus dedos em meu cabelo, seus olhos mergulhando nos meus. Algo quente e gostoso se revolveu dentro de mim e perdi a noção de tudo quando se aproximou mais e beijou minha boca, seus lábios macios saboreando os meus, sua língua serpenteando até a minha, se enroscando, lambendo, seu gosto me deixando bêbada de paixão.

Tremi sem controle quando o abracei pela cintura, querendo mais, buscando-o esfomeada e entregue, emocionada como nunca me senti antes. Tornei-me uma gata amansada e ronronante, apaixonada, colando-me ao seu corpo como se precisasse dele para não morrer.

Matt foi extremamente carinhoso, seu beijo deixando minhas pernas bambas, suas mãos descendo por meu pescoço e ombros, indo nas costas e soltando o fecho do sutiã, que caiu silenciosamente no chão. Os dedos fizeram o contorno da minha cintura e se enrolaram na calcinha, baixando-a pelos quadris, deixando-me nua. Sem que eu esperasse, me pegou no colo e me deitou na cama macia, descolando a boca, fitando-me com ternura e tesão, com aquele olhar de anjo que tirava meu eixo, que me desconcertava.

Ergueu-se, olhando meu corpo nu, cheio de desejo, murmurando rouco:

– Fique aqui quietinha.

E eu fiquei. Olhei seus ombros largos e bunda musculosa, enquanto ia até a calça no chão e tirava um preservativo da carteira, rasgando a embalagem. Voltou já cobrindo o pau inchado e com veias saltadas, todo pronto para mim.

Abri as pernas, sabendo que estava pronta também. Não quis me autoafirmar nem lutar. Apenas precisava dele, sem mais nem menos. E quando Matt se deitou sobre mim, pesando, roçando o pau em minha vulva, seus olhos consumindo os meus, eu o abracei e procurei sofregamente sua boca, como se só voltasse a ser eu mesma quando me beijou e senti seu gosto, sua essência.

Gemi baixinho ao sentir seu pau penetrar dentro de mim, apertado e grosso, comprido e duro. Agarrei-o com braços e pernas e me movi de encontro às suas estocadas vigorosas, sentindo-me mulher, no mais puro conceito da palavra, tudo em meu interior gritando e se dando, evoluindo, crescendo, rodopiando loucamente, sem controle e sem dano, sem razão.

Choraminguei, sem me reconhecer e ao mesmo tempo sem conseguir impedir aquela nova mulher de sair de mim. Beijei-o, chupei sua língua, tive tantos sentimentos aprisionados dentro de mim se libertando que o prazer se estendeu sem limites, infinito, em cada polegada do meu corpo, alcançando mais, minha alma, meus desejos, minha vontade, meu destino. Quis tudo dele, como nunca quis outra pessoa na vida. E me dei, como também nunca tinha feito.

Senti Matt ligado a mim, como se ele também soubesse, como se estivesse no mesmo patamar de entrega, o que fazia tudo mais intenso e estonteante. Fodeu-me duro, mas me beijou com ternura. Passou as mãos em minha carne, mas gemeu docemente. Foi meu anjo e meu demônio, e talvez ali estivesse a minha perdição.

Fomos um só naquela cama. Apenas e simplesmente um casal se amando sem reservas e sem pensamentos coerentes, os instintos e os desejos aflorados, a química estalando, os sexos mais unidos do que duas pessoas podiam ficar. Agarrei seus cabelos e o beijei fora de mim, alucinada, sem poder controlar quando senti os olhos arderem e marejarem. Naquele momento, estava tão além de qualquer raciocínio que nem senti medo, só me dei. E recebi abismada sua entrega também total.

Não aguentei. Gritei em sua boca e estremeci, ondulei, o apertei. Matt enfiou mais fundo, mais duro, fazendo meu orgasmo se estender longo e quente, quebrando cada pedacinho de mim, ao mesmo tempo que também gozava e eu engolia seus arquejos roucos, querendo tudo e mais, querendo tanto que até doía.

Fomos um. E nos envolvemos tanto em nosso próprio prazer que ele durou uma eternidade e quando acabou e ficamos satisfeitos, lânguidos, continuamos colados e nos beijando, como se lamentássemos ter que nos separar. Por fim, Matt rolou para o lado e ficamos lá, nus, olhando para o teto de madeira, enquanto voltávamos aos poucos à realidade.

Ele virou o rosto e me fitou. Não pude resistir e olhei-o também, vendo sua expressão séria e intensa, seus olhos tão penetrantes e profundos que pareciam capazes de enxergar cada ínfimo pensamento meu. O medo veio voraz, e mais uma vez me dei conta de que aquilo estava ficando perigoso. Não queria dar o poder que era meu para ninguém. Eu me fiz sozinha e era assim que queria ficar, para nunca depender de uma pessoa, nunca mais sofrer. No entanto, me sentia perdida e confusa. Sabia que devia correr para longe dele e me proteger, mas eu queria irremediavelmente ficar.

– Que papai e mamãe gostoso. – Disse rouco, seus lábios sorrindo lentamente, uma de suas mãos em minha face. – É engraçado como é bom sempre que estamos juntos, independentemente se é de uma maneira ou de outra. Sente isso, Sophia?

Pôr em palavras era além do que eu podia aguentar. Tentei recuperar meu autocontrole e consegui me sentar na cama, afastando meus cabelos dos ombros, sendo o mais natural possível:

– Temos química, querido. Isso é natural. – Dei de ombros, como se fosse comum acontecer, quando a cada dia me surpreendia e amedrontava mais. Estava ansiosa para disfarçar, fingir que nada daquilo era realmente importante. Olhei para o relógio de pulso, já me levantando: – Temos que nos apressar. A reunião é às nove horas. E estou morta de fome.

Fui para o banheiro sem olhar para trás, mas senti seus olhos fixos em mim, consumindo-me. Rezei para que Matt tivesse acreditado, que não notasse o quanto mexia comigo. Decidi que aquela nossa relação não podia demorar muito e garanti a mim mesma que seria só um pouco mais. Só o suficiente para ter mais dele. Então eu pularia fora.

– Só um pouco mais... – Garanti baixinho a mim mesma.

MATT

A reunião com nossos contatos no Hotel Yatman, no Hotel e Pousada Gaia e na sede de nossa agência no Porto correu às mil maravilhas e sem problemas. À tarde já tínhamos resolvido tudo, assinado contrato, estipulado pacotes e valores. Sophia tinha sido muito eficiente e organizado os acordos e a maior parte no Brasil, assim coube a nós apenas avaliar, questionar e discutir alguns pontos e chegarmos a um senso comum.

Saímos às ruas do Porto por volta das quatro da tarde. A cidade estava clara e linda, com um ventinho frio que soprava do rio Douro e do Atlântico. Bem agasalhados e alegres com os resultados das negociações, sorrimos um para o outro, animados para explorar a cidade.

– Posso ser seu guia turístico? – Ela indagou, tão linda que minha vontade era arrastá-la de novo para a suíte e passar a tarde na cama. Não necessariamente na cama. Mas teríamos tempo para aquilo.

Eu tinha que tentar me controlar ou aquele tesão todo me engoliria vivo.

– Eu agradeço. – Sorri de volta e entrelacei meus dedos aos dela enquanto caminhávamos. Senti que vacilou um pouco, mas não afastou a mão.

Estávamos bem no centro e resolvemos ir a pé até a ponte Luís I, atravessando-a pela plataforma inferior. Olhei para vários cadeados presos nos ferros com nomes de pessoas e parei, olhando-os, curioso. Sophia sorriu, encostando em mim, indagando:

— Sabe o que é isso, Matt?

— Juras de amor?

— São mais que isso. São cadeados que casais apaixonados colocam aqui após trocarem juras eternas de amor. Depois atiram a chave no rio. O cadeado fechado, com a chave perdida, simboliza um amor eterno. Quando nasce algum filho fruto desse amor, muitos desses casais regressam aqui e juntam outro cadeado aos deles. — Explicou, sua mão ainda bem presa na minha.

— Que romântico... — Olhei os cadeados que se estendiam pelos ferros a perder de vista. — Quantos desses amores podem ter conseguido ser eternos?

— Com certeza nenhum. — Emendou. Quando a fitei, deu de ombros, jocosa.

— Como você sabe? Não acredita no amor?

— Fala sério, Matt. Quem você conhece que passou a vida toda apaixonado?

— Muita gente. Acontece.

— Eu acho que não.

Ergui uma sobrancelha e me encostei em uma parte do ferro, fitando-a com atenção.

— Então nem adianta perguntar se tem algum cadeado aqui com seu nome.

— Claro que não! — Riu, sacudindo a cabeça. — Seria mais fácil eu vir aqui para jogar um dos meus ex-amantes lá embaixo no rio e não pôr cadeados com juras de amor eterno.

— Que mulher cínica... — Sorri, notando mais uma vez como era avessa a relacionamentos. Completei: — Pois o dia que eu me apaixonar de verdade e for retribuído, vou voltar aqui e pôr um cadeado com nossos nomes. E mais outros com nossos filhos.

– Isso é bem você mesmo, meu anjo. – Suspirou, passando o dedo em meu queixo. Disse com ironia: – E quando um dia nos encontrarmos, no futuro, pode me dizer se o amor foi eterno mesmo.

– E se estivermos juntos até lá?

Sabia que minhas palavras a tocariam e fiz de propósito. Arregalou os olhos e riu, sem vontade:

– O quê? Tá maluco?

– E por que não?

– Eu nunca vou ficar com um homem mais do que o necessário para foder bastante. Vem, vamos sair daqui. – Foi me puxando pela ponte, enquanto os carros passavam pela pista ao nosso lado.

– Por que tanto medo de se apaixonar, Sophia? Já teve esse coraçãozinho machucado? – Provoquei, indo com ela, sabendo que fugia.

– Nunca. Nem vou ter. Sou esperta demais para isso!

– Já vi que adora essa palavra: nunca.

– E não é maravilhosa? – Mudou de assunto rapidamente: – Vamos para a margem norte, até o Centro Histórico e a praça da Ribeira. Pena que está frio, os sorvetes de lá são uma delícia!

E continuou a enaltecer as belezas do lugar, deixando claro que não ficava muito à vontade com assuntos pessoais. O que só me deixava mais curioso sobre sua vida. Percebi que seria difícil ser conquistada e indaguei a mim mesmo por que isso me incomodava tanto.

Observei-a enquanto falava e me levava até pararmos em uma das esplanadas com vistas para o rio, onde vários bares, restaurantes e cafés se estendiam lado a lado.

— Vamos tomar uma cerveja oficial do Porto aqui, Matt. Chama-se Super Bock e é uma delícia. – Parou em um terraço externo de um restaurante aconchegante e puxei uma cadeira. Sorriu para mim e sentou. – Obrigada, querido.

Sentei, ainda pensativo. Sophia continuou a explicar os melhores lanches do local, mas me distraí um pouco, olhando-a. Além de linda, segura, elegante e muito quente sexualmente, havia algo nela que me atraía cada vez mais. E então me dei conta que, desde que havíamos nos envolvido, eu quase nem pensava mais em Maiana. Antes já tinha me convencido que éramos só amigos, mas agora aquilo ficava mais do que claro. Sophia ocupara dentro de mim um espaço vazio desde que entendi que Maiana nunca seria minha. E se espalhava mais e mais, tomando aos poucos.

Percebi que queria muito mais. Queria continuar com ela e saber onde tudo aquilo ia dar. E foi ali que decidi seduzi-la, não apenas para nos divertirmos juntos, mas porque eu a desejava e gostava cada vez mais de sua companhia. Eu a queria para mim, e me dar conta daquilo, despertou vários sentimentos dentro de mim, que até então pensei estar adormecidos.

Sorri devagar, sabendo que ela faria jogo duro. Mas o desafio que representava só daria um gostinho a mais no final.

— Do que está sorrindo? – Fitou-me, parando de falar.

— Estou sorrindo para você. – Falei simplesmente, charmoso.

Sophia pareceu um pouco perdida. Avaliou-me e se recostou, como se soubesse que havia muito mais por trás do meu sorriso. Disse baixo:

— Você está planejando alguma coisa, Matt.

— Estou. – Confessei.

— O quê?

– Provar a Super Bock e comer esse sanduíche do qual falou, tradicional do Porto. Qual o nome dele mesmo? – Indaguei, inocentemente.

– Francesinha.

O garçom veio simpático até nós e fizemos os pedidos. E então mergulhamos em assuntos diversos sobre o local, enquanto ela contava como foram os anos que viveu ali. Deixei que falasse mais do que eu, contentando-me em observá-la.

A cerveja era deliciosa, assim como o sanduíche feito de linguiça, salsicha, presunto e carne de vaca, por cima totalmente coberto de queijo. O diferencial nele era o molho a base de tomate, pimenta e cerveja, que, junto com a Super Bock, tornava o lanche algo único e muito saboroso.

– Gostou? – Sophia indagou, sorrindo ao ver que eu me deliciava com tudo.

– Adorei. Só falta a sobremesa.

– Se quiser arriscar ficar resfriado, podemos dividir um gelado. O que acha?

– Eu topo.

Sorrimos um para o outro.

Sophia reclamou quando paguei a conta, mas não deixei que falasse muito. Enquanto andava pela beira do rio com o sorvete na mão, falando em direitos iguais, eu a puxei para mim e praticamente inclinei-a para trás, beijando-a na boca.

Seu sorvete quase caiu, mas na mesma hora retribuiu, sua boca gelada e doce ficando quente contra a minha. E não foi só aquilo que esquentou. Na mesma hora o desejo veio voraz, avassalador, e tive que me controlar, lembrando que estávamos em um local público. Afastei um pouco a cabeça e fitei-a com olhos pesados.

– Para onde vamos agora? Voltar para nosso quarto?

Acabou sorrindo, lambendo os lábios. Disse baixo:

– Não visitamos as claves de vinho nem o Majestic, o melhor café do Porto. Nem a Livraria Lello.

– Fazemos amanhã. O que mais faltou? – Meus olhos passaram em sua boca.

– Conhecermos a vida noturna do Porto. Os bares e...

Calou-se um momento.

– E?

– Pensei em te levar a um dos clubes que frequentava aqui.

– De BDSM?

– Sim. Quer ir?

– Quero.

Ela concordou com a cabeça. Aproximei o rosto de sua orelha e murmurei:

– Depois que voltarmos ao hotel e fizermos mais um pouquinho de sexo baunilha na cama. Dessa vez deixo você ficar por cima.

– Ah, deixa, é? – Me empurrou e acabou rindo. – Está precisando entender quem manda aqui.

– Entendi desde o início. Eu. – E segurei sua mão, dando uma lambida no seu sorvete.

– Vai sonhando!

Sophia riu, levando na brincadeira. E assim voltamos ao hotel.

SOPHIA

O clube ao qual levei Matt ficava ao norte da cidade do Porto, em um local pouco movimentado às margens do rio Douro. Tinha sido uma propriedade voltada para aluguel de quartos a turistas e pousada, mas que, com o tempo, foi vendida por precisar de sérias reformas. Por seu local perto do centro, mas um pouco mais reservado, em uma propriedade particular com jardim, foi transformado no Clube Castelo de Pedra.

Era um prédio de dois andares com detalhes arquitetônicos ornados, muros de pedras, balaústre em madeira elaborada e talhada, com tetos altos e janelas também altas, de madeira pintada de negro. As paredes eram brancas. Portas duplas de madeira guardadas por seguranças davam as boas-vindas aos amantes do BDSM e de prazeres diversificados, formando um clube fechado e caro. O dono era amigo meu, e não foi difícil conseguir dois ingressos, após me apresentar na portaria.

Por dentro, o salão de recepção nem parecia o de uma casa de BDSM, mas apenas um clube noturno como tantos outros. Iluminação cerrada e em tons de púrpura, mesas e cadeiras negras, garçons usando roupas negras servindo os convidados. O corredor levava a uma sala com palco e mais três, separadas para sessões públicas. O andar de cima guardava os quartos, para quem preferia sessões privadas ou em grupos escolhidos.

Fitei Matt, caminhando ao meu lado, olhando em volta com interesse. Estava, como sempre, maravilhoso, sua beleza e masculinidade atraindo olhares por onde passávamos. Parecia tranquilo e à vontade no ambiente. E muito sensual, usando calça e sapatos pretos, camisa branca, colete preto e paletó também negro, com um chapéu-panamá cinzento completando o visual. Dava vontade de comê-lo cada vez que o olhava. E eu já o tinha provado bastante no hotel antes de sairmos, mas nunca parecia suficiente.

Quando chegamos à suíte após o passeio pela cidade, avancei nele. Usei meu lado agressivo e dominador para arrancar suas roupas, morder seu peito, agarrar seu pau com força. Matt não ficou passivo. Na mesma hora reagiu e foi praticamente uma luta enquanto nos beijávamos e agarrávamos.

Arranhei sua pele enquanto puxava violentamente sua camisa para baixo por seus braços, sorrindo cheia de tesão, enquanto ele xingava um palavrão. Terminou de se livrar da camisa e, com os braços livres, veio me pegar. Ri e fugi, mas fui jogada de bruços na cama e gritei quando arriou com força minha calça com calcinha e tudo, dando um tapa bem forte em minha bunda.

– Filho da...

– É bom arranhar e provocar, gata brava? Então aguenta. – E deu mais duas bofetadas com toda força em cada lado da minha bunda.

– Para! – Tentei escapar e lutei, caindo com metade do corpo para fora da cama, minhas mãos no chão, meu cabelo se fechando em meu rosto. Furiosa, lutei, mas ele era bem mais forte e puxou minhas duas pernas abertas, indo entre elas, sua mão pesada estalando com força nos globos redondos e ardentes. – Desgraçado!

Torci o corpo, engatinhei, e só meu quadril continuou na beira da cama. Consegui me contorcer e caí de joelhos, já me virando e levantando. Fui com tudo pra cima dele e me irritei mais quando Matt riu e agarrou meus dois punhos enquanto eu montava sobre seu quadril em um pulo e o derrubava deitado na cama. Seus olhos esverdeados encontraram os meus, em um misto de tesão e risada.

– Me solta! – Tentei puxar os braços, meus movimentos privados por suas mãos de ferro, a calça embolada em meu quadril também me atrapalhando. Senti um misto de ódio e terror, e foi só fitar meus olhos para que Matt me largasse de imediato.

– Sophia... – Havia preocupação em seus olhos, mas, furiosa e vingativa, cravei as unhas nos músculos de seus braços e desci a boca em seu peito, dando uma mordida com vontade.

– Porra! Sua cadelinha! – Agarrou meu cabelo com força e puxou um punhado na nuca, para trás. Mas mordi e dei um grande chupão, sem querer largar.

Matt girou o corpo e me derrubou na cama, vindo por cima, seus olhos cheios de irritação, sua mão indo firme em minha garganta. Seu corpo me imobilizou, e a pressão que fez me enforcando acabou me obrigando a tirar os dentes. Agarrei sua mão com as minhas duas, tentando tirá-la da minha garganta um tanto assustada, até que percebi que ele controlava a pressão e não apertava demais.

– Sai! – Berrei, me debatendo, mas Matt tinha outros planos. Parecia possuído, furioso, seus olhos ardendo. A mão livre foi na frente da minha blusa e puxou, fazendo os botões pularem. Não usava sutiã, mas um top cor da pele que ele abaixou sem preâmbulos, expondo meus seios, sua boca já agarrando um mamilo com força.

Gritei, pois fui invadida por um tesão violento. Sua mão ainda se mantinha firme em minha garganta, a boca quente mamando em mim e mordendo, seu corpo musculoso pesando e imobilizando o meu, o pau duro dentro da calça pressionando minha coxa. Agarrei seu cabelo e gemi sentindo a vagina latejar quente e se molhar toda. Puxei os fios com força, só por não dar o braço a torcer mesmo, pois estava tão gostoso que tive que engolir um gemido.

Deu chupões em meu mamilo, em um misto de dor e desejo, resistindo, me deixando no ponto, excitada além da conta. Sem controle, arquejei em busca de ar e me remexi, angustiada. Tanto eu quanto ele estávamos corroídos pelo tesão e nem tiramos toda a roupa. Em questão de segundos sua mão ia entre nossos corpos e minhas coxas, os dedos longos encontrando-me melada e entrando em mim com força.

– Ah... – Perdi o controle. Foi uma delícia, e gemi rouca, sabendo que tinha que lutar, mostrar que não era a submissa que ele pensava.

Abri mais as pernas e envolvi seus quadris. Lamentando um pouco, cravei os saltos finos dos sapatos contra os músculos duros de sua bunda, sabendo que isso o afastaria de mim e não querendo, mas lutando para demonstrar que estava na jogada, querendo o poder.

Matt até que resistiu. Apertou mais meu pescoço e mordeu o mamilo, mas enterrei os saltos e ele grunhiu um palavrão, tirando os dedos que comiam minha boceta e abrindo minhas pernas para o lado com força. Lutamos e nos engalfinhamos, até que nós dois rolamos para fora da cama. Consegui levantar primeiro e na mesma hora pisei em seu peito com os saltos finos. Vi seu olhar de dor e raiva quando segurou minha perna e me derrubou na cama. Já caí engatinhando sobre ela, fugindo, indo para o outro lado. Virei rapidamente, respiração alterada, quando me vi de pé perto da parede, pronta para continuar.

Ele estava de pé, também com a respiração pesada. Vi o chupão em seu peito bem marcado, assim como os ombros e braços lanhados, vermelhos. Seu cabelo estava todo bagunçado e seu olhar era pesado, duro, como se fosse me castigar sem pena se me pegasse. Sorri, mas estava cheia de tesão. Que só aumentou quando o vi puxar um preservativo do bolso e abrir a calça. Veio até mim devagar, tirando o pau ereto de dentro da cueca e se cobrindo com a camisinha.

– Onde acha que vai meter isso? – Dividi minha atenção entre Matt, se aproximando com o pau batendo na barriga, a calça aberta, um olhar feroz, e uma possível escapada de onde eu estava. Puta merda, que homem danado de gostoso! Quase me joguei na cama e abri as pernas, deixando que fizesse tudo que queria comigo. Mas meu orgulho, meu desejo de superioridade, não permitiu e duelou com aquele desejo que só me amedrontava.

Matt não respondeu. Virei em direção ao banheiro, mas então ele correu. Agarrou meu cabelo longo, enrolando-o como um rabo na mão, forçando-me em direção a uma cadeira. Caí para frente e agarrei os braços da mesma. Nem tive tempo de pensar e já terminava de descer minha roupa até as coxas, deixando sua calça cair também.

Matt me pegou firme por trás e me penetrou com força na vagina que pingava. Gritei, alucinada de raiva, mas sobretudo de um tesão estarrecedor. Confesso que foi uma delícia sentir seu pau longo e grosso me devorando tão apertado e bruto, mas me debati, e isso só o fez ser mais duro. Quase ajoelhei na cadeira, ficando nas pontas dos sapatos.

— Tudo isso para acabar assim, embaixo de mim, com meu pau bem duro enterrado na sua boceta? Hein, putinha?

— Me larga... — a voz saiu muito mais baixa e rouca do que quis. Sua mão enrolada no meu cabelo e o outro braço firme em volta da minha cintura tornavam impossível escapar e, quanto mais me debatia, mais me comia com força.

Meu coração disparava sem controle. Meu corpo todo se esticava e se abria para recebê-lo, minha boceta em espasmos convulsivos. Busquei o ar com a boca aberta e Matt entrou todo em mim, puxando minha cabeça para trás, dizendo duramente em meu ouvido:

— Você precisa entender quem manda aqui. Quando eu quiser te comer, vai se deitar e esperar, nua e aberta, pronta para que eu faça tudo que quiser.

— Vai sonhando! — Arquejei, embora tudo me excitasse além da conta.

— Ainda vou ver você me oferecer essa bunda e suplicar para que eu use meu chicote nela. — Lambeu minha orelha e a mordiscou, estocando tão fundo dentro de mim que a cabeça do seu pau empurrava meu útero. Eu estava esticada e toda melada, escorrendo pelas coxas, sugando-o para dentro inconscientemente, arrebatada pela luxúria.

— Nunca... — Arfei, me debati, mas enfim deixei que me comesse, pois era delicioso demais e o orgasmo já se acumulava denso e quente dentro de mim.

A cadeira balançava com cada estocada, meu couro cabeludo doía onde era puxado, minha vulva estava tão arreganhada e fervendo que chegava a latejar, fora de controle. Parecia ter vida própria e me deixava alquebrada, dominada pelas sensações avassaladoras que Matt despertava em mim.

Meu consciente me ordenou que lutasse. Pensei em amarrá-lo e vendá-lo, usar meu chicote nele como castigo, mas nada me excitou mais do que estar ali, presa e fodida, uma fêmea pega à força por seu macho, adorando cada estocada, cada lambida na orelha, indo à loucura quando sua mão livre beliscou a torceu um mamilo com força.

– Você é uma loba. Feroz e violenta. – Matt murmurou em meu ouvido, sua mão descendo em minha barriga suada, os dedos me deixando doida quando passaram pelos lábios vaginais melados, buscando o clitóris, manipulando-o suavemente até que começava a inchar, sensível e dolorido. Sua voz baixa e rouca espalhava arrepios em minha pele ardente. – Mas se esquece que até a loba mais forte obedece ao lobo, ao alfa. E você vai obedecer a mim, Sophia.

– Você está louco... – Me debati, lambi os lábios secos, fitei os quadros da parede em frente sem realmente ver, pois eu parecia entrar em combustão, desesperada demais em minha paixão para perceber totalmente as outras coisas. Ainda mais quando senti o dedo do meio dele mergulhar em minha vagina, penetrando ali junto com seu pau. Estremeci violentamente e arquejei, enfiando as unhas nos braços da cadeira.

– Ainda vou ver você ajoelhada aos meus pés. – Não acreditei quando espalmou a mão grande em minha boceta e puxou o pau para fora. Enfiou três dedos dentro de mim e, sem vacilar, forçou o pau. Gritei, pois ardeu e ficou muito apertado, mas foi tão gostoso que minhas pernas bambearam e tive que me ajoelhar na cadeira e agarrar o espaldar com força, arquejando, delirando, pingando. Comeu-me duro, penetrando com força, em uma foda dolorida e violenta, cada estocada fazendo sua palma roçar meu clitóris duro e sensível. Sua voz completou toda aquela loucura que me consumia: – Ajoelhada e de cabeça baixa, chupando meu pau bem obediente. É assim que ainda vou ver você, Sophia.

– Para... – Gemi, querendo sentir raiva, querendo rir e debochar, mas sem suportar o tesão arrasador, as coisas que fazia com meu corpo, que me deixava sem forças, equilibrando-me à beira de um desejo ensandecido e sem igual.

– Parar o quê? De falar que vai ser minha submissa perfeita? Que vai adorar ser pendurada e surrada sempre que eu quiser? Ou parar de te foder com meu pau e meus dedos, como se tivesse dois pênis na sua bocetinha?

– Ah... – Estremeci, arrebatada, sendo devassada por aquele desejo que nunca provara antes, maior que tudo, que minha vontade e razão, que qualquer coerência.

Abri mais as pernas, latejando, enquanto seus dedos massageavam meu ponto G por dentro e seu pau estocava com violência em minha vulva. Puxou mais minha cabeça e mordeu meu pescoço, cravando os dentes, chupando como um vampiro faria, pressionando mais e mais dentro de mim. Então algo descontrolável se avolumou e se concentrou na minha boceta e explodi. Ao mesmo tempo gozei, gritei e ejaculei, alucinada, fora de mim.

Um líquido claro e cristalino jorrou em sua mão e pingou na cadeira, eu me quebrei e pensei que morreria, apertando convulsivamente seus dedos e seu pau, chorando fora de mim, além de qualquer raciocínio ou controle. Continuou a me foder e dar o chupão no pescoço, a meter em mim sem dó, enquanto o orgasmo se multiplicava e eu sentia que ia morrer de tanto gozar. E enquanto eu suplicava e estalava como uma garotinha entregue e arrebatada, Matt gozou também, seu pau parecendo inchar mais e se enterrar tão fundo que nunca mais sairia dali, gemendo rouco.

Foi alucinante, fulminante e enlouquecedor. Parecia fazer xixi em sua mão, ao mesmo tempo que sensações embriagantes e estonteantes estendiam meu prazer sem limites, a ponto de tirar todas as minhas forças, em espasmos que me dopavam. Mesmo quando acabou, eu ainda estalava e palpitava, dolorida e lânguida quando tirou com cuidado os dedos de dentro de mim.

Matt lambeu onde tinha mordido e chupado no pescoço e tirou o pau lentamente. Me senti verdadeiramente uma loba quando é montada, fodida e mordida por seu macho até ficar dócil e deixá-lo se satisfazer até o fim. A única diferença foi o prazer fenomenal e devorador que senti com tudo aquilo. Estava fora de mim, nunca tinha gozado tanto na vida. Suada, molhada e latejando, só o que podia fazer era continuar lá, me segurando na cadeira, sem poder atinar direito com o que tinha sido tudo aquilo.

Senti sua mão acariciar suavemente meu cabelo, que tinha usado antes para me imobilizar. Estava de pé atrás de mim e beijou a lateral do meu rosto, carinhoso, me pegando no colo. Eu fui, sem opor resistência quando me carregou para o banheiro, meus olhos encontrando os dele.

Matt estava sério e parecia muito compenetrado, como se soubesse além do que eu sabia e entendesse tudo que havia acontecido, quando eu me sentia perdida. Não contou vantagem ou brincou com a minha entrega. Apenas fez o que sabia de melhor, cuidou de mim com carinho e zelo, enquanto abria o chuveiro e tomava banho comigo, lavando e ensaboando meu corpo ainda arrebatado de tanto prazer.

Beijou minha boca e me acariciou. Tudo o que fiz foi me segurar nele, como se estivesse sem forças para qualquer outra coisa além de abrir a boca e beijá-lo de volta, perturbada e devassada por tudo que sentia, pelas novidades que despertava em mim e que me desconcertavam.

Por um momento me dei conta, sensível, que ninguém tinha cuidado de mim assim, nunca. Matt me beijava e segurava como se eu fosse preciosa, demonstrava após o sexo um carinho que abalava todas as minhas estruturas, criava dentro de mim sentimentos que nunca julguei capaz de sentir. Ele tirava meu eixo e meu chão, me deixava confusa e trêmula, me assustava com desejos desconhecidos e entorpecedores.

Mesmo depois, quando nos arrumávamos para sair e eu conseguia falar de coisas superficiais, fingindo que não tinha acontecido nada de anormal, eu ainda me sentia perdida, preocupada, tão ligada a Matt que o medo vinha cada vez mais ganhando espaço dentro de mim. Dizia a mim mesma que era só sexo, mas o medo continuava lá, como uma pedra, pesando e incomodando.

Agora estávamos no Clube Castelo de Pedra. Levei-o em um tour pelo andar inferior, notando como observava tudo calado. Nada o surpreendeu ou alterou, nem o casal que passou por nós com o homem de quatro em uma coleira levado por sua Senhora, nem a mulher que era fodida amarrada de bruços em um cavalo de madeira, um Dom em seu ânus por trás, batendo com um pequeno chicote em suas costas e a humilhando verbalmente, enquanto ela chupava outro homem de pé na sua frente.

Outras sessões pareciam estar ainda se iniciando. A noite apenas começava naquele local. Saímos e voltamos a uma mesa perto do bar, onde Matt pediu duas tequilas e nos sentamos. Fitei-o, tão à vontade naquela cadeira, tirando o paletó e ficando só com o colete preto sobre a camisa branca, aquele chapéu-panamá dando-lhe um charme e uma sensualidade a mais.

Cheia de luxúria só de olhar para ele, imaginei-o nu só com aquele chapéu. Ou com um chapéu de caubói, enquanto metia em mim como um garanhão. Mordi os lábios, com raiva das coisas que passavam por minha cabeça. Ultimamente Matt enchia meus pensamentos de tal maneira que ficava difícil não imaginá-lo em situações diversas, mas sempre me pegando. Agarrei o copo de tequila e tomei um gole. Depois, busquei algo para dizer e me distrair:

– O que achou do clube?

– É legal. Bem parecido com o Catana, talvez um pouco maior. – Tomou um gole da sua bebida sem pressa e depositou o copo sobre a mesa, fitando-me atentamente.

Havia um abajur atrás dele, em outra mesa, formando uma auréola de luz em volta de seus cabelos loiros, deixando seus olhos mais claros. Parecia um anjo de verdade, não fosse aquela boca tentadoramente carnuda e aquele olhar quente e penetrante. Admirei-o, pensando como um homem poderia ser tão perfeito, lindo daquele jeito, ótimo amante e ainda bom caráter. Devia ter algum defeito muito grande nele. Além do fato de ser um dominador, o que já nem me incomodava muito, pois Matt não era arrogante nem se achava o dono da verdade como muitos que conheci. Pelo contrário.

Trocamos um olhar quente e Matt disse lentamente:

– Gostou dessa tarde?

– É, até que foi agradável. – Dei de ombros, como se fosse algo banal gozar e ejacular todo dia como eu tinha feito com ele.

Matt acabou sorrindo, achando graça.

– Agradável? Então vou ter que me esforçar mais da próxima vez. Quer jogar comigo aqui? – Provocou.

– Eu adoraria, Matt. – Sorri jocosamente, jogando meu cabelo longo para trás, meu olhar sem sair do dele. – Adoraria pôr você na Cruz de Saint Andrews, colocar um anel de pênis bem apertado no seu pau, uma venda nos seus olhos e usar meu chicote em você todinho, até ejacular no chão sem controle, todo lanhado e vermelho. Seria a coisa mais linda de se ver.

Se eu esperava irritá-lo, não consegui. Ele apenas riu, empurrando um pouco a aba do chapéu para trás, passando o olhar por mim de cima a baixo. Eu que me irritei, pois pareceu tão ridículo tudo que falei, como se fosse impossível de acontecer. Ergui o queixo e peguei mais pesado:

– Mas se você preferir, Matt, posso amarrar seus tornozelos juntos aos seus pulsos e deixar você preso e aberto enquanto espanco seu pau e sua bunda e ponho um plugue anal bem grosso em você.

O sorriso dele sumiu. E foi minha vez de me divertir, vendo que o tinha afetado. Matt disse sério e lento:

– Sabe quando vai acontecer isso, Sophia?

– Hoje? – Ergui uma sobrancelha, como em expectativa.

– Vou usar sua palavra preferida: nunca.

– Ah, Matt, que decepção! Um homem como você, tão sofisticado e acostumado ao nosso meio, com um preconceito desses?

– Não é preconceito – disse decidido. – Só não vou ser preso desse jeito e muito menos penetrado. Isso não é para mim.

– Tem muitos submissos que adoram inversão, querido. Eu mesma já dominei homens poderosos e ricos, muitos até famosos, que na vida deles normalmente abusam do poder, mas que para relaxar adoram ser feitos submissos em todos os papéis, inclusive sendo penetrados no ânus.

– Não tenho nada contra eles. Se gostam disso, torço para que aproveitem. Eu não.

O pior é que ele não se alterava. Simplesmente defendia seu ponto de vista, tão seguro como se nada o abalasse. Eu insisti:

– Você já experimentou?

– Não.

– Nunca?

– Nunca. – Tomou mais um gole de sua bebida, calmo.

– Mas como pode saber que não vai gostar?

– Não preciso comer cocô para saber que não vou gostar. – Seus lábios se ergueram levemente nos cantos.

– Querido, abra a sua mente. Eu sou experiente nesse tipo de coisa e adoraria iniciar você. E mais, quem experimenta, adora.

– Não, obrigado. É o tipo de curiosidade que não tenho. – Seu olhar era quente ao encontrar o meu. – Mas adoro amarrar e teria enorme prazer em praticar sexo anal em você.

– Nada disso. Se não temos acordo para um lado, também não temos para outro. – Dei de ombros. – Regras da vida!

Pensei que insistiria, mas deu de ombros também e tomou toda sua tequila, deixando o copo vazio na mesa e dizendo simplesmente:

– Ninguém pode dizer que não tentamos.

– Sophia! Minha bela! – Naquele momento um homem baixo e gordinho, muito bem vestido com um terno negro e gravata cor de vinho, se aproximou de nossa mesa com um enorme sorriso estampado no rosto. – Você voltou!

– José! – Eu me ergui, feliz da vida ao rever meu amigo e dono do clube. Abraçamos um ao outro com força, eu bem mais alta que ele, enchendo suas bochechas rechonchudas e macias de beijos. – Meu amigo, que saudade!

– Diga que está de volta! Diga! – Afastou-se para me olhar sob as sobrancelhas grisalhas e grossas. Seus olhos castanhos eram doces, felizes. Seu português bem diferente do nosso no Brasil, mais carregado, a pronúncia puxando as sílabas.

– Apenas de visita, meu amigo. Mas não poderia retornar ao Porto e não vir aqui ver você. Como está?

– Melhor agora! Pena que não voltaste de vez! Fizeste muita falta no clube.

– E Marina?

– Hoje ela não veio. Ficaria feliz em encontrar você.

Marina era uma Domme de quase 50 anos, casada com José, que era seu submisso. Tinham fundado o clube juntos. Eu os conheci ali através de amigos e passamos a fazer parte do mesmo círculo, mesmo fora do clube.

Matt nos observava e se levantou quando eu os apresentei:

– Meu amigo e patrão, Matheus Sá de Mello, e meu grande amigo e dono do Castelo de Pedra, José Maria Fernandes.

– É um prazer recebê-lo aqui.

– É um prazer conhecer seu clube – disse educado e simpático, enquanto apertavam-se as mãos.

– Estás gostando?

– Muito.

— Fiquem à vontade para participar do que quiserem. Já estás acostumado com esse ambiente ou veio só conhecer?

— Matt é um Dom, José. Frequenta um clube parecido no Brasil.

— É mesmo? Ora, pois! Que honra receber um Dom brasileiro! — José estava animado. — Como aqui é uma cidade que tem muitos turistas, temos visitantes de várias partes do mundo. És muito bem-vindo, amigo. E se está fixe, eu fico feliz!

— Fixe? — Matt não entendeu direito. Eu expliquei com um sorriso:

— É uma expressão que diz "estar muito bom".

— Sim, claro. — Sorriu para José. — Estou ótimo aqui.

— Perfeito! Hoje é dia de apresentação e aula em uma das salas do castelo. Em que você é especialista?

— Em shibari. E chicote longo. — Expliquei no lugar de Matt. E emendei, provocando: — Aposto que ele adoraria dar uma palhinha para vocês.

Matt fitou-me. E então disse com um tom agradável:

— Ficaria feliz, José. Se Sophia quiser ser minha parceira na demonstração.

— Maravilhoso! — José se animou.

Eu disse na hora para meu amigo, mas sem tirar os olhos de Matt:

— José, sabe que sou uma Domme. Não posso fazer o papel de uma submissa em uma sessão.

— Mas é só uma demonstração, amiga! Vamos, digas que aceita!

De repente me vi vítima de minha própria brincadeira. Matt ergueu uma sobrancelha e sorriu, como para me desafiar. Mas ele não sabia como ser presa, ter meus movimentos nulos, poderia me trazer desespero, quase uma fobia. E também não ficaria lá parada enquanto usava um chicote em mim. Assim, disse bem séria e decidida:

— Não.

— Mas querida...

— Não, José.

Ele suspirou, mas acenou com a cabeça. Olhou para Matt:

— Vamos, faças a demonstração em uma de nossas submissas, amigo.

— É melhor não. – Ele amaciou a recusa com um sorriso educado. Eu insisti:

— Não custa nada, Matt. Eu também gostaria de ver a apresentação.

— Não. Vim com você e não quero jogar com outra submissa.

— Mas não precisas jogar, Matheus – insistiu José. – Apenas vais demonstrar como preparas um shibari e depois como utilizas um chicote longo, que é o mais difícil de ser aprendido por um Dom. Muitos nem se arriscam. Temos vários curiosos hoje aqui que apreciariam uma aula. O que me dizes? Não precisas ter nada de sexual no meio.

— Aceite, Matt. Em um favor ao meu amigo – pedi, com sinceridade.

Ele analisou a questão um pouco. Por fim, acenou com a cabeça.

— Tudo bem. Mas realmente não quero me relacionar sexualmente com a submissa. – Olhou para mim significativamente.

José se animou todo.

— Vou preparar tudo e anunciar! Já volto!

Depois que ele saiu, eu disse baixo a Matt:

– Não temos nenhum compromisso sério. Não se prenda por mim.

– A única submissa que quero está na minha frente.

Seu tom rouco fez meus instintos tremerem, mas suas palavras causaram rebuliço e acabei rindo:

– Ah, anjinho, você é uma graça. Só nos seus sonhos!

– Ainda vou provar que tenho razão.

– Como eu disse, um sonho.

Tudo foi preparado no maior salão do clube, onde ficavam a Cruz de Saint Andrews, os cavalos e mesas de tortura e os ganchos e polias do teto e do chão voltados para imobilização e para içar as pessoas. Na parede havia uma pilha com todos os tipos de chicote, dos menores aos maiores, assim como correntes, palmatórias de couro e madeira pequenas e grandes, canes compridos.

Eu e Matt fomos para a sala, e várias cadeiras e poltronas já estavam ocupadas pelos visitantes. José separou duas poltronas bem perto do centro para mim e para ele, onde nos acomodamos para assistir Matt. Uma bela submissa completamente nua, com cabelos castanhos e pele muito branca, um corpo normal e bonito, estava no centro do salão muito quieta, cabeça baixa, mãos para trás, uma submissa bem adestrada, sem erguer os olhos para ninguém.

Sentei, olhando-a com certa desconfiança, mesmo tendo sido eu a insistir para que Matt participasse da sessão. Indaguei a mim mesma se ele a acharia bonita, se ficaria excitado quando começasse. E então o fitei. De pé ao meu lado, tirou o colete e deixou junto do paletó, escorados na poltrona em que eu estava sentada. E seus olhos encontraram os meus, enquanto dobrava as mangas de sua camisa branca.

– Quer que eu pare? – Perguntou baixo.

– Claro que não. É só uma aula. – Forcei um sorriso, sem entender por que me incomodava tanto imaginá-lo chegar perto da mulher nua.

– Tudo bem. Mas se quiser, eu paro.

– Não. Quero ver você em ação.

Ele acenou com a cabeça e se virou. Caminhou até os diversos tipos de corda sobre uma mesa grande e pegou uma. Ainda com o chapéu, virou um pouco a cabeça para trás e fitou-me atentamente. Por um momento, senti meu coração falhar uma batida. Havia algo quente e duro em Matt, algo que parecia me torcer por dentro e me invadir, sem controle. Tive um desejo imenso de tirá-lo dali, percebendo o que era tudo aquilo que eu sentia. Desejo e ciúme.

Lutei comigo mesma. Cruzei as pernas, sem dar o braço a torcer, sorrindo sensualmente e estampando uma expressão no rosto como se o incentivasse a continuar, muito senhora de mim. Mas sentia o estômago gelado e muita irritação.

Matt não disse nada. Deu-me as costas e caminhou até a moça de uns 25 anos parada no meio do salão. Fiquei imóvel enquanto ouvia a voz dele irradiar por todo o salão onde de fundo só tocava uma música instrumental triste, levemente dramática. Todos estavam em silêncio. E seu timbre grosso e rouco se fez ouvir entre os espectadores, em uma ordem firme:

– Olhe para mim.

De imediato a moça ergueu os olhos castanhos, ficando com as bochechas coradas ao ver o quanto era bonito. Tive raiva e sacudi o pé, irritada ao extremo quando percebi os dois se fitando.

– Qual é o seu nome?

– Lúcia, Senhor – disse baixinho.

– Lúcia. – Repetiu Matt, no mesmo tom. Seus olhos pareciam dominar os dela, e a moça nem respirava, muito ligada a ele. – Sabe o que faremos aqui?

– Sim.

– Você será amarrada. Ocasionalmente perguntarei como está. Se tudo estiver bem, diga "verde" e eu continuo. Se a estiver machucando ou apertando, é só dizer "vermelho". Entendeu?

– Sim, Senhor.

Ele acenou, e na hora ela abaixou os olhos, imóvel, submissa. Matt virou-se para o público, passou os olhos por eles e então me fitou. Explicou, como se dissesse para mim:

– O shibari é uma técnica oriental de imobilização que teve origem no Japão e foi adicionado ao bondage. Teve início na era feudal, quando militares não tinham grilhões para garantir que os prisioneiros não fugissem e assim usavam cordas com nós para prendê-los, já que as cordas eram utilizadas no dia a dia. Aos poucos os nós e amarras foram ficando cada vez mais entrelaçados e difíceis, até que virou uma espécie de arte. No BDSM, a sensação de aprisionamento, de ficar totalmente à mercê de outra pessoa, sem seus movimentos, muitas vezes imobilizado de ponta-cabeça, traz um prazer sem igual para os amantes do shibari.

Enquanto falava, Matt foi dando uns nós intrincados na corda e se aproximou de Lúcia. Passou o nó pela cintura dela e dali a contornou, continuando com a aula:

– Medidas de segurança precisam ser tomadas para evitar acidentes, como a perda da circulação ou que lugares fiquem roxos e gelados. Nada de amarrar nas articulações e em locais com muitas veias nem com pouca proteção muscular. Pescoço nem pensar. E também não se pode apertar muito. O ideal é que a pessoa possa suportar por volta de meia hora sem desconforto e, durante esse tempo, ela terá seus locais erógenos manipulados ou o que aprouver ao dominador, que terá o submisso literalmente em suas mãos. Esse é um modo simples de imobilização.

E Matt demonstrou, passando a corda pelos ombros dela em forma de V, cruzando-a no peito e passando-a em volta dos seios até as costas. Fez o mesmo pela cintura e em volta do quadril, prendendo seus braços atrás e ali fazendo um nó complicado.

– Vire-se. – Ordenou à moça, que na hora obedeceu. Matt apontou para o nó firme e explicou: – Aqui é possível prender o gancho e içá-la. Mas terá ainda os movimentos das pernas.

As pessoas observavam com interesse. Eu admirava Matt ainda mais, por sua destreza e perícia com o shibari. Não era como muitos que tiravam onda se achando o máximo, pouco se importando com o submisso, querendo apenas aparecer. Quase não tocou na moça e foi bem didático. Mas era seguro, dono de si e da situação, cuidadoso com a moça. Parte do meu ciúme se foi ao notar que não se ligava a ela sexualmente, apesar de estar nua.

Matt aproveitou o que já havia feito e foi até a mesa, voltando com mais uma corda. E explicou, enquanto contornava seu corpo com mais cordas e nós elaborados:

– Essa é uma técnica mais elaborada, onde o submisso perde todos os movimentos. Tudo bem com você? – indagou a Lúcia, que disse baixinho:

– Verde.

Não teve pressa, mas seu trabalho era tão bem-feito, que todos os olhos se voltaram para seus dedos ágeis e longos, principalmente quando deitou a moça de bruços e dobrou sua perna para trás, primeiro uma, depois outra, até que amarrou seus tornozelos aos nós dos pulsos e costas, formando um nó vazado e bem articulado onde desceu o gancho e prendeu. Com um controle, içou o gancho, e a moça foi erguida na horizontal, pendurada, balançando de leve. Deixou-a lá, e uma onda de aplausos ocorreu no salão, enquanto José se levantava sorridente e sorrindo, dizendo ao público:

– Matheus é um Dom no Rio de Janeiro e também utiliza o chicote longo como prática. Podes nos dar apenas um aperitivo, meu amigo?

Observei Matt acenar com a cabeça. Ele tirou o maior chicote da parede e voltou. Estalou-o de repente, sem que as pessoas esperassem, criando um estalido seco que fez muitos pularem da cadeira e depois rirem nervosamente. Eu o olhava, quase sem conseguir piscar, excitada, dolorida, ansiando por algo que nem eu sabia o que era.

Ele parou a certa distância de Lúcia, que continuava pendurada, seus cabelos balançando ao lado de seu rosto. Olhou-me duro com aquele chicote longo e negro na mão, o chapéu deixando seus olhos nas sombras, mas eu os sentia com perfeição me consumindo. Soube que estava com desejo, mas não pela submissa ou qualquer outra naquela sala, mas por mim. Era como se todo ele gritasse a vontade que tinha de me amarrar e usar, me chicotear e fazer implorar.

Engoli em seco, minha calcinha toda molhada, uma vontade louca de me dar, de experimentar, de ser dele como estava louca para fazer. Mas me contive, imóvel e calada, lutando com paixões e medos dentro de mim. Nunca poderia me entregar a um homem daquele jeito. Nunca.

Como se soubesse, Matt disse ao público naquela sua voz grossa, contendo o que sentia, sendo o mais literal possível. Sacudiu e estalou no ar novamente o chicote com perícia:

– Para cenas de iniciantes ou mais leves, recomendo chicotes menores e de tiras macias. Mas para cenas mais pesadas, uso o *bullwhip*, esse chicote longo no estilo "Indiana Jones", que não deve ser utilizado por quem ainda não tem habilidade no manuseio, pois com um mínimo de força física pode causar grande estrago, atingir um lugar errado como o rosto ou lacerar a pele. Não é uma ferramenta com a qual se possa brincar. Mas com prática e dosando bem a força, é possível fazer uma cena *hard*, duradoura e prazerosa. Alguns, como esse, possuem uma saliência de náilon na ponta que cria uma aguda sensação de picadura na pele.

Matt virou-se para Lúcia e indagou:

– Verde ou vermelho para o chicote, escrava?

– Verde. – Sua voz saiu tremida, mas cheia de desejo.

Eu já tinha visto inúmeras cenas de uso de chicotes em submissos, ali e em outros clubes. Eu mesma já tinha usado chicotes em submissos, mas nunca aqueles. Tinha certo medo de machucar outra pessoa e preferia os meus, menores e de tiras. Mas sabia que os maiores requeriam muita habilidade.

O que eu nunca tinha visto era um homem como Matt utilizando-o. Lindo, alto e maravilhoso, muito à vontade com seu chapéu e chicote na mão, não havia nada de angelical nele naquele momento. Parecia exalar poder, sensualidade, dominação, atraindo todos os olhares. E quando o couro longo foi de encontro ao corpo da moça todo imobilizado, o chicote se envolvendo como uma língua estalada em volta de sua cintura, costas e quadris, senti o tesão me invadir como se mil labaredas me percorressem. Entreabri os lábios e arquejei, molhada e latejante, abalada.

Lúcia gemeu, e Matt puxou o chicote com destreza, andando em volta dela, dando certa distância. Daquela vez, o estalou em suas costas, descendo pela bunda nua, deixando um vergão vermelho na pele branca. Indagou alto, sua voz carregada, pesada, dura:

– Verde ou vermelho?

– Verde... Por favor... – a moça suplicou, seu corpo se sacudindo de leve, pendurado, arfante. Estava visivelmente muito excitada e implorou: – Senhor, me deixes chupar seu pau... Por favor...

Eu tinha certeza que em uma cena normal Matt a masturbaria, enfiaria seu pau nos orifícios dela, pegaria bem mais pesado e sentiria prazer em dominá-la com palavras também. Mas tinha prometido uma apresentação sem cunho sexual e cumpriu. No entanto, quando ergueu a aba do chapéu para cima e seus olhos esverdeados encontraram os meus, vi a fome com que me encarou, que parecia rugir dentro dele. Por um momento temi que fosse até a mulher para se aliviar, mas então me dei conta que isso não passou pela cabeça dele. Queria, sim, era me foder.

Largou o chicote sobre a mesa, e seu olhar era intenso, penetrante, violento. Agarrou o controle e a desceu até o chão, onde soltou o gancho. Não a tocou mais do que o necessário para desamarrar os nós e cordas com perícia, enquanto a moça respirava arquejante e excitada. E eu não podia tirar os olhos dele, ansiando, querendo, precisando tanto de Matt que até doía.

Demorou demais para quem estava no ponto como eu, com o coração disparado e o corpo em chamas. Mas por fim Matt terminou e ajudou a moça a levantar, que o olhou suplicante.

– Tudo bem?

– Sim, Senhor... – Encantada, parecia a ponto de romper seus ensinamentos de submissão e pedir por mais. No entanto, Matt não lhe deu chance. Veio até mim com o olhar flamejante, sem dar satisfações a mais ninguém. Agarrou seu paletó e colete com uma das mãos e meu braço com outra, erguendo-me, levando-me dali.

– Matheus, Sophia... – José se levantou também, mas acabou sendo deixado para trás, pois nem eu nem Matt tínhamos condições de esperar mais.

Levou-me para fora e percebi que eu tremia.

Apavorada, notei que só queria uma coisa naquela noite. Ser a submissa de Matt.

MATT

Na rua em frente ao clube havia um táxi estacionado. Não quis saber se estava esperando alguém ou disponível. Abri a porta com um safanão e praticamente empurrei Sophia lá dentro, indo logo atrás, meu corpo ardendo, gritando por uma necessidade esfomeada que me atacava sempre que eu prendia uma mulher e usava o meu chicote. Mas daquela vez tudo foi bem diferente. A mulher por quem meu corpo gritava não era a submissa do clube, mas Sophia.

O taxista olhou para trás e já ia nos cumprimentar com um sorriso, mas rosnei já me virando para a mulher que me tirava completamente do eixo:

– Yatman Hotel. Rápido. Pago o dobro se for bem rápido.

Na mesma hora o homem arrancou com o carro. Sophia me fitou com seus olhos escuros um pouco arregalados e não dei tempo para que reagisse. Enfiei a mão em seu cabelo na nuca e a puxei para mim, já saqueando a sua boca, abrindo a minha e metendo a língua esfomeada entre seus lábios, beijando-a com tudo, com paixão, tesão e aquele desejo duro e bruto que me dominava quando sentia o gostinho do poder.

Ela agarrou minha camisa com força e me beijou com o mesmo desespero, como se a ânsia que me percorria fosse contagiosa. O tesão veio violento e chupamos a língua um do outro, em combustão, alucinados. Trouxe-a tanto para mim que só faltou sentar em meu colo, colada e arfante, suas unhas em minha pele, a mão em meu peito, afastando o tecido da camisa, como se precisasse me tocar ou morreria.

Eu sabia o que era aquela sensação, aquela fome que era mais do que necessidade, aquele vulcão em erupção que engolia tudo e concentrava cada parte do meu ser, uma embriaguez voluptuosa de desejo e tesão que não dava para controlar. Nunca me senti assim, tão desesperado por uma mulher, seu cheiro e seu gosto me deixando doido, seus suspiros penetrando até minha alma, cada parte minha ligada completamente a ela.

Esquecemos o motorista. Meus dedos se firmaram em seu cabelo e puxei sua cabeça para trás, descendo a boca aberta por seu queixo e garganta, chupando-a, mordendo-a, adorando o gosto e o cheiro de sua pele, dominado pela luxúria, meu pau tão duro que doía. Ela gemeu e seus dedos subiram por meu pescoço e se enterram em meu cabelo, torcendo-o com força, esfregando os seios fartos em meu peito.

Espalmei a mão em sua bunda e puxei sua coxa para meu colo, na mesma hora Sophia pressionou a coxa em meu pau enquanto se arrepiava toda com as mordidas que eu dava em seu pescoço e ombro, ambos já no limite, arquejando, apertando, se dando.

Eu estava a ponto de transar com ela ali, um tesão animalesco tirando meu raciocínio, a vontade de me enterrar nela sendo mais forte do que tudo, minha respiração alterada se mesclando à dela. Por um momento, em meio a toda aquela paixão, eu me indaguei o que era aquilo. Passava de atração, de sexo, de pele. Era algo maior, que engolfava e tomava, que exigia sempre mais.

E enquanto eu era engolido por tanta ânsia, só me dei conta que o táxi tinha parado quando o motorista avisou alto:

– Yatman Hotel, senhor.

Eu me imobilizei e respirei fundo. Ergui a cabeça e encontrei o olhar pesado e cheio de lascívia de Sophia. Foi um custo me afastar dela, mas tive que fazê-lo. Respirei fundo, puxei a carteira do bolso e saquei várias notas, possivelmente mais do que o triplo do que valia aquela corrida.

Quando enfiei na mão do homem, ele nos olhava com olhos arregalados e que quase pularam da órbita ao ver o tanto de dinheiro.

– Obrigado. – Escancarei a porta, agarrei meu colete e casaco com uma das mãos, o braço de Sophia com a outra e saímos do carro de uma vez, enquanto o homem sorria e agradecia várias vezes.

Entramos no saguão do hotel e havia algum tipo de evento ali, pois várias pessoas se reuniam para pegar os elevadores. Engoli um palavrão, sabendo que não poderia ficar ali esperando. Ouvi os saltos altos de Sophia batendo no piso enquanto a carregava para as escadas e subia pelos degraus da escadaria com corrimão de madeira trabalhada. Não olhei para trás enquanto subíamos um lance, mas ao chegarmos ao segundo patamar, silencioso, eu a puxei para a parede e a encostei ali.

Só deu tempo de nos olharmos nos olhos e foi ali que eu vi. Vi um desejo ensandecido e golpeante como o meu e mais, que não entendi, que dava a ela algo de frágil em meio à sua força. Abri a boca, confuso, perturbado, querendo verbalizar e entender tudo aquilo, mas fitei seus lábios inchados e úmidos e o tesão foi violento demais para me deixar raciocinar.

Encurralei-a na parede e nos agarrarmos esfomeados, logo o beijo explodindo quente e gostoso entre nós. Sophia apertou minha bunda com as duas mãos e se esfregou enlouquecida em meu pau, enquanto eu puxava com violência seu decote para baixo e massageava seu seio nu, a outra mão subindo por sua coxa dentro da saia, sobre a meia-calça, até gemer rouco ao finalmente tocar a pele nua de seu quadril entre a renda da meia e a calcinha.

Deslizei os dedos por sua virilha e cheguei a calcinha molhada para o lado, encontrando sua carne macia e depilada toda melada, deixando-me mais doido ainda. Enfiei dois dedos dentro dela com tudo e sua bocetinha se abriu e latejou, despejando mais do seu mel, enquanto arfava na minha boca, chupando minha língua.

Na escada silenciosa e vazia, nós nos beijamos com volúpia e lascívia. Sophia levou as mãos para frente estufada da minha calça e abriu o botão, desceu o zíper, ansiosamente baixando a cueca e agarrando meu pau com todos os dedos. Masturbou-me e foi minha perdição. Líquido escorreu da ponta, mas segurei o gozo. Puxei do bolso uma cartela de preservativos que, na pressa, caiu no chão.

– Merda... – Reclamei puto, soltando-a para pegar as camisinhas. Sophia riu e aproveitou para se soltar e correr para os degraus. Agarrei os preservativos do chão e corri atrás dela, dizendo rouco: – Onde você pensa que vai?

– Para o quarto! Vamos ser presos por ato obsceno!

Nem tinha subido dois degraus e eu a agarrei por trás. Fechei firme a mão em sua garganta, um dos braços em sua cintura, roçando o pau nu pela calça aberta em sua bunda.

O casaco e o colete em meu braço caíram no chão. Rosnei esfomeado:

– Queria que fosse você naquelas cordas. Nesse momento eu estaria fodendo cada orifício seu e chicoteando essa bunda gostosa...

– Eu sei que queria. – Remexeu-se contra mim e, safada e provocante, ergueu a própria saia até a cintura, deixando-me alucinado com a calcinha fio dental que pouco fazia para cobri-la. – Mas vai ter que se contentar com isso.

– Hum... Até que não é tão mau... – Com um safanão, puxei violentamente sua calcinha e a arranquei. Sophia deu um grito estrangulado e tentou se livrar, não sei se porque estava mesmo querendo terminar tudo no quarto ou se só para continuar com aquela perseguição de gato e rato.

Subiu correndo os degraus, sua bunda nua me chamando, linda e redonda, as pernas intermináveis naqueles saltos altos, o cabelo comprido batendo nas costas. Rasguei com os dentes uma embalagem da camisinha e meti o resto no bolso, inclusive sua calcinha em farrapos. Deixei que desse distância suficiente enquanto cobria meu pau babado com o preservativo e peguei meu paletó e colete. Então subi os degraus de dois em dois, decidido, diminuindo rapidamente a distância.

Ela olhou para trás e tentou correr mais, ao me ver tão perto. Já tinha chegado no outro patamar quando agarrei seu tornozelo e puxei. Se desequilibrou e segurou no corrimão, mas então eu já a erguia por trás e descia de joelhos no chão, dando um tapa violento em sua bunda, ajoelhando atrás e trazendo seu quadril para mim.

– Vem aqui, cadelinha...

– Me solta! – reclamou entre furiosa e excitada, mas não lhe dei escapatória. Segurei-a firme e meu pau abriu caminho em sua boceta toda encharcada, deixando-me doido em sua maciez e quentura, apertadinha e em espasmos. Deixei a roupa que carregava pendurada em meu braço e não a soltei.

Meti com vontade, e Sophia arquejou, apoiou as mãos no degrau em frente e deixou que eu enfiasse o pau todo, várias vezes, em estocadas duras e brutas. Agarrei uma de suas coxas por baixo, em um gancho com o braço, erguendo-a alto, arreganhando-a mais para enterrar até minhas bolas baterem em sua pele. Gememos juntos, arrebatados pelo tesão. Puxei seu cabelo com força e a fodi ferozmente.

A porta de baixo que dava para as escadas bateu e ouvimos vozes e passos de pessoas que subiam. Xinguei baixo. Sophia se jogou para frente, ajeitando a saia para baixo, se levantando. Fiz o mesmo e ela riu ao me ver pôr o pau para dentro da calça com camisinha e tudo, agarrando minha mão e me puxando:

– Vamos sair logo daqui, Matt. – E subimos o resto da escadaria até sairmos no corredor vazio e corrermos para o quarto como duas crianças fujonas. Acabei rindo com aquela loucura toda, mas meu coração disparava loucamente.

Bati a porta. Sophia olhou para trás, excitada, o tesão em cada parte da sua expressão. Então seguiu em frente já arrancando a blusa e a saia. Eu a segui mais lento, largando o paletó e o colete no sofá, tirando minha camisa e depois os sapatos e a calça. Por último, arremessei o chapéu-panamá longe. Sophia me provocou com seu rebolado, com aquela bunda bonita que era uma tentação. E então, não fez nada do que imaginei. Trepou no banquinho alto do bar e apoiou os braços no balcão, a bunda nua quase para fora do banco de tão empinada, sua cabeça se voltando para trás e me lançando um olhar travesso, cheio de tesão, lambendo os lábios.

Fui até ela, meu coração disparado, meu sangue correndo violento nas veias. Fui consumido por sua visão sensual e linda, pelo desejo que me corroía por inteiro. Quis muito pegar meu cinto e surrar aquela bunda. Quase voltei para pegá-lo, mas sabia que perderíamos tempo brigando e tudo o que eu queria era estar de novo dentro dela.

Parei às suas costas e fitei seus olhos, afastando o cabelo comprido de seus ombros, escorregando minhas mãos por sua pele macia e morena até a bunda, enchendo-as com a carne redonda e firme. Abri as duas bandas e passei o dedo indicador em seu ânus, avisando em tom baixo e firme:

– Fique bem quietinha. Vou cuidar de você.

– Cuidar como?

– Vou te mostrar. Vire para frente e feche os olhos.

– Ou?

Eu apenas a encarei bem firme, sério, o tesão acumulado desde o clube me deixando sem espírito para brincadeira. Pensei que reclamaria, tentaria se impor, mas não fez nada disso. Surpreendentemente, obedeceu, virando-se para frente. O desejo aí me pegou de vez e abri mais sua bunda, me abaixando de joelhos. Estremeceu da cabeça aos pés quando lambi seu cuzinho devagar.

– Ah, Matt...

Deixou escapar, rouca, quase dolorosamente. Passei a língua lentamente, enchendo o orifício de saliva, me embriagando com a delícia que era provar mais um pouco dela. Desci até sua vulva encharcada e chupei um pouquinho, retornando pelo mesmo caminho até voltar a lamber e rodear o ânus que já latejava em antecipação. Era mais do que hora de fazê-la me ter ali, todo enterrado dentro dela.

Deixei-a bem molhadinha, até que tremia e se empinava cada vez mais. Só então me levantei, meu polegar já se enterrando no buraquinho, minha boca subindo por sua coluna, mordiscando suas costas, arrepiando-a toda. Senti que estava fora de si de tanto desejo. Cheguei à sua nuca e beijei ali várias vezes, uma de minhas mãos indo para a frente do seu corpo e beliscando vagarosamente seu clitóris. Ondulou, alucinada, arfante.

Movi o polegar para dentro e para fora, dizendo baixo perto de seu ouvido:

– Peça meu pau, Sophia.

Não pediu. Estremeceu, vi seus dedos se cerrarem na bancada, seu corpo muito excitado e receptivo. Então puxei o polegar fora e meti dois dedos em sua vagina, melando-os todos. Voltei a beliscar seu clitóris e lambi sua orelha, dizendo baixinho:

– Peça...

Ela lutaria, eu sabia. Mas eu também sabia lutar. Tirei os dedos molhados e forcei um em seu cuzinho, entrando apertado, mas sem dificuldade. Penetrei ali várias vezes, até enterrar os dois. Ordenei:

– Levante mais a bunda... Assim... – Os dedos em seu clitóris escorregaram para baixo, abrindo seus lábios vaginais, sentindo como estava melada, entrando lentamente em sua bocetinha.

Sophia continuava lá, sendo penetrada por mim com dois dedos enterrados em cada orifício, seu corpo se sacudindo e tremendo, seus gemidos ecoando pela suíte. Eu estava doido para entrar nela. Chupei o lóbulo da sua orelha, precisando da sua rendição, querendo domá-la aos poucos, necessitando de um pouco do gostinho do poder, de dobrar uma mulher forte e apaixonada como ela.

– Peça ou vou me afastar. Vou para o banheiro me masturbar e deixo você assim.

– Não... – Sua voz saiu em um arquejo rouco.

– Não o quê?

– Não vou pedir... – murmurou, mas seu tom era de súplica.

– Tudo bem. – Tirei os dedos de sua vulva. E depois do seu ânus. Vi como respirou fundo e me olhou rápido, girando a cabeça para trás, como se não pudesse acreditar que eu a deixaria mesmo naquele ponto.

– Matt...

– Boa-noite, Sophia. – Virei, meu pau tão duro que até doía. Se ela não voltasse atrás, não haveria masturbação que desse jeito no meu tesão, ia passar uma noite de cão.

Dei um passo. Dois. Cerrei os dentes, a ponto de voltar. Três passos. No quarto, sua voz veio quente, lânguida:

– Matt... – Mais um passo angustiante. E o pedido veio, nem parecendo que era Sophia. Devia estar tão desesperada como eu: – Vem meter seu pau em mim, Matt. Por favor...

"Por favor." Não acreditei. Voltei como um animal, já avançando para ela. Tudo dentro de mim gritava, meus instintos mais violentos e sedentos de poder, minha lascívia descontrolada, meus sentimentos cada vez mais abalados por Sophia. Agarrei seu cabelo e puxei sua cabeça para mim, beijando a sua boca, apertando com força a sua bunda. Levantei-a um pouco e meu pau se meteu por baixo dela, abrindo seus lábios melados, entrando com tudo até o fim.

Gotejava, toda molhada e quente. Gemeu em minha boca e se moveu contra mim, querendo mais do que eu dava. Afastei a boca e a olhei pesadamente enquanto a fodia na boceta quente e gulosa e enterrava meus dedos em seu quadril, nossos olhares se misturando, se confundindo, se conectando como nossos sexos. Fui bruto, rosnei e tomei o que quis. Mas queria mais.

– Segure-se. – Disse baixo, forçando-a para frente sobre o balcão, largando seu cabelo, erguendo um pouco mais sua bunda. Saí da vulva, meu pau todo lubrificado dos seus líquidos, babado. Quando forcei a cabeça em seu buraquinho, Sophia apoiou bem os pés nas madeiras laterais do banco e praticamente se deitou para frente, empinando-se, querendo. E eu dei.

Comi seu cuzinho, entrando com tudo. Gritou e tentou escapar quando a estiquei com minha largura e amplitude, mas não havia mais volta.

– Quietinha... – Segurei-a bem forte e passei a penetrá-la em movimentos duros, enterrando-me todo, fodendo-a sem pena. E então se abriu, me sugou, gemeu. Quando rebolou no meu pau, eu me descontrolei de vez. – Porra de mulher gostosa...

Devorei seu ânus macio e justo, úmido, estocando com tanta força que fazia barulho quando batia contra ela.

– Isso, Matt! Vem... Ai, que delícia de pau... Assim...

Ficou descontrolada, devassa, alucinada. Tirou a bunda do banco, sua vagina pingando na madeira, seus movimentos mais intensos para receber cada golpe dentro dela. Deixei-a mais louca quando passei a esfregar seu clitóris inchado em sincronismo com as metidas que dava.

– Gosta assim? Bem bruto? Ou assim? – Dei um tapa bem forte em sua bunda com a mão direita.

– Ah! – Gemeu. E a safada estava gostando. Dei um tapa mais firme, seco. Puxei o pau para fora e me afastei o suficiente para continuar masturbando-a pela frente e espancando sua bunda sem pena, cada vez mais forte, dos dois lados. – Ah, Matt... Pare! Pare!

Mas não fugia das bofetadas, enquanto eu a surrava e via sua pele ficar vermelha, toda marcada de dedos. Estava quente quando parei e a agarrei forte de novo, meu pau abrindo-a, penetrando-a, enterrando-se no cuzinho delicioso. Sophia arquejou e me tomou todo, fora de si, agoniada, pingando em meus dedos por baixo dela.

– Não vou aguentar... – Desabafou em meio à tensão sexual que crescia e nos envolvia, suas unhas raspando o balcão, sua cabeça jogada para trás, fazendo as pontas do cabelo macio roçarem o meu braço. Encostei em suas costas e passei a língua em sua orelha, sabendo que se arrepiava toda, confessando baixinho: – Matt, você ainda acaba comigo...

Não, quem estava acabando comigo, me dominando por inteiro era ela. Naquele momento compreendi o quanto estávamos ligados, o quanto nos queríamos e nos encaixávamos além do lado físico. Não sentia desejo por nenhuma outra mulher. Era só Sophia que dominava meus pensamentos e sentimentos, meu corpo e minha razão. E aquilo me deixou ainda mais excitado e feliz, sem medo do que o futuro poderia trazer para nós.

– Minha gata brava e gostosa. – Murmurei rouco, deslizando meus dedos nela, respirando seu cheiro, o tesão não vindo puro, mas mesclado a uma emoção diferente. – Vamos nos acabar juntos então. De todas as formas. Assim...

Abri bem sua bunda para os lados e enterrei meu pau em movimentos bruscos e contínuos, cerrando os dentes para conter o tesão que se acumulava mais e mais, que crescia e se avolumava, me fazendo inchar e endurecer além do limite. Esfreguei os dedos molhados em seu brotinho ereto e ela arquejou, se debateu, sacudiu os cabelos, alucinada. Então gritou, se retesou e começou a ter espasmos sem fim, devassa e quente, latejando contra meu pau.

Deixei que o gozo viesse arrebatador, solto de suas amarras, livre. Fui bruto e feroz em minhas estocadas, gemendo contra seu cabelo, fechando os olhos e me entregando às sensações embriagantes e luxuriosas do corpo, mas tudo indo muito além do sexo puro. Era também conexão, doação, arrebatamento. Era coração disparado, pele ardente, sentimentos revoltos e um desejo que atingia a alma, que tocava fundo, alucinava.

Foi longo e avassalador. Sophia desabou sobre o balcão, suada, choramingando, e meti mais algumas vezes no ânus molhado e apertado, sem conseguir parar. Mas então firmei as mãos na madeira do bar e respirei fundo, de pé, ainda todo encaixado dentro dela. Beijei suavemente sua pele entre o meio das costas e a nuca, passando a ponta do nariz ali, aspirando seu perfume e o cheiro bruto de sexo no ar.

Só então tive coragem de puxar meu pau para fora, ambos lamentando com um gemido. Passei uma das mãos em seu cabelo e somente então desfiz o fecho de seu sutiã nas costas, abrindo-o e tirando-o. Deixei-o no chão e girei Sophia para mim no banco, descendo meu olhar por seu corpo nu coberto só com a meia-calça preta até as coxas, aqueles cabelos longos e escuros se espalhando por seus seios e ombros. E então encontrei seu olhar tão intenso no meu, os lábios levemente entreabertos.

Aquela emoção nova e intensa latejou dentro de mim. Era diferente do tesão que sentia com alguma submissa ou do amor doce que tive por Maiana. Na verdade, era único, uma mescla de corpo e alma, um sentimento ao mesmo tempo profundo e carnal que me deixou meio perdido. Era paixão? Atração muito forte? Desejo de ficar mais e mais perto?

Seu olhar era diferente, um misto de surpresa e tesão, algo que ela também não entendia ou temia entender. Soube que nos ligávamos cada vez mais, que o sexo era somente a ponta de um iceberg, que nos unia e conectava, mas que algo mais profundo ocorria ali. Não tive medo. Mas vi que ela, sim.

Não foi difícil notar que se falasse algo sobre aquilo, Sophia se fecharia assustada. Assim, eu me calei, mas não a soltei. Sabia que ela se sentia mais à vontade abordando só o lado físico e foi o que fiz, como se não percebesse as emoções densas nos rodeando.

Segurei sua cintura e me aproximei mais entre suas coxas, mordiscando de leve seu lábio inferior, roçando meu peito nas pontas duras de seus seios, meu pau pesado em sua coxa, ainda duro e ereto, cheio de esperma por dentro do preservativo.

— Olha o que faz comigo, safadinha... Me deixa teso o tempo todo, mesmo quando acabo de gozar dentro de você – murmurei rouco.

– E o que acha que faz comigo? – Sua voz veio baixa e macia contra meus lábios. Subiu as mãos pelos músculos dos meus braços e acariciou meus cabelos na nuca, passando a ponta da língua no contorno dos meus lábios, parando só para completar: – Quero você o tempo todo.

– Nunca pensei que o tesão duraria tanto. – Confessei a verdade, me afastando o suficiente para encontrar seus olhos escuros. – Principalmente pelo que somos.

– Eu também. – Murmurou.

– Ainda bem que estávamos enganados. – Sorri devagar, um pouco mais tranquilo agora que tinha esvaído parte do meu tesão, sabendo que a noite ainda seria uma criança, a última nossa em Portugal, longe dos problemas e das tensões do dia a dia. Somente para curtirmos e ter prazer. Sem precisar de complicações. – Quer tomar um banho de banheira?

– Quero.

– Vou preparar pra gente. Mas antes... – Enfiei uma das mãos em seu cabelo na lateral do rosto e inclinei a cabeça para beijar sua boca. Saboreei primeiro seus lábios, para então enfiar minha língua e buscar a dela em um beijo quente e gostoso. Sophia trouxe-me mais para perto de si e retribuiu da mesma maneira. Fomos envolvidos por várias sensações e sentimentos, tão ligados que parecia impossível poder nos separar naquele momento.

Deixei Sophia dentro da banheira e fui pegar champanhe no bar e duas taças. Voltei, deixei a garrafa em um banquinho e sorri pra ela, com as duas taças na mão.

Estávamos à vontade e relaxados. Entreguei a dela, puxei a toalha do meu quadril e a larguei no banco, antes de entrar na água morna e espumante e me sentar à sua frente, observando-a enquanto tomava um gole, seus cabelos presos em um coque, seus ombros nus brilhando molhados. A água ficava praticamente na altura de seus mamilos, que hora ou outra despontavam na espuma, tentadores. Eu a observava, meu pau endurecendo, o desejo se avolumando dentro de mim.

– Por que essa cara de tarado, Matt? – Indagou com uma risada, apoiando a cabeça na borda.

– Por quê? Ainda pergunta?

– Acabamos de transar. Podia estar mais relaxado.

– E estou. Mas não posso ficar imune com você nua na mesma banheira que eu. – Passei o olhar em seus seios e, provocante, Sophia ergueu um pouco mais o tronco. Os mamilos ficaram de fora, cheios de espuma. Fiquei totalmente ereto na hora. – Você provoca, depois reclama.

– Quando eu reclamei? – Piscou sedutora. – Pode olhar à vontade, querido.

– Sabe que não quero só olhar.

– E é isso que mais gosto em você. Não pede, toma. É quase um maníaco sexual.

Eu ri, achando graça de seu tom, segurando minha taça. Provoquei:

– Olha quem fala. Parece que vive no cio.

– Somos iguais, então.

E era verdade, me dei conta. Éramos muito parecidos em nossos desejos e vontades e acho que nos reconhecíamos como iguais, daí a atração ser tão violenta.

Tomei um gole do champanhe, observando-a, tentando entender aquela mulher nas entrelinhas. Mas havia uma diferença: ela não era como eu por apenas opção, mas também por necessidade. Seu desprezo pela mãe, por casamento e formar família, seu medo de ser presa, tudo aquilo era sinal de algum tipo de abuso. Mas não perguntei. Sabia que não responderia. Talvez só com o tempo, se confiasse em mim. Felizmente, eu era um homem muito paciente.

Não toquei naquele assunto. Falei baixo, com sinceridade:

– Essa viagem foi a melhor coisa que poderia ter acontecido. Até lamento ter que voltar ao Rio.

– Eu também. – Observava-me atenta. Disse com cuidado: – Está chateado com o lance do seu pai, não é?

– É.

Aquilo me incomodava muito. Sabia que teria que conversar novamente com ele, mas saber que pensava o pior de mim, mesmo tendo me conhecido a vida toda, magoava. Fui julgado e condenado sem chance de defesa, tudo por causa de uma mentira. E durante boa parte do tempo aquela sensação ruim permaneceu comigo. Só me livrava dela quando estava com Sophia.

– Seu pai vai entender que errou, Matt. Não fique chateado.

– O que mais me deixa puto é ele ter acreditado em Rafaela sem vacilar.

– Mas é porque descobriu o lance do BDSM e confundiu tudo. Na cabeça dele, você é um devasso.

– O que não deixa de estar certo. – Terminei todo o champanhe e pus a taça vazia ao lado, no banco. Olhei-a, acrescentando: – Com exceção do fato de dar em cima da minha madrasta.

— Isso seu pai vai entender. Como pode um homem ser tão bobo, tão cego por uma mulher? — Parecia irritada.

— Paixão. Costuma cegar as pessoas.

— Deve saber do que está falando. — Terminou sua bebida e deixou a taça ao lado também, lançando-me um olhar atento. — Já foi apaixonado. Pela mulher do seu amigo.

— Mas não fiquei cego. Acho que nenhuma mulher me dominaria assim, por mais que eu a amasse. Meu pai acha que Rafaela é uma santa. Chega a dar raiva!

— Ele vai enxergar.

— Vai. E quando isso acontecer, vai ficar decepcionado demais e sofrer como um condenado.

— Infelizmente, só assim para as pessoas aprenderem. — Deu de ombros. E então se ajoelhou na banheira e veio assim até mim, deixando a água até a cintura e os seios nus. Na mesma hora meus instintos de macho gritaram e fui invadido pelo tesão. Acariciou meu rosto. — Tadinho. Tem algo que eu possa fazer para afastar essa ruga entre seus olhos e esse olhar triste?

— Posso pensar em uma meia dúzia de coisas. — Falei baixo, sem tocá-la, apenas olhando-a, querendo saber até onde ia.

— É? Tipo isso? — Por baixo d'água, agarrou meu pau com as duas mãos e me masturbou devagar, sorrindo lentamente, lasciva. — Esse pau é tão grande e grosso que fico molhadinha só em segurá-lo.

— Pode fazer mais com ele, dividir com a sua boca. Quer? — Sentia as pálpebras pesadas, o coração batendo forte, o desejo já dominando meu corpo.

— Quero. — Murmurou lambendo os lábios, os olhos brilhando.

Apoiei o peso do corpo nos braços em volta da borda e me ergui, sentando na beira da banheira, abrindo as pernas, água e espuma escorrendo do meu corpo. Sophia passou os olhos luxuriosos sobre mim, excitada, suas mãos já vindo em minhas coxas, enquanto se metia entre elas. Fitou meu pau e gemeu baixinho.

O tesão estava lá, estalando o ar entre nós, deixando-nos prontos para mais uma maratona deliciosa de sexo e loucura. Pensei que me chuparia, mas sensual e experiente como era, Sophia foi além. Agarrou os seios fartos e fez com que meu pau ereto ficasse entre eles, movendo-os em uma "espanhola", masturbando-me com os seios.

Deixei escapar um palavrão, sério e compenetrado no desejo violento que me acometeu, ainda mais quando passou a pressionar os seios nele para cima e para baixo e abriu os lábios, deixando que a cabeça do meu pau entrasse em sua boca úmida e faminta. Abri mais as pernas e apenas deixei que se divertisse, sem tocá-la, apenas aproveitando a delícia que era ser masturbado e chupado daquele jeito.

Deixou-me duro como pedra. Quando ergueu os olhos pesados e safados para mim, cheios de lascívia, sua boca docemente em volta da cabeça, quase esporrei. Mordi forte meu lábio e a encarei firme, vendo como ficava satisfeita me tendo dominado por ela, preso na teia do seu tesão. Mas não podia durar muito, pois era gostoso demais. Falei baixo:

– Vamos para o quarto. Preciso pegar o preservativo.

Sophia puxou a boca e ergueu a cabeça, mas continuou deslizando os seios unidos pelo comprimento do meu membro.

– Quer comer minha bocetinha?

– Não.

– Não?

Segurei suas mãos e a fiz se levantar na banheira, enquanto eu fazia o mesmo, meu peito ainda cheio de espuma enquanto eu saía da banheira com ela e pegava uma toalha de qualquer jeito. Fitei seus olhos e completei:

– Hoje a noite é do seu cuzinho. Quero ele de novo.

– Você é um homem muito guloso. E se eu não quiser? – Provocou, usando a toalha só para enxugar o pescoço, dando-me as costas e seguindo para o quarto.

– Vai querer. – Falei com certeza.

Fomos para a cama. Sophia largou a toalha e foi de quatro até o espaldar, mostrando-me sua bunda e seu sexo, seu corpo todo nu e úmido, a tentação em pessoa. Não me fiz de rogado. Fui atrás, me ajoelhando na cama, já mordendo a carne firme e redonda de uma nádega, arrancando gemidos de sua garganta. Remexeu-se e murmurou:

– Ai, assim dói...

– Você ainda não viu nada. – E mordi mais, cada parte da sua bunda, meus dedos masturbando-a, fazendo-a rebolar, arfar, ficar toda molhadinha. Então meti dois dedos em sua bocetinha e lambi seu ânus cheiroso, forçando a língua dentro dele. Deixei-a no ponto, excitada, respirando irregularmente. Só então peguei um preservativo e pus no meu pau.

Sophia agarrou o espaldar da cama e se empinou toda enquanto eu a segurava firme pelos quadris. Mergulhei meu pau dentro de sua bocetinha só um pouco para matar a saudade e lubrificar mais meu membro com seus líquidos melados. Eu a comi ferozmente, estocando duro e bruto. Então saí e forcei em seu orifício. Sophia também se forçou contra mim, e o resultado foi que a fodi ali de uma vez, bem duro e grosso, fazendo-a arquejar.

– Ah, que pau grande... Arde tanto...

– E você gosta. – Gemi rouco, me enterrando todo, passando a estocar com violência.

Foi delicioso. Na penumbra e no silêncio do quarto, eu a fodi ríspido, até que ambos estávamos perdidos, alucinados no nosso prazer. Nos devoramos sem reservas, entregues e arfantes.

Em determinado momento, saí de dentro dela e sentei na cama. Sophia se segurou em meus ombros e montou-me de frente, com os pés apoiados no colchão ao lado do meu quadril e as pernas abertas. Fechei a mão direita em volta do meu pau, deixando-o reto para cima, enquanto a outra mão agarrava sua bunda e a fazia descer sobre mim. Entrei todo em seu cuzinho, até que sentou em minhas coxas me tendo todo enterrado dentro dela. Estremeceu e se contraiu, fora de si, lábios entreabertos, olhar devassamente perdido.

– Mexa essa bundinha no meu pau. – Ordenei cheio de lascívia, enquanto a olhava e a via me cavalgar, deslizando em volta de mim, recebendo-me por inteiro. Enterrou as unhas em meus ombros, gemendo, choramingando. – Isso, minha gata brava. Toma tudo.

Era gostoso demais. Esfreguei o polegar em seu clitóris e enfiei um mamilo na boca, chupando com força.

– Ah! – Sophia gritou, alucinada, jogando a cabeça para trás, perdendo o controle de vez.

A fome dentro de mim era voraz. Queria mais dela, tudo e mais um pouco. Rodeei o botãozinho várias vezes com o polegar e puxei o mamilo com os dentes até deixá-lo muito duro e pontudo. Então, fiz o mesmo com o outro mamilo. Ela pulava e me engolia, fora de si, as unhas enterradas em minha pele ardendo, que era um detalhe mínimo diante do tesão que nos engolfava em sua violência.

Ergui a cabeça e me recostei mais, lambendo os lábios, descendo o olhar por seu corpo lindo e curvilíneo até sua vulva toda aberta e gotejante para mim, vendo meu pau grosso sumir cheio de veias dentro do seu cuzinho. Era uma visão espetacular, capaz de desnortear e abalar qualquer um. Movi os quadris, fodendo-a com fúria, mordendo o lábio e indo ainda além de tudo.

Virei a mão de lado e dei um tapa seco e estalado direto contra os lábios vaginais depilados e o botãozinho saliente.

– Matt! – Sophia berrou, abrindo os olhos, abalada, estremecendo, ondulando. Fitei-a duro e bati de novo em cheio em sua vagina, fazendo-a gritar e se contorcer, se sacudir toda. Suas unhas se cravaram fundo na minha pele e xinguei um palavrão, dando outro tapa, tão forte que na mesma hora ela começou a gozar sem controle e a pular, engolindo-me loucamente, dizendo palavras desconexas.

E foi então que a abracei bem colada contra o peito, agarrei sua nuca e sua bunda e a fiz roçar a bocetinha em meus pelos, beijando apaixonadamente sua boca, bebendo de seus gemidos entrecortados. Foi assim que gozei também, meu pau ondulando sem controle dentro dela, um rosnar violento vindo de dentro de mim, deixando-me tonto de tanto prazer.

Quando acabou, caímos na cama, exaustos. Sophia lambeu meu peito e eu acariciei sua cabeça, soltando seu cabelo, espalhando-o por suas costas. Mal tive tempo de tirar o preservativo, amarrá-lo e descartá-lo num cantinho do chão para depois jogar no lixo. O sono veio e nos entregamos a ele, entrelaçados na cama.

O dia seguinte foi idílico.

Seguimos para o centro do Porto logo de manhã e fomos tomar café no Majestic, um café histórico localizado em um ambiente cultural que o envolvia como se o tempo tivesse parado. Tinha uma arquitetura de estilo *art nouveau*, e Sophia me disse que ali tinham se encontrado várias personalidades da vida cultural e artística da cidade. Explicou também que em 2011 foi considerado o sexto café mais bonito do mundo, e isso era bem fácil de entender.

Portas de madeira escura com vidro estavam abertas e nos davam as boas-vindas para o salão do café Majestic, com um lustre magnífico que espalhava luz dourada em seu chão de mármore escuro rajado. O bom gosto nos detalhes de gesso no teto e nas mesas de madeira cercadas pelas paredes de um amarelo-escuro completava o ambiente. Havia um piano à vista, de cauda longa, onde mais tarde alguém tocaria.

O café da manhã foi bem servido, tudo delicioso, enquanto nos fartávamos e conversávamos bem à vontade e felizes. Em vários momentos segurei a mão de Sophia ou simplesmente a acariciei, embora parecesse levemente surpresa com cada toque, como se carinhos assim sem motivo sexual a deixassem sem graça. Isso só me divertiu, mas não me impediu de continuar. Havia dentro de mim uma necessidade de senti-la, mais do que tudo.

De lá, saímos de mãos dadas, e Sophia me levou pra conhecer a Livraria Lello, de um ímpar valor histórico e artístico, sendo reconhecida como uma das mais belas livrarias do mundo por diversas personalidades e entidades. Era enorme, de teto alto e amplo, com uma escadaria vermelha cercada de corrimão de madeira, subindo e dando em outra escada curva que atravessava o segundo andar de uma ponta a outra.

Já estava bem movimentada de manhã, e descobrimos que nós dois adorávamos ler. Circulamos por várias seções e ficamos lá, percorrendo os corredores, folheando livros de diversas partes do mundo, discutindo sobre nossos gostos. Eu preferia biografias e livros de poesias. Separei alguns de poetas portugueses, e ela provocou:

— Poesia? Definitivamente um anjo sensível.

— E isso é crime? – Sorri, sem me importar. – Gosto muito de poesia. Aliás, de arte em geral.

— Prefiro algo mais... Carnal.

Sophia me surpreendeu ao pegar alguns romances eróticos e exclamar, animada:

— Tem várias autoras brasileiras aqui que eu adoro. Algumas mais ligadas ao romance, outras ao hot. Vou levar todas!

— Agora sei de onde vem toda essa lascívia em você. Os hots combinam. Mas o romance, me surpreendeu. – Falei com um sorriso.

— Guardo o mínimo de romantismo que tenho para o meio literário. – Brincou, com vários livros na mão, piscando sensualmente.

Meu sorriso se ampliou. Espiei os livros dela, vendo que eram só autoras.

— Hum... Apenas mulheres?

— E homem sabe escrever sobre sexo? – Debochou. No que prontamente respondi perto de sua orelha:

— Nós sabemos fazer.

— Alguns, meu querido. Só alguns.

— Eu me enquadro nesse grupo. – Provoquei, pegando meus livros e os dela e indo em direção ao caixa.

— Bom, isso eu não posso negar. – E disfarçadamente apertou minha bunda ao vir atrás de mim.

Lancei a ela um olhar duro sob o ombro, dizendo baixo:
– Não comece. Ou arrumo um canto aqui para te pegar.
Sophia riu e ergueu as palmas, rendidas.
– Tudo bem. Não quero ser presa aqui.

Brigou comigo quando paguei os livros e brigou de novo para pagar o almoço, o que também não deixei. Ficou emburrada e tive que encostá-la em um canto da estação de comboio que visitávamos e beijá-la até seu mau humor passar e me fitar com olhos pesados de desejo. Só então me deu a mão e passeamos pelo local de temática histórica, com seus belíssimos painéis de azulejo que representavam cenas passadas no Norte do país, além de contar a história do transporte em Portugal.

Foi um verdadeiro passeio de turista, e voltamos ao hotel satisfeitos e cansados. Depois de um banho e jantar no lindo salão do hotel, fomos para a cama. Eu a esperei recostado nos travesseiros, nu, só um lençol cobrindo meu quadril.

Sophia veio ao quarto linda e nua, segurando seu robe negro com o braço ao redor do seio, o tecido de seda caindo à sua frente e escondendo apenas o seu sexo. Parou sorrindo em uma pose sensual, seu olhar me devorando, demonstrando um desejo que se equiparava ao meu.

Então largou o robe no chão e veio até mim com um andar sensual de gata, linda, morena e nua, deixando-me completamente arrebatado. Senti o coração bater forte e fui invadido por uma série de sentimentos poderosos, como nunca conheci antes, nem por Maiana. Sophia parecia ter o poder de despertar o que havia de mais intenso e desconhecido dentro de mim. E me dei conta, meio que nervoso, que estava ficando apaixonado por ela.

– O que esse lençol está fazendo aí, cobrindo o meu animal predileto? – Sorriu jocosa ao se ajoelhar na cama, segurando o lençol que me cobria e jogando-o para o lado, seus olhos brilhando ao ver meu pau ereto e pronto, enquanto lambia os lábios. – Hum... Que gostoso.

Estava sem querer brincadeira naquela noite, louco para estar dentro dela, ansioso não só pelo desejo e a lascívia, mas também por me dar conta que o que sentia por ela era muito mais sério do que pensei. Peguei um preservativo ao lado e o rasguei. Enquanto eu colocava, Sophia se lamentou:

– Querido, eu queria chupar seu pau antes... Tô salivando aqui...

– Depois. – Rosnei, já a agarrando e jogando-a na cama enquanto dava um gritinho e seus cabelos se espalhavam pelo lençol branco. Abri suas pernas para o lado e caí de boca em sua bocetinha, chupando com vontade e desejo, adorando seu gosto picante, seu cheiro único e ímpar no qual já estava viciado, passando a língua pelos lábios inchados e lisos, deliciosos.

– Ah... – Sophia estremeceu, se arreganhando mais, jogando a cabeça para trás e ondulando sem controle. Seus dedos foram em meu cabelo e seus gemidos como miados romperam o quarto.

Suguei o clitóris com força, até ficar fora de si entre a dor e o prazer. Então lambi bem no meio da rachinha, encontrando-a toda melada do jeito que eu gostava. Só então me ergui e deitei em cima dela, entre suas pernas bem abertas, metendo meu pau com tudo em sua bocetinha. Agarrou-me enlouquecida enquanto eu a comia e avisava rouco:

– É assim que quero agora. Um papai e mamãe bem gostoso. Simples e básico. Enquanto beija a minha boca.

Ela me olhou, cheia de tesão, suas mãos em minha bunda e costas, puxando-me para si enquanto ondulávamos na cama, meu pau entrando e saindo de dentro de sua vulva apertada e palpitante, que me sugava para dentro como uma boca faminta. Então tirou a cabeça do travesseiro e buscou minha boca.

Eu a encontrei no meio do caminho e nos devoramos, nossas línguas duelando, nossos corpos sendo um só. Fui invadido por emoções violentas, dando-me conta do quanto estava feliz e realizado. Eu tinha encontrado minha felicidade. E jurei a mim mesmo não deixá-la escapar.

Gozamos juntos, em uma foda bem gostosa e romântica, nos beijando o tempo todo e nos acariciando. Não teve luta pelo poder, tapas, nem arranhões. Só o desejo e os sentimentos rolando soltos, deixando-nos como que embriagados, mostrando uma nova forma de prazer.

Depois dormimos juntos abraçadinhos, sem dizer nada. Não havia necessidade de palavras.

Na manhã seguinte, pegamos um voo de volta ao Brasil.

Durante as dez horas de viagem, conversamos, lemos, cochilamos. Mas percebi que Sophia estava mais calada que o habitual, parecendo preocupada. Peguei-a me observando diversas vezes, mas sempre disfarçava ao me ver olhá-la.

Indaguei a mim mesmo se estava se sentindo tão ligada a mim quanto eu a ela e tive certeza que sim. Mas, como já havia notado antes e ela mesma admitido, não queria envolvimentos. Havia algo em seu passado que a assustava, e, pelo jeito que reagia quando eu a imobilizava; soube que fora algo bem ruim e marcante, talvez uma violência sem igual ou um estupro. O que só de imaginar me dava vontade de matar o desgraçado que fizera aquilo.

Sabia que a única maneira de derrubar suas defesas seria fazendo com que confiasse em mim. Eu teria que conquistá-la e aos poucos penetrar em toda aquela carapaça. Mas felizmente era um homem paciente quando desejava alguma coisa. E pus como minha meta principal fazer Sophia se apaixonar por mim e confiar.

Chegamos ao Rio por volta das sete horas da noite, bem cansados. Acompanhei-a até seu apartamento e nos despedimos com um beijo quente e gostoso. Não falou muito, mas também não insisti em conversa. O recado principal tinha sido dado.

Depois de um banho e de beliscar um sanduíche rápido, sentei na sala e pensei no meu pai. Estava preocupado e com saudades, sem falar com ele há dias. Assim, peguei o celular e disquei seu número. Atendeu um tanto frio:

– Matheus.

Senti-me um garoto, quando me olhava de cara feia por ter feito algo errado. Nunca precisou me bater. Aqueles olhares me faziam sentir vergonha e culpa e rapidamente me retratar. Só que daquela vez eu não tinha culpa de nada.

– Oi, pai. – Mesmo assim, aquela sensação ruim continuava, como se o tivesse decepcionado. – Como estão as coisas?

– Bem. – Foi polido.

– Acabei de chegar de viagem. Correu tudo conforme planejado com os novos contratos.

– Que bom.

– Amanhã podemos discutir como faremos com os pacotes europeus e...

– Não vou ao escritório amanhã – disse secamente.

– Não? Está doente? – Fiquei preocupado, chateado, me sentindo mal.

– Estou pensando em me afastar um tempo de lá. Está mais do que na hora de me aposentar.

– É por minha causa? – indaguei baixo. Ficou em silêncio e foi como tomar um soco. – Pai, precisa acreditar em mim. Nunca fiz nada com Rafaela, nem mesmo a olhei. Não faria isso com o senhor.

– Não quero falar sobre isso.

– Mas...

– Preciso de um tempo, Matheus. – Parecia cansado. – Estou pensando em viajar por uns dias para o Sul. Por isso, não estaremos aqui no Natal. Espero que entenda.

O Natal era dali a quatro dias, na quinta-feira. Percebi que era uma maneira de me dispensar, de não se ver obrigado a me receber na casa em que fui criado e em que passei todos os natais da minha vida. Fiquei arrasado.

– Tudo bem. – Não havia mais nada que eu pudesse dizer.

– Se precisar de algo sobre a empresa, é só ligar. Agora preciso ir. Está tarde. Tenha uma boa noite.

Desligou antes que eu tivesse tempo de me despedir.

Apoiei a cabeça no sofá, magoado, meu peito apertado. Tive ódio de Rafaela, mas também raiva por meu pai acreditar nela e me castigar daquele jeito.

De início, pensei em me isolar ali e nem querer saber de Natal. Mas então respirei fundo e lembrei do convite de Arthur e de Maiana para passar com eles. Outros amigos como Dona Lilian, Rodrigo, Virgínia e Dantela, a avó de Arthur, também passariam lá. Até Antônio ficou de dar um pulo lá depois da meia-noite.

Pensei em Sophia, sem família e de volta ao Brasil depois de tanto tempo. Queria estar naquela data com ela e resolvi convidá-la. Com esses planos feitos, as coisas não pareceram tão ruins. Mas, mesmo assim, enquanto me levantava e ia para a cama, sentia o aperto no peito continuar e a mágoa lá, dentro de mim, disputando espaço com uma incipiente tristeza.

SOPHIA

Fitei Matt enquanto ele dirigia seu carro naquela noite do dia 24 de dezembro. Tinha ido me buscar para passar o Natal na casa de seus amigos, como sempre, um cavalheiro. Mas algo nele permanecia triste, e eu sabia que era o fato de passar pela primeira vez o Natal longe de seu pai e da casa em que foi criado. Otávio tinha ido viajar com aquela cobra da Rafaela e não tinha nem se dado ao trabalho de ligar para ele na véspera de Natal.

Tentei confortá-lo e já planejava uma maneira de desmascarar aquela mulher, mas ficava difícil com ela longe. Assim, apenas demonstrei que estava do lado dele, ficando mais próxima possível. Por aquele motivo aceitei o convite, pois na verdade não gostava daquelas datas. Geralmente ficava em casa sozinha mesmo, recusava convites de amigos. Aquele lance todo de família não era para mim.

Mas lá estava eu no carro dele, disposta a qualquer sacrifício para estar ao seu lado e confortá-lo. Desviei o olhar para a janela, perturbada.

Não gostava do rumo que as coisas estavam tomando. Ficar com Matt devia ser só uma coisa de pele, de muito sexo até ficarmos satisfeitos. Não aquela preocupação e aquele desejo de estar perto, de vê-lo feliz. Desde que voltamos de Portugal, eu inventava desculpas para não sair com ele, tentando me recuperar daquela viagem e pôr minha cabeça em ordem. Mas quando me chamou para passar a noite de Natal com ele, com aqueles olhos doces sombreados pela tristeza, não pude resistir. E isso me incomodava demais.

Não queria me ligar em homem nenhum. Mas desde a viagem eu já acordava com Matt na cabeça, tudo parecia melhor quando eu o via e notava seu sorriso, ou quando recebia seu olhar quente. O ar estalava entre nós, quente e cheio de química, e era impossível não pensar em sexo, não querer repetir cada uma das vezes que transamos.

Foi difícil resistir a ele. Mas aguentei firme. No entanto, não tinha adiantado muito. Porque de qualquer forma ele não saía do meu pensamento. E comecei a me questionar, a analisar tudo, o pânico rondando a superfície, a razão tentando me alertar dos riscos que ele representava para mim. O "somente sexo" estava fugindo ao controle. Eu me sentia agoniada, sufocada, como se fosse sugada para o meio de um furacão, sem ter meios de me agarrar e lutar, impedir.

Tudo piorava com aquela data. Odiava Natal e Ano-Novo. Lembrava-me da minha infância, quando acreditava em Papai Noel e ficava esperando o presente que nunca vinha. Quando minha mãe se animava toda e assava um frango ouvindo músicas natalinas no rádio velho e eu corria para ajudar, achando que naquele ano seria diferente, só para ficar sozinha novamente e ela caída bêbada em um canto. Foram anos e anos esperando, ansiando, invejando as outras famílias, até desistir de vez e passar a dormir. Em algumas ocasiões ela me deixava sozinha e saía pelo bairro, bêbada, comemorando, indo na casa de vizinhos e dando vexame.

Nunca ganhei um presente ou passei uma noite em família. Nem quando pequena, nem quando fui morar com minha tia, sempre sem dinheiro e estressada, cheia de filhos. Ao menos ela comprava besteirinhas para as crianças. Mas não para mim, com quem sempre foi ríspida. Eu era uma boca a mais para alimentar e só valia porque tomava conta de seus filhos, cuidava da casa e da comida. Mas nunca deu ao menos um sorriso para mim. E mesmo depois de adulta, fugi do Natal. Era só uma baboseira para gastar dinheiro e encher a cara.

Por isso não podia acreditar que estava ali com Matt. Saber que aceitei, que comprei vestido e sapatos novos e caprichei no visual, que inclusive me preocupei em comprar um presente para ele, era realmente de assustar. E eu estava, sim, amedrontada, com tudo que sentia, como me fazia ter reações inesperadas, como se não fosse eu. E ao mesmo tempo que pensava em fugir, em me proteger de tudo aquilo, eu tinha cada vez mais necessidade de estar com ele. Essa era a palavra certa: necessidade. E nunca havia precisado de ninguém.

A cada dia me sentia mais confusa. Sexualmente, Matt me levou a um novo patamar, diferente de tudo que já tinha experimentado, do meu porto seguro de dominadora e dona das rédeas. Eu estava pior do que cego em tiroteio, perdida, levada por uma enxurrada de novas sensações e sentimentos. E, emocionalmente, ele me puxava para si, me atraía como um ímã, me deixava fraca e entregue. Como reagir, quando era tão gostoso me dar? Quando Matt me envolvia sem que ao menos eu tivesse forças ou desejo de resistir, somente minha razão ainda me alertando do perigo?

Remexi-me no banco, perturbada. E sua voz grossa rompeu o silêncio do carro:

– O que você tem, Sophia?

Eu me virei e o encarei. Lançou-me um olhar, antes de se concentrar no trânsito. Admirei-o em silêncio. Estava simples e lindo, uma camisa cinza-clara justa em seu peito musculoso, contornando os bíceps avantajados, a calça escura caindo perfeita em seu corpo espetacular.

Pensei nos presentes que comprei para ele e que tinha dado quando foi me buscar. Não deixei que abrisse, embora ficasse curioso com a caixa grande. Estava fechada, no banco de trás do seu carro, junto com uma lembrança que eu havia comprado para o casal que nos recepcionaria em sua casa.

Mas Matt fez questão de me dar logo o meu, assim que entrei em seu carro. Sentada no banco, abri a caixa, notando que eram três presentes e não um. Três pares de belíssimos sapatos maravilhosos da marca Louboutin, um vermelho com laço na frente, um preto liso com solado vermelho e um preto em tecido trabalhado com um minúsculo lacinho. Custavam uma fortuna, e o fitei abismada.

– Para que gastar tanto, Matt?

– Você merece. E fica linda neles. Já até imagino só com eles, sem mais nada – disse em tom safado.

– Então, comprou o presente pensando em si mesmo? – Brinquei, para disfarçar o fato de estar abalada com os presentes. Era algo que ele sabia que eu gostava. Podia ter comprado só um. Três pares daqueles eram realmente mais do que eu podia imaginar. Provoquei: – Depois vai ver que fiz o mesmo com seus presentes.

– Agora me deixou mais curioso ainda. – Sorriu, insistiu, mas não deixei que abrisse e, por fim, concordou em esperar.

Eu nem devia ter me preocupado tanto em presenteá-lo, mas algo me impulsionou, foi incontrolável. E não me arrependia. No entanto, ainda brigava comigo mesma, me sentia uma tola, mas como sempre Matt me desarmava, me vencia sem precisar fazer nada além de estar na minha vida.

— Não tenho nada. — Respondi agora, tentando ser o mais normal possível, aparentemente muito tranquila e à vontade. — Por quê?

— Parece preocupada. Está séria.

Passei o olhar por seu perfil. Como podia me conhecer tanto?

Sorri com meu jeito de superior, quase com deboche:

— Se quer saber, não sou muito fã de Natal. Uma baboseira.

— Natal é baboseira? Pra mim é uma das melhores datas, quando podemos estar com pessoas que amamos e que às vezes, na correria do dia a dia, nem vemos direito. — Calou-se e era óbvio que estava chateado, principalmente por estar longe do pai. Senti um desejo enorme de acariciar seu rosto, seu cabelo, ir para junto dele. Mas me contive, dura no banco, cada vez mais nervosa com tudo aquilo.

— É um dia como outro qualquer. — Opinei, dando de ombros.

— Sua mãe não costumava comemorar o Natal? — perguntou, realmente interessado.

— Do jeito dela.

— E que jeito era esse?

Olhei novamente pela janela, sem querer falar no assunto. Fui bem evasiva:

— Fazia o básico. Mas nunca liguei mesmo.

— Sei.

Olhei-o na hora, e Matt voltou os olhos esverdeados para mim ao parar no sinal vermelho.

— O que quer dizer com esse "SEI"?

— Qual é a criança que não liga para o Natal, Sophia?

– Eu nunca liguei. – Afirmei friamente. – E se quer saber, nem sei o que estou fazendo aqui. Nem conheço esses seus amigos direito!

– Conheceu o Arthur e o Antônio no Loop's. E vai gostar das outras pessoas. Sem contar que estará comigo. – Sorriu sensualmente, antes de percorrer o olhar por mim, por meus cabelos soltos e bem arrumados, meu vestido justo até a altura dos joelhos, com as costas e laterais em tecido negro e a frente bege, onde se cruzavam em X tiras pretas do peito até embaixo, além de usar delicados sapatos bege de bico e saltos finos. – Já disse como está linda?

– Sim, Matt, disse assim que me viu hoje. – Sorri também. Como resistir àquele homem?

Seu olhar era quente, cheio de promessas. Mas o sinal abriu, e teve que se concentrar no trânsito.

Conversamos sobre banalidades, e consegui relaxar um pouco. Logo chegávamos à mansão em que os amigos dele moravam, e os seguranças abriam o portão para que Matt estacionasse em um largo pátio perto de outros carros. Enquanto eu tirava o cinto, ele saiu, deu a volta e abriu a porta para mim. Estendeu-me a mão e aceitei com um sorriso.

Sem que eu esperasse, me encostou na lateral do carro e colou o corpo no meu. Encontrei seu olhar penetrante, cheio de desejo, nada angelical. Fiquei excitada, meu coração disparou na hora. Disse baixo para mim:

– Vai passar a noite comigo?

– Claro. Não estou aqui?

– Estou dizendo depois que sairmos. Comemorar o nosso Natal de uma maneira bem especial. – Seu olhar desceu até a minha boca. Ambos arfamos, lascivos, quentes.

— Só se for para usar o presente que comprei. – Lambi os lábios, provocante.

— Hum... O que é? Uma fantasia sexual? – Aproximou um pouco mais os lábios dos meus. Senti que ia me beijar e eu queria. Mas ao mesmo tempo, precisava de mais controle, ou entraria naquela casa de pernas bambas.

— Vai borrar o meu batom e ficar com a boca vermelha. – Murmurei.

Matt parou e respirou fundo. Sorriu, mas antes passou a mão sobre meu seio, fazendo mais do que me deixar de pernas bambas. E quando se virou e pegou os presentes que havíamos levado, eu já estava ansiando logo pelo fim da noite, para poder ficar sozinha com ele.

Uma governanta nos recebeu, muito simpática e educada. Mal entramos na enorme e linda sala, reparei nas pessoas ali. Era um pequeno grupo, mas a primeira sensação que tive foi de um lar completo, repleto de amor, paz e amizade. Uma senhora negra e uma branca, mais idosa, conversavam animadamente sentadas no sofá. Um casal falava animado com uma loira alta e estonteante que segurava uma bebê linda de uns cinco meses no colo.

Deixamos os presentes nomeados com a governanta e vimos Arthur, que vinha para a sala com uma garrafa de vinho nas mãos. Sorri de orelha a orelha ao vê-lo vestido de Papai Noel. Ele deixou a garrafa na mesa e veio sorrindo nos cumprimentar:

— Matheus! Sophia! Que bom que vieram.

— Oi, Arthur. – Sorri ainda mais quando beijou minha face, achando-o engraçado.

— Papai Noel? Será que estou vendo direito? – Matt parecia divertido. – Preciso tirar uma foto para registrar isso!

– Fui obrigado. – O belo moreno alto de barba negra confessou, mas foi logo desmentido pela loira linda que surgiu ao lado dele, segurando a bebê:

– Mentira dele! – Seus olhos grandes e prateados eram espetaculares, assim como as feições delicadas do rosto. Nunca tinha visto uma mulher tão bonita, tão encantadora. Era alta e esguia, usando uma blusa escura e uma jaqueta dourada, onde seus cabelos loiríssimos se espalhavam, além de uma justa calça negra e saltos altos. Sorriu para nós, simpática. – Arthur cismou que a Aninha ia gostar do Papai Noel. Eu cansei de dizer que ela não tem nem 5 meses ainda, nem sabe o que é isso. Mas de que adiantou?

– Mas ela gostou. Não é, Aninha? – Ele se voltou para a neném, mexendo com ela. A garotinha, de olhos prateados como a mãe, deu uma risadinha e balançou as perninhas rechonchudas. – Viu, Maiana?

– Vi, querido. – Ela balançou a cabeça rindo, e seus olhos encontraram os meus. Na mesma hora se aproximou e me deu beijinhos no rosto, dizendo toda feliz: – Não sabe como ficamos felizes quando Matt disse que ia trazer você, Sophia. É um enorme prazer. De verdade.

– Obrigada. – Era impossível não simpatizar com tamanha gentileza e sorriso. Sorri de volta. – Vocês formam uma família linda.

O casal sorriu, e Arthur estava com o braço em torno da cintura da esposa. Percebi o quanto eram mesmo felizes e lembrei-me dele dizendo no bar que voltaria para as duas mulheres da sua vida e que era muito bem casado. Aquilo ficava óbvio ao olhar para eles.

— Matt, bom demais ter você aqui. — Maiana sorriu para ele, cheia de carinho. — E como você está?

— Tudo bem, Maiana.

Parecia que o casal sabia sobre o pai dele e Rafaela. Olhei de Matt para eles e então para a bebezinha, que batia os braços animada para ele.

— Quer vir com o tio? Posso? — Matt se aproximou mais.

— Claro! — Maiana entregou-lhe a bebê, que se agarrou no cabelo dele, rindo sem dentes. Era uma graça, linda e simpática como os pais.

Era uma coisa impressionante de se ver, Matt com a neném no colo. Senti uma emoção desconhecida por dentro ao ver o modo terno e carinhoso com que brincava com ela, aquele homem grande e forte mais do que nunca se parecendo com um anjo de verdade.

— Vem aqui, Sophia, vou te apresentar aos outros. — Maiana segurou minha mão e foi me levando para o centro da sala. Percebi que era naturalmente afetuosa e expansiva, bem diferente de mim. Mas, ao mesmo tempo, me senti à vontade. Parou perto de um casal de pé, que conversava animadamente: — Sophia, esses são meus amigos Virgínia e Rodrigo. E essa é Sophia, a namorada do Matt.

Namorada? Tive vontade de corrigi-la, mas fiquei quieta. Apertei a mão deles, e a moça curvilínea trocou beijinhos comigo, dizendo com um sorriso:

— Bom conhecer a namorada do Matt! Todos nós aqui gostamos muito dele.

— Ah, eu também. — Pisquei o olho. — É um prazer.

Depois conheci Lilian, a senhora que era mãe de Virgínia, e Dantela, a idosa avó de Arthur. Nos acomodamos na sala com taças de vinho, ouvindo de fundo músicas românticas instrumentais, naquela sala linda e aconchegante com uma gigantesca árvore de Natal cheia de presentes embaixo.

Eu e Matt sentamos lado a lado no sofá e fomos servidos com vinhos por Arthur, que parecia realmente muito feliz, falante, animado com sua roupa de Papai Noel. Maiana tinha ido trocar a fralda de Aninha e amamentá-la, mas, enquanto isso, o papo fluía fácil e gostoso na sala.

Fiquei impressionada com o clima de alegria e paz que reinava ali. Eu, que não acreditava em Natal, casamentos felizes e família perfeita, estava sendo obrigada a aceitar que tudo aquilo existia de verdade. Observei quando Maiana voltou empurrando o carrinho com a filha quietinha e encontrou Arthur no meio do caminho. Ele disse algo baixinho, sorriu e então acariciou o rosto dela, dando-lhe um suave beijo na boca.

Cada gesto de carinho demonstrava o quanto eles se amavam. Estava explícito, tão claro que era impossível duvidar. Virei para Matt, para indagar há quanto tempo estavam casados, mas parei ao vê-lo sério e compenetrado, fitando o casal. Não sei o que senti ou o que me alertou. Mas então algo veio em minha mente. A voz dele me dizendo que tinha amado a mulher de seu amigo. Mas que ela estava grávida e os dois tinham voltado.

Lentamente me voltei para Arthur e Maiana e para Aninha no carrinho. Senti um baque por dentro. Algo gelado e dolorido latejou dentro de mim e, boquiaberta, dei-me conta de que o amor da vida de Matt tinha sido Maiana.

Fitei a mulher linda, a mais bonita que já tinha visto em minha vida. E então um misto de ciúme violento, raiva e angústia me corroeu. Senti-me ofegante, furiosa, traída. Como

Matt tinha tido a capacidade de me levar ali, sabendo que eu era sua foda atual, enquanto seu amor ficava diante de mim?

Mal pisquei. Tentei respirar normalmente, mas a raiva me impedia. Observei Arthur seguir adiante e Maiana vir até a sala, deixando a filha no carrinho, sentando na poltrona ao lado de Matt e sorrindo para nós, toda simpática, puxando assunto. Eu me sentia tão transtornada que não consegui entender o que diziam. Tudo o que via era os dois conversando, ambos altos, lindos e loiros, perfeitos um para o outro. Duas pessoas boas, com caráter. E o que eu estava fazendo ali?

Não pude suportar a agonia que me corroeu. Me levantei e de imediato Matt me fitou, indagando:

– Vai aonde?

– Pegar uma bebida – disse no automático, seguindo em frente, fugindo daquela visão que me doía, que me fazia latejar e quase convulsionar. Dei-lhes as costas e fui até a farta mesa com a ceia e petiscos, posta ali ao lado. Havia uma garrafa de vinho aberta e vazia, mas Arthur abria outra e sorriu ao me ver com a taça vazia nas mãos.

– Quer mais um pouco, Sophia?

– Sim. – Parei perto dele e estendi minha taça, sem suportar ficar longe de Matt, sentimentos ruins se contorcendo na boca do meu estômago. Olhei de novo para Maiana e Matt conversando animados, como velhos e queridos amigos. Não consegui tirar os olhos deles nem piscar, com tanto ódio que minha respiração se alterava, meu corpo reagia.

– Não entre nessa. – A voz de Arthur rompeu minha ira.

Consegui virar o rosto e fitei seus sérios olhos negros.

– Do que está falando?

– Ciúme.

Fiquei com mais raiva ainda, pois eu não queria sentir aquilo. Mas a ira já me consumia e dominava. Havia em mim sentimentos diversos de ciúme, raiva, traição e possessão. Mas sorri devagar, tensa, meus lábios doendo pelo esforço:

– E quem disse que estou com ciúmes? Matt me contou que foi apaixonado por sua esposa.

É claro que não falei que ele não tinha contado quem era a mulher. Mas aquilo não importava.

Arthur me analisou, quieto. Encheu duas taças, uma para mim e outra para ele, deixando a garrafa sobre a mesa. Lançou um olhar ao amigo e à esposa e eu não aguentei, me vi indagando:

– Você não sente ciúmes?

– Quase mato um de tanto ciúme. – Confessou baixo, o que só me perturbou mais.

– Mas então...

– Confio em Maiana. E em Matheus. Eles podiam ter ficado juntos a qualquer momento. Eu estive muito perto de perder minha mulher e minha filha para ele. – Seus olhos se voltaram para mim, compenetrados, sérios. – Tudo foi culpa minha. Fiz tanta besteira que você nem imagina. Mas até hoje agradeço a Matheus.

– Agradece? – Franzi a testa.

– Ele podia ter partido para cima. Teve todas as oportunidades para dar em cima de Maiana e conquistá-la. Ela estava grávida, carente e sozinha. Com ódio de mim. E Matheus a amou desde a primeira vez em que a viu.

A dor dentro de mim era horrível e desconhecida. Tive vontade de gritar e jogar tudo que estava na mesa no chão. Meu estômago doeu, o peito se apertou, o ódio me consumiu como uma doença corrosiva. Quis olhar para Matt, mas me forcei a fitar Arthur, que parecia concentrado em suas próprias reminiscências. Indaguei baixo:

– E por que ele não o fez?

Arthur me encarou, seus olhos negros duros.

– Acho que Matheus percebeu que eu a amava de verdade e tinha me arrependido. Isso o segurou. Não sei se faria o mesmo no lugar dele. Mas uma coisa é certa, Sophia. Eu, ele e Antônio somos amigos há muitos anos. E Matheus sempre foi o melhor de nós três, o mais centrado e honesto, cheio de valores. Ele pensa antes de agir. Não é precipitado como eu nem frio e controlador como Antônio, que acha que tudo tem que ser à sua maneira. E o caráter dele pesou. Maiana me contou que tentou beijá-lo e conquistá-lo uma vez, mas ele não aceitou. Porque sabia que nos amávamos. E eu te pergunto, quem faria isso no lugar dele?

– Não eu. – Afirmei com raiva. Furiosa com tudo o que eu ouvia, pois parecia ainda pior do que eu tinha imaginado.

O que tínhamos era sexo puro e bruto. O que teve com Maiana foi mais intenso e profundo, foi sentimento, foi amor, independentemente se um dia a tocou ou não. Como eu poderia competir com isso, com o fato de saber que eu era uma substituta? Uma segunda opção depois de uma mulher perfeita como Maiana?

Fiquei irada comigo mesma. Eu não queria competir com nada. Não queria envolvimentos nem amor, não acreditava em toda aquela merda. Então por que estava tão mexida, tão furiosa? O que me importava quem Matt havia amado? Porra, por que aquilo me desesperava tanto, a ponto de sentir meu corpo reagir, sem controle?

— Isso tudo é passado, Sophia – disse Arthur. – Hoje entendo tudo melhor. Ainda tenho ciúmes, mas confio em Maiana e em Matheus. Acima de tudo, eles são amigos. E eu só posso agradecer por ele ter cuidado dela quando estava grávida e sozinha. Fez o que eu devia ter feito.

Pensar que Matt a amara tanto, inclusive grávida de outro, era de sufocar. Entornei todo o meu vinho, sem saber lidar com aquelas sensações e aqueles sentimentos doloridos e irreconhecíveis. Eu os queria extirpar de dentro de mim, mas não sabia como.

— Matt esteve com ela até o final da gravidez?

— Não. Maiana me perdoou e nos casamos antes de Aninha nascer. Mas perdi muita coisa. – Olhou de novo em direção à esposa, como se lamentasse o passado. – Quando ela soube o sexo do bebê, estava com Matheus e não comigo. Mas isso foi bom. Foi tudo para que eu entendesse as merdas que fiz. Doeu pra diabo, mas mereci.

Eu não queria ouvir mais nada. Peguei a garrafa cheia na mesa e entornei mais vinho na taça, angustiada, louca para ir embora. Como se notasse que me perturbara, Arthur fitou-me e tentou reverter a situação:

— Sophia, tudo passou. Você não imagina como eu e Maiana somos felizes. E Matheus, desde que conheceu você, é outro.

Eu o olhei de imediato. Acabei rindo sem vontade:

— Deixe que eu seja bem sincera com você, meu querido. Tudo que eu e Matt temos é sexo. Bem quente e gostoso, devo confessar, mas só sexo. Se acha que posso conquistá-lo e deixar você mais tranquilo, está enganado.

Arthur acabou sorrindo também e balançou a cabeça:

– E quem disse que não estou tranquilo? Eu e Maiana nos amamos e somos felizes. Apenas nos preocupamos com Matheus e queremos que ele encontre uma pessoa legal também.

– Mas não sou uma pessoa legal. – Dei de ombros. – E não quero nada sério, nem com ele, nem com ninguém. Somos livres e desimpedidos.

Para completar meu discurso bem seguro, pisquei um olho para ele, lasciva. E o fitei de cima a baixo:

– Para dizer a verdade, se não fosse tão bem casado, não me importaria de dar uma fugidinha com você. Afinal de contas, não amo Matt. Não temos nada sério. E ele sabe disso. Qualquer dia desses estaremos seguindo caminhos diferentes.

Arthur terminou seu vinho. Deixou a taça vazia sobre a mesa e me deu um olhar penetrante, pensativo. Por fim, disse baixo:

– Eu tenho a nítida sensação que nem você acredita no que está dizendo, Sophia.

– Ora, mas por quê?

– Meu amigo está a fim de você. Agora mesmo, enquanto conversamos aqui, ele não tira os olhos de nós. E sei que o que você diz é da boca pra fora. Não ficaria comigo nem se eu quisesse, e garanto que não quero, com todo respeito. Sou louco pela minha mulher. Assim como você está louca pelo Matheus.

– Ah, é? – Eu ri, mas meu coração batia nervosamente.

– Eu olho para você e vejo a mim mesmo, um tempo atrás. Cheio de si, lutando ferozmente contra meus sentimentos. Sabe quando a gente se dá conta que ama? Quando perde. Não caia no mesmo erro que eu. Garanto que não é nada bom ficar com medo, sofrer e se desesperar, com risco de ver a pessoa que amamos seguir em frente.

– Nossa, Arthur, não pensei que fosse tão sentimental assim! Estou decepcionada. – Ironizei, para esconder o quanto suas palavras tinham me abalado.

– É apenas o conselho de um amigo.

– Que conselho? – indagou Matt, se aproximando de nós.

Eu o olhei de imediato, com o coração disparado. Vi que Maiana estava conversando com a avó de Arthur. E este sorriu, dando um tapa amistoso no braço do amigo, dizendo bem-humorado antes de se afastar:

– Boa sorte.

Matt o observou sair de perto e me fitou.

– Do que ele está falando?

– Como vou saber? – Dei de ombros e fingi indiferença. Mas tê-lo ali, perto de mim, só tornava tudo o que eu sentia pior. Minha vontade era gritar e dar uns tapas nele, sem nem ao menos saber ao certo o porquê. Respirei e disse a mim mesma que nada daquilo me interessava. Mas continuava furiosa, trêmula por dentro, sem tirar a imagem dele com Maiana da minha cabeça.

– Sophia...

– O que é? – Fitei-o com arrogância, erguendo o queixo.

Matt passou os olhos castanhos esverdeados por meu rosto, como se me observasse com atenção.

– Vai me dizer ou não o que está acontecendo?

– E quem disse que está acontecendo alguma coisa? – inquiri, enchendo de novo minha taça de vinho, sorrindo para ele falsamente.

– Você está estranha.

– Impressão sua, querido. Estou ótima! Quer mais uma taça?

– Não, obrigado. – Ainda me analisava com os olhos atentos. – O que você e Arthur tanto conversavam?

– Ciúmes? – Passei as unhas compridas por seu peito, piscando com lascívia.

– Claro que não. – Seus dedos longos agarraram os meus, imobilizando minha mão. – E você?

– Eu? – Ri, sem vontade. – Ora essa, por que eu sentiria ciúmes?

– Por que não me diz?

– Deixe de ser bobo. – Puxei a mão que ele segurava, meu sorriso desmentindo a raiva e o ciúme que me perfuravam e me irritavam mais do que tudo. – Vamos nos juntar aos outros? Esse papo está muito chato!

Matt parecia querer dizer mais alguma coisa. Era como se sentisse que eu não estava bem. Por fim, como sempre foi sincero, falou sem enrolação:

– Sabe que Maiana foi a mulher de quem te falei.

– Sei, saquei logo. Era segredo? – Continuei no mesmo tom de "não tô nem aí".

– Claro que não. Por que seria? Ficou chateada com isso?

– Meu bem, não! – Ri e me aproximei, passando a mão em seu queixo, piscando maliciosamente. – Sem problema. Não temos nada sério, lembra?

– Sophia...

– Xiiii... – Pus o dedo sobre seus lábios. – Assunto encerrado. Vamos beliscar algo? Hum, tem tanta coisa aqui. O que você quer?

Virei para a mesa e peguei um pratinho para me servir. Logo Rodrigo e Virgínia vieram se servir também e puxaram assunto com a gente, me salvando de qualquer tipo de assunto mais profundo com Matt. Depois disso, evitei ficar sozinha com ele e conversei, sorri, fingi que me divertia, quando o tempo todo me senti corroer por dentro com algo que parecia me engasgar.

A cada vez que olhava para Maiana e comprovava o quanto era simpática e linda, mais eu me enchia de raiva e de sentimento de inferioridade. Aquela era a mulher que Matt tinha amado e que possivelmente ainda amava. Loira, estonteante, doce, perfeita. Nada a ver comigo. Eu me senti apenas um brinquedinho usado, algo para ele se divertir e se distrair, já que não podia ter o que realmente queria.

Estava acostumada a ser eu quem fazia os homens se apaixonarem e rastejarem. Eu não era a segunda opção de ninguém. Eu é que os deixava. E agora me sentia um nada perto de Maiana. E quanto mais ela tentava puxar assunto e ser simpática comigo, mais eu a odiava.

Nem sei como consegui fingir tanto. Acho que o vinho ajudou, pois bebi além da conta. Sorri e conversei sem vontade. Na hora da ceia, participei de tudo, mas o tempo todo sem conseguir relaxar, cada vez mais irritada e agoniada.

Comemos todos em volta da grande mesa, Arthur fez um brinde agradecendo pelo primeiro ano com sua esposa e filha e a nossa presença ali. O tempo todo mantive um sorriso nos lábios, que doíam por serem tão forçados. Mal olhava para Matt ao meu lado, pois tinha vontade de gritar e arranhá-lo, como se tivesse me traído. Estava descontrolada como nunca fiquei na vida, o que só piorava todo o resto.

Eu queria ir logo embora, mas não daria o braço a torcer nem deixaria Matt notar meus motivos. Assim, me mantive firme, mesmo quando todos se divertiam e Arthur, ainda de Papai Noel, ia entregando cada presente. Maiana tirava fotos, toda animada.

Aninha tinha dormido, mas estava na sala em seu carrinho, alheia a tudo. Eu entreguei ao casal a travessa de prata que tinha levado e eles agradeceram muito. Maiana me abraçou e beijou dizendo que não precisava. E o tempo todo eu só sorria, quando minha vontade era de gritar. Matt também tinha levado presentes para todo mundo.

– Esse é para você, Matt. Arthur que escolheu. – Disse Maiana, toda sorridente. Só de vê-la perto dele, senti-me ferver por dentro. Quando eles se abraçaram e beijaram no rosto então, fui invadida por uma ira mortal. Vi-me puxando aquela loura pelo cabelo, estapeando-a. Respirei fundo e cerrei os punhos, lutando para me controlar.

– Obrigado, não precisava. – Matt sorriu e abriu o presente, que se tratava de um conjunto de perfume, loção pós-barba, sabonete e desodorante de uma linha masculina da marca famosa Corpórea.

– Sabemos que é a única que usa, da linha Chipre – explicou Maiana.

– Obrigado, adorei. Já estava precisando comprar mais mesmo. Antônio me viciou nisso.

– Como assim? – perguntou Rodrigo.

– É da marca de cosméticos do grupo dele – explicou Matt. – São tão bons que estão se espalhando por outros países. Há anos só uso essa linha.

– E esse é para você, Sophia. – Maiana se aproximou de mim com uma bela caixa dourada com laço vermelho, seus olhos prateados brilhando. – Não a conhecíamos direito, mas espero que goste.

– Obrigada. – Forcei o sorriso. Minha vontade era jogar o presente pela janela. Mas educadamente o abri.

Era uma bela caixa de joias em madeira trabalhada, com frisos dourados e puxadores lindos e delicados. A tampa era esculpida em flores lindas, tudo de bom gosto, mas que só aumentaram mais a minha irritação. Não queria nada dela. Ergui os olhos e a fitei.

O pior era que parecia sincera, feliz, querendo ser minha amiga. Para quê? Para esfregar constantemente em minha cara que era linda e que só não estava com Matt porque não queria? Que eu só estava ali por que era a segunda opção?

Engoli em seco e forcei meus lábios a se abrirem em um sorriso, dizendo docemente:

– Obrigada, eu adorei.

– Que bom! – Veio para mais perto e segurou minha mão livre com carinho, dizendo simpaticamente: – Agora que nos conhecemos, podemos nos encontrar mais vezes. Vou marcar um jantarzinho aqui pra gente.

– Será um prazer. – Cada palavra saiu num sacrifício fenomenal, pois eu não estava acostumada a fingir nada, era sempre bem honesta e espontânea. Mas como maltratar alguém que não tinha me feito nada? Que me incomodava sem que eu pudesse evitar?

Ela acenou com a cabeça, animada, voltando para perto do seu Papai Noel. Meus olhos buscaram Matt, que me observava, atento. Sorri jocosa, mostrei a caixa, mas depois o ignorei, cada vez mais ansiosa para sair dali. Nunca tinha me sentido tão mal e inferiorizada.

Todos ganharam presentes. Já era quase uma hora da manhã, e achei que já tinha suportado demais. Poderia convencer

Matt a me levar embora e sair daquele martírio, mas Antônio escolheu exatamente aquele momento para chegar. Sabia que teríamos que ficar mais um pouco.

Tomei o resto do meu vinho, já um tanto alterada, observando o homem alto e empertigado de cabelos escuros displicentes e claros olhos de águia vestido num terno cinzento sem gravata e com camisa branca. Era da altura de Matt e Arthur, com ombros largos, só que mais esguio. Ou talvez passasse essa impressão por andar com o queixo erguido e a coluna totalmente ereta, impositivo, como se num único olhar percebesse tudo que havia na sala.

– Pensei que nem viesse mais – disse Arthur, enquanto eles se cumprimentavam.

– Só esperei a ceia acabar. Sabe que depois da meia-noite todo mundo lá em casa vai dormir. Maiana. – Beijou-a no rosto.

– E Ludmila? – Ela perguntou.

– Preferiu ficar em casa.

– Ah, que pena.

Antônio e Matt se cumprimentaram e depois ele foi falar com todo mundo. Tinha um jeito impositivo de andar, seus olhos azuis bem claros e glaciais intensos em cada pessoa, fitando-a nos olhos.

Enquanto isso, Matt conversava com Arthur e Maiana, todos descontraídos, à vontade. Só de vê-lo perto dela eu já me senti mais irritada e furiosa. Mas disfarcei quando Antônio se aproximou e me estendeu a mão.

– Sophia. Bom rever você.

– Digo o mesmo, Antônio. – Sorri, segurando minha taça de vinho. Com a mão livre, apertei a dele, mas não parei por aí. Aproximei-me mais e beijei sua face angulosa, de propósito sendo bem charmosa. – Eu estava sentindo sua falta aqui.

Seus olhos límpidos e duros como um diamante se cerraram levemente. Senti que era o tipo de homem que não parava diante de nada, se queria alguma coisa. Poderia muito bem tomar o que eu oferecia, mas algo o esfriou. Observou-me, e era impossível saber o que se passava em sua cabeça, pois sua expressão não se alterou nem um pouco.

Eu sabia que brincava com fogo. Mas cansada de me sentir mal e com ciúmes naquela noite, quando não queria nada daquilo, além de estar um pouco embriagada, eu só pensava em irritar Matt. Ele tinha se mantido na dele, mas sempre dava um jeito de estar perto de Maiana, mais do que de mim. Agora seria bem feito se me notasse. Se soubesse que eu não estava nem aí para o que ele sentia pela mulher do seu amigo.

Arthur não me daria brecha, mas Antônio, talvez. Afinal, não era bem casado. Era um homão daquele, lindo e tesudo, e a esposa o deixava sair sozinho. Com certeza toparia um flerte sem muitas consequências.

– Pena que não chegou antes. – Continuei, sorrindo sensualmente.

A olhada que me deu foi bem dura. E sua voz saiu um tanto fria:

– Eu estava com meus pais e com a minha esposa. E aposto que Matheus não deixou que lhe faltasse nada.

– Claro. – Meu sorriso se ampliou, enquanto eu entendia seu recado ao citar a esposa e Matheus. Mas não fiquei intimidada com indiretas. Tomei o restante do meu vinho e disse lentamente: – É interessante como você, Matt e Arthur são unidos e se respeitam.

— Bom que você percebeu. — Foi direto também. Sua voz era grossa, bem firme, mas tinha algo de cortante, afiada. Imaginei que poderia fazer uma pessoa tremer só com o tom que usava. Mas não eu.

— Hoje mesmo fiquei sabendo de muita coisa sobre essa amizade. É uma pena. Acho que nós dois nos entenderíamos muito bem. Só na conversa, claro. Um mataria o outro antes que algo mais ocorresse. — Ri alto, mostrando minha taça vazia. — Não quer me servir um vinho?

— Pelo que estou notando, você já bebeu demais.

— Ainda nem comecei.

Seus olhos azuis, muito acesos em contraste com as sobrancelhas e fartos cílios negros, foram direto para onde estavam seus dois amigos e Maiana. Eu também olhei para lá e me deparei com Matt me fitando sério. Sorri e o brindei com a taça vazia. Quando Antônio me encarou de novo, deu um sorriso meio de lado.

— Entendi tudo.

— Do que está falando?

Nós nos encaramos. Apesar de Matt ser um Dominador nato na cama e ser um homem decidido, não tinha nem a metade da necessidade de controle daquele homem. Era realmente um líder nato, autoridade e poder emanando de seu olhar e de seus gestos comedidos, impositivos. Soube que, num confronto direto com Antônio, não teria para ninguém. E fiquei ainda mais irritada, pois não podia me criar com ele nem com Arthur. Nem com Matt. Era um trio da pesada.

— Esqueça — reclamei, respirando fundo. Fechei a cara quando Matt se aproximou de nós, lançando um olhar ao amigo e depois para mim. Parecia meio desconfiado. Seria perfeito provocá-lo agora, mas tive medo de Antônio me colocar em uma situação indelicada, pois com certeza não cairia no meu jogo. Assim, apenas fiquei quieta.

– Sua namorada estava sentindo a sua falta. – O sorriso meio de lado de Antônio, junto com suas palavras levemente irônicas, me fez olhá-lo de imediato, irritada. Mas antes que eu ou Matt disséssemos alguma coisa, fitou seu amigo e completou: – Tenho uma notícia para dar.

– Que notícia? – indagou Matt, segurando minha taça vazia e tirando de minha mão. Fitei-o emburrada, sentindo-me uma menina no meio daqueles dois, quase gritando de raiva.

– Descobrimos hoje. Ludmila está grávida.

Pelo menos um tom de alegria naquele homem prepotente e com ar de mandão. Mas Matt foi mais espontâneo que ele e sorriu francamente, se aproximando e cumprimentando-o com um aperto de mão e um tapinha amistoso nas costas.

– Antônio, que notícia boa, cara! Isso é que é presente de Natal.

– É verdade. Estamos felizes. Meus pais, então, nem se fala.

– Imagino. É o que sempre quiseram. Se fossem depender do Eduardo, não teriam um neto tão cedo.

– Meu irmão só quer saber de farra. – Ele sorriu lentamente.

– Parabéns. – Falei mais branda, e Antônio parecia não ter ligado para nossa troca de farpas anterior, pois seu sorriso aumentou, expondo os dentes perfeitos, seguro e à vontade.

– Obrigado, Sophia.

– Contou para Arthur? – indagou Matt.

— Contou o que pra mim? — Arthur veio para perto de nós, tirando a touca de Papai Noel, já com a parte da frente da camisa meio aberta.

— Você está ridículo. Espero que nem todo homem ao se tornar pai se vista dessa maneira — debochou Antônio.

— Aninha gostou. — Defendeu-se com um sorriso.

— Aninha gosta de tudo. Eu tenho certeza que serei um pai bem mais sério. Nada de falar com voz de criança nem pagar esses micos.

— Não sabe o que está perdendo. — Arthur não caía na provocação. — Vai ser é um pai bem chato.

— Isso nós vamos ver daqui a oito meses.

— Oito meses? — Arregalou um pouco os olhos. E seu sorriso se ampliou: — Está falando sério?

— Sério.

— Filho da mãe! Não te falei que ia dar tudo certo? Parabéns! Maiana! Aninha vai ganhar um amigo para brincar!

— Como assim? — Ela se aproximou, olhando-nos.

— Ludmila está grávida. — Explicou Antônio.

— Ah, que maravilha! — Riu toda feliz e o abraçou e beijou. — Meu Deus, vocês devem estar nas nuvens! Que notícia boa!

Todos vieram cumprimentar Antônio, e senti a mão de Matt em minhas costas. Virei um pouco e o fitei. Seu olhar era quente e fixo no meu, mas bem sério. Murmurou:

— Não vai me dizer o que você tem?

— Eu não tenho nada. — Estava no meu limite e sabia que precisava sair logo dali. A cada vez que eu olhava para Maiana, sentia o ciúme me roer. E tudo aquilo só me fazia mal. Meu estômago até doía. — Vamos embora?

— Quer ir?

— Sim.

Apesar de tudo, o tesão estava lá, vivo entre nós. Junto com mais uma enxurrada de sentimentos. Matt acenou com a cabeça.

— Só mais um pouco e vamos.

Concordei. Depois de uns vinte minutos, nos despedimos de todos. Maiana e Arthur ainda insistiram para que ficássemos mais, no entanto, Matt disse que precisávamos ir. Maiana me abraçou cheia de carinho e murmurou em meu ouvido:

— Fico muito feliz por estar com Matt. Vou torcer muito por vocês.

Quase enfiei o dedo na goela. Afastei-me com um sorriso congelado, sem culpa ao ver como parecia feliz. Consegui me despedir e dei graças aos céus quando seguimos sozinhos para longe. Sentia-me exausta emocionalmente.

Aquela já era uma data ruim para mim. Desde o início da noite já não estava muito boa, lembrando da minha mãe, dos natais horríveis que passei. Achei que ficar com Matt me aliviaria e o confortaria, por estar longe de seu pai. Mas nunca imaginei que me torturaria tanto ficando no mesmo ambiente que a mulher que era dona do coração dele. Não queria me importar com aquilo, mas estava furiosa. E com raiva de mim mesma por sentir ciúme, por me incomodar.

— Sei que você não está bem, Sophia. Me evitou a maior parte da noite, e nunca te vi tão calada. Agora que estamos sozinhos, pode me falar o motivo.

Eu me virei e o olhei. Mas não dei o braço a torcer.

— Simplesmente não gosto de Natal. Já tinha dito isso.

— Chegou lá bem animada. Estava bem. E de repente mudou. – Lançou-me um olhar rápido, porque dirigia. – Ficou com ciúmes, Sophia?

– Eu? – Ri, sem vontade. – E por que eu teria ciúmes?

– Porque percebeu que Maiana é a mulher de quem lhe falei.

– Percebi, sim, Matt. Mas tudo bem, querido. O que temos é só uma foda gostosa, sem compromisso. Não me importo se está apaixonado por outra. – Fingi, tentando parecer bem sofisticada e indiferente.

– Pare de desfazer o que temos. Não é só uma foda gostosa. Estamos juntos, curtindo a companhia um do outro e nos conhecendo. E não sou apaixonado por Maiana. Eu já fui. É diferente. O que tenho por ela é um carinho de amigo.

– Entendo. Mas não precisa explicar. Realmente isso não me incomoda. Está tudo bem.

– Tenho a impressão que nada está bem, Sophia.

– Impressão errada, querido. – Garanti e olhei pela janela, algo travando minha garganta, a irritação me deixando mal, cada vez mais furiosa.

Matt não insistiu. Tive vontade de pedir que me levasse para casa. Não seria boa companhia e precisava me recuperar, entender o que acontecia comigo. Mas se fizesse isso, seria uma prova de que estava mesmo incomodada e com ciúmes. E eu daria um braço para não admitir aquilo.

Chegamos ao apartamento dele em Ipanema e Matt carregou as caixas de presente, inclusive a que eu tinha dado a ele e não o tinha deixado abrir. Não estava mais animada para nada. Sentei no sofá e cruzei as pernas, enquanto ele depositava seu presente sobre a mesa e abria a caixa rapidamente, ansioso como uma criança.

Eu o olhei, sem poder deixar de admirá-lo. Estava perturbada, mas o desejava tanto que doía. Aquela necessidade que sentia aumentar dentro de mim, de ser dele, de estar em sua companhia, parecia uma droga em meu sangue. E fiquei lá, muito quieta, a respiração alterada, vendo-o tirar da embalagem duas camisas de uma cara grife italiana, bem cortadas e de tecido macio, que com certeza ficariam lindas nele.

– Adorei, Sophia. – Sorriu agradecido, obviamente gostando do presente. Colocou-as sobre a mesa e puxou a embalagem maior. Abriu e fitou o objeto em sua mão, sem entender direito. Olhou pra mim com expressão confusa: – Um chapéu de caubói?

– Quando vi você em Portugal, com aquele chapéu-panamá, achei muito sexy. E imaginei como ficaria só com um chapéu de caubói. Não pude resistir à vontade de conferir.

Sorriu devagar, fazendo meu coração falhar uma batida e depois bater descompassado em meu peito.

– Não seja por isso. Pode conferir agora. – Sua voz rouca e carregada mexeu com cada nervo do meu corpo. E fiquei ainda mais abalada quando deixou o chapéu sobre a mesa e tirou os sapatos com os pés, já puxando a camisa pela cabeça, seus músculos definidos e torneados fazendo ser impossível resistir.

Olhei-o quando puxou o cinto e o largou, tirando do bolso da calça sua carteira e dela um pacote de camisinhas. Deixou tudo na mesa e abriu a calça lentamente, sem tirar os olhos de mim, dizendo baixo:

– Um caubói verdadeiro tem cordas. Que tal algumas além do chapéu?

– Nunca.

– Essa palavra chata de novo – disse bem-humorado.

Lambi os lábios quando a calça escorregou para baixo e vi sua cueca boxer preta, que o deixava tão gostoso que dava água na boca. Mas não mais gostoso do que ficou quando desceu a cueca por seu quadril estreito e pelas coxas musculosas, deixando à vista aquele pau lindo, grosso, enorme. Fiquei sem ar, abalada, dividida entre os sentimentos que me golpearam a noite toda e aquele tesão que só ele despertava em mim.

Matt ficou completamente nu. Pegou o chapéu e o colocou na cabeça. Pensei que teria um ataque cardíaco.

– Que tal? Presente aprovado?

– Perfeito. – Consegui sussurrar.

– E que tal assim? – Aproximou-se de mim devagar, pegando o preservativo na mesa e tirando o chapéu da cabeça. Parou bem à minha frente, de pé, alto e magnífico, aquele corpo perfeito me desnorteando enquanto tampava o sexo com o chapéu. – O que prefere?

– Do outro jeito. – Esperei que pusesse de volta o chapéu na cabeça e completei, descendo o olhar por seu peito, barriga e membro, cheia de lascívia: – Assim posso chupar seu pau.

– É todo seu. – Deu um passo à frente, e não me fiz de tímida ou esperei. Agarrei seu saco pesado com uma das mãos e a base do seu pau com a outra, já abrindo minha boca esfomeada e salivante para enfiar a carne dura e comprida dentro dela.

Fui invadida por seu cheiro gostoso de macho e sua textura em meus lábios e língua. Enfiei fundo até minha garganta e suguei com volúpia, embriagada, deliciada. Matt gemeu rouco e enfiou os dedos em meus cabelos, segurando firme minha cabeça enquanto o chupava e acariciava suas bolas.

Fiquei toda babada. Meti quase tudo na boca e chegou no fundo da minha garganta, obrigando-me a conter a respiração para não engasgar. Esfomeada, voltei até a ponta só para mergulhar de novo até onde meus dedos o seguravam. Nunca tinha chupado um pau com tanta vontade e desejo como fazia com o dele, fora de mim, enlouquecida, querendo mais.

– Isso, potranca, chupa tudo... – disse rouco.

Escorregou a mão por meu pescoço e peito. Puxou a faixa de tecido negro que se cruzava na frente do vestido e o deixava no lugar. Ele saiu dos encaixes e o vestido se abriu todo na frente. Sem pressa, levou as abas para os lados e expôs meus seios, que apertou gostosamente.

Ergui os olhos e fiquei ainda mais dopada de prazer ao vê-lo com aquele chapéu, seus olhos quentes ardendo nos meus com luxúria. Assustei-me quando ergueu a faixa negra de tecido e na hora tirei seu pau da boca, pronta para reclamar. Antes disso Matt explicou:

– Não vou amarrar você. Só vendar os seus olhos.

– Não... – Acenei com a cabeça.

– Fique quieta. – Não ligou e passou a faixa sobre meus olhos, amarrando firme atrás. Vi tudo preto e entreabri os lábios, mas não reclamei, não o impedi, não sei por quê. Talvez porque estivesse embriagada de tento tesão. – Agora me chupe.

Ergui mais seu pau e, direcionada apenas pelo toque, encontrei seu saco. Enfiei uma das bolas na boca e chupei firme para dentro, masturbando-o com as mãos. Soube que o agradava quando gemeu e voltou a segurar firme minha nuca. Sem vê-lo, parecia que meus outros sentidos se tornavam mais intensos e me fartei, mamando-o com vontade.

Matt queria mais bruto. Imobilizou minha cabeça com uma das mãos e com a outra segurou o pau, fazendo-me largar seu testículo e metendo o pau com tudo até o fundo. Arquejei e aguentei firme, mesmo quando minha boca e garganta ficaram preenchidas por sua carne dura e cheia de veias saltadas. Passou a meter e tirar, tão forte e fundo, que, quando saía, a baba escorria grossa do seu pau e dos meus lábios.

Agarrei suas coxas e fiquei toda encharcada por baixo, ansiando por seu pau na vagina e seu corpo em cima do meu. Tinha pressa e apertei as coxas uma na outra, a ponto de gozar só com aquelas estocadas brutas em minha boca.

Matt notou como me contorcia. Largou meu cabelo e puxou o pau para fora. Parecia sentir a mesma ânsia que me consumia, pois me levantou com um safanão e rapidamente desceu meu vestido. Em questão de segundos eu estava nua e era empurrada no sofá, enquanto o ouvia rasgar a embalagem do preservativo e abria minhas pernas, dizendo:

– A primeira vai ser rápida. Estamos cheios de tesão. Mas depois vamos brincar um pouco, Sophia.

– Matt... Ah... – Gemi fora de mim quando me montou e penetrou com fúria, seu pau imenso me abrindo toda, sua mão arrancando a venda de meus olhos. Arfei descontrolada ao notar seu olhar ardente e dominador e aquele chapéu ainda em sua cabeça, sombreando suas feições. – Isso peão, vem montar sua potranca...

Matt achou graça. Enfiou-se mais entre as minhas pernas, estocando com firmeza, me abrindo toda, enquanto eu enfiava minhas unhas em suas costas e dizia entre excitada e irritada:

– Do que está rindo?

– Foi engraçado.

– E isso, é engraçado? – Ergui as pernas, ainda com os sapatos de salto, enquanto me comia.

Enterrei as pontas dos saltos em suas coxas, rindo também. Matt xingou um palavrão e jogou o chapéu longe. Segurou minhas coxas, puxou-as para si e logo arrancava meus sapatos, dizendo rouco:

– Certo, nada de risadas nem de armas. E para mostrar meu arrependimento, vou deixar você ficar por cima.

– Ah, vai deixar? – Debochei.

– Vou. – Não sorriu para não me irritar, mas seus olhos brilhavam.

Não me deu chance de responder mais nada, pois me fodeu duro e me beijou gostosamente na boca. Recolhi minhas unhas na hora e o abracei, coração disparado, ondulando e me movendo com ele, beijando-o com tudo de mim. Foi delicioso, cheio de entrega e carícias, fazendo cada parte do meu ser participar.

Todos os sentimentos que me golpearam naquela noite se tornaram mais intensos, permeados pelo tesão, mas também por certo desespero. Imaginei Matt daquele jeito com Maiana, querendo-a mais do que me queria, me deixando por ela. E se um dia ela se arrependesse de ter escolhido Arthur? Matt correria para seus braços?

A dor dentro de mim foi tão terrível e violenta que o apertei forte e gemi dolorosamente, com raiva e medo, angustiada. Puxei seu cabelo e lutei, tentando ir para cima. Matt não lutou e eu o montei, movendo minha vagina loucamente em volta do seu pau, enfiando minha língua em sua boca, querendo machucá-lo, castigá-lo pelo que me fazia sentir.

Mordi seu lábio inferior com força, e Matt girou a cabeça para o lado, fitando-me furioso ao sentir o gosto de sangue na boca.

– Está maluca, porra?

Eu respirava irregularmente, sentindo os olhos arderem, cheia de raiva, de coisas que não queria sentir. Ergui o tronco, comendo-o em movimentos brutos, minhas unhas já se firmando em seus ombros. Mas na hora Matt agarrou meus pulsos e inverteu de novo as posições, me deixando por baixo.

– Me solta! – Gritei e lutei, furiosa, enlouquecida.

– Para quê? Para me lanhar todo? Fique quieta! – Matt me sacudiu e parou dentro de mim, entre minhas pernas, segurando firme meus pulsos contra o sofá, deixando-me toda imobilizada enquanto me olhava irado, seu lábio com gotas de sangue. – O que deu em você?

– Me solta! – Exigi de novo, me debatendo e ficando em pânico ao ver que não conseguia me soltar. Terrores antigos retornaram. Não consegui respirar direito e arquejei: – Matt...

Ele soltou meus pulsos na hora. Lambeu o lábio, sua respiração também alterada, seus olhos apertados, confuso, ainda com raiva.

Consegui me estabilizar um pouco mais e o olhei, tão perdida que só então me dei conta da minha loucura. E percebi que só o quis machucar porque era assim que me sentia, magoada e arrasada, com ódio porque o amor dele era para outra mulher e não para mim.

Chocada, entendi tudo. Eu o amava. Violentamente. Como nunca amei alguém em minha vida.

Seus olhos esverdeados encontraram os meus e não sei o que viu. Não sei se o sentimento foi tão forte que falou por si só ou se notou apenas meu desespero ao me dar conta daquilo. Mas sua raiva se abrandou e ele se deitou mais sobre mim e me puxou para seus braços, segurando minha cabeça, dizendo baixinho antes de me beijar:

– Vem aqui...

E eu fui, de corpo e alma. Eu me dei e o abracei, querendo chorar, beijando-o na boca, tão arrebatada que bastou mais uma estocada e explodi em gozo, sem poder controlar as lágrimas que escorreram dos cantos dos meus olhos fechados, nem o amor que extravasava de dentro de mim.

E quando Matt gozou, gemendo em meus lábios, parecendo tão emocionado quanto eu, soube que estava irremediavelmente perdida.

MATT

Sophia tinha ido embora quando acordei no dia 25 de manhã. Fiquei irritado e preocupado, pois tinha saído sozinha e eu tinha planejado passar o dia com ela, embora Arthur e Maiana tivessem nos convidado para passar aquele dia também em sua casa. Eu já tinha até comprado os ingredientes para um belo almoço que faria para nós.

Ao constatar que tinha ido mesmo, liguei para ela. Mas tocou e ninguém atendeu. Assim como o telefone de seu apartamento. Parecia que estava fugindo de mim.

Podia até ser pretensão minha, mas sabia o que estava acontecendo. Enquanto tomava um café em minha cozinha, eu relembrava a noite anterior. Tinha certeza que Sophia tinha ficado com ciúmes de Maiana. E isso, somado ao fato do nosso relacionamento se tornar cada vez mais profundo, estava deixando-a assustada.

Ela já tinha deixado bem claro que não se ligava seriamente a ninguém nem acreditava no amor. Era até cínica sobre isso. Tinha tido uma infância difícil e sofrera algum abuso. Mais de uma vez eu tinha testemunhado o pavor em seus olhos. Tudo aquilo a transformara em uma mulher independente e, ao mesmo tempo, insegura.

E tudo piorava, pois agora se dava conta de que estávamos cada vez mais envolvidos, de que não era apenas sexo. Na noite anterior percebi como se entregou totalmente, como me olhou apaixonada e assustada, como me agarrou firme com medo que eu a deixasse. Sorri comigo mesmo pelo fato de querer lutar contra aquilo, quando era tão gostoso se apaixonar e estávamos nos dando tão bem.

A única coisa que parecia forte o bastante para nos separar era o fato de sermos dois dominadores, mas isso já tinha sido vencido. Nos dávamos bem na cama do nosso jeito, embora eu ainda tivesse esperanças de vencer sua resistência e torná-la submissa aos poucos. Não totalmente, pois gostava do seu jeito decidido de me enfrentar. Mas ao menos ter mais liberdade de jogar com ela.

Quanto ao fato de se apaixonar, eu não tinha medo. Tinha amado Maiana, mas agora me dava conta de que não foi tão forte quanto imaginei. Eu me encantei com ela, com sua beleza e docilidade, sua força e seu bom caráter. Mas, depois, aceitei que não era para mim e, aos poucos, sobraram a amizade e a admiração. Talvez, se eu a tivesse amado de verdade como pensei, tivesse lutado mais por ela.

Agora, com Sophia, eu percebia isso. Com ela eu estava feliz. Queria conhecê-la mais, dentro e fora da cama. Deixar aqueles sentimentos novos extravasarem e me dominarem, como já acontecia. Era diferente de tudo que já vivi. Era fogo e tesão, divertimento e calor, desejo e carinho. Era uma vontade de estar cada vez mais perto e desvendar os segredos. Eu me sentia feliz como um garoto e me dava cada vez mais conta de que a queria para mim. Muito.

Resolvi dar um tempo para ela se acalmar. Mais tarde ligaria ou iria a seu apartamento. E então não teria como fugir de mim.

Terminei meu café, sabendo que também estava apaixonado por Sophia. Aquilo só tinha se confirmado ainda mais quando vi Maiana e Arthur juntos e não senti mais nada, além de gostar de ambos como amigos. Começava a entender que não tinha amado Maiana de verdade. Ela foi um ideal que eu criei, ao me deixar ser levado pela combinação arrebatadora de sua beleza estonteante com seu caráter exemplar. Vi nela a mulher dos meus sonhos, a submissa perfeita, mas agora percebia como a imperfeição podia ser atraente e mexer comigo. Mesmo sendo arrogante e muito cheia de si, sendo uma mulher dominadora, Sophia estava cada vez mais entranhada em mim. Eu só tinha olhos e desejos para ela.

Gostava de sua companhia, estar ao seu lado, fazer sexo com ela. Tudo tinha começado só com tesão, mas agora se expandia sem controle, dominando meus sentimentos e pensamentos. Não era uma coisa racional, era instinto, mais profundo e enraizado do que eu poderia imaginar. E eu estava feliz com ela, cada vez mais.

Só fui ligar para ela no final da tarde, também sem notícias. Comecei a ficar preocupado e dei um pulo em seu apartamento. O porteiro me avisou que ela tinha acabado de sair. Assim, ficou claro que estava me evitando de propósito ao não atender os telefonemas.

Voltei ao apartamento e me ocupei em preparar o jantar. Depois daria um jeito de encontrar Sophia, pois ela não se esconderia para sempre.

Eu gostava de cozinhar. Era um hobby e, modéstia à parte, sabia que tinha jeito para a coisa. Pus um jazz para tocar e comecei a preparar um prato à base de bacalhau, com salada e muito azeite. Deixei a mesa pronta com toalha, guardanapos, pratos, copos e talheres. No centro, um kit de temperos, sal, azeite e vinagre, a salada na geladeira e o bacalhau sobre o balcão, bem tampado.

Tomei banho, vesti uma calça clara, uma camisa azulada e estava com ela ainda aberta quando liguei para Sophia. Fiquei aliviado quando atendeu.

– Oi, Matt. – Seu tom era sensual, baixo e rouco.

– Procurei você o dia todo.

– Acabou de encontrar, querido. – Ronronou.

Ouvi som de música ao fundo. Franzi a testa e indaguei:

– Onde você está?

– Dando uma volta. Por quê?

– Fiz um jantar para nós dois.

Por um momento ela ficou em silêncio. Eu aguardei também, atento, até que indagou:

– Você fez o jantar? Cozinhou?

– Sim, cozinhei.

– Nossa! Achei que nem soubesse fritar um ovo. – Ironizou.

– Sei fazer um pouco mais que isso. – Baixei o tom de voz. – Estou esperando você, Sophia.

– Hoje não vai dar, Matt. Lamento.

– Por quê?

– Vim a outro lugar. Não sabia que faria jantar e tinha outro compromisso.

– Com quem?

– Amigos.

– Onde?

– Isso é uma inquisição?

Riu, mas eu estava bem sério e irritado.

– Onde você está, Sophia?

– Tudo bem, querido, não precisa ficar bravo. Não é nenhum segredo. Estou aqui, no Clube Catana.

Agora foi minha vez de ficar em silêncio. Em meu quarto iluminado, fitei-me no espelho e a cara que vi era bem amarrada. Exatamente como me sentia por dentro. Calculadamente, indaguei devagar:

– O que está fazendo aí?

– Me divertindo, é óbvio. Claro, como hoje é dia 25, o clube até que está bem vazio. Mas continua ótimo como sempre.

– Está querendo me provocar, Sophia? – A raiva transparecia em minha voz.

– Mas por que eu faria isso? Estou apenas num local que costumamos frequentar.

– Por que foi aí?

Eu sabia, mas queria ouvir dela, enquanto cerrava os dentes, irado. Sophia continuava com aquele jeito divertido, irônico:

– Estou curtindo, Matt. Olha, por que não vem para cá também? Estou ficando cada vez mais animada!

– Faça bom proveito da sua noite – falei friamente.

– Pode deixar que vou fazer. Se mudar de ideia, será bem-vindo. Até mais, querido.

E ela desligou. Guardei o celular no bolso, sem conseguir acreditar que tinha sido tão descarada. Eu tinha chegado a cogitar que tentaria me manter longe um tempo, possivelmente assustada pelo modo como nossa relação se tornava mais séria e intensa, mas não achei que chegaria àquele ponto.

Furioso, fui até a cozinha, disposto a comer sozinho. Mas chegando lá, vi a mesa arrumada para dois e minha raiva aumentou. Sem preâmbulos, respirei fundo, passei a mão na minha carteira e na chave do carro e saí do apartamento batendo a porta atrás de mim.

Eu ia ver com meus próprios olhos a sua diversão.

Apesar de ser noite de Natal, muita gente não tinha família, ou decidiu passar o resto da noite no Catana. Não estava cheio como das outras vezes, mas também não estava vazio. Entrei lá disposto a tudo, desconfiado, tendo certeza só de uma coisa: para tudo havia um limite. E se Sophia extrapolasse esse limite, não teria volta.

Cumprimentei conhecidos, vi várias submissas se curvarem oferecidas, mas segui em frente, olhar atento, a irritação me consumindo. Não a vi no salão principal, e aquilo não era bom sinal. Fui para a masmorra, onde um grupo de convidados olhava com interesse uma sessão que acontecia. E então parei, imobilizado com a cena que rolava à minha frente.

Fui atacado por um ódio mortal, uma decepção sem igual. Sophia estava de meia-calça preta. Vestido curto e negro de napa colado e decotado, segurando seu pequeno chicote de nove fitas, usando sapato preto com saltos finos e altíssimos. Era uma Domme completa em vestimenta e atitudes. E dominava o centro da masmorra, onde um homem nu estava sentado em um banco, com uma coleira preta no pescoço. Ela tinha acabado de agarrar o couro da coleira, se abaixado um pouco e dizia perto do rosto do homem de olhos baixos:

– Você é um escravo sujo e desobediente. Vai ser tratado como merece! – Bateu com as fitas do chicote violentamente nas pernas dele, que se encolheu e piscou, assustado. – Vá para o chão que é o seu lugar! De bruços agora!

Na mesma hora o homem obedeceu, deitando-se nu no chão frio. Sophia o rondou altiva, sacudindo o chicote no ar, soberana no ambiente, seus cabelos escuros soltos, seu ar altivo. Passou os olhos escuros em volta como se procurasse alguém.

Eu estava retesado, imóvel, com tanta raiva que me desconhecia. Fitava-a de modo penetrante, até que seu olhar encontrou o meu. E eu soube que tinha procurado por mim, tinha me atraído de propósito até ali. Ergueu o queixo, como um desafio. Seus lábios ergueram-se no canto, dona de si, mas mesmo assim algo de desespero em suas feições. No entanto, nem isso nem o fato de entender o que fazia diminuíram minha raiva ou me comoveram.

O fato era que Sophia estava lá, jogando com um homem. Como se o que tivemos não significasse nada. Não conversou comigo, não me comunicou. Simplesmente agiu. E agora ali, por mais que sentisse ânsias de perder a cabeça, eu me mantinha firme, querendo ver até onde iria.

Lambeu os lábios e, desafiadora, deu-me as costas. Parou ao lado do homem e pisou com o salto bem sobre a bunda dele, com força, fazendo-o gemer de dor, enquanto sua voz saía clara e autoritária, reverberando pelas paredes:

– Desobediente! Cãozinho sujo... – E se inclinou para frente, o salto visivelmente se enterrando na carne dele, enquanto erguia o braço e chicoteava suas costas. Ele começou a chorar e suplicar:

– Minha Rainha, perdão... Por favor, perdão...

– Eu te dei permissão para falar? – E bateu mais forte, fazendo-o estremecer.

Cerrei os punhos. Já tinha assistido a cenas como aquela inúmeras vezes. Nunca me excitei com aquilo. E agora, o que me envolvia era asco. Tudo parecia sem sentido, mecânico, forçado. E preparado para machucar. Se era essa a intenção, estava sendo vitoriosa. Pois eu me sentia muito mal.

– Vire-se, servo!

O homem o fez imediatamente, excitado e ereto, seu pênis amarrado junto com o saco e tendo um peso pendurado, ambos vermelhos pela pressão do elástico, dolorosamente presos. Ergui mais o queixo, meus olhos fixos na cena, em Sophia pisando e subindo de pé no peito dele com os saltos altos, enquanto ele gemia de dor e ela andava devagar, ordenando:

– Sofra, submisso. Mulherzinha, ridículo. Seu viadinho...

Deixou-o desesperado, chorando de verdade, mas sem ousar se mexer e derrubá-la. Então saiu de cima dele só para chicoteá-lo forte no peito cheio de marcas dos saltos, enquanto o homem se contorcia. Por fim Sophia parou, sentou-se num sofá pequeno ali perto e cruzou as pernas sacudindo o pé, ordenando:

– Venha aqui e lamba meu pé, ordinário. De quatro, como o cachorro que você é.

O homem obedeceu de imediato, lambendo a pele do seu pé que aparecia nos vãos da sandália. Recostou-se como uma verdadeira rainha, seus olhos vindo de novo para mim, enquanto dizia bem alto:

– Essa sou eu. Nasci para ser adorada e não adorar. Não dependo de ninguém para nada. Não me envolvo. Tenho os homens aos meus pés, onde é o lugar deles, me servindo e idolatrando. Sou uma Domme. Sou uma Rainha. E aqui é o meu lugar.

Ela não podia ser mais clara. Não me movi, concentrado, aparentemente congelado, quando tudo dentro de mim despencava e se rebelava. Tinha sido um sonho, uma fraude. A mulher que aprendi a admirar e por quem me apaixonei, aquela com quem viajei e vivi momentos inesquecíveis de paixão, com quem passei parte da noite anterior abraçado, era a mesma que estava ali, com outro homem.

Continuei firme, enquanto Sophia erguia ainda mais o queixo e tirava os olhos de mim, como se soubesse bem as escolhas que fazia.

– Saia daqui! – Empurrou o homem com o pé, que caiu deitado de lado e ficou, arfante. Ergueu-se e o chicoteou, enquanto ele choramingava e se encolhia. – Imundo! Fora! Fora!

Ele rastejou para longe, humilhado, até que o seguiu, agarrou um punhado de seu cabelo e o fez ficar em pé. Levou-o até um T feito de madeira na altura de uma pessoa, com orifícios para alguém enfiar as mãos e a cabeça, que ficavam presos e pendurados. Fez isso com ele, que ficou lá de pé, totalmente à sua mercê, tremendo. Assim o chicoteou várias vezes nas costas e nádegas.

Quando Sophia caminhou até uma mesa e largou o chicote irritada, eu percebi que estava mais descontrolada do que aparentava. Não era só um jogo. Não estava segura. Mas nada daquilo me importou mais. Eu já estava além de qualquer desculpa para ela. Talvez meu erro fosse ser compreensivo demais. Mas agora isso havia acabado.

Ela pegou sobre a mesa um cinto com um pênis preto e artificial pendurado. Amarrou-o na cintura, colocou um preservativo e andou até o homem imobilizado, com aquilo e um tubo de gel na mão. Fitou-me com arrogância. Eu mal piscava, olhos fixos nela.

– Vai ser uma mulherzinha de verdade agora, escravo. – Espirrou o gel no pênis artificial e depois abriu as nádegas dele, jogando mais ali, espalhando com os dedos. Largou o tubo e se ajeitou atrás dele, sorrindo sem vontade.

O homem gritou quando foi penetrado. Gemeu alto, tendo prazer com a dor, suplicando. Todos ali foram testemunhas de sua humilhação. Sophia rosnou e agarrou o peso que pendurava de seu pênis, seus dedos tocando-o, masturbando-o, puxando-o, deixando-o mais fora de si.

– Senhora... Minha senhora... – Ele suplicava.

Eu virei as costas, no meu limite. Saí da masmorra pisando duro, literalmente afastando-me de tudo aquilo. Não era preconceituoso e já tinha visto inúmeras cenas como aquela, mas nunca com a mulher que eu queria para mim. Queria, no passado. Pois agora era ali que Sophia ia ficar.

Atravessei o clube sem olhar para ninguém. A sensação que eu tinha era muito pior do que quando entendi que havia perdido Maiana. Agora, além da perda, eu me sentia traído. E pior, traído propositalmente, atraído até ali para ver, para testemunhar tudo. Meu coração estava apertado, meu estômago gelado, contorcido.

Saí do clube. Atravessei o estacionamento e fui até meu carro, nem o ar frio da noite foi o bastante para me acalmar, para extirpar aquela dor, aquele incômodo de dentro de mim. Respirei fundo e abri a porta, e naquele momento ouvi sua voz atrás de mim:

– Matt, espere.

Eu me voltei de imediato, meus olhos parecendo soltar fogo. Não me lembro de ter estado um dia tão furioso. Nem quando Rafaela afastou meu pai de mim. Porque aquilo eu esperava. O que Sophia tinha feito comigo era um golpe baixo.

Tinha se livrado do cinto, mas continuava com as roupas de napa preta, sua respiração alterada, seu olhar fixo no meu. Falou diretamente, a poucos passos de mim:

– Você precisava ver. Se eu falasse, ia tentar me convencer do contrário. Essa sou eu. É disso que gosto, Matt. Já estava mais do que na hora da gente parar de brincar de casinha.

– Não precisa dizer mais nada. Já entendi o recado – falei friamente.

Tornou-se mais empertigada, irritada.

– Por que está assim? Sempre soube que eu era uma Domme! O que fiz aqui não difere muito do você fez lá no Porto com aquela submissa.

Franzi o cenho, ficando cada vez mais difícil controlar a ira que me corroía.

– Não misture as coisas, Sophia. Lá estávamos juntos e decidimos. Em nenhum momento eu toquei naquela moça de modo sexual.

– Ficou excitado!

– Com você, que estava lá comigo! – Alterei a voz, o que a surpreendeu. Deu um passo para frente.

– Mas não deixei que aquele submisso me tocasse ou transasse comigo!

– Não? Você manipulou o pênis dele para prendê-lo. Deixou que lambesse seu pé e o penetrou. Você o masturbou. Isso não é sexual o suficiente para você? – Olhei-a com fúria.

– Matt...

– Não tem mais o que dizer. Me chamou aqui e eu vim. Conseguiu o que queria, o que vem tentando desde ontem quando provocou Arthur e Antônio. – Ela arregalou um pouco os olhos e dei-lhe uma olhada com repulsa. – Pensa que não vi como estava se roendo de ciúmes de Maiana, querendo causar o mesmo em mim? Tentou com eles seus sorrisos sensuais porque sabia que eu estava lá e que eles não cairiam em sua conversa. Assim como me chamou aqui, porque na verdade é uma medrosa, uma insegura infantil que não sabe resolver as coisas como adulta.

– Pare! – Aproximou-se mais de mim, com raiva, respiração acelerada. – Pensa que é o dono da verdade? Hein, Matt? O que sabe de mim?

– Sei que está apaixonada por mim e cheia de medo de admitir. Criou esse teatro todo para me afastar, para se sentir segura novamente! – Me aproximei também, perdendo o controle, tremendo.

– Está louco! Convencido! Não temos compromisso nenhum! Posso fazer tudo o que quiser!

– O compromisso era implícito, Sophia. Era questão de respeito. Coisa que você não teve.

– Sou uma Domme, nunca te enganei! Por que esse drama todo? Se pensa que...

– Chega. Sei disso tudo, mas fique feliz, Sophia. Isso não me importa. – Agarrei seus dois braços com força, bem próxima a mim, meus olhos sem sair dos seus. – Conseguiu o que queria. Me tirou do sério. Estou convencido de que não é mulher para mim nem quero mais nada com você. Volte para seus submissos. A brincadeira de casinha acabou mesmo.

– Ótimo! – gritou, se debatendo. – Agora me solte!

– Com o maior prazer. – Larguei seus braços como se tocá-la me desse asco. Olhei-a de cima a baixo. – Uma hora você ia conseguir. Sinta-se vitoriosa.

Parecia chocada pelo modo como eu a olhava, parada ali, um pouco perdida. Abriu a boca, mas eu não queria ouvir mais nada. Dei-lhe as costas e fui decidido para o meu carro.

– Matt...

Eu a ignorei. Entrei e bati a porta. Liguei o motor.

– Matt, escute... Não precisa disso tudo... Você...

Arranquei com o carro, sem olhar para trás. Nem olhei pelo espelho retrovisor. Sophia tinha me tirado do sério, tinha me levado além do que eu podia suportar. E agora eu ia seguir em frente, mas a deixaria para trás. Porque mexeu com algo que não devia. Com meus sentimentos.

Decidido, dominado pela raiva, só quis me afastar dela. Sabia que sentiria sua falta quando me acalmasse, mas a decepção terminaria de arrancá-la de dentro de mim. Eu já tinha sido obrigado a perder uma mulher antes. Agora era eu que não queria aquela em minha vida.

SOPHIA

Fui para casa como uma sonâmbula. Devia estar satisfeita, pois consegui o que eu queria. Afastar Matt da minha vida. Extirpar o risco de me entregar a ele mais do que já tinha feito e sofrer. Agora eu estava livre para ser eu mesma e para ter minha vida de volta, sem aquela loucura em que Matt me fez mergulhar desde que o conheci.

Devia estar feliz. Mas quando entrei em meu apartamento, sentia a angústia me corroer e uma dor horrível me dilacerar por dentro, principalmente ao lembrar o olhar dele para mim. Um olhar que nunca vi nele, de raiva e nojo, de alguém com asco do outro. De mim.

Caí sentada no sofá, sentindo-me gelada, fora de mim. O desprezo de Matt parecia grudado em minha pele. Eu vi sua decepção, eu podia ter parado. Mas continuei, fiz questão de ir até o fim, de fingir que eu queria e desejava aquilo, quando em nenhum momento eu quis. Quando todo tempo só pensei em jogar tudo para o alto e me jogar aos pés dele, dizendo o quanto o amava.

– Não... – Sacudi a cabeça, tomada pelo medo.

Passei a vida solitária, fechada em mim mesma, sempre me virando sozinha. Cansei de esperar ser amada e precisei ser estuprada para entender que o amor nunca me valeria de nada, só me enfraqueceria.

E desde que conheci Matt, vivi na corda bamba, ameaçada, com medo. Ele podia me ter nas mãos. Podia me esmagar se quisesse. Não me amava, nunca me disse nada nesse sentido. Não me deixava segura, pelo contrário, tirava meu chão, derrubava minhas defesas e tudo o que passei a vida acreditando. Pelo que eu sabia, não tinha escondido de ninguém que amava Maiana, mas a mim nunca disse nada. Porque só queria sexo e se divertir um pouco, até me submeter. Quando isso ocorresse, perderia o interesse. E o que seria de mim? Meu Deus, o que seria de mim?

Respirei fundo, tentando me controlar, mas arrasada. Apenas me defendi, antes de sair machucada mais uma vez. Eu agi, ou perderia até aquela capacidade. Estava desesperada, fora do meu eixo, sem poder pensar direito. Eu, que sempre fui dona de mim mesma, agora pertencia a Matt. E isso eu nunca poderia permitir. Era a maior forma de submissão. Dar a uma pessoa tanto amor e o direito de magoar.

Sim, precisava apenas me acalmar. Aos poucos, eu aceitaria o fato de estarmos agora separados. Chegaria o dia em que o veria e não sentiria mais nada. Só não podia me desesperar nem ligar para aquela dor dentro de mim, muito menos para o fato de ter machucado Matt. Foi um mal necessário. A única maneira de fazê-lo desistir sem tentar, de arrancá-lo de vez da minha vida.

Solucei e não acreditei quando percebi que estava chorando. Lembrei-me de seus olhos... Meu Deus, seus olhos de anjo, que me atraíram desde o início, me olhando com ira e desprezo. Gritando FIM! Impressos para sempre na minha mente, como se fossem marcados a ferro e fogo. Arquejei e mais lágrimas escorreram, e então todas as emoções represadas aquele tempo todo extravasaram e chorei copiosamente, fora de mim, despreparada para enfrentar a mim mesma e o que eu fizera.

Deitei no sofá e me encolhi, tão desnorteada e arrasada que não encontrava mais razões em meus atos, só desespero, enquanto o choro me deixava doente, como se só então tomasse consciência de tudo, de como tinha sido feliz com Matt, de que não precisava ter me precipitado e estragado tudo daquele jeito. Por que simplesmente não aproveitei e deixei as coisas acontecerem? Eu poderia estar agora em seus braços, beijando-o, amando-o e não ali, sofrendo como uma condenada. Por culpa minha.

Esfreguei o rosto, tentando me conter, me controlar, mas meu peito parecia rasgar. Nunca havia me sentido assim. Por que nunca antes amei daquele jeito e senti tanto medo. Quis me proteger e de que tinha adiantado, se tudo o que eu queria agora era estar com Matt? Como pude ser tão cega e tão burra, desistir tão fácil sem tentar?

Chorei e me lamentei até não aguentar mais ficar lá, encolhida, cheia de dor de cabeça, aquela roupa apertada e decotada me incomodando. Levantei e comecei a tirar tudo, desde os sapatos até o vestido, meia-calça e calcinha, ficando nua, mas ainda assim me sentindo suja.

Não sei como me arrastei para a cama, mas desabei lá, com frio, puxando o edredom sobre meu corpo. Toda força e arrogância que me impulsionavam na vida estavam no chão. Depois de tantos anos sendo autossuficiente, lutando por meu lugar ao sol, conquistando tudo que eu tinha, eu me sentia de novo uma garotinha indefesa e abandonada naquela favela em Madureira, onde uma parte do que fui ainda continuava, minha inocência e sonhos perdidos, minha realidade dura forjando-me para a vida.

Foi como deixar uma menina para trás. A menina com sonhos e desejos, com ânsia de ser amada, que passou anos esperando aquilo da mãe para acabar sendo estuprada e espancada. Aquela menina morreu ali, aos 14 anos. E só foi renascer agora, quando conheci Matt. Quando amei sem controle e quis tanto ser amada novamente.

Eu era aquilo. Mas, embaixo de tudo, o que sobrava de mim era mágoa, dor, medo. Era uma defesa sempre erguida, derrubada pela primeira vez por Matt. Agora eu queria voltar a ser aquela mulher forte e não conseguia. Eu estava literalmente perdida e sozinha. E não sabia mais quem era Sophia Marinho.

Fechei os olhos, precisando desesperadamente de um conforto e de um alívio, mas o sono não vinha. Nem o conforto ou o alívio. Só culpa e dor. E a certeza de que havia feito a maior burrada da minha vida.

Pensei em ligar para Matt no sábado e no domingo, mas não tive coragem. Não foi por orgulho, pois a dor era tanta que passaria por cima dele. Foi por medo de rejeição, lembrando sempre de seu olhar com raiva e asco. Tinha certeza que me desprezaria. E assim resolvi esperar a segunda-feira, quando teríamos que nos encontrar no trabalho. Então eu poderia tentar sondar como ele estava, saber se ainda haveria alguma chance de me redimir.

Mal dormi naquela noite. Para disfarçar como estava abatida, me maquiei com cuidado pela manhã e pus um vestido branco justo até os joelhos com corte reto e mangas pretas. Calcei um dos três sapatos que tinha me dado de presente de Natal, o vermelho de lacinho. E fui para a agência, nervosa, com dor no estômago.

Cheguei cedo. Marília já estava em sua mesa e a cumprimentei, perguntando logo:

– Matt já chegou?

– Não, o senhor Matheus ainda não chegou. – A senhora me fitou por cima dos óculos.

Acenei com a cabeça.

– Marília, por favor, não deixe de me avisar quando ele chegar.

– Pode deixar.

Fui para minha sala, mas não pude me concentrar no trabalho. Remexi nos arquivos, li documentos sem conseguir entender nada, andei pela sala ansiosa. Tentei ainda dizer a mim mesma que deveria deixar o tempo correr, mas não estava aguentando de saudade e de culpa, por tê-lo magoado e por agora me ver forçada a estar longe dele. Foram os piores dias da minha vida depois que fui violentada.

Quando o interfone tocou e Marília avisou que Matt estava em sua sala, senti meu coração disparar e meu estômago se revolver em nervosismo. Catei as pastas de alguns contratos sobre hospedagem na Europa e saí rapidamente da minha sala antes que perdesse a coragem. Bati na porta dele e entrei.

Ele estava de pé ao lado da mesa, acabando de colocar o telefone no gancho. Virou-se e me encarou, mais sério do que alguma vez já o vira. E incrivelmente lindo naquela camisa branca e calça jeans escura. Perdi o ar, aproximei-me levada por uma força conquistada em anos de prática, conseguindo não sei como parecer mais forte do que eu me sentia.

– Matt... Preciso discutir uns assuntos com você. – Sacudi as pastas em minha mão. Era impressionante como poderia fingir que estava tudo bem quando passei aquelas noites praticamente sem dormir, dilacerada de saudade e culpa.

Fitei seus olhos castanhos esverdeados e me senti paralisar por dentro com a frieza neles. Deu para notar que não queria me ver. Que se pudesse nunca mais olharia na minha cara. Era uma sensação tão forte que cheguei a sentir dor física. Parei a poucos passos dele, sem poder me mover, sem saber como seria a sua reação.

– Não posso conversar agora, Sophia. Estou saindo para uma reunião.

A voz seguia a emoção do olhar, ou seja, nula. Completamente gelada. Não consegui aceitar ou acreditar. Aquele homem não era Matt.

Engoli em seco, nervosa, abalada, sofrendo como uma condenada, pois não olhava mais para mim como antes, com calor e tesão, com carinho e sensualidade. Mas me recuperei logo, pelo menos aparentemente. Insisti:

– Não vai demorar. Preciso dos documentos assinados para poder enviar ainda hoje.

Era mentira, mas ele não precisava saber. Suspirou, um tanto irritado e estendeu a mão para a pasta, ainda sério demais. Entreguei-lhe. Quando ia puxar, eu segurei a pasta com força, que ficou dividida entre nós. Olhou-me mais irritado ainda e não aguentei, falei aos trancos e barrancos:

– Preciso ficar de bem com você, Matt. Por favor, não me trate assim.

Eu não gostava de pedir nem de me humilhar. Mas a culpa e a dor eram demasiadas se comparadas ao meu orgulho.

Matt largou a pasta, seu olhar em nada se alterando, ainda frio, quase beirando o desprezo. Nunca poderia imaginar que ele fosse capaz de ser tão comedido, tão formal e diferente do que estava acostumada. E saber que tinha sido eu a provocadora de tudo aquilo só me desesperava ainda mais.

– Estou muito ocupado, Sophia. Quer discutir sobre os contratos ou não?

– Não! – Joguei a pasta com força na mesa, respirando fundo e o olhando irritada. – Fale comigo! Pare de fingir que não estou aqui!

– Não quero falar com você.

Sua falta de emoção é que me deixava mais fora de mim. Aproximei-me mais decidida, mas não recuou um milímetro ou se alterou. Quase colei nele, erguendo o queixo, dizendo perturbada:

— Eu sei que fiz merda! Tá, eu fiz. Mas não transei com aquele cara! Eu só fui uma Domme! Não deixei que tocasse em mim, Matt. Se eu quisesse te trair, acha que o chamaria para ir até lá?

Não respondeu, imóvel, sério demais.

— Porra, fale comigo! Me xingue! Vamos cair na porrada! Mas pare com isso!

— Se já acabou, preciso ir. – Ia me contornar, mas me meti na frente dele e investi com tudo, empurrando-o contra a mesa, colando-me em seu corpo como um polvo, sem lhe dar escapatória, excitada, nervosa, desesperada.

— Me desculpa, estou arrependida. Eu juro, não transei com aquele homem, não...

Matt segurou meus braços, finalmente furioso, seu rosto se fechando, seus olhos lançando-me punhais de pura ira. Afastou-me com força, como se não me quisesse mais perto dele, e aquilo doeu fundo dentro de mim.

— Você transou com ele.

— Não! – Sacudi a cabeça, tentando me explicar. – Nem me excitei! Não me tocou, não me beijou nem me penetrou...

— Mas você, sim, o penetrou, não foi, Sophia? – Empurrou-me para longe, largando meus braços com desprezo. Mas ao menos reagia e se enfurecia.

— Matt, foi tudo uma maluquice da minha parte! Eu estava confusa, eu me sentia perdida e...

— Não quero saber seus motivos. Já entendi tudo. Acontece que não quero lidar com isso, com uma mulher que quando se sente ameaçada parte para dar em cima dos meus amigos ou vai para um clube transar com um estranho. – Praticamente cuspiu as palavras.

– Não transei com ele! – Gritei fora de mim, avançando de novo em sua direção, abraçando-o forte, tremendo, meu coração galopando furiosamente no peito.

– Eu simplesmente enterrei esse assunto. Não me importo com seus motivos nem com mais nada. – Tentou me afastar de novo, mas eu lutei e o agarrei, meus dedos firmes em sua camisa, minha boca em seu pescoço, beijando, mordendo, lambendo.

– Não me mande embora, Matt. Vamos resolver isso de uma vez... – Supliquei com medo, aterrorizada, sem saber lidar com tamanho desespero. Nunca imaginei que pudesse ficar assim.

– Já está resolvido. Porra, pare com isso! – Estava com raiva e afastou-se, mas não deixei, me esfreguei nele e lutei para conquistar meu espaço, decidida, arriscando tudo. Rocei em seu pau e, ao sentir sua ereção, tive certeza que não era imune a mim. Isso me fez insistir mais, gemendo rouca:

– Vamos esquecer isso tudo. Prometo que... Matt! – Gritei seu nome quando, de repente, foi mais bruto.

Agarrou-me forte e girou o corpo, me empurrando de bruços sobre a mesa, uma de suas mãos firme em meu cabelo, forçando meu rosto contra o tampo de madeira, sua outra mão batendo com força em minha bunda, não apenas uma, mas várias vezes, enquanto dizia muito puto, fora de si:

– Eu não esqueço fácil, Sophia. Isso é por insistir, por não aceitar que acabou. Porque acabou. Foi longe demais. – Bateu de novo, o tecido da saia pouco fazendo para proteger minha bunda dos golpes doloridos e ardidos, enquanto eu me debatia. – E se da próxima vez não respeitar meu espaço e me atacar, não vai levar uma surra, mas vai ser acusada de assédio sexual, entendeu bem? Sou seu patrão e não quero mais isso na minha empresa!

– Me larga!

– Com todo prazer. – E largou mesmo. Eu me ergui e me virei na hora, afastando o cabelo do rosto, furiosa. Mas Matt estava no mesmo estado, seus olhos ardendo, seus lábios cerrados. – Agora saia daqui.

Senti-me humilhada. Ergui o queixo, irada, meu orgulho gritando.

– Nunca mais encoste um dedo em mim! – Avisei, com a bunda latejando.

– Pode contar com isso, senhorita Marinho. Agora vá para seu trabalho. Não temos mais nada a resolver aqui.

– Sim, senhor – falei com raiva e ironia. – Nem eu quero resolver mais nada.

Saí pisando duro, sentindo seu olhar me queimar nas costas. Bati a porta com tanta força que Marília se assustou e me olhou de cara feia. Revoltada, dei a língua para ela e a senhora arregalou os olhos. Devia se dar por satisfeita porque respeitei sua idade e não lhe mostrei o dedo do meio.

Marchei para minha sala e, ao chegar lá, sentia vontade de chorar, mas me controlei. Estava realmente possessa demais para pensar com clareza, mas decidida a nunca mais correr atrás de Matt, como jamais fiz com outro homem. Seria do jeito que ele queria, aquela história morta e enterrada.

Respirei fundo e andei de um lado para outro, até conseguir me acalmar um pouco.

– Vou sair daqui. – Disse a mim mesma. Ia começar a procurar outro emprego. Me afastaria de Matt de todas as formas e então o esqueceria de uma vez.

Decidida, tentei voltar a trabalhar. Mas foi um dia horrível. Não consegui me recuperar nem me concentrar, mas o evitei, e ele a mim. Ao final da tarde, saí de lá exausta emocionalmente, mas de cabeça erguida e olhar altivo.

Por mais que dissesse a mim mesma que me recuperaria, que tudo era uma questão de tempo e eu era muito forte, fiquei o tempo todo com uma dor horrível me contorcendo por dentro, travando minha garganta, me deixando agoniada.

Dirigi sem rumo, precisando esfriar a cabeça, necessitando de algum alívio para o desespero que ainda latejava em meu interior. Saí da Zona Sul e fui para o Centro do Rio. Logo eu estava na Avenida Brasil e, não sei se consciente ou inconscientemente, segui para Madureira. Percorri ruas e avenidas. Lembrei de algumas, embora não voltasse ali há dezesseis anos.

Fui para o pior lado, percebendo o quanto a favela tinha aumentado, tornando-se quase irreconhecível. Não tive medo de ser assaltada ou ter meu carro roubado. Deixei-o em uma calçada perto de uma birosca e saí, trancando-o. Pessoas ali perto me olhavam, curiosas. Segui pela calçada, de olho na escadaria que me levaria para o alto, para o local onde vivi no passado, sem saber por que de repente precisava ver tudo aquilo, como se a desgraça gritasse dentro de mim.

No entanto, parei ao pé da escadaria. Pessoas subiam e desciam, me olhavam de cima a baixo, mas eu não notava ninguém. Eu ardia e sangrava, eu chorava por dentro. Quis enfrentar, ver se minha casa ainda existia, saber que destino teve a minha mãe. Mas lembrei de toda a dor, principalmente dos últimos dias, quando fui presa e violentada, enquanto minha mãe caía drogada na sala. E não consegui dar mais nenhum passo. Travei, pesada e cansada.

Dei meia-volta. Quase corri até o carro. E fugi dali, sabendo que meu passado continuava vivo e doendo dentro de mim, mesmo depois de tudo que fiz, do que estudei e trabalhei, do que lutei para ser uma mulher forte e independente. Eu nunca seria livre enquanto a tragédia estivesse lá, me corroendo.

Voltei para meu apartamento, arrasada, sozinha, sem rumo.

E sem Matt.

A dor foi tamanha, que me dobrei em duas. E entendi que seria muito difícil segurar aquela barra.

MATT

Encontrei Antônio no bar. Naquela noite eu não queria ficar sozinho de novo e precisava de alguém para desabafar. Cheguei primeiro e sentei, pedindo uísque, que tomei de uma vez. Já estava no segundo quando meu amigo se sentou e me cumprimentou num gesto de cabeça, indagando com aquele seu jeito direto:

– Sophia?

– Como você sabe? – Encarei-o.

– Estava claro que ela procurava problemas. – Chamou o garçom e pediu também uma dose de uísque.

Nem pude retrucar, pois tinha razão. Fitou-me atento, recostando-se no banco.

– O que ela fez?

Contei resumidamente, enquanto ouvia calado, sem se alterar. Somente quando terminei, moveu a cabeça. Não era homem de usar palavras à toa, mas geralmente acertava em suas impressões.

– Eu estaria puto em seu lugar, mas isso já era esperado. Você sabia que ela tentaria te afastar, Matheus.

– Sabia, mas não imaginei que pegaria tão pesado. – Bati o copo na mesa, revoltado.

– Você acha que foi pesado? Eu não. – Deu de ombros.

Olhei-o na mesma hora.

— Tá maluco, Antônio?

— De certa forma, não transou mesmo com o cara. Ou pelo menos não deixou que transasse com ela. E nem te traiu. Ela o chamou. Estava se protegendo do que sente por você.

— Virou psicólogo agora? – falei irritado, embora soubesse que tinha razão. Mas meu envolvimento e meu ciúme não me deixavam aceitar.

— O que mais me surpreendeu... – continuou – foi o resto da história.

— Que resto?

— Ela ter ido ao seu escritório tentando voltar com você. Teve tanto trabalho para te afastar para se arrepender logo depois.

— Queria sexo. – Resmunguei.

Antônio deu aquele seu sorriso meio de lado, como se achasse graça.

— Sexo ela poderia ter com qualquer um. Pare de ser babaca, Matheus. A mulher está completamente na sua, assim como você está na dela.

— Dispenso mulheres a fim de mim que dão em cima dos meus amigos e depois transam com um cara qualquer. Não nasci para ser corno.

O sorriso de Antônio aumentou e ele sacudiu a cabeça.

— Dei minha opinião e sabe que tenho razão. Sempre tenho.

— Filho da mãe presunçoso... – falei baixo e suspirei. – Tô muito puto. Dessa vez Sophia foi longe demais.

— Talvez ela tenha agido certo.

Olhei-o de imediato, sem entender.

— O quê?

— É engraçado. – Antônio brincou com o resto do uísque em seu copo, pensativo. – Pensei que você seria o primeiro a arrumar mulher e filhos, foi o que sempre quis. E, no entanto, está aí, sozinho. Recuando mais uma vez.

— Eu não estou recuando! O que queria que eu fizesse? Desse risada, vendo Sophia chicotear e jogar com um submisso?

— A questão é que você sabia o tempo todo que ela estava assustada e faria besteira. Tentou impedir em algum momento?

— Impedir como?

— Ela estava insegura, Matheus. Qual é, ficou burro depois de velho? Na certa achava até que ainda estava a fim de Maiana. Alguma vez disse que gosta dela? Demonstrou alguma coisa?

— Agora a culpa é minha?

— Pra mim, é.

— Porra, você é amigo de quem?

— Seu. – Fitou-me, recostado, relaxado como poucas vezes ficava. – Acho que, no final das contas, o mais romântico do grupo tem medo do amor. Fugiu de Maiana e agora está fugindo de Sophia.

— Não sei por que te chamei aqui. Só está falando merda! – Reclamei.

— Você recua, cara. Como está fazendo agora.

— Certo. E você virou especialista em amor. O cara que se casou só para unir duas fortunas, que nunca deixou mulher nenhuma chegar perto. – Ironizei, mas o vi empalidecer um pouco e ficar sério. – Cara, não acredito! Você já ficou caído por uma mulher! Quando foi isso?

– Passado. – Resmungou, seus olhos azuis sombrios, como se o assunto o incomodasse.

– Como eu nunca soube disso? Quem foi?

– Não conheceu. E já tem muito tempo.

– Quando?

– Quatro anos atrás.

Tentei lembrar daquela época. Então recordei que teve um tempo que achei Antônio esquisito mesmo, sumido, depois mais calado que o habitual. Mas nunca me disse o que tinha sido.

– O que aconteceu?

– Não deu certo.

– Você já namorava a Ludmila naquela época. – Afirmei.

– Sim.

– E qual era o nome da moça?

Ele ficou calado, quase como se temesse pronunciar o nome dela. Ali eu já saquei que a coisa tinha sido mais séria do que ele dizia. Antônio não vacilava diante de nada. Aguardei. Por fim, disse baixo, quase como se fosse uma oração:

– Cecília.

Fiquei sem palavras, vendo a profundidade de tudo aquilo para ele. Sempre fomos amigos, e não tinha contado nada nem para mim nem para Arthur. Tinha sido uma parte de sua vida que guardou somente para si.

Indaguei-me como uma única palavra, um nome, podia invocar tantos sentimentos num homem fechado e controlador como ele.

– Se arrepende por ter perdido essa moça, Antônio?

Olhou-me controlado, frio como sempre, dono de si mesmo. Mas algo parecia fora do lugar quando disse apenas:

– Não. Fiz o que tinha que fazer.

Fiquei quieto. Imaginei se um dia, no futuro, eu me sentiria como ele. Seguindo em frente, mas obviamente sem esquecer a mulher do seu passado. Achei que não gostaria de me sentir daquele jeito, mas ainda estava magoado demais com Sophia.

Tinha dificuldade em perdoar as pessoas. E com ela não seria diferente. Principalmente por ter me apaixonado e me entregado. Sentia-me sozinho. Primeiro traído por meu pai, que preferiu acreditar nas mentiras de Rafaela. E agora por Sophia.

Mas conversar com Antônio tinha me aberto os olhos para outras coisas. E tinha servido para desabafar.

Não sabia como seria dali para frente.

Talvez só o tempo dissesse.

No entanto, eu não a perdoava. Não por enquanto. E talvez nunca.

SOPHIA

Foram dois dias difíceis. Fiquei dividida e desorientada, em alguns momentos, furiosa comigo mesma e, em outros, com raiva de Matt por passar por aquilo. Mas o pior de tudo foi a falta que senti dele. A certeza de saber que tudo estaria bem se eu não me forçasse a me sabotar e fazer burrada era doloroso e me arrasava.

Ao mesmo tempo, pensava se tudo aquilo não tinha sido bom para Matt. Ele na certa nem ligava mais para mim e já buscava uma submissa. Uma que não o enfrentasse o tempo todo, que não lutasse com ele na cama, que não fosse uma gata brava. E, principalmente, que não jogasse com outro homem na sua frente.

Na quarta-feira cheguei à agência olhando em volta enquanto estacionava meu carro, já ansiosa, pois não o via desde a segunda. Mesmo tendo salas contíguas, Matt me evitava tão bem que não tínhamos nos encontrado mais. E eu já morria de dor e de saudade.

Ergui o queixo, desacostumada a ser tão dolorosamente testada, muito consciente das burradas que fiz, mas ao mesmo tempo magoada. Na minha cabeça, eu não o havia traído. Na verdade, tinha decidido ir até o fim com aquele submisso, mas não tive a mínima vontade. Fiz tudo como um show, só para Matt. Somente para mostrar a ele quem eu era e que não precisava dele. Ledo engano. Eu precisava muito mais do que poderia sonhar.

Vi um enorme carro parar no estacionamento, o motorista saiu para abrir a porta para Otávio, muito elegante em um terno bem cortado, um homem ainda muito atraente. Lá dentro pude ver Rafaela sentada. Mas então a porta foi fechada e o pai de Matt entrou no prédio.

Parada a certa distância, ao lado do meu carro, senti o ódio me consumir ao ver aquela mulher. Por causa dela Matt estava sofrendo, sua relação com o pai sendo abalada. Eu podia não ser muito melhor do que Rafaela, pois o magoara também, mas não faria chantagem nem mentiria daquele jeito.

Quando vi, já ia decidida até o enorme automóvel com motorista e batia no vidro de trás. Quando o vidro desceu e Rafaela me olhou desconfiada lá de dentro, dei meu melhor sorriso.

– Oi, querida, tudo bem? Lembra de mim?

— Claro que lembro, Sophia. – Sorriu, embora a desconfiança continuasse.

— Que bom! Olha, desculpe vir aqui tirar seu sossego, mas posso dar uma palavrinha rápida com você? – Indaguei, encarando seus olhos, ainda sorrindo.

Pareceu indecisa, me analisando. Lançou um olhar para frente, onde um pequeno muro negro a dividia do motorista, depois me olhou de volta.

— Aqui?

— Pode ser?

— Pode, mas... se for para falar sobre o que aconteceu entre mim e Matheus, eu...

— Não, é algo pessoal.

— Tudo bem. Entre. Mas não demore. Otávio já está voltando.

Aproveitei. Sentei rapidamente ao seu lado e bati a porta. Na mesma hora, tirei meu pequeno chicote de nove tiras da bolsa e ela olhou, surpresa, abismada. Comecei a falar em um tom sedutor, distraindo-a enquanto ligava o gravador de voz do celular dentro da bolsa meio aberta:

— Desculpe, mas acabei sabendo sobre o desentendimento de vocês. Achei muito errado o que Matt fez, mas... senti que precisava conversar com você.

— Disse que o assunto não era esse... – Seus olhos não saíam do chicote em minhas mãos. Provocante, vendo seu desejo, passei as fitas entre os dedos, minha voz baixa e sedutora:

— E não é. Desculpe se estou sendo abusada, Rafaela. Não sei até que ponto sabe o que é isso. – Seus olhos encontraram os meus e me indaguei se seria assim tão fácil engabelá-la e conseguir uma confissão de culpa. Já tinha visto isso no cinema, mas o que achava difícil era fazê-la confessar logo. Por isso queria ganhar sua confiança e ter provas, mesmo que tivesse que encontrá-la mais vezes. Continuei: – Não sei se sabe, mas também sou sócia do Clube Catana. Assim como Matt.

– Eu não sabia. – Parecia nervosa, incomodada, sua voz baixa. Lançou um olhar para frente e depois me encarou, corada. Mas logo seu olhar voltava ao chicote, cheio de ansiedade, como se não pudesse se controlar. O desejo era tanto ali que tive certeza que era uma submissa, uma que almejava mais do que tudo experimentar os prazeres de ordens dadas e chicotes estalando. Talvez pudesse usar isso a meu favor.

– Sou uma Domme, se é que sabe o que é isso.

– Sei... – Piscou e lambeu os lábios. Sem poder resistir, estendeu a mão e acariciou as tiras. Eu aproveitei aquele seu momento de desejo sublimado e continuei:

– Sei reconhecer um submisso de longe e você é uma, Rafaela.

A moça ergueu a cabeça de imediato e afastou-se um pouco, desconfiada. Eu nem mexia na bolsa, mas rezava para que estivesse gravando tudo. Engoli o asco que sentia por aquela mulher e fingi algo que não era, ao afirmar:

– Quando soube a proposta indecente que Matt fez a você, fiquei revoltada. Afinal, é casada com o pai dele. – Ela concordou de imediato com a cabeça e continuei, com voz sensual: – Mas eu o entendo.

– Entende?

– Sim. Você tem tudo para ser uma submissa perfeita. Desculpe falar isso, mas às vezes a dominação está tão entranhada em nosso sangue que fica difícil a gente se controlar. Como acontece comigo.

– O que quer dizer?

– Não encare isso mal, por favor. – Acariciei o couro macio das fitas do chicote e ela o olhou, ansiosa, ligada. – Mas só queria dizer que jogo também com mulheres.

Rapidamente seus olhos se ergueram e fitaram os meus. Fitei-a duramente, com raiva de mim mesma por contar aquela mentira, mas precisando da sua atenção.

– Pode parecer loucura, Rafaela. E até é. Mas acontece que eu quis te dizer isso desde que nos conhecemos em sua casa. Mas não tinha tido coragem. Tenho amigos no meio também, discretos. E um Dom mestre em bondage que às vezes divide uma submissa comigo.

– Eu não entendo onde quer chegar...

– Entende, sim. Desculpe, mas tenho que contar, pelo menos dizer o que sinto e penso. Que nascemos com certos desejos. O meu é de dominar homens e mulheres. E não me envergonho disso. Perdoe se estou sendo agressiva, mas é que tenho certeza que nos daríamos bem. Eu, você e meu amigo. E se algum dia resolver dar uma chance a si mesma, não esqueça de falar comigo.

Seus olhos castanhos estavam arregalados e fixos em mim. Eu sabia que não tinha conseguido nada com aquela gravação, mas ao menos tinha plantado uma sementinha e podia ver a excitação que acelerava sua respiração, o modo como seus olhos acompanhavam o chicote sendo movido de um lado para outro em minha mão.

Olhou nervosamente para fora e se remexeu, agoniada, mordendo os lábios, fitando-me em um misto de medo e excitação, ao dizer:

– Acho que me entendeu errado. Eu não curto nada disso.

– Não?

– Não.

– Ah, então me desculpe. – Abri a bolsa e enfiei o chicote lá, o celular num canto, continuando a gravar nossa conversa. Sacudi a cabeça: – Esqueça tudo o que eu disse, por favor, e não se ofenda.

Virei e segurei a maçaneta da porta. Antes que eu saísse, senti sua mão em meu braço e Rafaela disse rapidamente, lambendo os lábios:

– Tudo o que disse é verdade ou um plano para ferrar comigo?

– Plano? – Encarei-a, séria. – Por que eu faria isso?

– Por causa de Matt?

– Querida, entenda. – Dei-lhe um olhar duro e direto, que usava com meus submissos. Na mesma hora ficou corada e arregalou um pouco os olhos. – Gosto de Matt, mas não nos bicamos muito. Somos ambos dominantes, e isso causa certo desconforto. Mas algo que ele disse me chamou a atenção.

– O quê?

– Que via em você uma submissa de verdade. Ele acertou. E eu fiquei com isso na cabeça. Desculpe mesmo, errei feio dessa vez. Não queria ofender você.

– Não me ofendeu. – Sacudiu a cabeça. – Nunca poderia imaginar que se sentisse atraída por mulheres.

– Independentemente se são mulheres ou homens, gosto de submissos.

– E o seu... O seu amigo?

– Somos pessoas sem preconceito. – Sorri, charmosa. Percebi que estava surpresa em ser cantada por uma mulher, mas o desejo de experimentar coisas diferentes, de se arriscar e se submeter já a consumia. Estava claro em sua respiração acelerada, no modo como ficava corada e como me olhava. – Mas entendo. Preciso ir agora. E, mais uma vez, me desculpe.

– Espere! – Lambeu os lábios e se arriscou, ainda que temerosa: – Hoje à tarde Otávio vai ter um compromisso. Estarei sozinha. Se pudesse ir lá em casa, conversaríamos com mais calma sobre tudo isso.

– Eu adoraria. Posso sair mais cedo. Que horas?

– Às 16 horas. – Falava baixo e nervosamente, seus olhos correndo de um lado para outro.

– Combinado. Estaremos lá.

– Estaremos?

– Eu e ele. – Apontei para minha bolsa com um sorriso levemente frio. – Meu chicote.

Ficou vermelha, baixou o olhar. Senti-me satisfeita. Tinha contado com seu jeito de se arriscar, como tinha feito ao dar em cima de Matt descaradamente. E Rafaela não tinha me decepcionado. Estava tão louca para sair do seu mundinho e ser uma submissa que se tornava burra. O que me fazia achar que Otávio era mais burro do que ela, por não perceber.

– Até mais. – Pisquei um olho para ela e saí. Senti seu olhar me acompanhando e rebolei de propósito, jogando os cabelos para trás, equilibrada no Louboutin preto que Matt tinha me dado. Agora só andava com eles, como se isso me deixasse um pouco mais perto dele. Era vergonhoso admitir, mas qualquer migalha estava valendo.

Entrei na agência ansiosa e em expectativa. Soube que seria moleza ter uma prova de que Rafaela não era a santinha que mostrava ao marido. Bastava somente ser inteligente e ter calma. Ao menos de um mal eu livraria Matt. Pena que o que fiz não seria tão fácil desfazer.

Respirei fundo, irritada com tudo. Comigo mesma, por não conseguir pensar em mais nada além de Matt e me culpar, e com ele, por não me escutar nem me entender. Estava chegando à simples conclusão de que não gostava de mim como eu dele. Não se importava. E era aquilo que doía mais.

Cheguei ao meu andar olhando cada canto, meu coração disparando com a expectativa de vê-lo. Cumprimentei os outros e Marília, mas nem sinal dele. Ainda pensei em perguntar à secretária, mas me contive a tempo e fui para a minha sala.

Não saí para almoçar naquele dia e avisei à Marília que sairia mais cedo, caso alguém perguntasse. Às três e meia da tarde saí da minha sala e tomei um susto ao dar de cara com Matt, parado ao lado da mesa de Marília esperando que lhe desse uns documentos.

Nos olhamos de imediato e meu coração deu um salto gigantesco antes de despencar e então acelerar em uma corrida alucinada. Perdi o ar. Fiquei sem chão. Dor e amor me golpearam com a mesma força e foi tão violento que pensei que não suportaria a pressão.

Fitei seus olhos verdes cheia de saudade, embriagada pelos sentimentos mais controversos, não querendo ficar daquele jeito, mas já tão dominada que não tinha como impedir. Percebi o quanto ansiava ouvir sua voz, ver de novo o seu sorriso, ser alvo do seu olhar de anjo, não de toda aquela frieza e distância. Queria abraçá-lo e beijá-lo, ser dele e só dele. Para sempre.

Contive o ar, assustada com meus pensamentos e sentimentos descontrolados. E quando Matt acenou com a cabeça e me cumprimentou com frieza tentei fingir a mesma coisa.

– Matt...

– Sophia...

– Não sei se Marília falou, mas preciso sair mais cedo hoje.

– Falou, sim. – Estava muito controlado, sério, como se conversasse com um estranho. Eu o entendia, mas também me irritava profundamente. Tive certeza novamente de que não estava nem aí para mim. Mas então fez algo que demonstrou que não estava tão indiferente assim: – Está tudo bem? Aconteceu alguma coisa?

– Não, apenas uns assuntos pessoais. Hoje não tirei hora de almoço para compensar e amanhã chego mais cedo.

– Não precisa.

Marília olhava de mim para ele, acompanhando a conversa. Devia comparar aquela formalidade toda com o fato de nos ter flagrado uma vez no banheiro, na certa notando que aquele fogo todo havia esfriado consideravelmente.

– Obrigada. – Acenei com a cabeça, ajeitando minha bolsa no ombro. Fui tão polida quanto Matt: – Uma boa tarde para vocês.

– Boa-tarde – disse Marília. Ele apenas concordou com a cabeça.

Saí de lá andando com firmeza e elegância, nem ele nem ninguém sabendo que tudo era um enorme esforço. Nunca tive tanta vontade de chorar na minha vida como nos últimos dias e isso só me irritava ainda mais, me tirava do sério e enraivecia. Eu precisava lutar e me recuperar, voltar a ser eu mesma. Não entendia como tinha me perdido daquele jeito, me deixado dominar, mas era um fato.

Dirigi com a cabeça a mil. Sabia que Matt não me perdoaria. Podia ver em seus olhos, no seu novo tratamento comigo.

Era o que eu queria quando fui para o Catana. Devia estar feliz, pois tudo deu certo. Agora podia voltar a me sentir segura e retomar a minha vida sem ameaças. O problema era me sentir uma merda e sofrer como condenada longe dele. Provoquei minha própria dor e agora não tinha a quem culpar, a não ser a mim mesma.

Fazer com que o pai dele visse que era inocente era o mínimo que eu podia querer, para ao menos deixá-lo mais tranquilo, e eu também. De resto, já tinha me humilhado e implorado. Se eu continuasse assim, acabaria odiando a mim mesma. Pois errada ou certa, eu era uma mulher que aprendera a ser forte com a vida, a tomar uma cacetada e levantar, me recriar e seguir em frente. Seria penoso, mas eu conseguiria. Um dia.

Cheguei à mansão de Otávio e fui levada a um pequeno escritório a um canto, bem decorado e aconchegante. No caminho, liguei o celular e deixei a bolsa aberta, rezando para que fosse suficiente para gravar a conversa que eu queria ter. Fiquei surpresa ao ver Rafaela em uma poltrona tomando vinho, vestida apenas com um robe negro comprido, uma echarpe no pescoço, toda maquiada e com cabelo solto. Estava preparada e nervosa.

Olhou-me ansiosa e disse à empregada:

– Não quero ninguém nos incomodando.

– Sim, senhora.

A mulher saiu e fechou a porta atrás de si. Sorri e me aproximei, sentando na poltrona em frente, deixando a bolsa aberta ao meu lado. Tirei de lá o chicote com cuidado, deixei o celular na mesma posição e pus o chicote no colo, fitando-a fixamente.

– Somos bem-vindos? – indaguei em um tom firme.

Seus olhos correram ao chicote e ficou obviamente fora de si de tanta excitação. Engoli meu asco e assumi meu papel.

– Sim, muito bem-vindos. Você e seu chicote... Rainha. – Falou em tom de submissão, mas acelerada por suas emoções exaltadas.

Comemorei internamente. Primeiras palavras que podiam se voltar contra ela.

– Então me conte o que gosta, Rafaela. E vejo no que posso ser útil.

Meu tom autoritário parecia deixá-la doida. Lambeu os lábios, respiração pesada, mãos nervosas no colo.

– Eu não sei. – Confessou. – Sempre quis experimentar, mas nunca tive coragem.

– Experimentar o quê?

– A dor. A humilhação. Esse chicote em seu colo. – Sua voz era trêmula, cheia de emoção. – É mais forte do que eu. Vou enlouquecer se continuar nessa redoma de vidro! Quero ser surrada e escravizada. Será que sou uma pessoa doente, Sophia?

Seu olhar era desesperado e, por um momento, tive pena de sua agonia. Era muito ruim viver uma farsa, fingindo ser algo que não se era.

– Por que não conta a Otávio? – Perguntei.

Sacudiu a cabeça rapidamente, muito nervosa.

– Ele não entenderia. Ficou com raiva de Matt quando soube que era um Dom. Acha que pessoas como nós são doentes.

– Acho que ficou com raiva de Matt porque ele deu em cima de você – falei malandramente. – Não por ser um Dom.

– As duas coisas. – Deixou a taça vazia sobre a mesinha e correu nervosamente os dedos entre os cabelos.

– Mas Rafaela, se você se sente assim, se quer experimentar o jogo de Dominação e submissão, por que não aceitou sair com Matt? – Fingi-me de boba.

Mordeu o lábio, desviou o olhar, agoniada. Não respondeu.

– Acho que no fundo ele não deu em cima de você. Esse foi um desejo seu. Não exatamente por estar apaixonada por ele, mas por ser o único Dom que conhece e que a deixou sem poder pensar em outra coisa – falei com firmeza.

Sacudiu nervosamente a cabeça, mas senti que estava a ponto de confessar. Insisti:

– Isso não foi legal. Separou pai e filho por não ter seu desejo satisfeito. Podia ter procurado outra pessoa. Como eu, por exemplo.

– Mas eu não sabia que você era uma Domme! – Suas palavras a entregavam mais do que imaginava. – Nunca pensei nisso com uma mulher, mas estou disposta a experimentar, pois não suporto mais me esconder! Vou explodir se alguém não me ouvir, Sophia!

Seus olhos estavam cheios de lágrimas, e enfiou o rosto entre as mãos, começando a chorar. Eu andava tão sensível, tão perturbada por minhas próprias dores, que senti meus olhos arderem e tive pena dela. Tinha errado feio, mas quem era eu para julgar?

– Não fique assim – falei baixo. – Daremos um jeito.

– Como? – Passou os dedos nos olhos, vermelha. – Tenho que fazer tudo escondido! Otávio não me entende! Tentei mais de uma vez mostrar o que eu queria, mas não adianta. Vai pensar que sou louca se eu disser a ele. E vai me odiar se souber que o afastei de Matt!

— Calma.

— Sophia, vamos deixar tudo assim. Aos poucos, tudo volta ao normal! — Tentava se recuperar, fitando-me suplicante. — E eu e você... Nós teremos nosso segredo. Ninguém se machuca e...

— Todo mundo se machuca, Rafaela. É o que acontece quando vivemos em uma mentira. Matt está sofrendo longe do pai e Otávio longe dele. Até parou de ir trabalhar. Você não consegue ser feliz. Uma família está se desintegrando.

— Mas... você está aqui. — Respirou fundo. — E não quero pensar. Não agora. Olhe para mim.

Ela se levantou e tirou a echarpe. Então abriu o robe.

Estava completamente nua. No seu pescoço, uma coleira com uma corrente pendurada. No seu olhar, um desejo arrebatador de ser livre, de ser feliz à sua maneira e parar de fingir.

Era linda. E infeliz. Isso ficou patente em seu desespero.

A pena veio de novo e suspirei. Levantei, deixando o chicote no sofá. Quando fui até ela, estremeceu, ficando vermelha, mordendo os lábios. Eu me abaixei, peguei o robe e o envolvi sobre seu corpo, cobrindo-a. Fitou-me, confusa.

— Sophia.

— Pare de fingir. Fiz isso a minha vida toda, sei o que está sentindo. Seja você mesma.

— Mas é o que quero! Por isso estou aqui e... — Começou, desesperada.

Afastei-me e voltei ao sofá. Guardei o chicote dentro da bolsa e a pus no ombro, ainda gravando.

— Onde vai?

— Embora.

– Sophia, você disse que ia me dominar! Eu pensei...

– Não sei se é ingênua ou se está tão desesperada por seus desejos que não percebe nada à sua volta, Rafaela. – Fitei seriamente seus olhos. – Eu sou mesmo uma Domme e sócia do Catana. Mas não transo com mulheres. E sou apaixonada por Matt. Vim aqui só por causa dele.

Ela empalideceu.

– O que quer dizer?

– Gravei tudo o que falamos.

Seu queixo caiu. Completei:

– Minha intenção era a de sair daqui e mostrar ao seu marido. Mas vi seu desespero e infelicidade. E sua culpa.

– Não pode fazer isso! Ele vai me expulsar daqui e me odiar para sempre! – Avançou nervosa.

– Fique onde está. Se tentar pegar a gravação, vai apanhar tanto que amanhã nem se levantará da cama e prometo que não sentirá nenhum prazer. – Olhei-a tão duramente que parou, pálida, agoniada. – Vou te dar uma chance de fazer as coisas direito, Rafaela.

– Como?

– Quando Otávio chegar, conte tudo a ele. Tudo. Quem é, seus desejos, as mentiras que contou sobre Matt. Se não fizer isso, amanhã mostro a gravação a ele.

– Não, por favor... – Começou a chorar.

– É o que posso fazer.

– Não! Vai me odiar! Oh, meu Deus...

– Vai me agradecer depois. Mesmo que ele a odeie e se separe, você parará de viver uma farsa. É cansativo demais passar a vida assim.

– Sophia, por favor... – Suplicou. – Por favor...

– Lamento. – Segui para a porta, atenta a ela. Para falar a verdade, temia que desse uma de louca e viesse brigar comigo ou que mandasse seus seguranças tomarem meu celular. Devia sair logo dali. No entanto, a outra estava tão desesperada que só se acabava na própria dor. – Se cuide, Rafaela. E coragem. Você consegue.

– Não! Sophia! – Saí rapidamente, enquanto gritava. – Sophia, não faça isso!

Praticamente corri para meu carro. Só respirei normalmente quando estava na rua, dirigindo para longe.

As coisas não tinham saído exatamente como planejei. Pensei que odiaria Rafaela e a humilharia. No entanto, acabei com pena dela. Tinha errado, mas era humana. Se estivesse arrependida, todo o resto já valeria.

Mas se ela não contasse nada, eu teria que agir. Pois entre Rafaela e Matt, eu me preocupava mais com ele, que foi injustiçado e que não merecia tudo aquilo.

Daria o tempo necessário. Só esperava ter tomado a decisão certa.

No dia seguinte, fiquei agoniada, sem saber o que Rafaela tinha decidido fazer. Perto do fim do expediente, eu já estava quase indo atrás de Otávio quando o telefone da minha sala tocou. Era Rafaela.

– Sophia, sou eu.

– Oi. – Respirei fundo. – E aí?

– Otávio foi até aí conversar com Matt. E eu prometi a ele que ligaria para você. – Seu tom era calmo. Curiosa e um tanto nervosa, indaguei:

– Contou a ele?

– Sim.

Suspirei de alívio.

– E?

– Ele ficou furioso. Me xingou. Me mandou embora. Disse que nunca mais confiaria em mim. Então eu pedi perdão, caí aos pés dele e abracei suas pernas. Não acreditou. Me pegou a força para me pôr para fora e... – Calou-se de repente, respirando fundo, agitada. – Nunca tinha me agarrado daquele jeito. Supliquei para que me castigasse, mas me perdoasse. Fiquei nua e... ele não aguentou. Ele... Sophia, ele... Meu Deus, foi a melhor coisa da minha vida! Fui dominada e castigada. Eu me realizei e ele... ele não teve como negar que gostou também. Resolveu me dar mais uma chance. E agora vou ter que provar todo dia que o amo.

Eu ouvia, surpresa, sem poder crer.

– Está dizendo a verdade?

– Sim! – Parecia exultante. – Estou até usando a coleira! Disse que não posso tirar! Vou ser uma boa moça agora, juro... e não sei como te agradecer. Se não tivesse vindo aqui, eu estaria desesperada ainda. Obrigada, Sophia.

– Não posso acreditar que tudo se resolveu tão bem.

– Mas foi assim. Sabe o que eu percebi? Que nós é que dificultamos as coisas e arrumamos problemas. Muitas vezes a solução é mais simples do que pensamos, mas temos medo de arriscar e complicamos tudo.

Fiquei quieta, pois parecia que estava falando de mim. O que dizia era certo. Eu tinha complicado tudo com Matt. Por medo de arriscar. Por tudo que já passei e pelo que tinha me transformado. Com medo de sofrer, eu fiz besteira e agora sofria muito mais. Do que tinha me adiantado?

– Que bom que tudo deu certo, Rafaela.

– Sim, deu. Só espero que Matt um dia me perdoe. Você vai ver que estou sendo sincera, ou Matt ou Otávio vão lhe contar tudo. Mas obrigada. Vou te agradecer pelo resto da vida.

– Não foi nada. Fico feliz.

Nós nos despedimos.

Quando saí da agência, vi o carro de Otávio e fiquei mais aliviada.

Ele devia estar falando com Matt.

Sorri para mim mesma, feliz ao menos com aquilo. O meu anjo teria seu pai de volta. Ao menos uma coisa boa eu tinha dado a ele.

E fui para minha casa.

MATT

Eu já estava a ponto de sair quando meu pai entrou em minha sala. Por um momento, enquanto ele caminhava até mim, senti a dor da saudade e muito mais, um sofrimento que me deixava vago e triste há vários dias. Eu me sentia mal e cansado. Mas quando me olhou e me cumprimentou sem a frieza dos últimos dias, um resquício de esperança se avivou em meu interior e eu apenas o encarei.

— Podemos conversar, filho? — indagou em um tom baixo, parecendo um tanto encabulado.

— Claro.

Nós nos sentamos em poltronas no escritório. Eu aguardei, curioso. E ele começou, fitando-me com calma, mas com emoção:

— Eu e sua mãe queríamos ter mais filhos. Mas ela teve complicações no parto e não pôde mais. Você seria o único, e tanto eu quanto ela o amamos tanto que achamos que acabaria se tornando mimado e insuportável. E não. Sempre foi um bom menino. Honesto, educado, carinhoso conosco e com as outras pessoas. Um rapaz estudioso, que nunca nos deu trabalho. Quando Beatrice ficou doente, você esteve com ela. Não nos deixou na mão em nenhum momento. E quando ela morreu, mesmo sofrendo tanto quanto eu, quis me confortar. Sempre soube que era o melhor filho que alguém podia ter.

E, mesmo assim, não acreditei em você quando Rafaela me contou suas mentiras.

Eu o ouvia, atento. Uma emoção indescritível me envolvia, pelo modo carinhoso com que falava comigo e por finalmente acreditar em mim.

– Fui preconceituoso por suas escolhas sexuais. E por quê? Porque nunca tive nada para reclamar de você e me agarrei a isso? Eu não sei. Mas quero pedir perdão, filho, por meus próprios erros. Por minha falta de confiança, por julgar você. A vida é sua. Não sou eu que vou dizer como vivê-la. – Respirou fundo, sem tirar os olhos dos meus. – Você pode me perdoar, Matheus?

– Não há nada que perdoar, pai – falei num fio de voz.

– Claro que há!

– Está tudo bem. Eu só não queria que acreditasse que eu poderia trair o senhor. – Aquilo tinha me machucado muito, mas não o disse. –Nunca seria capaz disso.

– Eu sei que não. Eu me enganei de propósito, pois não estava pronto para ver que minha mulher é que me enganava.

– E agora está?

– Fui forçado a ficar. – Sorriu lentamente.

– Como? – Estava curioso.

– Ela me contou.

Fiquei surpreso. Acenei com a cabeça.

– Por essa eu não esperava. Sinal de que se arrependeu.

– Com um empurrãozinho. Sophia.

Eu o olhei de imediato, alerta.

– Sophia?

– Ontem à tarde ela foi lá em casa. Eu não estava. Teve uma conversa com Rafaela e a gravou dizendo que tinha mentido porque estava desesperada e queria ser uma submissa, como dizem aí no seu mundo. Sophia ameaçou me mostrar a gravação, mas deu a Rafaela um prazo para me contar tudo. E foi o que aconteceu.

Eu estava surpreso. Ela havia comentado uma vez que ia me ajudar a desmascarar Rafaela, mas não levei a sério. E agora aquilo. Por isso tinha pedido para sair cedo. Para fazer algo por mim.

Fui invadido por sentimentos diversos, todos eles servindo para amansar a raiva que vinha sentindo dela. Que maior prova eu poderia ter de que se preocupava comigo do que aquela?

Fiquei imóvel, enquanto palavras de Antônio vinham à minha mente, me alertando que ela tinha feito besteira porque deixei, porque sabia e não tentei impedir e porque estava insegura. Ele tinha razão. Mais de uma vez testemunhei seu medo de se entregar, sabia que tinha algum trauma, mas nunca insisti em saber mais, em dizer o quanto gostava dela, em procurá-la para algo além de sexo. Eu esperei sua entrega sem me entregar em troca.

— Pode me achar idiota, filho. — As palavras do meu pai me despertaram dos pensamentos e o fitei, ainda abalado ao me dar conta de tanta coisa. — Mas perdoei Rafaela. Resolvi dar uma chance a ela, realizar esses desejos que ela tem. Gostei do modo como nos entendemos ontem. Ainda não estou acostumado com certas coisas, mas... quero ver onde tudo vai dar.

Estava um tanto corado, sem graça.

— Deve fazer o que o faz feliz. Não deve satisfações a ninguém, pai.

— Sei disso. — Acenou com a cabeça. — Mas estou perdoado? Preciso saber.

– Está tudo resolvido, sem mágoas. Estou contente pelo senhor. – Sorri.

– Obrigado, filho. Nunca mais vou deixar alguém se meter entre nós dois. E vou ficar mais atento a tudo.

Ele se levantou e eu também. Abraçou-me forte e eu retribuí, emocionado, aliviado. Era como ser de novo um garoto.

– Amo você, meu filho.

– Eu também amo o senhor – falei baixo.

Quando nos afastamos, toda mágoa e tristeza tinham sido deixadas para trás. Senti como se um peso enorme tivesse sido tirado de mim. Eu agora tinha meu pai de volta. Graças à Sophia.

Nós nos despedimos e ele garantiu que voltaria ao trabalho na manhã seguinte, que ainda se sentia com energia demais para se aposentar. No que concordei. Saí com ele e parei perto da mesa de Marília, que já se preparava para ir embora, enquanto meu pai acenava e se afastava.

Lancei um olhar à porta de Sophia.

– Ela ainda está aqui?

– Não, senhor Matheus. Já foi.

Senti a decepção me engolfar.

– Deseja mais alguma coisa?

– Não, Marília. Pode ir. A gente se vê amanhã.

– Sim, senhor.

Nos despedimos um do outro e voltei à minha sala, um tanto perturbado. Vesti o paletó do terno, mas Sophia não saía da minha cabeça. Dei-me conta de que, de tudo, eu não prestara atenção no mais importante: mesmo com medo de amar, se sabotando e com seus traumas, ela havia se mostrado e se dado mais do que eu. Ela me buscou. E quando errou feio, implorou por perdão. Para uma mulher como ela, não devia ter sido fácil. Para coroar tudo, trouxe meu pai de volta para mim.

O que valia, afinal? Aquela criancice de jogar com um submisso na minha frente para me afastar ou tudo mais? Seu olhar para mim dizia tudo, pedia compreensão, pedia ajuda. E eu a ignorei em minha mania de me recolher em mim mesmo, em minha raiva por suas ações, que não eram levadas por nada mais além de ciúme, medo e desespero.

Se fosse Arthur ou Antônio em meu lugar, já teriam dado um jeito nela, decidido alguma coisa. E eu, mesmo sendo um dominador nato, esperava. O quê? Sophia mudar e admitir que me amava? Ou eu mesmo ter certeza daquilo?

A agonia me corroía, a raiva que eu sentia dela por sua traição e a saudade que latejava dentro de mim sem parar eram mais do que provas do que eu sentia por ela. Eu a queria em minha vida, mesmo que nunca fosse minha submissa perfeita. Eu a queria imperfeita, de qualquer jeito. Com seus erros e acertos, com seus traumas e suas unhas felinas, com seu medo e seu olhar de amor. Porque em algum momento ela se entranhou em mim e tomou conta de cada canto. E agora eu não podia pensar em outra coisa além de vê-la, de estar com ela, de brigar e beijá-la.

Saí praticamente correndo da minha sala. O mundo que se fodesse!

Sophia seria minha.

Cheguei ao seu prédio em Ipanema e me identifiquei ao porteiro, que avisou Sophia e então me deixou subir. Mal toquei a campainha, ela abriu a porta, seus olhos buscando freneticаmente os meus. Mas não foi isso que me deixou mais surpreso, mas o fato de estar vestida apenas com um short largo de cintura baixa. Só isso. De resto estava descalça, com os braços cruzados sobre os seios nus, seus cabelos escuros como uma moldura ao seu corpo lindo e curvilíneo.

– Isso é jeito de abrir a porta para alguém? – indaguei seco, meus olhos cravados nela, meu corpo ardendo e luxurioso, golpeado pelo desejo avassalador, pelo amor que se esparramava dentro de mim. Quente e denso.

– Não. É jeito de abrir a porta para você – disse mordendo o lábio inferior, emocionada, sua voz não passando de um murmúrio. Então descruzou os braços, mostrando-me seus seios redondos e fartos, sem reservas, deixando-me mais doido do que eu já estava.

Havia tanto para ser dito. Muita coisa que devíamos falar e discutir. Mas aquele desejo avassalador era mais forte que qualquer palavra, que teria sua vez depois. Agora era a saudade que gritava ali, era a entrega sem explicação, era a vontade de sermos novamente um só, de nos entendermos daquela nossa forma especial. Para depois resolvermos o resto.

Fui para cima dela e bati a porta atrás de mim. Agarrei a cintura daquele seu short largo e puxei para baixo, deixando-a nua, puxando-a para mim. Ela veio já me agarrando e beijando, já gemendo e choramingando.

Eu a ergui de pernas abertas e a encostei na parede, beijando sua boca com volúpia e paixão, enquanto cruzava os tornozelos em minhas costas e me abraçava loucamente, sua língua em minha boca, seu desespero tão latente quanto o meu.

Nos acariciamos sôfregos, eu ainda de terno, ela tão nua e gostosa que me tirava a razão, dominando-me completamente em sua paixão, em seu gosto do qual não queria mais ficar longe. Gemi rouco, minhas mãos em sua pele, embriagando-me, sentindo que ali era o meu lugar e que eu nunca mais a deixaria escapar.

Agarrei seu cabelo na nuca e imobilizei sua cabeça, afastando-me um pouco para perfurar seu olhar com o meu, e disse:

– A próxima vez que fizer alguma merda para me afastar de você ou sorrir com sensualidade para outro homem, vou te pôr atravessada no colo e te espancar tanto que vai ficar sem sentar durante dias.

– Matt... – lambeu os lábios, mais excitada do que queria admitir. – Já fez isso, no seu escritório.

– Aquilo não foi nem uma parte do que eu queria fazer, Sophia. E ainda quero.

E para minha surpresa, ela murmurou:

– Então faça.

Era uma entrega total, sem luta, sem arranhões. Fiquei alucinado com aquilo, com a sensação extasiante de poder, com um tesão tão violento que quase explodia nas calças.

Andei com ela até uma cadeira e me sentei. Atravessei-a de bruços em meu colo, ansioso, respiração pesada, mão coçando.

– Fique quietinha enquanto castigo você.

E ela ficou, as pontas de seus pés no chão, seus cabelos se esparramando, seu corpo tremendo. Mantive um braço firme em suas costas e ergui a mão. Olhei enquanto a descia forte em um lado de sua bunda redonda e bem-feita, ali ficando rapidamente as marcas dos meus dedos.

– Porra... – O tesão me consumiu e eu queimei, fiquei cheio de lascívia e vontade de mais. Sophia gemia e estremecia a cada pancada, o que só me fazia aumentar os golpes de um lado a outro, até que sua bunda estava vermelha e quente, marcada por mim. – Está doendo?

– Sim...

– Levante-se.

Ela obedeceu. Não acreditei em tanta docilidade, mas quem era eu para reclamar? Olhei-a apaixonado, de pé à minha frente, arfante, seus olhos ardendo nos meus, a luxúria viva em cada uma das suas feições.

Enlacei seu quadril com um braço, amparando-a. Então segurei embaixo de um de seus joelhos e falei baixo:

– Erga a perna e ponha o pé na minha coxa.

Engoliu em seco, mas não brigou. Quando fez aquilo, pude ver claramente sua boceta nua e depilada, aberta na minha frente. Os lábios vaginais brilhavam, muito molhados dos seus líquidos. Ergui meus olhos até os dela e passei o dedo suavemente em sua umidade, dizendo rouco:

– E ainda tem coragem de dizer que não se excita sendo uma submissa? Sendo espancada na bunda?

– Você me excita, Matt. – Confessou, sem fugir do meu olhar. – Tudo que faz comigo.

– Bom saber disso. Vou recompensar você por ter sido tão obediente.

Quando aproximei o rosto de sua vulva, estremeceu visivelmente, ansiosa. Apoiei os dedos sobre ela e abri o indicador e o dedo do meio em seus lábios, arreganhando-os para os lados, mostrando-me seu clitóris inchado e sua rachinha melada. Fui primeiro no botãozinho, dando uma lambida devagar.

– Ai... – Suas pernas tremeram e agarrou meus cabelos, sua cabeça pendendo para trás, ensandecida pelo tesão. – Ai, Matt...

Passei a língua várias vezes, até o clitóris ficar todo para fora. Então o prendi entre os lábios e o chupei duro, ininterruptamente.

Sophia se debateu, fora de si, gemendo sem parar. Suguei e mordisquei, chupei e lambi, deixando-a a ponto de cair e de gozar, sua bocetinha pingando e palpitando sem controle. Só então desci a língua para a rachinha e meti ali, fodendo-a com movimentos certeiros.

– Ah, pelo amor de Deus... – Suplicou agoniada, delirante, a ponto de cair. Senti que ia gozar e parei, sem dar chance de reagir.

Bruscamente a puxei de novo para o colo atravessada e bati pesadamente na bunda ainda vermelha e ardida. Ela gritou e se debateu, mas não deixei que fugisse.

– Quieta. Aqui quem manda sou eu. Vai apanhar e gozar só quando eu deixar.

– Não! – Seu espírito de luta a fez se remexer, reagir, mas aquilo só me excitou ainda mais. Bati firme e duro, uma, duas, várias vezes, até que Sophia não sabia mais se gritava ou gemia. Então abri sua bunda com uma das mãos e meti dois dedos bem fundo em sua vagina. Ela se quebrou, fora de si, alucinada.

Agarrou minhas pernas, minha barriga, se virando meio de lado no meu colo, suas mãos sôfregas indo ao meu cinto, abrindo-o. Eu a olhei, dominado pela lascívia, admirando-a, querendo-a. Tirei os dedos e ela caiu de joelhos no chão, ansiosa, abrindo minha calça com ânsia. Baixou a cueca bruscamente, já agarrando meu pau duro e metendo-o na boca, gulosa, entregue, engolindo-me com uma fome que ia além de qualquer luxúria.

Torci os dedos em seus cabelos, gemendo rouco, abrindo mais as pernas para que chupasse o quanto quisesse, sentindo a maciez e a quentura de sua boca em todo meu pau. Estava também no ponto, não aguentaria muito mais. Assim a soltei para me desfazer do paletó e da gravata, fechando os olhos, minha vez de ficar sob seu domínio.

Tirei a camisa e larguei tudo no chão. Peguei um preservativo no bolso. E então ergui um pouco os quadris para descer a calça e a cueca. Sophia me ajudou, com as mãos apressadas. Arranquei os sapatos e as meias. Logo estava completamente nu, e ela afastou a cabeça para trás para me olhar com gula, suas mãos em meu pau, dizendo baixinho:

– Como você pode ser tão gostoso, Matt?

E me atacou com a boca e as unhas, mordendo e lambendo minha coxa, o músculo da barriga, o peito, suas unhas raspando em meus quadris e pernas, passando o rosto no meu pau, fazendo-me sentir adorado, cheirado, beijado.

Enfiei os dedos em seu cabelo e a trouxe para mim, erguendo-me, pondo-a no colo. Nos olhamos com paixão e desejo, com luxúria e amor enquanto seguíamos para o quarto, com pressa.

A cama dela ficava logo abaixo de uma janela grande. Sentei na ponta, pus um preservativo e a puxei para cima de mim. Sophia veio, montando-me de pernas abertas, gemendo comigo quando meu pau entrou nela devagarzinho até o fundo. Agarrei sua bunda e mordisquei seu pescoço, enquanto enterrava os dedos em meu cabelo e ronronava como uma gatinha mansa.

Nós nos movemos juntos e me senti bombardeado por uma enxurrada de sentimentos, meu coração disparando, meu corpo todo reagindo. Gemi e a trouxe mais para mim, esquecendo tudo a não ser o fato de que ali era o único lugar em que eu queria estar.

Virei levando-a junto, deitando-a na cama e indo por cima, penetrando-a enquanto deslizava minha boca em seu rosto, espalhando beijos, minhas mãos tornando-a minha, moldando-a ao meu corpo.

Suavemente entrelacei meus dedos nos dela e ergui seus braços, depositando-os sobre a cama, enquanto se abria toda e eu me enterrava em sua bocetinha e enfiava a língua em sua boca. Tentou mover os braços e estavam presos, suas mãos seguras pelas minhas. Senti certo pânico em seus movimentos e afastei a cabeça, fitando seus olhos assustados, murmurando docemente:

– Olhe para mim, Sophia. Sou eu, não precisa ter medo.

– Não gosto que me segure assim. – Arquejou.

– Eu sei, mas não estou prendendo você. Estou entrelaçando meus dedos nos seus enquanto faço amor com você. Por que isso a assusta?

Respirou fundo, tentando se controlar, mas ainda rígida. Não deixei que tirasse os olhos dos meus e parei com meu pau todo dentro de sua vulva apertada e escaldante, sem soltá-la. Estava na hora de confiar. E de conquistar a confiança dela.

– Olhe para mim, só para mim. Vê quem está aqui com você?

– Sim, Matt...

– Tem medo de mim?

– Não.

– Estarei sempre aqui, Sophia. Sempre. E nunca mais terá medo. Sabe por quê? – Seus olhos escuros estavam fixos, cheios de emoção como os meus. Falei baixinho: – Porque eu te amo.

Senti a mudança. O modo como relaxou, o alívio em suas feições, o amor em seu olhar. Seus dedos tensos se curvaram e se entrelaçaram aos meus, e aquela foi a sua rendição. Lágrimas vieram aos seus olhos, e senti os meus arderem também, por ver cada reação dela ao se entregar, ao finalmente admitir:

– Eu amo você, Matt.

Nada mais precisou ser dito. Nós nos beijamos na boca e ondulamos na cama, amando um ao outro com o corpo e com a alma, com toda nossa essência, sem reservas. E a felicidade se juntou a todo o resto, até que soltei seus dedos e nos abraçamos em nossa paixão.

Gozamos juntos, como se tivéssemos coreografado, combinado tudo. Entre gemidos, juramos novamente nosso amor. Em um novo começo, cheio de confiança, repleto de sentimentos puros.

Ficamos na cama abraçados, em silêncio, perdidos em pensamentos.

Ainda havia muito para ser dito, mas ficaria para depois.

O principal já tinha ocorrido.

Simplesmente sentimos um ao outro, mudos. E saciados.

SOPHIA

Acordei ainda de madrugada e o quarto estava mergulhado na penumbra. Abri os olhos e a primeira coisa que vi foi Matt, deitado de lado, um de seus braços em volta da minha cintura, dormindo profundamente. Fui invadida por uma miríade de sentimentos e fiquei imobilizada, sem poder deixar de olhar para ele.

Não podia acreditar que estava ali, novamente, comigo. Do jeito que tinha ficado furioso e me tratado, achei que nunca mais ia querer saber de mim. E, no entanto, quando o porteiro avisou que ele estava ali, achei que era hora de partir pro tudo ou nada. Apelei para o que nos unia desde o início: sexo. Aquela química explosiva que havia entre nós e que consumia tudo. E não errei. Só não tinha imaginado que uma iminente reconciliação tomaria proporções tão gigantescas.

Ergui a mão e acariciei seu rosto, onde a barba dourada já despontava e espetava. Não conseguia me manter longe de Matt. Quanto mais eu tinha, mais parecia querer. No entanto, nunca pensei que aquele nosso retorno trouxesse declarações de amor, como aconteceu. Naquele momento, em que disse que me amava, todo o resto deixou de ter importância. Eu me dei conta de que só importava estar ao seu lado e me entregar a ele. Mas ainda estava assustada.

Matt tinha tomado de mim muito mais do que pensei em dar. Longe dele eu até conseguia ser mais racional e pensar em tudo, mas quando estava em sua companhia perdia a razão e o foco e era toda sentimentos. Ele tinha aquele poder de envolver e atrair, de me tornar melhor. De fazer com que eu confiasse, e isso era o mais difícil para mim.

Agora me sentia nervosa. Sabia que nossa volta e nossa declaração representavam um compromisso maior. Eu também estava com medo de perdê-lo de novo, e isso me impulsionava a tentar ser melhor, a investir no que fosse preciso, pois não suportaria passar mais dias sem sua companhia, vendo e recebendo a sua frieza. Mas era tudo novo e assustador para mim.

Passei os dedos em seu cabelo loiro desarrumado e Matt abriu os olhos, encontrando os meus. Parei, uma parte de mim se enchendo de medo, de um medo que ainda era muito real, mas que eu teria que vencer. Ao mesmo tempo, fiquei em júbilo. Porque não estávamos mais separados e porque ele me amava.

Entreabri os lábios, emocionada, abalada, como uma criança que começa a engatinhar. Passei a vida fugindo de mim mesma, dos meus sentimentos, presa em acontecimentos do passado que ajudaram a forjar quem eu era, que fizeram de mim uma lutadora, mas também uma medrosa nas questões sentimentais. Só um anjo mesmo para abalar minhas estruturas e me vencer, para me fazer largar todas as defesas no chão e arriscar pela primeira vez na vida.

Como se soubesse como eu me sentia, de um lado maravilhada, de outro ainda assustada, Matt sorriu. Segurou meu pulso e virou o rosto, depositando um beijo na palma da minha mão e dando uma leve mordida. Estremeci, ainda muito quieta. Mas não por muito tempo. Logo me olhava de novo e indagava:

– Vai recuar?

Foi direto ao ponto, sem preâmbulos. Em outra época eu seria irônica e me desviaria do assunto. Eu ia rir e fingir que não sabia do que falava. Disfarçar tudo apelando para o sexo. Mas agora não. Agora eu me sentia mais segura e temia fazer besteira de novo. Faria tudo e qualquer coisa para não afastá-lo de mim.

– Não. – Murmurei, encantada quando seu sorriso se ampliou, terno, quente, meu. Soltou meu pulso e, com a cabeça depositada no travesseiro ao lado do meu, ficou me olhando, como se pudesse ler quem eu era.

Estávamos nus, o lençol enrolado em nossas pernas até a cintura. Seu olhar passou por meus seios, meu rosto e vi o quanto me desejava. Mas não parecia querer se distrair, e eu sabia que não poderia fugir de uma conversa franca. Matt ia querer saber tudo, e eu não sabia se estava totalmente preparada, mas me sentia disposta. Porque eu o amava com um desespero que doía e não queria nunca mais sofrer tanto longe dele.

– Você me ama, Sophia? – indagou bem direto, seu olhar intenso no meu. Não facilitaria nada. Não queria fingimentos ou fugas.

Mordi os lábios. Eu não dizia aquilo para ninguém. A última pessoa a quem fiz aquela declaração tinha sido minha mãe, que nunca ligou. E agora a Matt, no calor das emoções, depois de ouvir dele que me amava. Mas agora, ser tão clara, tão direta, me custava muito.

Matt esperava, observando-me, seus olhos atentos a qualquer nuance. Eu o amava mais do que tudo. Tinha mergulhado tanto no que despertava em mim que não sabia mais viver sem isso. Ele me devorou com seu jeito, seu olhar, sua paixão, seu sorriso. Se eu tivesse que ficar mais tempo longe dele, morreria. Como aconteceu tão rápido? Em que momento eu deixei de me bastar e percebi que necessitava dele como do ar para respirar?

No entanto, tudo era novo demais, e deixar velhos hábitos para trás, derrubar totalmente defesas que levei anos erguendo, era um custo. Foi uma luta interna. Mas pesei tudo. E me rendi, pois não havia como fugir de um sentimento que latejava e se espalhava dentro de mim, dominando-me, tornando-me uma nova criatura, que tentava se equilibrar entre o que havia antes e depois de Matt.

— Sim. — Falei baixinho, tão baixo que não passou de um sussurro. Mas foi o suficiente para que ouvisse.

— Eu só queria ter certeza — respondeu com carinho. — Porque eu amo você, Sophia. Mas sei que o que existe entre nós só pode dar certo se formos honestos sobre isso. Nada mais de sabotagens. Tem que confiar em mim e dizer se algo a incomoda e não sair fazendo loucuras.

— Você também — retruquei.

— Sei disso. Mas qual foi a loucura que fiz?

Fiquei muda. Tentei buscar alguma, mas me dei conta de que a problemática da história era eu. Fiz uma careta, e Matt riu:

— Exatamente.

— Como sabe o que estou pensando?

— Dá pra ver em seu rosto.

– Matt... – Respirei fundo e acabei desabafando baixinho: – Não estou acostumada com nada disso. Se fiz burrada, foi por estar perdida, sem saber como agir.

– Eu entendo, Sophia. Mas não pode esperar que eu vá entender sempre. Passamos uma borracha sobre tudo que aconteceu, mas não vou admitir que jogue charme para outros ou...

– Eu não queria nada disso! Estava assustada!

– Sim, estava. Mas chega. Ou temos conversas francas e resolvemos nossas diferenças ou não vai dar certo. Estou disposto a tentar. Quero saber se está também.

– E eu tenho outra opção? – Respirei fundo. – Não consigo mais ficar longe de você.

– Ah, é? Então vem aqui pertinho. – Sorriu charmoso e me puxou para si. E eu fui com tudo, meu coração disparado, meus sentimentos gritando histericamente. Caí em seus braços e nos colamos com força, em um abraço forte e apertado, enquanto eu o cheirava e me embriagava de tanta felicidade. – Vamos conseguir. Mas não fuja nem se esconda. Porque não farei isso.

– Eu sei – murmurei. Com o rosto em seu pescoço e com os olhos fechados, tive mais coragem de dizer: – Sou complicada, Matt. Mas estou disposta a tentar. Precisa me ajudar.

– Eu ajudo. – Acariciou meu cabelo, beijando perto da minha orelha, suas mãos acariciando minhas costas. – É uma questão de entrega e confiança. Vai dar tudo certo. Mas temos que conversar.

Sabia que estava certo. E quando se afastou o suficiente para me olhar, apoiando a mão em meu rosto, mergulhei nos pontos verdes e castanhos dos seus olhos, totalmente na dele.

— O que fez por mim, para me reconciliar com meu pai, foi a maior prova de amor que já me deram. E ainda fez tudo de uma maneira que não prejudicou ninguém nem destruiu um casamento. Vou sempre ser grato a você por isso, Sophia.

— Só tentei corrigir uma injustiça. Você não merecia isso. Como não merecia o que fiz.

— Isso está esquecido. Vamos seguir em frente.

— Está bem.

— Sei que tem coisas no seu passado que mexeram muito com você e a deixaram desconfiada. Não precisa me contar nada agora. Mas conforme for confiando em mim, vamos resolvendo. Como o caso de não suportar ser presa.

Eu não conseguia falar sobre aquilo. Ainda não. E Matt entendeu.

— Com o tempo, saberemos tudo um sobre o outro. Assim como combinaremos o que cada um quer. Na cama e fora dela.

— Eu sei. São muitas diferenças para serem resolvidas de uma vez. — Acabei sorrindo.

— Se são! — Sorriu, e eu estava tão feliz ali com ele que fui para mais perto e o beijei na boca, abraçando-o.

O dia ainda amanhecia e nós deixamos de conversar para nos amar, pois teria tempo para tudo e o tesão estava sempre lá, nos dominando, principalmente em uma cama e nus.

Depois daquele dia as coisas começaram a se acertar, e fui tão feliz que até parecia mentira. Eu e Matt formamos um casal cada dia mais apaixonados um pelo outro e com a confiança sendo conquistada aos poucos. Trabalhávamos juntos e ficávamos juntos a cada momento livre. Em pouco mais de um mês eu já era a mulher mais feliz do mundo.

Muitas vezes eu dormia no apartamento dele ou Matt no meu. Tinha roupas minhas lá e roupas dele no meu guarda-roupa. Saíamos, ríamos, era tão bom e maravilhoso que eu dizia todo dia para mim mesma que só podia estar sonhando. Mas não era sonho. Era uma realidade tão perfeita que meu medo continuava lá, mas quietinho em um canto.

Sexualmente ficávamos cada vez mais ligados, e começamos a arriscar coisas novas. Uma vez ou outra Matt cedia e deixava eu ser uma Domme, mas de maneira leve. Sabia que não era muito o seu gosto, mas fazia de tudo para ser o mais prazeroso possível para ele. E aprendi a gostar de ser a submissa dele. Não era sempre, às vezes me revoltava, e transar era uma verdadeira luta de forças, mas em geral gostava quando brincava comigo e era mandão na cama. Acho que isso era reflexo da confiança que tinha cada vez mais nele.

Ainda não conseguia ser presa, embora soubesse que Matt tinha o desejo de me pendurar em suas cordas. Eu aguentava quando segurava meus pulsos, e aquilo já havia sido uma luta para eu me acostumar. Minha sorte era que ele era paciente e ia me vencendo pelo cansaço, me acostumando aos poucos ao fato de ser imobilizada, sempre só por suas mãos.

Talvez se eu tivesse procurado um psicanalista, agora estivesse menos traumatizada, mas sempre me achei forte demais para precisar de ajuda. O resultado era um medo que diminuía consideravelmente, mas ainda existia.

Depois de quase um mês e meio que estávamos juntos, tínhamos terminado de saborear um jantar delicioso que Matt tinha preparado e ficamos no terraço da casa dele conversando e de mãos dadas, sentados lado a lado no sofazinho, observando a bela noite. Tínhamos tomado muito vinho, e eu estava tonta e relaxada. Bem mais solta, rindo de qualquer coisa.

Entre vários assuntos, surgiu algum sobre a mãe dele, e Matt descreveu-a com carinho, dizendo o quanto tinha sofrido com sua morte e como tinha sido carinhosa e sua amiga. Eu fiquei triste ao ver seu olhar, sentir sua dor, enquanto falava baixinho:

— Sabe, Sophia. Essa doença destrói a pessoa aos poucos e também quem está em volta. Eu vi minha mãe morrer lentamente. Cada dia era uma coisa nova, uma dor, um estágio, uma batalha perdida. Comemoramos quando a cirurgia deu certo, só para um ano depois descobrir que havia tumores em outros lugares, alguns que não podiam ser operados.

Eu entrelacei mais meus dedos nos dele e, com a mão livre, acariciei seu cabelo acima da orelha esquerda, cheia de carinho e pena, mas deixando-o falar. Admirava sua sinceridade, o fato de não ter vergonha de expor os próprios sentimentos. Era um homem admirável e eu o amava tanto que doía. Sua dor era minha também.

— E sabe o que era pior? — Voltou os olhos castanhos rajados de verde para os meus, sério, um pouco pálido. — Ver a esperança dela. Nunca diminuía. As coisas só pioravam, mas minha mãe não reclamava de nada. Ela sorria e ainda tentava confortar a mim e ao meu pai. Sabia que sofríamos ao saber que não a teríamos mais, que nos tornávamos conscientes de sua morte iminente, mas não se revoltava. Nunca conheci pessoa mais forte do que ela.

— Agora sei a quem você puxou. — Murmurei, emocionada. — Você é assim, Matt. Forte sem perder a bondade, sem precisar provar nada a ninguém, sem deixar de ser um anjo.

– Não, Sophia.

– Sim. – Aproximei-me e beijei suavemente seus lábios, tentando confortá-lo. – Sabe, eu acho que, apesar de tudo, sua mãe era feliz. Por isso ela não se revoltou. Ela foi amada até o último suspiro. Teve você e seu pai perto dela. Não ficou sozinha.

Matt se calou e percebi que estava abalado pelas lembranças e pela saudade. Falei baixinho:

– Eu gostaria de tê-la conhecido. Deve ter sido uma mulher mesmo muito especial para criar um filho como você. Um anjo.

– Não sou anjo, Sophia. – Suspirou e ergueu minha mão, levando-a aos lábios. Percebi que tentava se fortalecer, escapar daquele sofrimento que muitas vezes devia acometê-lo ao falar da mãe.

Isso me fez lembrar da minha mãe e do fato de não saber se estava viva ou morta. Não sentia falta dela. Na maioria das vezes, eu nem queria pensar nela. Imaginei como devia ser ter carinho materno e ser amado, cuidado com carinho como Matt foi.

Sem que nem eu mesma esperasse, comecei a falar dela e da minha vida a seu lado:

– Eu nunca tive uma figura materna de verdade. Minha mãe sempre foi louca, sem rumo.

Matt escutou, atento, calado. Senti seus olhos fixos em mim. Algo me cutucou por dentro, querendo sair. Virei um pouco para ele e senti uma dor, um latejar, uma necessidade de extravasar. Como se uma ferida aberta e mal cicatrizada voltasse a latejar. Não pensei. Já fui falando de uma vez:

– Fui estuprada por causa dela.

Na mesma hora sua expressão se encheu de raiva e exclamou furioso:

– Desgraçada! – E me puxou para si, abraçando-me forte, dizendo baixinho: – Tinha medo que tivesse sido algo assim. Você tinha quantos anos?

– Quatorze.

– Porra! Como eu queria ter estado lá para te proteger, Sophia. – Apertou minha cabeça em seu peito e beijou meu cabelo. Eu o abracei forte, agarrada em sua camisa. O ar escapou, eu senti tudo ao mesmo tempo, um misto de mágoa e ódio, na verdade, aquela incompreensão sobre como ela tinha permitido aquilo.

– Ela estava, Matt. E não fez nada. Sabia que aquele homem me rondava, mas mesmo assim deixava. Porque ele bancava suas bebidas e drogas. Levou-o para dentro da nossa casa e ficou lá, desmaiada, enquanto ele ia ao meu quarto e me violentava. – Fechei os olhos fortemente, pela primeira vez falando com alguém sobre o assunto. Era como reviver tudo de novo. Mas agora que tinha começado, parecia um tumor que precisava ser extirpado. Não conseguia parar mais.

Matt ficou quieto, deixando que eu falasse, passando-me força e carinho através de seus gestos.

– Foi a pior noite da minha vida. Nunca a esqueci. Ali eu mudei.

– Ele a prendeu. Por isso seu trauma.

– Tirou o cinto e bateu em mim várias vezes, mas isso eu até suportaria. Lutei e me defendi. Mas quando passou meus pulsos no cinto e prendeu na cama, perdi qualquer chance. Fez tudo o que quis comigo e nunca senti tanto medo e tanto ódio. Jurei nunca mais deixar um homem se aproximar de mim. Com o tempo, eu me recuperei. Mas isso ficou. E só fui gostar de sexo quando era eu que tinha o controle, o domínio sobre os homens.

– Sentiu-se segura assim. – Respirou fundo e acariciou e beijou meu cabelo, como se me mostrasse que nunca mais eu seria molestada, que sempre me protegeria. Indagou baixinho: – Mas e depois que foi estuprada? O que sua mãe fez?

– Chorou, pediu desculpas, mas nunca a perdoei. E não estava mesmo arrependida, pois dias depois saiu e deixou esse homem entrar. Ele era envolvido com política e conhecido, por isso e por interesse minha mãe me entregava a ele. Só que eles não sabiam de uma coisa. Que eu não estava disposta a ser vítima de ninguém. Quando entrou no meu quarto a segunda vez, fingi que tinha medo e que ia fazer sexo oral nele. Mas enfiei a agulha de tricô da minha avó no saco e no pau dele.

Matt acariciava meu cabelo e parou. Ergueu meu queixo e fez com que o olhasse, surpreso.

– Você fez isso?

– Fiz. E enquanto estava lá caído no chão, sangrando e gritando como um porco, eu bati nele com seu cinto, chutei e xinguei. Confesso que queria tê-lo matado. Mas foi melhor do que nada.

– Minha gata brava. – Falou com carinho e orgulho, beijando suavemente meus lábios e me abraçando forte. Mas então disse, preocupado: – Ninguém merece passar por isso. Ainda mais sendo praticamente uma criança. E o que aconteceu com esse canalha?

– Ficou lá, até que minha mãe voltou e os vizinhos o levaram ao hospital. Eu obriguei minha mãe a me levar para morar com minha tia.

– E ainda foi pouco.

– Nunca mais quis falar com minha mãe, e ela voltou para o Rio. Minha tia era seca, fria e cheia de filhos. Eu era escrava na casa dela, cuidava das crianças, fazia a comida, arrumava a casa. Nem tinha tempo para estudar. Mas não sofri mais nenhum tipo de violência. Quando tinha 17 para 18 anos, fui embora de lá e nunca mais voltei. Trabalhei, estudei e me fiz. Nunca mais dependi de ninguém.

– Agora entendo tudo. E admiro ainda mais você. Sofreu e se reergueu sozinha.

– Sim, completamente.

– Até agora. Não está mais sozinha. – Seu tom era doce e ao mesmo tempo possessivo, carinhoso. – Vou cuidar de você, Sophia.

– Eu sei, Matt. Mas entende por que eu sentia medo? Você tem um poder sobre mim que me assusta.

– Mas não precisa se assustar. Precisa, sim, aprender a confiar em mim.

– Isso eu já faço.

Nós nos fitamos, e ver o amor e o carinho que tinha por mim era maravilhoso. Acariciou-me e garantiu baixinho:

– Vou te proteger sempre. Nunca mais vai sofrer assim ou ser magoada. E vou te ajudar a se livrar desse trauma, a enterrar de vez esse passado.

– É o que mais quero. Mas, muitas vezes, ainda me sinto presa a ele. Quando discutimos em seu escritório e terminamos tudo, fiquei desesperada. E, quando vi, tinha ido lá onde fui criada. Acho que instintivamente percebi que ali estava a causa de tudo que eu fazia. Mas não consegui seguir em frente. Até hoje não sei se está viva ou morta, o que foi feito da minha mãe.

– E você quer saber?

– Eu não quero. Mas parece que meu passado está em aberto. É mais uma questão de necessidade.

– Eu vou lá com você.

– Não. – Sacudi a cabeça. – Não sei se estou preparada.

– Só vai saber se tentar. Amanhã é sábado. Vamos e resolvemos isso. Pelo menos será uma coisa a menos para se preocupar.

– Faria isso?

– Já estou fazendo. – Sorriu, beijando suavemente meus lábios. – Porque te amo e quero ver você feliz.

– Ah, Matt...

Joguei-me nos braços dele, com vontade de chorar. Eu me sentia querida e amada, pronta para dar mais um passo, pois a vida estava me ensinando que fugir só me faria retroceder ou ficar parada, sem resolver nada. E Matt foi fundamental para tudo aquilo. Sem ele, eu estaria estagnada. Mas agora me sentia pronta e livre. Feliz. Cada vez mais.

Chegamos em Madureira naquela ensolarada manhã de sábado, quando o movimento de pessoas por lá era intenso. Fomos cuidadosos, pois a favela era agora um lugar ainda mais violento e nós chamávamos a atenção. Nos dirigimos logo a um bar grande, que já existia do mesmo jeito na época que eu morava ali. Inclusive reconheci o dono atrás do balcão. Muitas vezes ia ali comprar cerveja pra minha mãe.

– Bom-dia. – Não sabia mais o nome dele, mas me apresentei: – Eu morei aqui dezesseis anos atrás, não sei se lembra de mim. Sophia Marinho, filha de Luiza Marinho.

– Não lembro, não. – Sacudiu a cabeça careca, com um palito pendurado no canto da boca, olhando de mim para Matt meio desconfiado.

– É que perdi contato com a minha mãe e queria saber dela.

– É muito tempo. E ando com a cabeça fraca, moça. Mas peraí... Madalena! – gritou.

– Que é? – Berrou de volta uma mulher em um cômodo no fundo do bar.

– Vem aqui, mulher!

– Porra! Acha que num tenho o que fazer, é? – Mas apareceu uma morena baixa e gordinha, enxugando as mãos em um pano de prato. Devia ter uns 60 anos e lembrei dela, era esposa do dono do bar. Olhou-nos de cima a baixo. – Bom-dia. Qual é o problema?

Nós a cumprimentamos, e o marido debochou:

– Não vive por aí dizendo que sou gagá e burro? Que não lembro de nada e que você tem boa memória? Só quero ver agora!

– Desembucha logo, homem!

– Essa moça quer saber da mãe dela, morou aqui.

– Eu lembro de você. – Ela me fitou, atenta. – Saiu daqui mocinha.

– Isso mesmo. – Concordei.

– De você eu não lembro. – Fitou Matt, impressionada. Depois sorriu, expondo a falta de vários dentes nas laterais. Parecia ter apenas quatro dentes na frente. – Eu não ia esquecer.

– Que isso, mulher? – reclamou o marido.

Matt aproveitou a atenção da senhora e perguntou educado:

– Sabe nos dizer se a mãe dela ainda está viva? Chamava-se Luíza Marinho.

– Ah, aquela puta? Não, morreu tem mais de dez anos. E, acredite, me passou a perna. Comprava fiado aqui e morreu sem pagar!

Eu não sei o que senti. Um aperto no peito que podia ser incômodo, mal-estar, alívio. Mas que não chegava a ser tristeza. No fundo, sempre imaginei algo assim.

Matt abraçou minha cintura, deixando claro seu apoio. E foi ele que continuou interrogando a mulher:

– Sabe como foi?

– Ela era viciada. Misturou cocaína e cachaça. Deu merda! Foi encontrada sufocada no próprio vômito. Jeito triste de morrer! E nojento. Como a dona Mariquinha, tadinha, que Deus a tenha. Foi a mesma coisa, enchia a cara nos batidões dos bailes e depois caía na cama. Mas o caso dela foi pior, que ainda fumava demais! Se não tivesse se engasgado dormindo, ia acabar com câncer de pulmão ou até incendiando a casa. Dona Mariquinha não tinha jeito de escapar! Morrer logo era sina dela.

– Obrigada. – Acenei com a cabeça para a mulher que divagava. Me voltei para Matt. – Vamos?

– Quer procurar sua antiga casa? Rever alguma coisa?

– Não. – Falei calma, e era como me sentia.

– Tudo bem.

Nos despedimos do casal agradecendo e saímos de lá. Enquanto dirigia, indagou preocupado:

– Como você está?

– Bem, Matt. Eu só precisava da confirmação de algo que já imaginava. É mais uma página virada em minha vida.

E era verdade. Agora eu enterrava um pouco mais o meu passado. E com Matt ao meu lado, sentia coragem para alcançar ainda mais do que tinha conseguido. Porque me fiz sozinha, construí uma vida confortável para mim, tinha bens materiais. Mas emocionalmente fui sempre travada. Com ele estava evoluindo também naquele quesito, sentindo-me cada dia mais forte e confiante, menos assustada.

Não vivia mais só na defensiva, mas aproveitava cada minuto. Não esperava mais ele dizer "Eu te amo" para poder repetir. Agora partia de mim, de maneira natural, dizer o quanto eu o amava e era importante para mim. O medo continuava lá, mas diminuía a cada dia, a cada entrega, a cada beijo e sorriso. Parei de me sabotar, de esperar ser infeliz. E passei a viver minha felicidade.

Saímos para nos distrair e naquela noite chegamos tarde ao apartamento dele. Sentia-me pronta para mais um passo e, quando fomos para o quarto nos beijando e acariciando, eu parei um pouco com as mãos apoiadas em sua barriga sobre a camisa e fitei seus olhos. Disse baixinho:

– Quero ser sua submissa hoje, Matt.

– Só hoje? – Sorriu, correndo os dedos em meu cabelo.

– Mas não é como das outras vezes, quando sei que não pega pesado comigo. Vou deixar fazer tudo o que quiser.

Ele me olhou fixamente, seus olhos escurecendo.

– Tudo? – Ergueu uma sobrancelha. – Isso está parecendo esmola demais. O que vai querer em troca?

– Fique tranquilo. Vou querer só te amarrar, vendar e chicotear um pouquinho. – Pisquei para ele.

– Só?

– Não hoje, outro dia. Hoje sou sua. Para fazer o que quiser.

Matt ficou bem sério, obviamente sendo envolvido pelo tesão.

– Até ser amarrada? – perguntou baixo.

– Uma vez alguém me disse que só perdeu o medo de altura quando pulou de paraquedas. Venho testando meus medos e vencendo. Agora é a prova final. – Sorri, tentando parecer mais forte do que parecia.

– Sophia, não precisamos fazer nada agora. Eu espero.

– Mas eu quero. Se eu não suportar, peço para parar. Prometo.

Observou-me e então acenou com a cabeça. Puxou-me mais para seus braços e logo saboreava meus lábios em um beijo quente, apaixonado. Eu me senti querida, protegida, tive certeza de que não me faria mal.

Pensei no nosso mundo, onde a violência era uma convidada frequente. Muitos não entenderiam, mas era uma questão de confiança e de necessidade. A violência fazia parte de mim desde aquele dia fatídico e, por comportamento ou consequência, eu me sentia confortável com ela quando era eu a dominá-la. Desde que conheci Matt, aprendi cada dia mais a ceder e confiar.

Afastamos os lábios e seus olhos ardiam. Era claro que o dominante substituía o anjo, e era lindo de se ver. Soube, mais do que nunca, que era a metade sombria dele, despertada não por um trauma, mas por uma questão de personalidade. Matt aprendeu a se conhecer e a se aceitar, a usar aquele lado para o prazer. E eu, mais do que nunca, queria aquilo também. Queria aceitar o que já era inerente à minha vida.

– Tem certeza? – Ainda tentou ser certinho, mesmo quando eu já via os sinais de sua excitação. E percebi que eu tinha certeza, sim, e queria fazer aquilo mais por mim do que por ele. Tinha chegado a hora de ser livre.

– Sim. Eu quero. – E falei, bem submissa: – Faça o que quiser comigo, Senhor.

Os olhos dele escureceram e endureceram. Apontou para a cama. Sua voz saiu rascante, grossa, fazendo um arrepio percorrer a minha coluna:

– Ajoelhe-se no chão e apoie os cotovelos na cama. Mantenha a cabeça baixa e espere. Vou pegar tudo que preciso.

SOPHIA

Não pude evitar ficar excitada também com seu tom, com as possibilidades do que faria comigo. Ao mesmo tempo com medo e com tesão, eu o obedeci. Fiquei na posição indicada.

Ouvi seus passos. Sumiu no closet e voltou, trazendo uma cadeira para perto e colocando sobre ela objetos que fizeram barulho. Não vi o que eram, com a cabeça baixa e os olhos fixos no lençol branco.

Matt se aproximou. Segurou a barra do meu vestido preto, solta e macia, erguendo-a para minhas costas. Deixou uma pá preta e dura na cama ao meu lado de propósito, para que eu visse com rabo de olho com o que ia apanhar. Contive o ar, ainda mais quando começou a baixar minha calcinha até os joelhos, deixando minha bunda nua.

Estava nervosa, tremendo. Torci o lençol entre os dedos, sabendo que qualquer coisa que fizesse comigo eu ia gostar. Mas a tensão e o medo elevavam as emoções a patamares diferentes. E a ansiedade ia a mil.

Mordi os lábios e esperei. Sua voz grossa e carregada de luxúria rompeu o silêncio pesado:

– Isso é só um aperitivo. – E então senti a batida da pá na parte mais polpuda da minha bunda. Foi um golpe duro e seco, que me fez soltar um grito, mesmo estando preparada.

Dor e queimação varreram minha pele, para logo irrigá-la, parecendo tornar tudo mais sensível. Não era insuportável, mas o bastante para doer e arder. Mordi os lábios e me preparei, pois logo veio outro, um pouco mais embaixo. Gemi, sem saber como aquilo, aquela sensação dolorida e quente, além da humilhação de estar sendo espancada, podia excitar tanto. Senti minha vagina latejar e se contrair, despejando líquidos de puro tesão.

A terceira foi na parte detrás das coxas e doeu muito mais.

– Ai... – Choraminguei, com lágrimas nos olhos.

– Quieta, cadelinha. – Disse bruto, estalando a pá só de um lado e só de outro. Não havia local que não ardesse e palpitasse, enquanto eu arfava e me inclinava mais na cama, toda melada por baixo, meus mamilos duros roçando sensivelmente o colchão. – Peça mais.

Sua ordem firme me deixou doida. Era uma luta aceitar assim sem brigar, mas fui eu quem pediu para ser submissa, eu que entreguei o poder a ele sem reclamar. Respirei fundo e pedi baixinho:

– Mais, Senhor, por favor. Me castigue o quanto quiser.

– Porra, Sophia. – E bateu mais firme, três vezes seguidas, arrancando gemidos entrecortados da minha garganta e lágrimas dos meus olhos. Quando eu pensei que não suportaria mais, ele parou. Largou a pá e me segurou: – Levante-se!

Minhas pernas estavam bambas, a bunda ardia muito. Nem sei como consegui ficar de pé. Olhei para ele ao meu lado, seu semblante carregado e duro, enquanto abria minha blusa e dizia baixo:

– Quando estiver nua, vai se deitar de bruços na cama com pernas e braços abertos. E ficar quietinha enquanto amarro seus pulsos e tornozelos.

O pânico ameaçou me dominar, mas então sua mão foi em meu queixo e me fitou dentro dos olhos.

– Se isso for demais, avise. Paro a qualquer momento.

– Não, eu quero.

Observou-me e acenou com a cabeça, entendendo o que eu queria. Ia tentar romper um trauma aceitando o que nunca permiti de nenhum outro homem. Mas era Matt, meu amor. Não um homem qualquer. Passei anos vendo aquelas dominações nos clubes em que frequentava, tendo certeza que eu sempre seria a dominadora. A dor e a violência estavam nas nossas vidas, mas agora eu a provaria e não a causaria.

Para uma pessoa de fora seria difícil entender aquilo. Mas eu e Matt entendíamos. E sem precisar de palavras, tive certeza de que ele se deixaria submeter por mim, se fosse isso que eu quisesse. Porque agora havia algo além do amor entre nós: confiança.

Matt me deixou completamente nua. Suas mãos foram em meus seios, acariciando-os. Beliscou os dois mamilos ao mesmo tempo e os puxou, indagando baixo:

– Já usou prendedores nos mamilos?

– Não.

– Vai usar.

Lambi os lábios, cada vez mais dominada pelo tesão, quase fora de mim. Minha vulva escorria, minha barriga se contorcia. Matt continuou esticando e puxando os brotinhos, enfiando um na boca e chupando com força enquanto manipulava o outro, depois invertendo, até que eu tinha me tornado uma massa trêmula em suas mãos e boca, todo meu corpo envolvido, desde a bunda ardendo das pancadas até os seios que estavam cheios e duros, com mamilos bicudos.

Afastou-se e lamentei, pois poderia gozar só assim. Minha respiração era pesada, entrecortada, meu coração batia como um louco. Quando voltou, olhei para o objeto de metal em sua mão com um misto de receio e expectativa.

Era um prendedor de mamilo pendurado em uma corrente. Matt pôs o metal quadrado e vazado em volta do meu mamilo esquerdo e começou a girar um parafuso. Uma plaquinha de metal começou a subir e foi fazendo pressão, até apertar, espremer o botãozinho. Comecei a achar que não aguentaria aquele beliscão firme, mas então parou. Pegou o outro lado e fez o mesmo processo com o mamilo direito, parando só quando estava espremido como o outro, a corrente entre eles.

– Lindo... – Murmurou excitado, segurando a corrente e puxando um pouquinho, o que fez os beliscões aumentarem. Gemi rouca, pois parecia que dentes forçavam os dois em seu limite, causando arrepios em minha pele. – Agora deite-se de bruços.

Obedeci. Meus mamilos presos e esticados, em contato com o lençol, causaram uma dor latejante e gostosa, que me fez arfar, fora de mim de tanta excitação. Estiquei braços e pernas abertos, com o coração disparado e com vontade de chorar. Eu queria vencer o medo. Mas ainda estava assustada demais com o que viria.

Surpreendentemente, Matt ajoelhou-se na cama ao meu lado e beijou minha bochecha, sua mão correndo em minhas costas nuas e cabelo, murmurando com ternura:

– Lembre o tempo todo que sou eu que estou com você. E que te amo. A hora em que quiser ou precisar parar, paramos. Temos a vida toda para tentar. Ou para simplesmente fazermos de outro jeito.

Fui envolvida pela emoção e pela confiança. E só aquilo bastou para que meu pavor se diluísse. Não acabou, mas pôde ser controlado.

Foi difícil quando amarrou as cordas nas laterais da cama. Fechei os olhos e esperei, tentando manter os meus nervos sob domínio, mas sabendo que anos e anos de angústia não se dissolveriam de uma hora para outra. Quando segurou meu braço esquerdo, estremeci. Esperei a hora que me amarraria, mas enfiou um laço de corda na minha mão e avisou:

– Segure.

Abri os olhos, confusa quando fez o mesmo do outro lado. E então vi que não estava me amarrando e sim me dando as cordas para segurar, enfiando também meus pés em outros laços frouxos, sem apertar. Assim, se o pânico batesse, eu poderia me soltar a qualquer momento.

Suspirei de alívio e o olhei com amor, com devoção, por me entender tão bem, por não forçar a situação. Matt me dava os ingredientes necessários para me recuperar sem me obrigar a nada. Seu olhar em troca foi quente, entendendo como eu me sentia. Mas avisou duro:

– Não solte a corda.

– Não vou soltar. – Garanti, e era verdade. Pois agora me sentia preparada para arriscar nas outras coisas.

Senti as mãos grandes de Matt correndo minha pele, desde as coxas até as costas, em uma massagem suave e relaxante. Comecei a me acostumar com as amarras sob os meus dedos, sabendo que bastaria abri-los para ficar livre. Daquela vez eu queria e permitia. Era consensual, para o prazer. Não um ato de violência gratuita e de covardia contra uma menina de 14 anos. E o homem ali comigo era Matt, não um desgraçado qualquer.

Aos poucos fui me acalmando e ele se afastou. Voltou com uma espécie de cano de madeira e me ajudou a erguer um pouco os quadris, metendo o cano na horizontal embaixo de mim, de forma que minha bunda ficou bem levantada e erguida.

Fechei os olhos, muito quieta. Então senti que ajoelhava atrás de mim e quase tive um orgasmo quando passou a lamber minha vulva toda, que já estava melada e só se contorceu mais, latejante. Suas mãos em minha bunda ardida, abrindo-a, aumentando ainda mais as sensações de prazer, gemi alucinada.

Foi uma tortura. Balancei as mãos nas amarras, apertando-as, ficando momentaneamente apavorada, mas as lambidas continuavam, indo do clitóris ao ânus, e eu me distraía, eu arfava e me sacudia, eu não sabia se temia o que ainda faria ou implorava para continuar. Quando tinha espasmos, pronta para gozar, Matt parava e ia mordiscar minha coxa, minhas costas, minha nádega.

Fiquei agoniada, no ponto. Só então ele me deixou e se despiu, vindo nu para a cama perto da minha cabeça, segurando meu cabelo em um punhado e erguendo meu rosto. Sentou-se sobre os calcanhares e desceu-me em direção ao seu pau totalmente ereto com veias grossas:

– Chupe.

Seus olhos eram duros, carregados de tesão. Eu abocanhei aquela carne toda salivando, metendo-o no fundo da garganta, meus lábios esticados a sua volta, ansiosa por sugá-lo, pois adorava seu gosto e seu cheiro. E seus dedos firmes em meu cabelo passaram a comandar os movimentos do boquete, até que eu ia mais e mais fundo e ele gemia rouco, estocando em minha garganta.

Eu mal respirava e o babava todo, vermelha, meus cabelos esparramados, grudando-se no suor da minha pele ardente.

Por fim, Matt se afastou e me largou. Puxei o ar, respirando agitadamente, meu coração parecendo um cavalo disparado. Olhei-o no auge da minha excitação, mas ele não disse nada. Sério, saiu da cama e eu virei meu pescoço todo para acompanhá-lo.

Vi pegar o longo chicote preto de cabo comprido, estremecendo. Lembrei dele no clube manejando aquilo, de como eu o quis naquele momento. E agora o teria, mas ainda assim com medo da dor, meus nervos sem relaxar devido ao fato de estar teoricamente presa às cordas e consciente de que não devia me soltar.

Fiquei impressionada quando parou a certa distância e olhou para mim, alto, lindo, magnífico, com aquele seu olhar de anjo caído, de dominador, seu pau ereto e enorme combinando com a aura de poder que o envolvia. Contive a respiração. E só fechei os olhos quando o vi erguer o braço e a língua comprida do chicote veio em minha direção, enquanto o pavor e o desejo, em igual medida, me engolfavam.

O couro lambeu minhas costas e a lateral da bunda. Gritei com a picada que queimou violentamente e excitou, fazendo-me consciente do meu corpo mais do que nunca. O chicote estalou e atravessou minha bunda, arrancando outro grito rouco. E mais uma vez, pegando ombro e costas.

Doía, mas eu me sentia quebrar, alucinada, devastada, fora de mim. Lágrimas pularam dos meus olhos e só senti que ele parou quando estava de novo ajoelhado a minha frente na cama, erguendo minha cabeça e metendo o pau na minha boca. Tentei lutar, mas me segurou firme e o chupei, arquejando. Tinha algumas coisas na cama e vi parte do chicote. Achei que bateria mais e eu ia suplicar que parasse, mas disse em tom duro:

– Continue chupando. – Largou meu cabelo. Rasgou uma embalagem de preservativo e pegou o chicote, mostrando-me seu cabo longo, mais fino que o seu pau. Cobriu-o com o preservativo e sua voz saiu baixa: – Vamos brincar um pouquinho.

Eu o tinha na boca e movi minha cabeça, tremendo, me sacudindo, todo meu corpo castigado e ainda assim querendo mais, precisando daquilo. Era uma loucura, estar lá presa, sofrendo nova violência e gostando. Eu tinha jurado nunca deixar homem nenhum me ter daquele jeito, mas era diferente. O homem comigo era Matt. A situação não era forçada. Eu queria. Esse era o fato. Eu estava gostando.

De joelhos, ele continuou em minha boca, deixando que o saboreasse, enquanto se inclinava sobre mim e abria minha bunda com uma das mãos. Senti que espirrou algo em meu ânus, um gel. E então senti a pressão, a madeira roliça do cabo do chicote coberta pelo preservativo, forçando ali.

Agarrei os laços das cordas, gemi contra sua carne dura e grossa, estremeci sem controle, minha vulva palpitando como se tivesse vida própria. O cano comprido embaixo de mim deixava-me bem erguida, mas eu me empinava mais, querendo, precisando, minha pele queimando. E então o cabo entrou em mim apertado, devagar, até a metade. Fiquei fora de mim quando passou a me penetrar assim e a estocar em minha boca, bombardeada de todos os lados por sensações viciantes, devassas, deliciosas.

– Não goze – disse baixo, enquanto meus mamilos doíam naqueles prendedores roçando a cama e eu era manipulada de todas as formas.

Lutei para não gozar, mas estava difícil resistir. Matt parou e deixou o cabo dentro de mim, o chicote saindo da ponta e pendurado, se espalhando longo no lençol como um rabo. Puxou o pau da minha boca babada e saiu da cama, já rasgando outro preservativo e colocando em si. Eu sabia que ia me comer e esperei ansiosamente, arquejando.

E foi o que fez, ajoelhando atrás de mim. Segurou o cabo, mantendo-o firme dentro do meu ânus. E então me penetrou na vulva com seu pau longo e grosso, entrando ainda mais apertado por ter apenas uma membrana a separar os dois orifícios.

– Ai... Ai... – Comecei a choramingar enlouquecidamente quando me comeu firme e duro e passou a meter também o cabo em sincronia. A cada estocada meus mamilos raspavam a cama presos naqueles metais, a dor juntando-se ao prazer e tornando tudo alucinante.

Gritei e explodi em um orgasmo violento, meu corpo se esticando e contorcendo, espasmos me contraindo toda, apertando minha vulva e ânus sem controle, gemidos escapando altos no quarto.

– Isso, putinha. Vou gozar olhando sua pele marcada das minhas chicotadas e com o cabo do meu chicote no seu cuzinho.

– Oh, oh...

Eu continuava, um orgasmo se misturando com outro, se multiplicando em vários, sensações delirantes, enquanto Matt também gozava forte, grunindo rouco, metendo com tudo dentro de mim. Ondulei e ondulei, chorei, balbuciei palavras sem sentido. Fui ao céu e desci, caí, me acabei. E então desabei na cama, sem forças para mais nada, completamente sugada.

Matt terminou de gozar. Acariciou minha bunda e tirou seu pau e depois o cabo com todo cuidado. Como eu não tinha condições de fazer mais nada, soltou o laço dos meus tornozelos e das minhas mãos. Desfez-se do cano embaixo de mim e me virou lentamente na cama de barriga para cima.

O que mais doeu foi soltar o parafuso do prendedor de mamilo. O sangue voltou a circular ali de uma vez e queimou muito. Choraminguei e ele soltou os dois, então se deitou ao meu lado e enfiou um mamilo na boca, passando a saliva para aliviar a queimação.

– Ah, Matt...

Eu não tinha coragem nem de completar uma frase coerente. Foi ao outro mamilo e fez o mesmo, mamando docemente, sua mão em minha barriga, descendo, indo em meu clitóris inchado e todo melado dos meus líquidos. Tremi agoniada.

– Não... Não aguento mais... – Supliquei, mas ergueu a cabeça e me olhou feroz, aquele seu lado dominante ainda muito vivo dentro dele.

– Eu ainda não acabei com você, Sophia.

Masturbou-me e voltou a sugar um mamilo. Ergui uma mão e agarrei seu cabelo, tentando afastá-lo, mas isso só o excitou mais. E meu corpo começou a reagir, o coração batendo mais firme, a respiração se alterando. Matt me largou de repente, arrancando o preservativo cheio de esperma de seu pau e substituindo por outro não usado. Com ar agressivo, abriu minhas coxas bem para os lados e montou em mim, enfiando seu pau brutalmente em minha vagina melada e sensível.

Gritei rouca e ele já erguia meus braços e descia com a boca em um mamilo, chupando-o enquanto metia mais e mais o pau enorme dentro de mim. Reagi, a languidez virando desejo, tão forte que não me importei por segurar meus braços, confiando mais do que nunca nele.

E foi assim que me fez gozar de novo, sugando meus mamilos e deslizando seu pau dentro e fora, mergulhando-o em minha bocetinha que pingava e melava. E quando gritei alucinada, enfiou a língua em minha boca e me beijou com paixão, gozando também.

Soltou meus braços e o envolvi, até estarmos saciados e colados, suados. Ergueu a cabeça e seus olhos verdes estavam nos meus, dominando-os. Sussurrou:

– O que achou de ser minha submissa?

– Eu acho... – lambi os lábios – que fiquei viciada.

Sorriu, sedutor. Mas então emendei com um piscar de olho:

– Mas espero viciar você também em ser meu submisso. Lembre-se, amanhã é minha vez.

– Porra, e eu pensando que não ia querer outra vida depois de hoje! – Seu sorriso se ampliou. – Vou ter que me esforçar mais.

Rimos, e eu o abracei forte, pensando o quanto era bom ser feliz.

MATT

No domingo, acordei Sophia levando o café da manhã para ela na cama. Espreguiçou-se nua e maravilhosa com aquele corpo curvilíneo moreno, que me deixava doido, um sorriso brincando em seus lábios ao me ver.

Era um sorriso verdadeiro, de felicidade. Não aqueles que ela costumava dar antes, como se escondesse uma parte de si e usasse a arrogância para isso. Vendo-a daquele jeito, me dei conta do quanto tínhamos conquistado e nos aproximado e do quanto as barreiras foram derrubadas pouco a pouco. Ainda teríamos mais pela frente, mas agora estávamos juntos, unidos. E dessa maneira éramos capazes de qualquer coisa.

– Não acredito! Café na cama? – Recostou-se nos travesseiros, afastando os cabelos, sem se importar em se cobrir, muito à vontade com a sua nudez. – O que fiz para merecer tudo isso?

– Esqueceu que ontem foi a minha submissa perfeita? – Sorri, sentando ao seu lado e depositando a bandeja no seu colo. Ela se inclinou e beijou meus lábios. Depois piscou o olho e completou:

– Não esqueci. Assim como não esqueci que hoje é a sua vez.

– Que sacrifícios um homem precisa fazer... – Brinquei e ela riu, enquanto saboreava seu suco de laranja.

Passei o olhar por seus seios redondos, sentindo o desejo deixar meu pau ereto, se espalhar quente e denso por minhas veias. Disse baixo:

– Depois que você terminar de comer, vou examinar seu corpo todo para ver se ficaram marcas de ontem.

– Não ficaram, já conferi no espelho. Você é tão perfeito com o chicote que sabe a força certa para excitar sem cortar a pele.

– Hum... Gostou mesmo. Ótimo. Ainda tenho uns truques para te mostrar.

– E eu a você. Aliás, espero que não esteja fugindo do nosso compromisso hoje – disse maliciosa.

– Sou homem de fugir de alguma coisa? Marque hora e local e estarei lá. – Passei a mão em seu pé, perto de mim, divertindo-me.

– A hora é daqui a pouco e o local é aqui mesmo. Não vou conseguir esperar, já acordei pensando o que vou fazer com você.

– Lembre-se dos limites que já te falei.

– Não vou esquecer. Não vai tomar café comigo?

– Vou roubar um pouquinho do seu.

Ficamos em um bate-papo gostoso na cama, um dando pedaços de pão e frutas ao outro, até que o desejo já avançava e eu acariciava seu seio e lambia sua orelha e Sophia enfiava a mão dentro da minha calça de pijama, masturbando-me. Nossas respirações se alteravam e estávamos a ponto de transar, mas ela se afastou. Deixou a bandeja de lado e se levantou de um pulo, dizendo arfante:

– Vou tomar um banho e me preparar, ver que coisas minhas deixei aqui e que posso usar. Vista só uma calça jeans e me espere.

Eu preferia ditar as ordens, mas me excitava ver como ser uma Domme também mexia com ela. E, ao final, eu sabia que gostaria. Tinha entendido que nosso relacionamento devia ser uma troca e, no final das contas, Sophia sempre cedia mais do que eu. Acenei com a cabeça e a observei se afastar, cheio de tesão na sua bunda.

Fui para o banheiro de hóspedes, tomei uma chuveirada, pus uma calça jeans velha, que caiu perfeita, e voltei ao quarto. Andei de um lado para outro e resolvi colocar uma música. Como faríamos uma sessão, optei por uma dramática do Enigma, *Sadness*. A música tinha começado quando Sophia apareceu, deslumbrante em um body preto cavado, seus cabelos soltos, um batom fazendo seus lábios carnudos brilharem.

Parou e nos olhamos com desejo puro, com tesão vindo em ondas de um para o outro. Passei meus olhos por ela, pelas luvas pretas de renda que chegavam até seus cotovelos, assim como a meia-calça até as coxas, com botas de salto altíssimos. Fiquei com a garganta seca, o coração batendo como um tambor no peito.

Ela estava com as mãos para trás e eu sabia o porquê. Seu chicote.

Naquele momento, nada me incomodou. Mesmo gostando de dominar, ela me deixava doido como nenhuma mulher conseguiu. E eu faria tudo por ela.

Aproximou-se e me mostrou o que segurava. Seu chicote em uma das mãos, na outra, preservativos e duas faixas pretas. Sorriu lasciva e ordenou:

– De joelhos, escravo.

Tive vontade de colocá-la no colo e lhe dar uma surra. Mas conhecia o jogo e suas regras. E agora era a vez dela. Mas da próxima, quando a pegasse, eu a faria suplicar para pagar aquilo. Sorri devagar e, surpreendendo-a, não lutei contra. Caí de joelhos e seus olhos brilharam, ainda mais cheios de amor e admiração.

Nós nos olhamos e, além de todo tesão, havia comunhão e amor, carinho e troca. E foi por isso que, em meio ao seu momento Domme, acariciou meu cabelo ao passar por mim, cheia de ternura. Foi para minhas costas e sua voz saiu firme, mas com um pingo de doçura:

– Mãos para trás.

Obedeci. Sophia deixou o chicote e os preservativos sobre a cama e amarrou meus pulsos juntos, sem machucar. Depois passou a outra faixa em meus olhos e não vi mais nada. Fiquei bem quieto, atento, esperando.

– Sempre quis você assim, desde a primeira vez que fitei seus olhos no Clube Catana – disse baixo, rouca. – Eu sabia que tinha que ser meu. Acho que me apaixonei ali. Mas nunca imaginei o quanto gostaria de ser sua. O quanto seria importante para a minha vida, Matt.

Havia emoção em cada palavra pronunciada, o que também mexeu muito comigo. Mas não disse nada, pois aquele momento era todo dela.

Sophia andou a minha volta. Passou as fitas do chicote por meus ombros e costas, por meu peito. Os dedos correram meu cabelo, meu maxilar e queixo, fizeram o contorno dos meus lábios. O desejo latejava dentro de mim, voraz. Continuou a falar:

– Mesmo quando soube que era um Dom, eu achei que poderia dominar você. E olhe nós dois agora. Um dominado pelo outro. Um submisso do outro. Será que alguém já passou por isso? Já abriu mão de algumas coisas em prol de algo muito maior, como fizemos? Espero que sim, Matt. Pois nunca conheci felicidade maior na minha vida. – Sua voz tremeu e eu fiquei abalado, emocionado com tudo que dizia. – Enquanto tiver você na minha vida, vou ser a mulher mais feliz do mundo.

– Então será sempre. Porque ficarei com você e nunca vou deixar que se vá. – Falei com sinceridade, com tudo que eu sentia.

– Eu nunca vou querer ir.

Afastou-se um pouco e completou:

– Agora chega de conversa. Não vou deixar que me seduza, ou acabo largando o chicote e tudo mais e vou para a cama com você naquele nosso baunilha gostoso.

– Então vamos...

– Espertinho... – Riu. – Nem pensar. Hoje você é meu escravo. E vou aproveitar.

Sorri também. Mas logo o sorriso sumiu quando as tiras do chicote bateram forte nas minhas costas, em uma picada ardida. Engoli um palavrão e me contraí, tenso.

– Vai ser castigado por ser tão gostoso. Por ter esse pau que é um sonho, a minha anaconda de estimação. E por ter me chicoteado ontem. – Avisou, dando mais uma vez com as tiras de couro nas minhas costas. – Adoro ver esses músculos todos se retesando enquanto deve ferver de raiva, doido para se soltar e me foder duro. Mas hoje quem vai fazer isso sou eu. A sua dona.

Ela estava me excitando. Fiquei imóvel e cerrei os dentes quando veio para a frente e chicoteou meus ombros e meu peito, cada tira causando uma ardência diferente, umas mais duras, outras apenas uma carícia. Senti a pele esquentar, avermelhada, momentaneamente marcada. Sua voz veio mais dura:

– Deite-se no chão, escravo.

Por um momento, meu instinto de macho se recusou a obedecer. Mas, por fim, me estiquei no chão de barriga para cima, minhas mãos ainda presas nas costas, meus olhos vendados.

– Belo escravo...

Apoiou o salto fino da bota em minha barriga e me contraí. Forçou apenas um pouco. Então chicoteou meu peito com mais força e quase xinguei, mas me contive a tempo. Tirou o pé. Chicoteou minha barriga e o peito de novo, de modo que marcava minha pele e deixava tudo fervendo, latejando.

– Vamos ver se está gostando.

Inclinou-se sobre mim e seus dedos foram ao botão da calça, abrindo-o. Desceu o zíper com cuidado, pois meu membro muito duro estufava o jeans. Ergui um pouco o quadril e Sophia se ajoelhou no chão ao meu lado, descendo a calça e a cueca até o meio das coxas, segurando-as enquanto enfiava a cabeça do meu pau na boca quente e úmida e chupava lentamente.

– Porra... – Deixei escapar, rouco, esticado e grosso em meu limite. Ela mamou o líquido lubrificante que despejei, deslizando os lábios, indo até a metade e voltando em uma chupada deliciosa.

Suas mãos terminaram de descer minha calça e ajudei-a com as pernas a me deixar nu. Joguei a cabeça para trás e gemi enquanto fazia aquele boquete sem igual, na pressão certa, meu pau latejando, minha respiração pesada. E quando eu já me perdia em prazer, ela se levantou e me deixou. Quase reclamei e então fiquei puto quando chicoteou com força minhas coxas.

– Filha da... – Calei-me a tempo e ouvi sua risada. Tive que engolir a raiva e logo me surpreendia quando as cerdas de couro acertaram meu pau, mais brandas, mas ainda assim ardentes e picantes.

– Por ser boca suja, escravo. – E bateu de novo no meu pau e saco, rápido e sem muita força, mas o suficiente para doer e excitar. Senti o sangue correr mais denso em meu membro, as veias exaltadas, a cabeça palpitando. E então Sophia se inclinava e o agarrava com as mãos, masturbando-me com força, deixando-me louco.

Mordi os lábios, mas grunhi alucinado, excitado pelas chicotadas ardentes e agora pelo modo como me apertava para cima e para baixo. Desceu a boca em meu saco e chupou duramente uma bola e depois a outra, fazendo-me debater e gemer rouco, dominado pela luxúria.

Afastou-se e, ainda de joelhos, chicoteou meu pau de novo. Arquejei, jogando a cabeça para trás sem ver nada, tentando soltar meus braços das amarras, contraindo meus músculos, uma fina camada de suor cobrindo a minha pele. Bateu de novo, e meu membro inchou, muito quente; e lá estava sua boca úmida me chupando, me levando à loucura.

Foi uma tortura. Batia e chupava. Masturbava e batia novamente, até que eu perdi o controle, a razão, alucinado. Quando deu mais uma chicotada, ejaculei fortemente em minha barriga e ela não parou, bateu e bateu, enquanto eu me debatia e gemia, gozava sem parar, meu pau ondulando e jorrando. Lambeu meu saco enquanto eu terminava e desabava, a respiração e o coração acelerados, o prazer satisfeito deixando-me temporariamente dopado.

– Menino mau. Quem mandou gozar? O que faço agora com você?

Sua voz penetrou minha consciência lânguida.

– Fique de joelhos.

Eu queria mandar que parasse com aquela merda, mas sabia que tinha que deixar o poder com ela, como tinha sido combinado. E Sophia ainda não tinha tido um orgasmo. Assim, todo gozado, eu obedeci. Ela veio e tirou a venda dos meus olhos.

Nós nos fitamos duramente. Ela foi até o sofá no canto do quarto e se sentou, apoiando os saltos da bota no couro, abrindo as pernas, ainda com aquele body preto sexy. Segurou a lateral dele na virilha e levou para o outro lado, expondo sua vulva raspadinha e úmida, dizendo autoritária:

– Venha até aqui de joelhos e chupe a sua dona.

Lambi os lábios. Meu olhar era penetrante, até raivoso, o que só serviu para excitá-la mais. Sabia que eu odiaria ir de joelhos. Mas fui.

Parei à sua frente. Olhei diretamente para a bocetinha nua e arreganhada e senti o tesão voltar, fazendo meu pau se enrijecer todo de novo e pulsar. Não esperei nenhuma outra ordem. Desci a cabeça e meti a língua no meio dela, lambendo como um gato faminto, saboreando-a, me embriagando com seu gosto picante e seu cheiro de mulher gostosa.

– Ah, Matt... – Rapidinho esqueceu de me chamar de escravo, seus dedos se enterrando em meu cabelo, trazendo-me mais para si enquanto arfava e soltava seu melzinho todo em minha boca.

Deixei-a doida. Depois de lamber sua rachinha toda, mordisquei e puxei com os dentes os lábios inchados. Então suguei o clitóris com força e estremeceu, arquejou, se debateu sem controle. Desci a língua até o ânus e lambi ali. Sophia tremia, sem saber do que gostava mais. Mas eu sabia.

Voltei ao clitóris e o prendi na boca com firmeza. Chupei duramente, em movimentos contínuos, intensos, até que gritava e agarrava meu cabelo com força. Devia até doer, tão fundo puxei em minha boca. E então explodiu em um orgasmo alucinante, gritando e gemendo, caindo para trás no sofá e se esfregando toda em minha boca.

Quando acabou, lambi lentamente o brotinho e toda sua vulva, seu mel, depositando beijinhos. Então parei, olhando-a, admirando como ficava linda após o gozo, com as pálpebras pesadas e uma expressão incrível de entrega. Sorri devagar:

– Fui aprovado como escravo?

– Com louvor... – Murmurou.

– Agora me solte.

– Vou pensar no seu caso. – Sorriu, provocante.

– Sophia...

Riu do meu tom ameaçador. Sentou-se e me abraçou, beijando meus lábios e meu rosto, dizendo baixinho:

– E o que vai fazer quando eu te soltar?

– Comer a sua bocetinha.

– Hum... já me convenceu...

E rimos.

SOPHIA

Alguém podia viver no paraíso? Sim, pois eu estava lá. E acho que nunca mais ia sair.

Foram semanas de júbilo e felicidade ao lado de Matt. Como se fosse possível, ficamos ainda mais unidos e apaixonados. As coisas foram se ajeitando, os problemas se resolvendo e os medos passando. Eu confiava nele como nunca confiei em mais ninguém. De todos os modos.

Sexualmente, continuamos com nossos jogos de dominação e de submissão e também aproveitando muito as delícias de só fazer amor. Se bem que éramos tão intensos e apaixonados que nunca era uma coisa muito básica. E aos poucos passei a deixar que me amarrasse, sem ter mais crises de pânico.

Fomos ao Catana e, acostumados a jogar tendo um público, o fizemos lá. Foi uma experiência única ser pendurada nas cordas por ele, em várias posições. Foi extremamente erótico, e deixamos todos doidos com nosso tesão, com uma sessão que deu o que falar. Não houve exatamente penetração, mas nos beijamos e acariciamos, a ponto de deixar todos em expectativa. No entanto, preferimos completar a transa sozinhos. Acho que era uma coisa muito nossa, não apenas corpo, mas sentimento. E aquilo era bem privado.

No trabalho, tudo corria maravilhosamente bem. Fechamos vários contratos importantes e, quando tinha viagens para fazer, íamos juntos, para não nos separar e para aproveitar ao máximo.

A relação de Matt com o pai voltou ao normal, e jantamos na casa dele, embora ficasse um clima estranho com Rafaela. Ela fez de tudo para nos agradar, um tanto envergonhada com Matt, mas achando que eu era a sua melhor amiga. Foi impressionante ver a relação dela com Otávio, o modo dele, bem mais duro e autoritário, o que a fazia baixar os olhos corada e obediente. Pelo visto, aqueles dois estavam se divertindo muito por ali. O que era bom pra todo mundo.

Conheci melhor Maiana também, quando eu e Matt saímos para jantar fora com ela e Arthur e com Antônio e Ludmila. Percebi que era uma mulher muito legal e que não havia motivos para ciúmes, mas eu era possessiva demais e ciumenta mesmo, por isso demorou um pouquinho até que eu derrubasse todas as minhas defesas. Mas, ao final, ela me conquistou. E quando vi, já éramos amigas, inclusive de sairmos juntas para comprar roupas ou só bater papo.

Estava aprendendo com a vida a me dar oportunidades, a deixar de lado aquela arrogância que muitas vezes me protegeu. E isso só me trouxe coisas boas. A cada dia me convencia que Matt era um anjo de verdade que foi posto em meu caminho para me tornar uma pessoa melhor e me curar das minhas dores.

Não consegui desenvolver a mesma amizade com Ludmila. Mesmo que tivesse tentado. Embora fosse sempre educada e inteligente, sorrisse e conversasse, havia algo nela que me incomodava. Comentei com Matt e ele disse que era impressão minha, que era uma boa moça, mas então percebi o que ela tinha de estranho. Seus olhos. Não havia calor e vida neles. Podia sorrir ou ficar séria, ouvir uma piada ou uma tragédia, eles continuavam vazios. Sua expressão mudava, seus olhos não. Mesmo grávida, não exibia aquele calor e aquela alegria no olhar tão comum às mulheres em seu estado.

Podia ser mesmo coisa da minha cabeça, mas gostava de reparar no olhar das pessoas. Tinha feito o mesmo com Matt e visto o anjo que habitava nele. Como via agora uma mulher sem sentimentos. Assim, me relacionei com ela apenas superficialmente. E no fundo senti pena de Antônio. Pois enquanto Maiana e Arthur se amavam loucamente, e eu e Matt também, o relacionamento dele com Ludmila era frio, como se fossem dois estranhos. Indaguei a mim mesma por que continuavam na farsa e ainda traziam uma criança ao mundo. Mas não era da minha conta.

Enterrei meu passado. Acho que tudo que vivemos molda quem somos, mas sempre podemos fazer escolhas e mudar. As pessoas geralmente escolhiam os meios mais fáceis de alcançar as coisas, se acomodavam ou queriam o que o outro havia conquistado. Algumas só se escondiam atrás de falsas aparências. Mas entendi que nada disso trazia felicidade. Ela só era encontrada quando nos permitíamos ser nós mesmos, passar pelos obstáculos e tirar o melhor deles como aprendizado, mas não estagnar pelo sofrimento. Eu os tinha vencido e agora era livre. Eu me permiti ver a mim mesma e me redimi, me aceitei, me dei. Tudo por Matt. Por meu anjo.

Depois de quase seis meses em nosso relacionamento idílico, em que só às vezes o gênio ou o ciúme de um ou de outro causava uma briguinha, logo resolvida na cama, ele me chamou para voltarmos ao Porto, em Portugal. Daquela vez teríamos mais tempo e seria só pelo prazer, sem compromissos de trabalho. Eu adorei, pois ia rever a cidade em que morei e aprendi a amar, além de visitar alguns amigos.

Ficamos de novo no Yatman Hotel e saímos para passear e ver as claves de vinho. Depois Matt insistiu para que atravessássemos a Ponte D. Luís e me fez parar perto de vários cadeados ali. Virou-se para mim com seus olhos verdes intensos e um sorriso nos lábios, indagando:

– Lembra quando viemos aqui?

– Claro.

— Você disse que nunca colocaria um cadeado com seu nome. E agora?

Eu não conseguia tirar os olhos dele e falei com emoção:

— Agora eu colocaria. Um cadeado com meu nome e outro com o seu. E jogaria a chave fora, pois seria um amor eterno.

— Seria, não. É. — Mexeu no bolso da jaqueta e abriu a mão com a palma aberta para cima, dois cadeados estavam lá. Fitei sem acreditar, o nosso nome em cada um deles. Quando o encarei de novo, meus olhos estavam cheios de lágrimas. Acariciou suavemente minha face com a mão livre e disse baixo:

— Faça as honras, Sophia.

— Sim. — Sorri e peguei os cadeados. Tirei as chaves e prendi um cadeado no outro e os dois na grade de ferro da ponte, minhas mãos ligeiramente trêmulas, minha visão embaçada, uma alegria e uma emoção sem igual me dominando. Entreguei uma das chaves a ele. E disse baixinho: — Eu te amo, Matt.

— Eu te amo, Sophia.

Nossos olhares ficaram unidos. Aproximamos nossas mãos da beirada da ponte e deixamos as chaves caírem no rio. Então nossos dedos se entrelaçaram e Matt os levou aos lábios, beijando meus dedos suavemente. Murmurei:

— Agora nosso amor eterno é oficial.

— Ainda não. — Disse rouco.

— Não?

— Falta isso. — Com a mão livre, pegou algo no bolso e fez como com os cadeados, abrindo-a com a palma para cima. Vi ali um anel de noivado lindíssimo, de ouro com diamante, que refletiu a luz do belo dia.

Fiquei imobilizada.

– Quer casar comigo?

Não pude acreditar. Olhei para ele, para meu anjo, meu homem, meu amor. Para tudo que era mais eterno e sagrado em minha vida. Meu amigo e salvador, meu amante e companheiro, meu, só meu. E todo o amor incondicional que eu sentia por ele me banhou em lágrimas, que desceram quentes e grossas por meu rosto. E só pude sussurrar uma palavra:

– Sim.

A mão que ele segurava era a direita. E foi ali que pôs o anel, encaixando perfeitamente em meu dedo anelar, reluzindo como eu reluzia por dentro. Puxou-me para si e nos abraçamos forte e nos beijamos na boca, apaixonados, emocionados, mais ligados do que sempre.

Quando nos afastamos só o suficiente para nos olhar, ele disse baixinho:

– Minha gata brava está mansinha agora.

– Mansinha e feliz. E você, Matt? Está feliz?

– Muito. Você é a minha felicidade, Sophia. – Beijou de novo meus lábios e sussurrou: – E quando tivermos nossos filhos, voltaremos aqui para colocar mais cadeados.

Eu sorri e provoquei:

– Você é tão romântico!

– E você, uma falsa durona!

Rimos e nos abraçamos de novo, como se nunca fosse o suficiente.

Uma mulher que passava ali perto e que morava na cidade olhou o casal lindo e feliz e acabou sorrindo sozinha. Estava acostumada a ver cenas como aquela, no entanto, o casal mexeu com ela de um jeito diferente, como se os conhecesse e tivesse acompanhado a história deles desde o início.

Talvez fosse o fato de se olharem com tanto amor. Ou o modo como o belo homem loiro segurava a linda morena, como se a quisesse proteger. Ou o modo completamente entregue com que ela se dava. Algo ali era extremamente bonito e único, e a mulher, Maria Cachucha, passou por eles enamorada, feliz, esperançosa de um mundo melhor desde que houvesse tanto amor.

MATT

Durante anos, enquanto crescia, eu via o amor dos meus pais. Não era nada fora de série, nenhuma paixão avassaladora, nada fora do normal. Apenas um casal que se amava e respeitava, que sentava à noite no jardim de mãos dadas para observar a lua e conversar sobre o que tinha acontecido durante o dia, que desfrutava sem alarde a presença um do outro.

Muitas vezes, brincando perto com meu carrinho, ou mais velho, estudando na saleta dentro da casa, eu parava para observá-los. E havia algo em tudo aquilo que me encantava, uma ternura, uma comunhão que não precisava de palavras. Era só olhar para eles e eu me via pensando que queria um amor igual no futuro.

Podia parecer tolo para um garoto como eu, ainda mais com uma parte da minha personalidade tão marcante e dura, mas outra parte minha adorava acompanhar aqueles momentos. Acho que foi ali que nasceu meu desejo de casar e ter filhos, de um dia poder gozar de um casamento que seria, antes de tudo, uma entrega, uma troca, um amor.

Agora chegava o meu dia. Eu ia casar com Sophia e, lembrando do relacionamento doce e tranquilo dos meus pais, percebia que o nosso não tinha nada a ver. Éramos fogo puro, incendiávamos quando estávamos perto um do outro. Podíamos sentar no jardim e dar as mãos, trocar sorrisos e palavras doces, mas isso não durava muito. Logo ela estaria indo para o meu colo e eu tentando tirar a sua roupa.

O tesão era um marco forte no nosso convívio e isso não me decepcionava em relação aos meus sonhos de garoto. Pelo contrário, só o enriquecia mais. Porque não precisávamos escolher entre paixão e amizade, tínhamos as duas coisas. Assim como não precisei escolher entre ser um bom rapaz e um dominador, conciliando ambos, meu relacionamento com Sophia era do mesmo jeito: dois lados que se completavam e encaixavam, o tesão e o amor, o respeito e o ciúme, o carinho e a paixão, a Dominação e a submissão. Como não ser feliz assim? Eu era mais do que realizado. Era feliz.

Nós nos casamos em julho, em uma capela pequena e linda na Zona Sul, cercados por amigos e pessoas que nos amavam de verdade. Os padrinhos foram Maiana e Arthur e Antônio e Ludmila, esta já com mais de sete meses de gravidez.

Não quisemos nada espalhafatoso, até seu vestido foi simples, branco e justo até os joelhos, quando abria em uma saia mais rodada, uma maquiagem suave e os cabelos penteados só para um lado. Era linda, e não consegui tirar os olhos dela, com meu coração disparado, uma felicidade única me enchendo por dentro.

Eu estava de branco, assim como toda a igreja, esperando-a perto do altar. E quando a vi caminhar até mim levada por meu pai, senti que era o homem mais feliz do mundo. Sophia era meu amor, minha fêmea, minha amiga, minha companheira, a submissa perfeita que sempre quis e a dominadora linda que aprendi a admirar. Era tudo para mim. E logo seria minha esposa.

Eu a segurei e não a soltei mais. E enquanto eu a olhava e ela me fitava de volta, entendi como qualquer obstáculo na vida se derretia diante do amor. Não havia força maior nem mais dominante que ele.

Foi um casamento lindo, cheio de emoção e amor. Não tiramos os olhos um do outro nem separamos nossas mãos. Ela sorria, tão feliz quanto eu. A cerimônia foi perfeita, e fizemos nossos votos diante do padre, com nossos sentimentos à flor da pele, unidos, inquestionavelmente apaixonados, dedos entrelaçados.

Quando ouvi que éramos marido e mulher, fechei os olhos com o coração disparado e a puxei para mim, apertando-a contra o meu peito, murmurando rouco:

– Eu te amo, Sophia. Mais do que tudo no mundo.

– Matt, meu anjo, meu homem, meu amor...

Ergueu os olhos emocionados para mim e não resisti, beijei-a de novo enquanto nossos convidados batiam palmas e comemoravam.

A festa foi animada em um salão ali perto, e Sophia acabou fazendo o que adorava, dançar, se divertir, se acabar. Não desgrudou de mim nem um segundo, nem eu dela. E quando tocou a música "Toxic", da Britney Spears, ela se voltou rindo para mim e ambos nos lembramos daquela vez em que dançamos em uma luta sensual no bar Loop's.

– Aceita uma dança, senhora Sá de Mello?

– E dá para recusar? É nossa música! – Jogou-se em meus braços já roçando o quadril no meu, o desejo nos varrendo enquanto dançávamos não uma valsa, mas nos agarrávamos em um rebolar sensual e quente, com nossos corpos ardendo e nossos olhares apaixonados.

Aproveitamos cada segundo. Rimos, conversamos com todo mundo, dançamos, nos beijamos, nos beijamos e nos beijamos de novo. Até que todos brincavam nos mandando procurar um quarto, sem saber, ou sabendo, que aquele era nosso passatempo principal.

Depois de tudo fomos para nossa lua de mel, exaustos, mas repletos de júbilo e alegria. Passamos alguns dias conhecendo as belezas naturais e culturais do Maranhão. Sophia nunca tinha ido e amou a vila em que ficamos, os Lençóis Maranhenses, a vida noturna e agitada.

Ela me disse mais de uma vez que nunca amou tanto nem foi tão amada. O sexo foi maravilhoso como sempre e pelo menos metade do tempo passamos na cama e em outros lugares, fazendo amor e fodendo mesmo. Fizemos luau na praia, conhecemos bares noturnos, mergulhamos e aproveitamos a vida, como devia ser.

Voltamos ao meu apartamento, onde íamos morar por enquanto, até procurar algo maior e do nosso agrado. Mais dois meses se passaram e nossa vida de casados era um paraíso. Nunca pensei que poderíamos nos dar tão bem, mas era o que acontecia.

Aninha, a filha de Arthur e Maiana já tinha pouco mais de 1 aninho quando o filho de Antônio e Ludmila nasceu. Eu, que era apaixonado por Aninha como todo mundo, me encantei também com Carlos Antônio Venere Saragoça, que parecia uma cópia em miniatura de Antônio, com cabelos pretos e olhos azul-claros. E percebi que Sophia ficou maravilhada por ele, assim como era por Aninha.

E quando voltamos para casa depois de ver o bebê, ela se virou para mim de repente, ao entrar no apartamento, e falou:

– Vamos ter o nosso?

– O nosso o quê?

– O nosso bebê.

Eu sorri e me aproximei, enlaçando-a pela cintura.

– Quem diria! A gata brava querendo ter uma ninhada!

– Que ninhada?! – Riu.

– Meu bem, acabamos de nos casar. Podemos curtir mais um ou dois anos, depois começamos. – Enfiei os dedos entre seus cabelos, colando-a em mim, fitando seus belos olhos escuros.

– Já estou com 31 anos, Matt. E me sinto pronta. É claro, se você quiser.

Eu senti o amor transbordar ainda mais e vi seus olhos arderem. Era sempre assim entre nós, quente, perfeito, cheio de emoções. Disse baixinho:

– Então vamos começar agora. Não vejo a hora de ter uma menina linda como você correndo pela casa.

– Ainda tomo anticoncepcional, querido. Hoje não devo engravidar.

– Não custa nada a gente tentar! – E a beijei com desejo e amor.

Eu estava certo. Enquanto a escorava na parede da sala após ficarmos nus, erguia sua perna e metia furiosamente dentro dela, saboreávamos a delícia de sentir um ao outro sem proteção, meu pau nu e inchado roçando as paredes da sua vulva por dentro. Desde que estávamos sérios um com o outro, tínhamos deixado a camisinha de lado e ela se prevenia de engravidar tomando remédio.

Não sei se foi naquela noite que eu a engravidei, mas foi perto. Como transávamos muito, não dava para saber. Mas um mês depois foi confirmado. Sophia estava grávida. E nossa felicidade foi completa.

Fizemos tudo juntos. Desde escolher a mansão em que íamos morar, até a decoração e o quarto do bebê. Aos quatro meses soubemos que era um menino. Durante a ultrassonografia, ambos emocionados de tanta alegria, Sophia falou:

— Não é dessa vez que vai ter uma menininha igual a mim correndo pela casa.

— Sem problema. A gente tenta até conseguir. — O que nos fez rir.

Maiana foi com ela escolher várias coisas para o bebê. Aninha já estava esperta, com quase 2 anos, e muitas vezes as acompanhava.

Gabriel Marinho Sá de Mello nasceu de um parto rápido e tranquilo. Pensei que ia morrer de tanta preocupação enquanto Sophia era levada para a sala de parto, mas logo recebi a notícia de que tinha corrido tudo bem. E quando a vi sorrindo para mim, maravilhada com nosso filho no colo, fui beijá-los emocionado, em júbilo, mais feliz do que julguei ficar um dia. Nunca vou esquecer tudo o que senti quando vi meu filho pela primeira vez. Era impossível haver no mundo homem mais radiante do que eu.

Ele era um bebezão branquinho e careca, de olhos esverdeados, mais tarde ficando loirinho e de olhos verdes como eu. Tinha algumas coisas de Sophia, como o formato do rosto e da boca, mas lembrava mais a mim. O que ela não cansava de dizer, toda orgulhosa.

— Nunca me senti tão feliz! — Sophia também não cansava de dizer isso, e eu a acariciava e beijava, admirado com minha gata brava, com a luz que trouxe para a minha vida, sendo eu o deslumbramento em pessoa. E eu dizia de volta:

– Você adora essa palavra: nunca.

– Amo mais outra: sempre. – Piscou para mim e sorrimos um para o outro.

Foi ali que começamos nossa família, em um lar cheio de calor e amor. Um lar que ela nunca teve e que me disse ter desejado muito até os 14 anos, quando todas as suas esperanças foram arrancadas de maneira cruel.

Mas agora não era só desejo. Era realidade. E prometi a ela ser o homem perfeito em sua vida, fazendo cada dia seu uma conquista de felicidade. Emocionada, murmurou para mim:

– E eu serei a mulher perfeita na vida dos meus dois homens.

– Você já é.

Beijei-a na boca em nosso lar, na nossa cama, com nosso filho em seus braços.

Pensei na minha vida, nos meus desejos e escolhas, nos caminhos que me levaram até Sophia.

Tinha começado como uma caçada. Virou uma luta pelo poder. E se transformou em amor. Não havia explicação, a não ser que ela tinha que ser minha e eu tinha que ser dela. Então, estava tudo em seu devido lugar.

A vida tirava e dava. Era um eterno recomeço.

Feita de escolhas. E escolhemos ser felizes.

Não havia dominante e dominado. Havia amor.

Muito amor.

EPÍLOGO

MATT

Fabiana Marinho Sá de Mello nasceu praticamente três anos depois de Gabriel. Veio finalmente a nossa menininha, só para completar a felicidade da nossa família. Pouco menos de um ano antes, Arthur e Maiana tinham tido mais um filho, Gaio. Aninha estava com 5 anos e Toni, filho de Antônio, que só ficara nele mesmo, tinha quase 4 anos.

De repente, os três amigos que farrearam muito no Clube Catana eram homens casados e responsáveis, pais de família. E nossos filhos seguiam nossos caminhos, tornando-se amigos, frequentando as mesmas escolas, indo no aniversário uns dos outros.

Eu era um homem muito feliz e apaixonado por Sophia e por nossos filhos. Aonde eu ia os carregava comigo, nem que fosse para dar uma caminhada na praia ou um pulo na padaria. Sophia achava graça, mas era do mesmo jeito. Era uma mãe maravilhosa.

Nunca pensei que seria tão realizado. Ela me completava em tudo, era minha amiga e companheira, minha parceira nos negócios da agência, minha amante mais do que perfeita. Eu não mudaria nem uma vírgula nas escolhas que fiz, no fato de ter ficado com ela quando tudo parecia contra. Foi a maior surpresa e a maior conquista que eu poderia ter.

Pensei como poderíamos nos enganar com as pessoas. Lembrei da mulher metida e arrogante que me comprou naquele leilão do Catana, e quando olhava para Sophia hoje, minha esposa carinhosa e apaixonada, via que nem sempre as coisas eram o que pareciam. Ela tinha usado uma carapaça que caiu, mostrando a joia rara que tinha dentro de si. Era perfeita para mim. A mulher da minha vida.

No aniversário de 1 ano da pequena Fabiana, fizemos uma grande festa. As crianças corriam de um lado para outro, subiam nos diversos brinquedos infláveis espalhados no gramado, se divertiam com os palhaços e animadores, aproveitavam a bela tarde de sábado.

Eu andava no meio de todos, animado, conversando com amigos, aproveitando tanto quanto as crianças. Vi Sophia e Maiana conversando de mãos dadas com os caçulas, Fabiana, que ainda não tinha firmeza nas pernas e Gaio brincando de se esconder da minha filha atrás das pernas da mãe. Sorri e segui em frente, vendo que em uma mesa ali perto estavam Ludmila e Toni, o menino de 5 anos muito quieto e sério, que não corria nem brincava como as outras crianças. Não era a primeira vez que eu tinha notado aquilo no filho de Antônio.

Toni era um garoto quieto, sempre bem arrumado e comportado quando estava perto da mãe. Não parecia uma criança feliz, e aquilo me doeu o coração. Enquanto Aninha descia no escorrega gritando e Gabriel corria atrás de uma bola de futebol com os colegas, Toni só olhava.

Era um garoto extremamente bonito, parecido com o pai, com cabelos negros que contrastavam com seus olhos azuis. Mas de que adiantava se não era feliz? Será que Antônio não via aquilo?

Busquei meu amigo com os olhos. Fui vê-lo a um canto, perto do bar, pegando um copo de uísque. Fui até ele e dei um tapa em seu ombro. Virou-se e percebi que estava concentrado em alguma coisa longe dali, perturbado. Mas na mesma hora concentrou-se em mim e falou:

– Bela festa.

– É. Pena que o Toni não está aproveitando. O que ele tem?

Antônio franziu o cenho e buscou o filho com os olhos, como se só então percebesse o que eu dizia. Sacudiu a cabeça.

– Isso é coisa da Ludmila. Cria o menino cheio de regras. – Parecia um pouco irritado.

– Como se você não fosse também cheio de regras – ironizei.

Encarou-me e sabia que eu estava certo.

– É, sou controlador e sistemático mesmo, mas não com meu filho. Acho que Toni vai ser pior do que eu. Vou lá falar com ele.

– Espere. Aconteceu alguma coisa? Você estava aí com uma cara.

– Nada. – Negou na hora. Mas as sobrancelhas franzidas e o olhar perturbado contavam outra história. Percebi que parecia um pouco nervoso, e isso em Antônio era um fenômeno.

– O que houve?

Fitou-me e algo sério parecia ter acontecido. Sacudiu a cabeça.

– Ontem encontrei uma pessoa que não via há muito tempo – disse baixo.

– E isso é ruim?

– Não.

Não falou mais nada. Eu o observei. Poucas vezes o tinha visto assim, parecendo um pouco fora do seu eixo. Era sempre muito seguro e dono de si. Afirmei:

– Pelo visto essa pessoa é importante.

Ele não respondeu e arrisquei:

– Cecília?

– Como você sabe? – Olhou-me de imediato, muito alerta e empertigado, seus olhos intensos fixos em mim.

– Uma vez me falou dela, lembra? Quando conversávamos naquele bar.

– Eu só falei o nome dela, Matheus.

– E foi o bastante para notar que mexeu com você. Como agora.

– Não quero falar sobre isso. Foi só um encontro.

– Entendo. Um encontro casual.

– É.

Acenei com a cabeça, como quem diz: "Me conta outra!" Antônio fechou a cara e deixou a bebida intocada sobre o bar.

– Vou falar com meu filho.

– Vai lá. Mas Antônio...

– O que é?

– Se quiser conversar sobre esse assunto, sabe onde me encontrar.

– Eu sei, amigo. – Forçou um sorriso. – Mas acredite, está tudo bem.

Ele se afastou em direção ao filho triste. E me dei conta de que, de nós três, era o que parecia também menos feliz.

Continuei meu caminho e vi Arthur rindo perto de Maiana, pegando Gaio no colo. Era uma pena que não pudéssemos ver um riso daqueles no rosto de Antônio.

– O que você tem? – Sophia parou ao meu lado, com Fabiana no colo, que ria para mim. Eu a peguei, pensando em como meus dois filhos nasceram loirinhos, nenhum deles puxou a beleza morena da mãe.

– Não foi nada.

– Parecia preocupado.

– Está tudo bem. – Sorri para ela e depois para meu tesouro no colo: – Não é, aniversariante do papai?

Ela riu, expondo dois dentinhos na frente. Puxei Sophia para mim e beijei seus cabelos, murmurando:

– Minhas duas mulheres lindas.

Fitou-me feliz. Eu olhei em volta, vi Gabriel correndo cheio de saúde. Notei meus amigos, meu pai, Rafaela, até Marília tinha vindo. E mais uma vez suspirei de puro êxtase, pois desde sempre quis casar e ter filhos. E agora meu sonho tinha sido mais do que realizado.

Fitei os olhos escuros de Sophia e ela retribuiu, como se pensasse a mesma coisa que eu. Murmurei sobre a cabecinha de nossa filha:

– Eu te amo.

– Eu te amo. – Repetiu de volta, baixinho.

– Minha submissa perfeita.

– Meu anjo submisso.

Rimos e a apertei mais contra mim, beijando sua boca. Fabiana deu um gritinho, Gabriel veio correndo e abraçou nossas pernas, e meu coração se encheu da mais pura e comovente felicidade.

Aquela vida era muito boa.

Impressão e Acabamento:
GRÁFICA STAMPPA LTDA.
Rua João Santana, 44 - Ramos - RJ